—— 1960年代 ——
香港文學與文化叢書

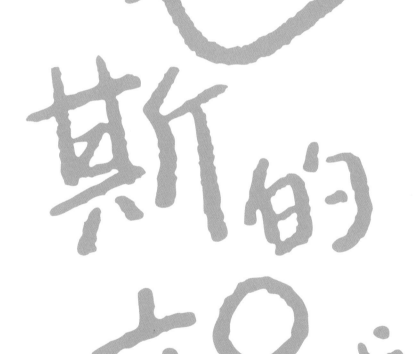

也斯

著

黃淑嫻
劉汝沁 編

中
華
書
局

我的六〇年代　　——也斯

「童子軍得勝歸來」
　　　　　　　　並不是那麼浪漫
其實也有許多挫折
　　　　　　　女孩子無端尖叫
老人長嘆一聲
　　　　　　　眼光回顧落日
母親不斷地縫衣服
　　　　　　　穿珠編成彩帶
線斷了
　　　珠子散了一地
　　　　　　　　糖黐豆
何濟公
　　　（立即捧着肚蹲下來）
怎樣在遊戲中
　　　　　　找自己的位置？
我老在街道上流浪
　　　　　　　想去摸索城市的暗門
她對着音樂瘋狂尖叫
　　　　　　　老是要穿短裙
追上時裝的意識
　　　　　　　（她不喜歡阿媽的黑膠綢）
他想要買一個結他
　　　　　　參加新潮舞會

總有那麼多東西

　　　　　　逐漸改變我們的身體

我們在木屋區

　　　　　在一場颱風後

　　　　　　　　對着失去的屋頂發愁

我閱讀的托爾斯泰

　　　　　　跟我擠的電車有好大的距離

單戀一雙健康的眼睛

　　　　　　總覺無能為力

重重的抑鬱壓在肩頭

　　　　　　想要站起來

我們甚麼時候變成法國電影

　　　　　　斷了氣

在哀傷與虛無之間

　　　　　我寧選——

結果還是回到擠迫陰暗的家

　　　　　　睡在客廳

沒有私隱的床上

　　　　　翻閱厚厚的書找到秘密的答案？

街道上不知為甚麼那麼喧嘩

　　　　　　街道上

（水浸金山七層樓）

　　　　　為甚麼斷續有砰然的爆炸？

有一個我不理解的世界

　　　　　　從一本私人日記

我開始嘗試挖掘

　　　　　　（「答案啊，我的朋友

是在風中飄動──」

　　　　　　　　「人造花工廠的工人罷工了！」）

一條地道通出去外面

　　　　　　　無法把握的世界

「電燈泡！」

　　　　　　「Bulb!」

我們是頑童奔跑的腳步

　　　　　　　　無意中越過了邊界

頭頂上老是嚴厲的規條

　　　　　　　「點指兵兵

點着誰人做大兵！」

　　　　　　　還因為看的書

因為頭髮太長了（做大賊！）

　　　　　　　　　　被人嘲笑

怎樣通過與別人的遊戲

　　　　　　　　去尋找自己的位置？

翻閱古老的詩詞

　　　　　　　　同時訂閱外國奇怪的地下雜誌

我嚮往花的言辭

　　　　　　　我穿一條樸素的灰斜褲

（「我看見我們這一代

　　　　　　　最優秀的腦袋……」

　　　　　　　　　　　毀掉了）

我翻譯地下文學
　　　　我嘗試當一個規矩的代課教師
老是睡眠不足
　　　　　不知怎樣在日夜之間來往走私
夾帶偷運某些東西穿過晨曦的邊境
　　　　　　　　　　　　　我把別人
翻譯成我自己
　　　　　我通過唐代的詩人加州的詩人
找一個方法去說我的感覺
　　　　　　　單腳過河橋
我吃現實的三文治
　　　　　　我自己是些甚麼東西呢
黏在牙縫裏
　　　　翻不過去的東西
　　　　　　　　跳 Over
小皮球
　　　A 字裙
　　　　　塑膠花
　　　　　　　Donna Donna
神州大地
　　　　關社認祖
　　　　　　和平與愛
　　　　　　　　男女平權
　　　　　　　　　　保衛中華
沉重的閘門

疲累而求超脫
　　　　　　　　　既冷又熱的爵士樂酒吧
既集體又自我既壓抑又放縱既迷惘又充實
　　　　　　　　　　　既尋獲
又失落的
　　　　徘徊在街頭
想這兒是一塊甚麼地方
　　　　　　　我怎樣可以走出去

■ 少年也斯，1964 年。（吳煦斌女士
提供）

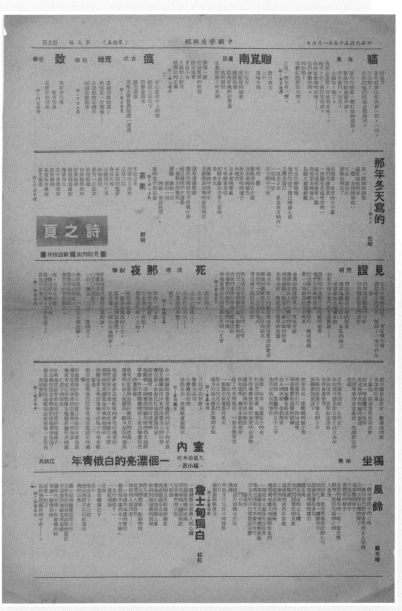

■〈那年冬天寫的 —— 給堯天〉作者自存剪報，初刊於《中國學生周報》「詩之頁」，
1966 年 1 月 7 日。

1964　440 words　20X25=500

校花鋼琴師

塑一個銅的胸像
縱使我想到你
（吹口哨的聯想）
雕像也要死了
可是　遊歷冷冷
重那逐　寥寥的日子裡
用牽他們是激進派
（而這也是沒有成的）

還以為好會有一版
當美貴人的腺孔
你宋考子自己阿順礼呢
每個（都是情話）
又是卷貴人時候
且眼复考年
（幣望老日季　章志也来用池）
一切的一切
生大慣士下面

讓起我那些日子裡
水漠染的顏色
對於歌唱的煙子
和我們
是多麼的覺誕
而又有誰些筆半待
把帽子戴在眉甲介眉上面呢
走怎天
就懶說半夜寥冷的臉
且讓我远悖你的忠誠等你
擇嘉色的髮給他一點風趣吧
微笑又歌笑
可是他們總大艱
悲哀是情大的
阿邊轉不生詩裡

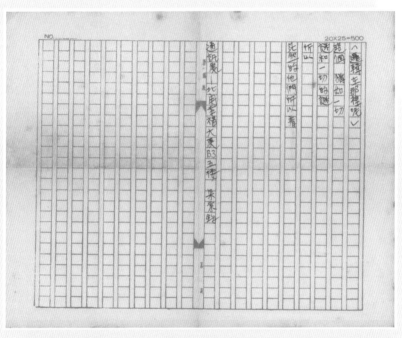

■〈殺死鋼琴師〉手稿，1964 年。（疑似〈那年冬天寫的 ── 給堯天〉初稿，可作對讀。）

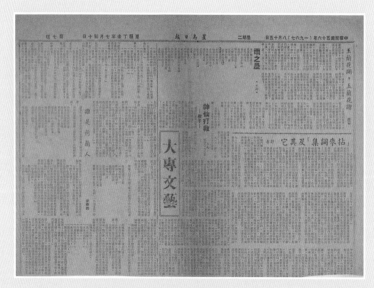

■〈雨之屋〉作者自存剪報（有原子筆修改痕跡），初刊於《星島日報》「大學文藝」，1967 年 8 月 15 日。

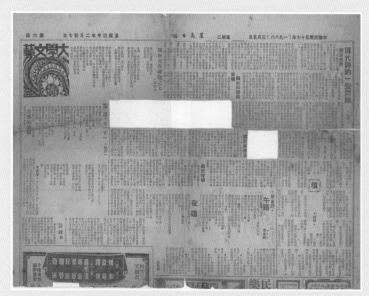

■〈現代詩的一些問題〉作者自存剪報（所剪出的段落後收入《灰鴿早晨的話》，標題為〈詩的生長〉），同版〈午路〉、〈夜讀〉均有鉛筆修改痕跡。

■《法國當代短篇小說選》書影，台北晨鐘出版社，1970年。

■《美國地下文學選》書影，台北環宇出版社，1971年。

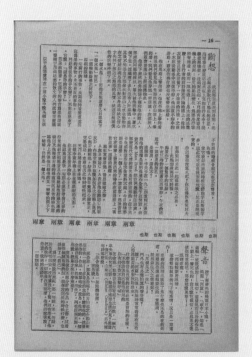

《大學雜誌》第 23
期，1969 年 11
月刊〈兩章〉。

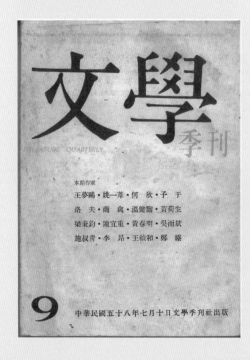

《文學季刊》第 9
期書影，1969 年
7 月 10 日。

■ 《香港短篇小説選
（六十年代）》書
影，香港天地圖
書，1998 年。

■ 《六〇年代剪貼冊》
書影，香港藝術中
心，1994 年。

序　少年也斯的煩惱

　　這個社會中所謂「成熟」的個人，是那些一切作為
吻合別人的標準，像別人要求他們的那樣作着、毫無差
錯的人。——也斯（1968 年）

　　我在打風的日子，用了兩天的時間把全書看了一遍，窗
外的風風雨雨隨着翻頁的節奏終於平靜下來，讓人期待可能
到來的晴天。也斯在 1972 年出版第一本創作集《灰鴿早晨的
話》，得到文學界的讚賞，如果這是他作家生涯晴天綻放的開
始，1960 年代就是他的少年成長期，帶着煩惱摸索生命。也
斯，原名梁秉鈞，生於 1949 年，父親在他四歲時病逝，與媽
媽相依為命。1960 年入讀巴富街官立中學，1966 年考入浸
會學院英文系。回看也斯這段少年時期，我會以「盡」來形
容，一如他過逝前的幾年，從未因癌病而放慢寫作，而這種
「盡」為他帶來不一樣的少年煩惱。

　　少年也斯跑到在六〇年代初啟用的大會堂圖書館借書，
大量閱讀世界文學作品。在不理想的生活環境下，又四處張
羅訂閱中外文學及文化雜誌，嘗試從文字中理解文藝思潮，

想像世界。最讓人感到不可思議的，是一個十多歲的「嘅仔」竟然到舊書攤和書店購買舊雜誌，例如五〇年代的《文藝新潮》，藏書的興趣已在十多歲養成。六〇年代流行文社，也斯加入了「文秀」文社，認識了志同道合的文友和未來的太太、香港作家吳煦斌。更讓人不可思議的是，他以十四歲「未夠秤」的年齡成功加入「第一映室」，搶先觀看大量歐洲電影。

以上只是少年也斯生活的一半，另一半是創作。也斯十四歲開始在《中國學生周報》發表詩作，之後十八歲開始投稿《星島日報》「大學文藝」，發表了一些半散文半評論式的文章，感覺清新，我個人尤其喜歡。累積了「多年」的寫作經驗，十九歲在讀大學的也斯正式有自己的專欄，名為「文藝斷想」，幾乎天天在《香港時報》見報，不知他如何平衡讀書與寫作？還有，在這些創作以外，他還翻譯外國小說和詩。

一個十四歲到二十歲的少年過着這樣「盡」的生活，全情投向自己喜歡的藝術，已經注定他的人生不會走另一路

徑，所有的事情是這樣開始，又會是這樣結束。《也斯的六〇年代》一書收錄也斯在 1963 年至 1969 年的寫作，記錄了他中學時期至大學時期的所思所想，這時他還未開始寫小說，書中的文類包括詩、散文、書評、電影評論、劇場評論、音樂評論及翻譯評介等，當中有百分之七十的作品未曾輯錄成書。我一邊翻看，少年也斯的輪廓逐漸清晰起來，有時與他後期的聲音重疊，有時又感到點點陌生。

一、順序

　　這書的文章順序，按着出版日期的先後排列，有別於一般書籍把文章分類。我們希望讀者按着書的次序看，一同經歷也斯的成長。由 1963 年至 1967 年初，也斯的創作全部是詩，還未開始寫評論；從 1967 年中開始，他開始成為評論人了，大概是看多了電影和文學，希望和大家分享看法。然而，1963 年至 1967 年之間幾年的創作還不算多，1968 年就突然多起來了，也是他在六〇年代發表最多的年份，不知是否經歷了香港社會的動亂，隱隱啟發了這十九歲的少年。

　　當大家順序閱讀下去，會看到也斯的評論與創作千絲萬縷的關係，例如他在 1968 年 3 月 26 日的《星島日報》發表了名為〈介紹亞倫・加普羅和他的突發性演出〉的文章，談

「突發性演出」（Happening）這種藝術模式，其後在 4 月 17 日，他在同一報刊發表了名為〈突發性演出〉的詩作。這些牽連和影響在書中處處可見，不一定是一本書、一套劇、一齣電影的單一影響，有時是幾個作品之間的矛盾讓也斯想得更深更遠，煩惱成為了創作的路標。隨着順序的閱讀，彷彿感到他的寫作像海綿般不斷吸取養分。

二、聲音

這書讓我們聽到也斯不同的聲音，或者好像是小孩開始學講話時的聲音，這是我最感到新鮮的一環。打開書的第一頁，是也斯作為年輕詩人的聲音，帶點鬼馬、自嘲與自信。發表在 1963 年 10 月 18 日的第一首詩〈致自慰的落第者〉寫道「你真是個懂事的孩子 / 會從鬼門關裏跑出來寫詩 / 寫一截截一截截的詩 / 寫一團團一團團的詩」，這好像模仿別人取笑這個文藝青年的語氣，自己卻帶着自信反擊：你有你笑，我有我寫。然而，這般年輕自信的聲音，在幾年後又出現了一點變化：「老積」的聲音走進來。當我看到〈略談當前文藝〉一文時，我頓然感到我認識的也斯就站在眼前，跟我說一些文學界這樣那樣的問題，語調帶點激動。但這篇文章發表時，他只是十八歲，一本正經地回顧《文藝新潮》的成就，

然後嚴肅地說「香港當前文藝情況並不理想」。本來是非常認真的文章，但當我想像一個只有十八歲的也斯在說這話時，不期然笑了出來，六〇年代的社會似乎更有空間讓少年發揮。

我自己很喜歡他在《星島日報》「大學文藝」時期的作品，即是他較早年的作品，這當然不是最成熟的寫作，但讓我感受到那種少年作家在尋找個性的自由，也斯有時以半詩半散文半評論的形式，嘗試呈現腦中對事物的看法，拒絕以單一的文類規則創作。這批早年的作品，看到作者在純粹的狀態下探索一種個人的聲音。

三、世界

我們現在記起也斯，我們是記起他的香港，他談到的食物，他走過的街道，他遇上的人物……但在六〇年代也斯的作品中，香港以另一種形態出現。少年時期的他可能不太自覺「香港」，畢竟當時的文化還未有這樣的關注，但他的文字老老實實地為我們留下了當時香港文化與世界的連接。

在書中，我們隨着也斯看書、看電影、看劇、聽音樂，甚至參加校際戲劇節，到書店買書、看海……香港的生活可以是這樣的，香港可以自由地接觸不同地方文化的藝術與潮流，我們都可以批評，表達自己喜歡或者不喜歡，從而一步

步建立自己的觀點。也斯成長於一個以年輕人文化為重的世界，新一代的導演和作家為戰後的社會繪畫了新藍圖，各有各的觀點，少年也斯就沉浸於其中，既認識中國文學（他當時最喜歡的作家是李金髮和張愛玲），又熱愛西方文藝，當中與香港現實有着矛盾，但成長不就是在矛盾中學習？

我一直以為文學和電影是影響也斯最重要的媒體，看完這書後，我發現戲劇對他的影響很大。也斯在六〇年代寫過不少影評，甚至樂評，也從電影得到寫詩的靈感，例如在十五歲寫的、但沒有出版的〈殺死鋼琴師〉，名字就是來自杜魯福的電影 *Shoot the Pianist*（1960 年）。歐洲藝術電影對也斯的影響，甚至是那一代文化人的影響，是非常重要的研究課題。然而，戲劇是不可忽略的，例如也斯寫了不少篇章關於「突發性演出」，他似乎非常喜歡這種遠離寫實類型的創作，帶着隨意又有點安排。

最重要的是，這些中外文藝作品引領少年也斯反思文化問題，例如剛過世的戲劇家彼得・布祿（Peter Brook），他的電影《告訴我謊話》（*Tell Me Lies*）讓也斯反思戰爭與個人的關係，就好像越南戰爭不在香港發生，香港人為何要關心呢？電影《荷蘭人》也有多篇的討論，黑人與白人的矛盾，以及當中涉及的歷史，這電影讓他反思在社會中種族與

不公義的議題。這些問題都不能以黑白分明的答案解決。藝術作為種子，引發也斯思考社會，他一直是這樣做，一直走到人生的終點，我們希望能繼續走下去。

四、朋友

也斯七○年代及其後的創作，不少評論人和學者都寫過精彩的文章，這書是希望補充六○年代的資料，繪畫少年時期也斯的寫作軌跡，引發更多對也斯及香港六○年代的討論。也斯生前帶領我們研究「1950 年代香港文學與文化」，2013 年由中華書局出版叢書，共六冊。「1960 年代香港文學與文化」研究，繼續得到研究資助局優配研究金的支持（LU13401114），再一次與中華書局合作出版叢書，繼劉以鬯的《故事新編》（2018 年）後，我們花了四年多的時間搜集和整理資料，《也斯的六○年代》終於能夠出版了。

我們團隊非常感謝吳煦斌女士，我經常以電話短訊問Betty 這樣那樣的問題，哪怕有時差，她總是很詳細地回答我。此外，不能不感謝中華書局的副總編輯黎先生和編輯張小姐，經歷多年，感謝你們還沒有放棄我們。還有不少也斯本地及海外朋友的幫忙和關心，特別感謝須文蔚教授及他的研究團隊的最後「營救」。沒有嶺南大學中文系畢業生團隊

（明俊、Karry、展桃、Gary），這書是沒有可能出版的，尤其感謝劉汝沁，Teresa 一直堅持到底的精神，是此書能夠出版的重要支柱，衷心感謝！

黃淑嫻
香港
2022 年 7 月 6 日

凡例

一、篇目範圍

　　本書根據作者留存剪報及手稿（由吳煦斌女士提供）、香港文學資料庫，以及香港大學、香港中文大學、嶺南大學圖書館所藏報紙菲林資料編輯整理，作品發表時間以 1960 至 1969 年為限。個別篇目雖發表於七〇年代，因作者註明為六〇年代創作，故亦特別收錄在內。其中翻譯作品因版權問題只供存目，詳細篇目參見附錄。部分初刊版本或與後期結集版本有差異，可見作者曾經修訂，本書只收錄初刊版本，有興趣的讀者可自行比對研究。惜早期報刊遺留期數不全（如《香港青年周報》），編者已盡力蒐羅所能及見的資料，惟難免有所遺漏，俟新資料出土，留待有心的研究者再作補充。

二、筆名確認

　　本書所收作品多以「也斯」為筆名發表，部分以本名「梁秉鈞」發表，亦有署名為「馬倫」、「梁安翔」、「梁喆」等。本書只收錄經確認屬於也斯的作品。需要特別說明的是，當時報紙編輯或因礙於同一版面出現多篇同一署名的文章，而逕改為另一署名，並非作者意願（如「梁安翔」一名）。

三、編輯說明

　　為盡量保留資料原貌，某些具時代特色的用字（如「的」常寫作「底」，「只」常寫作「衹」）不作統一。其餘只有字型結構差異的異體字，統一為現今常用字型（如「塲」統一作「場」）。當中外文人名、書名、篇名、電影名稱等翻譯均依從原文，不跟從現今通譯。早期專欄疑因報紙直排關係，應為書名號《　》的地方，均使用了方框引號「　」，本書由編者改回書名號《　》或篇名號〈　〉，以便讀者識別。除明顯錯字由編者逕改外，原件字型模糊不能辨認或無從臆補者，以□表示。個別因原刊勘誤而引致的語句不通，實無法推測者，由編者標註〔原刊如此〕。

　　依據舊時不成文慣例，某「十」年代和某「〇」年代是不同的。某「十」年代是指前十年，如「七十」年代指 1960至 1969 年，「七〇」年代則指 1970 至 1979 年。本書收錄的文章均沿用初刊時的年代表述，不作修改。

目次

也斯六〇年代的創作

附錄：回望六〇年代

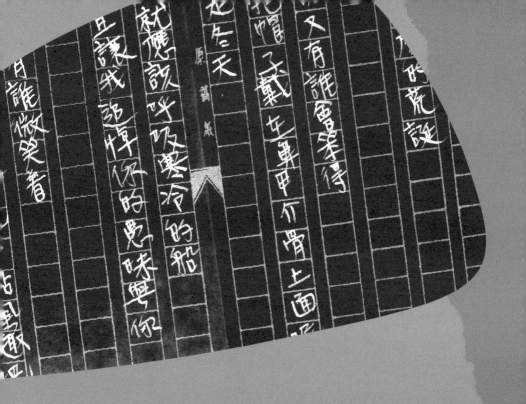

也斯
六〇年代的創作

致自慰的落第者

你真是個懂事的孩子
會從鬼門關裏跑出來寫詩
寫一截截一截截的詩
寫一團團一團團的詩
連衛星也拉進詩裏去
連金字塔也擠進詩裏去
使我又驚又懼
想想會考落第真可怕
竟會使人患這麼重的神經病

你真是個聰明的孩子
說說體重，說說昏迷
自慰又自慰又自慰
就可以賺一大筆稿費
就可以去電影院裏唱唱歌
（但願我不要坐在你的鄰座）
就可以去唸唸武俠小說
而不用說無可奈何

《中國學生周報》，1963 年 10 月 18 日。

一九六三年

也斯的
六〇年代

詩二首：〈去年在馬倫伯〉、〈八又二分一〉

去年在馬倫伯

去年，唇色的西班牙
茱地茱地
奇理夫在西班牙
舐着冰淇淋的西班牙

而西班牙可不是馬倫伯呀
也沒有誰說過
馬倫伯就是揮着紅絲帶的都市
就是牛角上頂着個小夥子的都市
就是，而又不是
哎，我也給弄糊塗了

去年呵
佛洛伊德的去年
而紅塔街總之就不是在馬倫伯
哎，馬倫伯
關於你我該說些甚麼

八又二分一

我壓根兒沒見過費里尼
他究竟是費彬的表親呢
又還是墨索里尼的乾兒子
　　我一點也不知道
他是像那個推我下車的守閘員
那麼孔武有力呢
又還是像我一樣常常搭不到巴士呢
　　我一點也不知道
費里尼壓根兒沒見過我

《中國學生周報》，1963 年 12 月 6 日。

也斯的
六〇年代

回來吧，非洲

你到遠方去了
留下我聽很吵很吵的爵士音樂
我不愛音樂
我也不愛上學
那些祭文彆扭透了
老師又總愛打我的手心

是這麼樣的一種季節
糟透的雕刻在架子上
糟透的繪畫在鏡框裏
而且破鐵在畫板上
破洞在畫布邊
我的老師把頭擺了又擺
然後便一個勁兒的打着呵欠

就是要看點電影也不行
費里尼也到遠方去了
阿倫地龍祇在畫片兒裏站着
榆樹下，榆樹下甚麼也沒有
哎，你還是回來吧
這裏實在太寂寞了

《中國學生周報》，1964 年 1 月 31 日。

樹之槍枝

你說　看那些荒涼罷
看那些白楊看那些十字架
小小的風
在古老的枝椏間吵着
汽車喇叭那樣的吵着
看那些小小的風罷

是的
為了一對狂野的眼睛
春天遂答應留下來
這是佩槍的白楊
這是佩槍的基督
聲響在冷風與熱風之間
而鼴鼠的憤怒卻不知放在那裏

遠方一株名字古怪的樹
也急急的爆出芽來了
就這樣子的憤怒下去吧
不管施栖佛斯的大石頭
不管存在和不存在
就這樣子的憤怒下去

《中國學生周報》，1964 年 2 月 28 日。

也斯的
六〇年代

那一個冬天

　　那一個冬天
一隻山貓走過來
　　　　　頹喪
得不得了
　　古怪的雲
在天上
　破舊的葉子
　　　　　　在樹邊
鐘聲響呀響
亞麻色的風
　　　　大踏步
　　　　　　　走來
滿天的荒涼
　　　　　滿地的落葉
而風　踱着　又　踱着
　　發毛的太陽
在地球的那一邊
而我們
　　　在這裏
寫着誰也不愛看的詩
到電影院裏去

打聽別人的傷風鼻子
到理髮店去
　很傷心的坐着
而且
　　坐着
而且
　　把春天忘卻

《中國學生周報》第 610 期，1964 年 3 月 27 日。

也斯的
六〇年代

借來的一夜

　　不知道你有沒有去聽今年的音樂節鋼琴賽，馬倫就沒有。但他看了報紙上的報導，看了些速寫，就那麼地「借來了一夜」。那晚，有人演奏有人批評，有人在繪畫，有人聽得打盹，這首詩，都告訴你了。

一個臉紅的晚上。你說
那番演說自然是非常的好
蘇格蘭花格子襯裙奏着五月
大吊燈照例的打哈欠
貝多芬還像個樣子。至於質素
那套花格子襯裙自然是非常的好

黑髮破碎得難受
而且舒展聖桑以一種舒伯特
所以我們的繪畫朋友就祇愛
打盹。一張素描掉在椅子下面
還有一支鋼筆在速寫天堂
一種髮型在翻琴書
還有一瓶漿糊在輪下吶喊

聲音不要太大。你說

冷冷的磁器畫一樣的風景
擺出一種姿態。而有些臉孔
遂笑起來。我很清楚的聽到
這麼難看的顏色
這麼潦草的速記。呵呀
乾脆的在椅子間睡去吧

菜色着實不壞。非常的豐度
而且瑪珠卡
他們忍受着整個倒運的星期二
而在呆板的圖案後面
薊草一般的靈魂
非常的比尼克。而且憤怒

《中國學生周報》第 619 期，1964 年 5 月 29 日。

也斯的
六〇年代

也斯的詩：〈假期〉、〈星期六晚與星期日早晨〉、〈昨天 今天 明天〉、〈夏之日曜日〉、〈星期一或星期二〉

假期

一組輪子停在這邊
　你回過頭看看
（呃　你沒有變成鹽柱）
你沒有變成鹽柱　然後
你再從窗子裏回頭看看
　　　你是回家的軍曹
幸福得像那木星
像那木星　我也是的
在昨天　在那些房子裏
我們把一切釘在空白上
　　　　釘在灰色牆上
而這些日子已經過去了
過去了　是的
一個抱狗熊的女孩子
跑過對街　在車外
山海經以全新的面目
　　　　　　迎接我們
喜鵲也在雲上唱着

唱一個七月的祭神

就讓牠們繼續唱下去吧

佩瓔珞的早晨

　　　　　　　　沒有誰

沒有誰不想浪漫一下

星期六晚與星期日早晨

蹄聲以後

晚報帶來阿拉斯加的地震

有些人便嘆息起來

一地的杯子盆子

不知誰在踱步

不知誰把大門重重關上

然後把臉孔留在甬道裏等候郵差

炮響總在竹籬以外

竹籬以外的郵差還沒有來

等到天黑了

我們便祇聽到鄰居的爭吵

一盞燈推翻所有的哲學

一本詩集吃掉所有的眼睛

然後門鈴便響起來

然後奔走的人便造成一個騷動

影子都是藍色

那麼潦草的藍着

微笑的陌生人走過一個菜市

走過一個菜市還是找不到甚麼

你的梳子是東方

我的花瓶是小小的荒原

一切都這麼潦草

又不知誰的杯子裏升起一個法國

然後阿士匹靈便從你的左方走來

黎明總是白色

白色的氣球白色的低氣壓

刺眼的色彩

來自阿根廷的企鵝

一地的杯子盆子

然後一個早晨的白色結束於一聲呼叫

昨天　今天　明天

白色的飲料傾進鉛管

暴燥的　　沿海的閃光到達城市

門前有一種東方

綢緞們推開東方走進夢裏
石質的碟子排列得很不整齊
不管誰在迷失
灰色的土著總站過一邊冷笑

魚群大概是在天外
露台的上邊有水聲，這麼響亮
像要把整個星系喚回
水聲組合的水聲
此外是泥的水族和水族
在地洞之下
他們的眼睛進入地獄然後回來

鐘聲響過了　鐘聲
從十字架降下而終於到達岩層
（旅客們慢吞吞的走着）
桑麻蒙着河流的臉
再走下去還是這個樣子
雲塊繞着花木
啄木鳥從水湄逃出
然後畫框裏就祇剩下一道虛線

（繼續的是鼓聲

也斯的
六〇年代

一個影子穿過鼓聲走向太陽
甚麼也沒有產生
而在他的背後
用盡的那些夜還原成為山羊）

夏之日曜日

冰河時期快要過去了
將會有破裂，放出煙花和煙花
將會有風暴，椅子分生成五月的驢
是這樣的，不是這樣的
快要過去了，此外就是
羊毛的世紀

甲板和甲板
很現代的猩紅症
很現代的
而菌類們就是不知道
酒瓶們吵得這麼久是為了甚麼
是為了甚麼呢
屍體們也不知道

例如水，此外是牛

此外還有甚麼呢

舉一個例

鼻子要講衛生

晚上睡覺的時候就記着

太陽傘的下面有四頭牛

四頭牛是象徵甚麼呢

水族箱是警察的國家

我們知道　你們知道

從 A 到 B 的距離等於一座聖母院

不用證明了

書裏的定理太多

而且南極太熱　而且

而且再沒有甚麼可以而且

星期一或星期二

送你一堆埃及的甲蟲

　　送你送你

　　一堆埃及的甲蟲

然後就下午了

你不在同一條河裏

　洗兩次澡

也斯的
六〇年代

漢魯克利圖斯說

這點我們倒是贊成的
　　　這是羅馬
我的名字是馬里奧
　　　十一點鐘
我的名字是馬里奧
（呃　並非奇特
　我的名字就是如此）

在早晨　我想
　　　還是為自己
找一座森林的好
可是山的那邊
也許還有米諾斯牛
還有大盜西尼斯
　　　　嗳　　　送你
畢墟堡今夜的暗殺
然後就下午了

《中國學生周報》，1964 年 10 月 2 日。

哎畢加索

畢加索　你的名字和你
和你的名字
牛們沒命的叫着
（就是沒有叫着畢加索）
牛群是牛群　而他
畢加索是個多麼奇怪的名字

要找一個鼻子其實也不容易
立體和不立體
不朽或不不朽
阿維儂的少女們
（我不懂這些）
而這沒有關係
鄰家的窗簾子也是些藍色時期

還有塞納河
你要的究竟是甚麼
一頭法蘭德斯客店裏的貓兒
還是凡爾賽條約
（地球是圓的）
還是你根本不要甚麼

也斯的
六〇年代

結他・一九一二
和你的名字

《中國學生周報》，1964 年 11 月 6 日。

無題

哦狄帕斯王的恐怖
哦我們每的神祇雨雨
開始了
哦來的
左方
歌
從
的
雨落眼睛
雨呢還
冷髮
寒的哦給是
長長的髮是我落下來
死
的吳煦斌的恐懼
雨
給
之
鼻卜
太陽
夕
斬首的壞的
的牙齒
的啄木鳥喙一般
的圖騰柱一般
頸子沒有頸子

收於私人信件，曾輯錄於《梁秉鈞五十年詩選》
（台北：國立台灣大學出版中心，2014 年）。

也斯的
六〇年代

風像

於是便有　另一半的沉默

愛上了風像（愛上的風像）

歌唱的年代過去了

幾年前的人坐着

幾年後的人坐着　這季節

也不是　電結他　也不是

曼陀鈴　也不是

另一個島上的神話

（就像你吹響風鈴）

不管多少下　不管

走過的是誰　是誰

吃去了風像

（倒霉的達達主義者）

和肩上的樹

和全部的沉默　愛上風像

《中國學生周報》，1965 年 3 月 5 日。

第七天

首先是你從門後走來

　　　你和你的書本

這兒沒有食客祇有凶年

　　　凶年和雨和不真實的椅子

你坐了下來

　　　　　這很好

鐘聲以後一個漢子走上講台

（威廉加洛威廉斯　他死了）

然後是牧神從門後走來

　　　走來牧神的下午

風風風

　　　你不能吃掉那些李子

李子和冰箱和張開的嘴巴

　　　　　這麼多

死亡為何尚未處置這麼多

《中國學生周報》，1965 年 7 月 2 日。

雨中書

不能告訴你

羚羊的角是多麼潮濕

在霉雨裏

樹是孤獨的　哦

傘子一般的樹

或者　傘子一般的

卻堡

而沒有甚麼會太忙碌

即使是雲

（雲或者甚麼甚麼）

或者　我說的是雨

雨的野獸們

一對對走進船裏

哦方舟　在花叢裏

在灰色的街道中

（頑童走在安德烈克萊因的眼睛上）

哦洪水的眼睛

可是方舟也是沒有用的

我想　對於雨
這個時候在窗外的
進入白晝的所有歌聲
（破碎的山唱着）
歌聲的長程
就是這樣

這樣　這時候在窗外
忽然降下了南非的河

《中國學生周報》，1965 年 10 月 1 日。

也斯的
六〇年代

夏日與煙

而最重要的是
夏天早晚要過去了
早晨跟着早晨
然後你們就會說
說整個秋天的壞話

懷念昨夜　想着今夜
比夜更燦爛的是沒有的了
煙花唱着
橘黃的窗外有人唱着
音符是死的
洋台上誰不知道呢
在早晨裏他們就盡想這些

至於煙　煙並不永恆
夏天也不是的
而她們仍舊以一柄陽傘
釘太陽的手在牆上
仍喜歡冰淇淋的顏色
用顏色種植昨日
的昨日

也斯六〇年代的創作　　　一九六五年

還是昨日的風采罷
泉水冷冷的　我知道
還有化石　還有草
但是在一切之外
夏天輕輕走過
□煙一般　像煙一般

六五年八月

《星島日報》「青年園地」，1965 年 10 月 15 日。

也斯的
六〇年代

渡輪上

又該黏起多少寒冷
去了　還以為這是初秋
一束花　一些昨日
微笑給我煙的暈眩

而不懂歌唱的
仍唱着十八個普魯斯特
（過去事情
　　的回憶）
而我回憶　窗前
回憶過的那些

多願所有的煙
都走進了你的眼
（伊們在凝視裏
給你一頭牝牛的微笑）
沒有誰要變作浮瓜
所以這是
一點也不鎮靜的

還有第六十五種黎明

也斯六〇年代的創作　　　　一九六五年

（因為六十五並不等於

最後）

在聲音裏。

搖響一串銅鈴

會給你帶來觸礁的幸運吧

還有些甚麼秘密

藏在去年的疲倦裏呢

那些去年的去年

還有甚麼

《中國學生周報》，1965 年 11 月 5 日。

那年冬天寫的——給堯天

塑一個銅的胸像
這使我想到你
（哎　多糟的聯想）
可是　這麼冷
塑像也要死了

在那邊　普普的日子裏
他們是激進派
（而這也是沒有用的）
還以為你會有一張
岩美第支的臉孔
每個人都這樣說

又是甚麼時候
他們失去了自己的臉孔呢
且懷念自己
（嘴是日本　鼻是埃及的河）
一切的一切
在大帽子下面

那些　哎

說起那些日子裏

冰淇淋的顏色

對於歌唱的爐子

和我們

是多麼的荒誕

又有誰會笨得

把帽子戴在介骨上面呢

是　冬天

就應該呼吸寒冷

且讓我哀悼我的愚昧與你

還有誰微笑着

搖黑色的髮並不給我甚麼

而且邏輯不在這裏

（邏輯在那裏呢）

這個　猶如一切

　　　　謎和一切

　　　　的謎　所以茫然

着的他們所以着

《中國學生周報》，1966 年 1 月 7 日。

也斯的
六〇年代

附：殺死鋼琴師

塑一個銅的胸像
這使我想到你
（哎　多糟的聯想）
可是　這麼冷
雕像也要死了

在那邊　普普的日子裏
雨傘他們是激進派
（而這也是沒有用的）
還以為你會有一張
岩美第支的臉孔
每個人都這樣說

又是甚麼時候
你失去了自己的臉孔呢
且懷念去年
（嘴是日本　鼻是北菲的河）
一切的一切
在大帽子下面

說起我那些日子裏

冰淇淋的顏色
對於歌唱的爐子
和我們
是多麼的荒誕

而又有誰會笨得
把帽子戴在鼻甲介骨上面呢
是冬天
就應該呼吸寒冷的船
且讓我追悼你的愚昧與你

還有誰微笑着
搖黑色的髮給他一點風趣吧
微笑又微笑
可是他們總又說
悲哀是偉大的

而邏輯不在這裏
（邏輯在那裏呢）
這個　猶如一切
謎和一切的謎
所以
茫然的他們所以着

廢郵存底

懷疑了所有的屋背

它們是過而不留

仍將回到遙遠

一支寒冷的故事

甚麼時候

你將回轉一個冬天呢

依然從身後走來

萋萋的草

一大束寫給自己的

西伯利亞書簡

自厭與自傲的瓶

思想中的石南花

這是甚麼

候鳥問題的冬天

說着

他得到的是

天空深處孤寂依然

給你滿天的星

和說着星的

一百種理由

使你凝視

《中國學生周報》，1966 年 4 月 1 日。

夜與歌

直至她們
在簷下漫漫的唱着
雨下着
寂寞而甜美的
許多個滂沱
總是這　總是那
廊下有人等待着
大理石塑像
浮雕的牆
歌聲來自這
比生命還長的廊道

即使是思想中的一樹綠葉
去年的園子
園子裏的甚麼……
當你想像的時候它就在那裏了

即使沒有甚麼
桌上翻開的小說裏
墓穴裏雕着的小馬
你憑空捏造一所廚房簡陋的佈置

即使是那些煙火的氣味
即使是那個
嘤嘤哭着的女僕
——它們就在那裏了

即使是昆蟲
記起童年時聽來的傳說：
如果不剁下蜻蜓的尾巴
牠飛去時會把你的名字記在牆上
這裏的牆壁像夜一般空白
為甚麼不讓蜻蜓把它填滿呢
就像歌聲填滿這比夜還長的廊道
即使是
窗簾子擦着窗飄起來
要來的冷冽的黎明
也要來了
即使是她們
漫漫的唱着

1966 年，收入《雷聲與蟬鳴》。

裸街

獨自在許多路上
貧乏的眼
沒有比這更暗澹的花卉了
一盞燈
你以為你是甚麼
髮裏的破船
一種概念
一些移過去的停泊
然而這裏沒有池沼
如果有我可以停下來
讓水流的寒冷留在體內
直至死亡
但是它們沒有
這樣我隨着我的意志飄泊
任它們引向
空中任何的一扇門
構思着透明在現在
或者一種仰首的藍
從痙攣中舒暢出來的雪
或者在他們的對話中醒來
仍然趕上看見

也斯的
六〇年代

遠方一張伸出來的臂

那人冷淡地彈着琴

背向他音符的兄弟

一臉孔燈

電燈桿上麻雀歌唱

唱它們家族中的槍聲

哦　火藥氣息中

落下來

後來的雪

《中國學生周報》，1967 年 2 月 24 日。

電影漫談

一、秋月春花未了情

在另一部的約翰・史拉辛哲導演的電影《說謊者比利》中，比利是一個對他自己的生活覺得索然無味而又無法斷然超脫，無勇氣重新開始的男子，現在《秋月春花未了情》（*Darling*）的戴安娜顯然面臨同樣的困惑。（開始時她接受訪問，談及打破因襲，羅拔問她：「你已打破的再成因襲時你又如何呢？」她說：「再打破它！」但當結果她回去意大利時，顯然她已無能於「再打破它」了。）然而比利與戴安娜是不同的：比利一直寄託於自慰的虛想，而戴安娜在倫敦與意大利之間，在羅拔・米路斯、攝影師馬爾甘、王子等這些孤獨的島嶼上展開其放浪之旅。

然而就像在那所意大利古老宅第晚餐後蹣跚着在廊道之間穿過一扇一扇的門，戴安娜的旅程能回到，並終止於鏡前赤裸的自我麼？電影繼續發展下去，「回到」與羅拔之戀是不可能的了。至於「終止」，誰能說終止於甚麼的終止呢？最後銀幕上那婦人噴泉旁一曲〈聖他魯契亞〉是對先前戴安娜目送攝影師馬爾甘乘電單車遠去時同樣背景音樂的迴響。那時人們在路旁唱着，那時戴安娜的是被遺棄的，在需要時被拒絕的心境。最後一場當歌曲重聆，亦暗示着她的同樣心境的再現罷。

當戴安娜向攝影師馬爾甘說：「我真正需要一個假期。」我想起馬加烈·杜拉（Marguerite Duras）在她的小說〈泰昆尼亞的小馬〉中的一句對話來：「在戀愛中是沒有假期的。」戴安娜也許實在是為日常生活的煩厭與虛飾之情所苦，假期使她安寧，「覺得自己……完整」，不假外求。但後來末尾時她飛回意大利，不正意味着她不能再從生活的煩厭與虛飾之情中退卻出來了嗎。（當她在機場回答記者說：「我快樂，像每一個人那麼快樂。」可以解釋為她如何必須向人群虛飾來保持一切，也可以解釋為她暗裏諷刺人人都根本不快樂，都覺得煩厭。）她無可退卻了，也許我們該說：在生命中是沒有假期的……。

就是這樣，這是一部關於一個女子如何流浪在性、愛、友誼、職業、宗教等戶扉之外之內而無法找到安心之所的事的電影。也許不太新鮮，也許。也許「已打破的再成因襲時你又如何呢」，根本是指向現代電影作者包括約翰·史拉辛哲在內的，質詢他們如何不斷求變的一個問題。

二、滅絕的天使

一所別墅的主人邀請他的朋友們到來晚餐，然而僕人們相繼離去。之後，逗留在屋子中的人談笑，進餐，聆聽音樂，之後，逗留在屋子中的人繼續逗留，一天，兩天──因為他們發覺自己無法離去了，不是由於甚麼理由，而是被一

種無名的力量所阻，總之，他們無法離去了。他們共處一室，互相衝突，最後他們決定這一切乃是由於他們的主人而起，認為把他殺死他們便可以獲得救贖了，正在那時，忽然有人發覺各人湊巧回到第一天晚上自己的位置，在聆聽音樂之中。於是一切按照正常的秩序發展下去，客人們安然的告辭，走出大門，恍惚甚麼也沒有發生。──這就是最近在電影協會放映的《滅絕的天使》(*The Exterminating Angel*)一片的大略內容──一部奇特的電影，非常使人驚異。

當他們被困屋內，他們都對別人的存在感到不安：有人不喜歡別人梳髮的樣子，別人身上的氣味，有人不喜歡別人聆聽他的私人談話──這就像沙特《無路可通》中有人不喜歡別人扭嘴的姿態，不喜歡別人脫去上衣等等相似。這電影裏有一個女子說：「我不介意死去，可是死在這些人之間是多麼可怕呵！」這些不安與敵視，用沙特的話解釋一下，就是「他人的存在就是地獄」罷。那時竭力希求出路的戀人，終於自殺死了，但死亡是否就可以解脫呢（《無路可通》一劇說的是發生在死亡之後的事呵）。甚至當他們獨處，在睡夢中，他們仍然共同沒入夢魘的海洋。

全片亦同樣洋溢着一種夢魘的氣氛──不可信，不合理而又可信，又合理的一個一個片段：

一群羊走過廊道。
死去的羊的毛飄飛在屋中

一個男子在找尋他盛藥丸的銀色盒子。

一個男子在死去

他們把死者抬起來往外走

他們把他放在門外

把六弦琴放在他身上⋯⋯

三、困擾

《秋月春花未了情》與《滅絕的天使》二部電影都使人不安，它們同樣的不輕鬆。下面是一段評論珍·林達的雕刻展出的文章，其中談及藝術作品之使人困擾的問題：

「這是一個非常創新的展出。起初我對它有些微反感，但它的感覺卻一直留在我裏面。這是個使人不能安寧的展出。我不同意安德烈·布祿東在小說〈娜達〉中所下的結論：『美是使人痙攣的，否則它便不是美。』我不喜歡痙攣，除了在捧腹大笑的時候。但被藝術作品所困擾在我卻無所謂藝術，也許是應該使人困擾的。」（見五月十八日《村聲周刊》）

就現在這二部電影看來，《滅絕的天使》較諸《秋月春花未了情》是更創新，也更使人不安，但是，同樣的，它們都帶來這種「困擾」的感覺。

《星島日報》「大學文藝」，1967 年 7 月 25 日。

略談當前文藝

　　香港當前文藝情況並不理想。雖然像每個時期一樣，此刻的香港有它眾多的讀物，和那麼眾多的藝術展出演出，以及一小撮自以為佔一席位的權威人士，與由他們和他們的盲從者所造成的風氣。首先我願意指出：文藝並沒有必然的方向，因此也不能有所謂權威了。但今日在香港，急於為文藝定一方向的權威是太多了，加繆在接受二個意大利月刊編輯訪問時說：「今日的知識分子最好避免高談闊論。」但今日在香港，顯然高談闊論的人太多，真正創作真正批評的人是太少了。他們高談闊論，在每星期一次的四方專欄內，在日報、周報，在不定期雜誌中，他們大談負托精神，過河卒子。他們善用比興，空喊口號。興之所至也諷刺一下某人建了一所四層的屋子等等。路如此類〔原刊如此〕。當我們知道《文藝新潮》在一九五六、五七年間已經譯介了沙特、彼得懷斯、伊安尼斯高、田納西威廉斯、羅拔安德遜的作品，我們對今日那些爭認最先介紹紀涅的人不是覺得很可笑嗎？（也止於介紹吧了！告訴我，香港有誰系統地譯介過紀涅？）也有人喜歡東湊西併的「論」意識流小說，可是台灣的《現代文學》早為吳爾芙、喬哀思出過專輯，最近更把《都柏林人》全譯過來，並加以分析評論了。

　　至於創作方面，我願意提出一些我的疑惑：在我所閱讀過的創作作品中，似乎都有着某種欠缺。現在我試把它們歸

納為二：嚴肅之欠缺與創新之欠缺。

A、我所謂嚴肅作品，並不是指廣徵博引、結構謹嚴的作品（例如在影評內引用一些無相干的古詩，或者在論文中使用非常邏輯的句法），雖然這些也許可算是嚴肅表現之一端。我所謂嚴肅作品，也並非是指那些悲涼的、毫無幽默感的作品。我謂嚴肅是指對創作的尊敬與鄭重。李維陵先生的一段話說得非常恰當：

> 為藝術，把全個生命都溶化進去，吸收愛，吸收喜悅，把生命裏每一個分子都變成語言，變成色彩，變成律動，這樣，寫作出來的東西才會燃燒得長久，旺盛。不然，無光熱地，愛得不深，恨得不深，痛苦得不深，祇是那麼無關痛癢地儘叨說些不着邊際的廢話，表現些模稜兩可的貧乏感覺，那即使你因為技巧的賣弄而招引來一些無所事事的觀眾或讀者，可是他們絕不會受你感動，因為他們純為消閒而來，他們看待你像一個江湖賣藝的雜耍班小丑，學那些嚴肅的天才們那樣鄭重地對待藝術吧，即使你不要進天堂，但鑽地獄也應該鑽得更深些，不要那樣不死不活地糟蹋藝術。（〈文藝斷想：不要糟蹋藝術〉）。

以前《筆匯》月刊的詩頁定名為「紀念碑」，認為「一首詩應是一座紀念碑」，提出「我們永不寫那些迅即為人接受但

又迅即為人遺忘的東西，經不起太陽曬的東西，三天後便被搗爛再去作紙的東西」。這也是呼喚「創作之嚴肅」的眾多拔尖的聲音之一，是值得每個從事創作的人參考的吧。

B、以前作者的嘗試為我們開拓了不少境界，但現在要作的，是繼續開拓，而不是單單保有。周夢蝶詩是創新的，但香港模仿《還魂草》的作者並不創新，因為已有周夢蝶寫過了。貝克特劇作是創新的，但香港作者的「難以溝通」或對話並不創新，因為已有貝克特寫過了。創新，必須是此時此地的創新。

美國當代小說作者布洛士（W. S Burroughs，《赤裸午餐》、《柔軟機器》等之作者）談及未來小說時說：

> 在寫作中我就像一個地圖繪製者，一個心理領域的探測者，如果用亞歷山大·葉之的句子說就是內層空間的宇宙之客。而且我覺得徹底勘查過的土地無謂探測——一個蘇聯科學家說：「我們將會在空間中，在時間中來復旅行。」就是說空間旅行猶如時間旅行——如果作者要在時間空間中旅行，與及探測因太空時代而開發的領域，我想他們必須發明簇新而明確的器材，像在心理領域的旅行一般。

而這些為探測小說新領域的簇新而明確的器材之製造，亦必須出自作者個人熱切的需要才行吧。倘若你模仿布洛士

小說中的「對摺法」那並不算創新，因為布洛士已用過了。

　　在結束這篇文章之前，我必須指出，所謂「嚴肅」與「創新」只是我個人「沉思試驗」的結論，並無意作為當前文藝的指標（我不是說過文藝後有必然的方向麼），又我之對香港文藝加以指斥，只因我對它仍有企望而已。倘若我以為它是伊安尼斯高短篇小說〈旄〉中無用地變大發臭的屍體，只因我希望它能像那些屍體一般終於帶我上昇，飛翔在銀河之間吧。

《星島日報》「大學文藝」，1967 年 7 月 25 日。

寒山及其他

想起俞平伯寫的：
「再沒有寒山
　再沒有拾得
　……」
再沒有甚麼呢
　　再也沒有
由於鐘聲的塵拂
所拂起的時間的塵埃
沒有人會寫道：
「寒山有躶蟲……」
向無人的鳥道
散髮而笑

姑蘇城外
寺院的蹬音呵
鳴響有如寂靜的
楓橋的音色呵

某個早晨
我看見你在樹下舂米
我看見你

破衣的僧人

曾經以你們的寒冷為詩
而今日我忽然希望
把我的詩刻在
滅絕人跡的岩上了

汛滿城市
一個奇異的幻象
你的掃帚
出售在一條街道轉角
當我經過
白雲是屬於
麵包舖子

甚至球場對開處
一面塗污的牆
可是我當然不會說
他們題着的是你的笑聲了

昆蟲咬着咬着
胖腳詩人
與乎

幾萬載的青天
與乎
幾萬載的蝨子
一齊跳進
轉動的腦葉
忘卻了
打掃食堂

而對於洗不盡的耳朵
你又如何呢
對於泉水
未說出口的話──
泉水從泉水中抽回自己

我想着泉水
然後我看見：
「劇場徵求訂戶」
「每本零賣十五元
全年四本五十元」
甚麼是訂戶呢
對於泉水
甚麼是全年四本五十元

（某個早晨

我看見你背負竹筒而去

我看見你

破衣的僧人）

再說一次：

我看見你

在沒有蜻蜓的路上

舉起來的手

面對黃昏雜杳的風景

我的朋友說

你以為你是那不繫之舟麼

《星島日報》「大學文藝」，1967 年 8 月 2 日。

雨之屋

有甚麼比燈光
更狹隘對於
室外的沖刷
我的手在未知上
我的手
將永遠如此
民歌的段落
起伏在一張
海浪的椅子
說甚麼也得
繼續下去了
在那窗外看見
船部分的燈光
在部分的海港中
有甚麼比這更
適宜於雨呢
想起鞋子
走在漬水的街道
雨的髮茨
空無一人
傾斜着的

臂伸展成為雲

哦怎樣想起

怎樣經過這一切阻撓

來到達你

無言的中心

如何抬頭隨你的視線

看見那些陰森黑暗

雨還是雨的意欲

並沒有天明

《星島日報》「大學文藝」，1967 年 8 月 15 日。

誰是荷蘭人

「從一張空白的紙開始？」

「從空無中開始——任何一種故事。你寫着，而它逐漸成形，你未開始的時候是不知它會成為甚麼的。」

「你寫下：『從前有一次⋯⋯』」

「或者你說：『讓我來告訴你一個故事：在華北，抗戰時候⋯⋯』」

「鴉片戰爭的時候，」

「日俄戰爭的時候，」

「都是一樣的，」

「一樣的時候，角色，情節，高潮，結局。『我那天在車站看見一個熟悉的背影』或者『我在戲院門前等待你來』，然後便開始了，我們看見主角行走在柏油路，然後在轉角的地方你猜到他會碰到甚麼⋯⋯」

「為何我們不寫一本小說？」

「關於甚麼？」

「任何事情，此刻你腦中飛濺的音樂聲音，此刻你轉首時所見的瓶狀物質。」

「我會說：『它的瓶頸約佔全體的三分之一，由下而上狹窄。整個來看則可算是錐圓形，或者說：更接近瓶形。它的瓶身有着白色字體，標示出其內的液體性質。』」

「你為何不說出它是一可口可樂的瓶子呢？」

也斯的
六〇年代

「我們是在寫小說呵。」

「我們是在火車內，荷蘭人，告訴我你為何在火車內。」

「我來自一個隔鄰的小城，我看見——我還記得——煙霧和雨。別離，千篇一律的故事，千篇一律的異鄉人呵。」

「你看見甚麼？」

「我看見自己孑然一身，在一個潮濕的房間中等待着，」

「你的小說呢？」

「始終是一疊未付印的手稿罷了……」那個喚作荷蘭人的傢伙警戒地抬起頭來，看看對方是否帶着惡嘲的神色。

對方說：「可以告訴我它的內容嗎？」為了表示關切與及並無惡意。

「那是一個寫小說的人的夢，關於他如何游離在雙重的真實之間的事。他創造了其中的人與事，然後他想，也許他所創造的，而不是他日常生活的，才是唯一的真實罷。這像一個連互的夢，每次沉睡才是真實，每次夢中的生活互連互接，而現實則相對於夢更為夢幻。」

「比我想像的更加抽象呵。」

「想想你作夢的經驗——你參與其中，你不會說：這不是真實的。在夢中你面對虛幻，你創造，而你是自由的。」

「『創造的自由』，呃？」

「在小說的第一段，我的一個角色問道：『從一張空白的紙開始？』而另一個回答：『從空無中開始……』你明白我的看法罷？」

不過是一篇洋洋灑灑的論文罷了，對方想。夾敘夾議的小說，唉。然而還是囁嚅地說：「是的。」然後開始端詳對面這張沉默不愉的臉孔，然後他開始想，甚麼時候，甚麼原因，他們首次把這個人喚作「荷蘭人」呢？他們怎樣批評他，他怎樣批評他們——（荷蘭人曾經說：「這些人到了中年，便開始發胖，然後就談談保有，排斥他人，他們一早便為這個世界所容納，因此就不免沾沾自喜，以局內人自居……」）

這個對面火車卡位的乘客對荷蘭人所生的幻象：

清冷的黎明中荷蘭人獨自穿過一列植樹的街道，
清冷的黎明的街道
的清冷的黎明的樹
然後他來到一面牆
帶着前額上甲蟲的歌唱
他來到以他
痛苦顫抖的身體依傍着
憑藉着一面牆
而在回眸微風的灰燼猶如
一道河流消失之前
我們看見他的身體
他的手緩緩滑落這粗糙的牆
他來到了的牆。

兩個警察走過來。

稍後我們看見兩個警察之一在一個白色的畫室中，站立在一尊巨大笨拙的白色雕刻旁聆聽它底女性作者答話：

「……就站立在你現在站立的這裏，注視這雕像良久，他的聲音冷寂，他說：我幾乎可以穿越這洞穴呵，回到這純白清涼如水的子宮，再度演出我的誕生……他這樣說，」他終於回到黎明中去了。

荷蘭人對於對面火車卡位的男子所生的幻象：

他在街道上走着
一陣風吹來
吹掉了他的帽子
他俯身要拾起
他的帽子
一陣風吹來
把他吹翻
以後他倒豎着走着
當他在街道上走着。

荷蘭人不禁笑起來，他說：「你知道嗎？甚麼也沒有發生，一切發生在這裏！」他指着他的腦子。他的解釋顯然不能使對方滿意後來他說：

「為甚麼我們不寫一本小說呢？」

「關於甚麼？」

關於我們腦中所想的，他想。可是他忽然覺得這些對話這麼熟悉，彷彿以前已經說過，在一本書中看過，或者在一齣未演的劇中排演過。在那裏呢？他想要把這些想起來……

拉下所有的窗簾，隨着放映機輕微的軋軋聲音，一幅黃昏的街景映現在作為臨時銀幕的對面牆壁上，畫面陰暗，顯然是在光線不足的情況之下拍攝的。我們可以看見一個男子在黃昏人稀的街道上蹓躚前行，攝影機始終跟隨在背後推進，相距一定的距離，以觀察者的冷然的眼注視着。

「你拍攝這些的目的是甚麼呢？」
「祇是拍攝，」
觀眾們的意見：
（從略）

俄而銀幕上出現一組比較猛烈的鏡頭：眾多的搖晃的手臂，眾多的流汗的臉孔，急促擘開的唇在現在缺乏配音設備的放映中成為無音的吶喊。在這裏光線的強度使畫面清晰得與剛才的暗淡成為強烈的對照，觀眾恍如在夏日從屋內來到外面，眼睛感到適應的困難。鏡頭的搖晃顯示出拍攝者如何置身於一混亂的狀態，在不自覺中納入四周瞬間的真實。

稍後的片斷攝於較遠的距離……。
「我忽然想起水災時的雨水如何滿溢街道——」

再飄飛在空中，落在街道上。

　　一個男子在七層樓上，臉孔抵着窗玻璃，俯視下面涉水而過的人群。他所在的房間黑暗而潮濕，街道下燈光的光線投映到他的天花板來。

　　雨飄飛在空中，落在街道上。

　　陰森的室內，一個小孩子坐在近窗的桌前，在繪畫一點甚麼，他的手左右搖動，筆尖與紙磨擦而發出雨落在屋脊的沙沙聲音，在室內昏暗的微光中我們可以看見繪畫在紙上的是一條風雨中的顛簸的船。

　　雨飄飛在空中，落在街道上。

　　「現在荷蘭人──」

　　「或者比利時人，」

　　「德國人，」

　　「丹麥人，」

　　「阿爾及利亞人，」

　　「馬達加斯加人，」

　　「甚至可能是香海人，」

　　「現在他走下一截樓梯，然後我們再看見他走回街上，像剛才那段黃昏的街景一般，我們隨着他轉角，繼續走着，不快也不慢。再轉角，再繼續走着，再轉角。然後，突然的他停下來，我們看見他停下來──」

　　荷蘭人環顧四周，便看見這幾個人把他圍在核心，漸次迫近過來。在驚恐中他作了一個斥拒的手勢，我想這是一個

離群者斥拒群眾的手勢，或者這是一個被創造者（如小說中的角色）斥拒創造者的手勢。像一頭被圍捕中的野獸竭力掙扎以抗議一個殘酷的錯誤，他深覺自己的毫無保障，希望藉抵抗行為來辯明。在格鬥中他的眼充滿恐懼與驚異，當他被擊中倒地以後，他的神色是一頭掉進陷阱裏的野獸一般的。

《星島日報》「大學文藝」，1967 年 8 月 15 日。

從王文興的〈命運的跡線〉想起

在〈命運的跡線〉（註）末尾有這麼一段插曲：

> 留下了醫生一個人。他頻頻的搖着頭，滿臉神秘的微笑着。以為我不知道！他想，以為我不知道！我只是不願意點破。他想時代真是兩樣了，從前只有大人會做的事，現在小孩子也會做了……他不停的搖着頭。他甚至猜測這裏也可能還有愛情的因素，這個小傢伙愛上一個小女孩，他的父母親反對——想起剛才兩個大人的嚴肅面貌，和他們的互覷，他益發深信不疑了。坐在夜闌人靜的值夜室裏，醫生微閉着眼睛，搖着頭，獨自自得地微笑着。他不知道外面的風已經停了。

顯然這醫生是在使用一個已成的概念——而且是與真相不符的——來解釋在發生中的事實了，然而他還自得地微笑着，由於把自己的意念用到外界事物的解釋上，又對自己的解釋非常滿意。在他眼中看來是如此的……。這樣這種同一事物在不同的人眼中所有的歧義，不正提供了現代小說在描寫方面的一個難題麼？

因為，現在我們常見的小說中的描寫，都是些極端主觀的東西。因為，像許多人一樣，小說家們似乎都越來越喜愛「說」一件事，而不是「看」一件事了。當你從書架上隨便拿

下一本書來，翻開它，映進眼中便盡是些作者對這世界一事一物底自義的解釋，在你的意識中重複着，堅持着，在耳邊喋喋不休地繼續下去。這不免使我們想，這些作者的目的，不過是在專橫地表現他的判斷吧，而卻又從而希望讀者，在合上書本以後，心中充滿覺得自己「乃是受了一種教育了」的感恩，並且自覺走出圖書館去比進來時更為一充溢着智識的人。

但那些咄咄迫人的觀點是否必然是高明的？或者讓我們問，是否這世界的「真實」果真如他們筆下所鋪張的那樣，是否這個「真實」果真可以被機械化的意念包含、解答，可以歸屬到這一個或那一個問題的種類中去，像那些好事的人把一個個人歸屬到這一個或那一個團體中去那樣？

究竟甚麼才是「真實」的面貌呢？這使我們想到傳說中盲人摸象的故事。從主觀的觀點出發，也許便會有一耳一足便是真象之類的意見被發表出來的，這便怎樣呢？這便不但歪曲，而且抹殺了真象。不但錯誤，而且導人於盲了。「自以為義」的態度表現在描寫上，便成為形容字象，比興的大量運用，作者把自己的情緒投射到外界事物上（並以之為事物的真相），從而蒙蔽了真實，給出錯覺。

從這方面看來，五十年代間興起於法國的新小說是大有其革新意義在內的。例如羅布格利葉在其論文〈自然，人道主義與悲劇〉中就指出當人們說一個山嶺是「威嚴的」，「他們希望這種感覺在我裏面發展，並且孕育出其他感覺來，諸如偉大，威望，英雄氣慨，高貴，驕傲，然後我會用它們來

也斯的
六〇年代

形容別的物體（我會說及驕傲的橡樹，一個有着高貴線條的花瓶等……），這世界便會成為我的堂哉皇哉的幻望的負托之所，同時永生負載它們的意象與審判了。……我再不能發掘出物體的本質……我會說及風景的憂鬱，石塊的冷淡……而忘記那個憂鬱着與孤獨着的是我自己了。」（見《向新小說的方向》一書）。

由於羅布格利葉這種對真實的新的認知，愛好分類的人們就不免把他標上「客觀派小說家」之類的頭銜了。然而，他的小說是否純然客觀，絕對客觀的道路是明日小說可能的道路嗎？

不，看來並非如此。

我們試拿他的《嫉妬》一書來舉例：這是一本第一身敍述的小說（雖然不用「我」字），通過這嫉妬的丈夫（敍述者）的感覺，聆聽，觀看，幻想而呈現出的一個為他的嫉妬所歪曲了的世界。這是否客觀呢？所呈現的是否真實的面目呢？當然不是。

如果我們要寫絕對客觀的小說，那麼，我們就只能詳細鏤刻外界的事物了，用尺寸、海拔等來表達體積了，但我們對尺度的選用，不又包含有主觀性的選擇在內嗎？

客觀？「只有神才能自稱是客觀的。」

那麼，你會說，究竟這是甚麼一回事？首先，主觀是不行的因為太自以為是了。其次，客觀也是不可能的，因為客觀未免太「客觀」了。那麼，為了趕快結束這篇文章，我們或者下個調協的結論：比如說，一篇文章不能太主觀，也不能太客觀

罷？這看來的確不過不失，我想許多作者愛亂下結論大概是他們為了要趕快結束一篇文章的緣故。可是我想他們未免對結論的權威性過於偏愛了。無名氏曾經說過「任何哲學結論都無多大意義，主要在表現過程，及思辨過程」這樣的話。(《沉思試驗》)真的，讀《沉思試驗》，吸引我們的不正是其中的表現過程、思辨過程，而不是一些問題的結論嗎？

　　我想說的是：離開了作品來談一些觀念，然後再根據這些觀念設一個結論，再用這個結論去作為金科玉律，批判作品，是空泛而且不公平的。我們必須就作品本身來討論。繼續就《嫉妒》一書來談吧。比如說：小說中的第一身敘述，歪曲的幻象之主觀流露，並不妨礙這小說所予我們作為一嫉妒丈夫的視象之客觀性認知。因為這主觀性呈現中有其作為抽樣的客觀性在內。是否我們必須類分這小說是客觀的、主觀的，或者因而判定這或那才是好的？事實上並非每一事物都是可以歸類的。《嫉妒》是如此，其他小說就未必如此。陳映真的〈第一件差事〉(通過一作為有一套成套舊道德觀的賴活者的警察的主觀敘說看出的世界)在這方面也許相似，在其他方面卻未必相同。

註：〈命運的跡線〉原載《現代文學》，現收入《龍天樓》(文星叢書 259)。《龍天樓》是一輯極優秀的創作，容後再另文討論。

《星島日報》「大學文藝」，1967 年 8 月 29 日。

也斯的
六〇年代

片斷

夜已經深了，穿過窗子看出去，我看見一些燈光。是的，窗子的燈光，就像平原上的火光一樣。野火的光，那士兵走向火光高舉着他的雙手，雲是白色，火是白色，白是唯一的顏色。

緘默。深深的緘默，深得像深度一樣（死亡的深度？）。不，祇是緘默。也許又不是，也許有人在暗裏說話，但我不在傾聽，我在夢想。「我在夢想，某些人在監視着我。」那士兵的聲音一度揚起，是他在我背後監視着麼？

因此他死了，他們是知道的，他已經乘上死亡之舟了。存在過，生活過，現在輪到死亡。老生常談的故事——一些人在外面哭泣。

因此他們凝望他的臉面，就像他們仰首凝望星宿，就像他們向一具弦琴追索涵意。他的一張臉孔包含着整個死亡國土的顏色，死亡國土，噢，他的臉孔是灰，灰得像雅典娜的眼色。也有智慧的含義的，關於空無有一種智慧，關於死亡又另有一種智慧，看，是這些使他聰明起來的。

快樂旅程，他們說。他殺死自己因為他不想存在，他遺棄了生命。他是個英雄，他們說。

因此他們凝望他的軀體，他們記起基督亦是死於星期五，他也有着星期五的顏色（或者灰星期三，如果你寧願這樣說）。他的軀體是死亡的言語，我不能描述出來，我怎能描述呢？告訴我，我怎能併出死亡的言語？

因此他就躺在那裏，安詳地微笑着，看來好像他已經了解每一件事了。

（再會）

（再會）

當他們發覺有點甚麼在雲間他們會覺得多麼高興呵。秋天是在雲間了。它存在而它不為誰而如此，就像你看見劇中逐漸增多的椅子而你不知道它們是為誰而設。

你有甚麼念頭呢？不，你還沒有甚麼念頭。不，你不知道怎樣回答。那麼正確的回答是甚麼？也許你可以把它們寫下來，也許你甚至可以用西班牙文把它們寫成一本書。關於你的牙痛又是甚麼一回事呢？但你又錯了，牙痛的是你的朋友，他正忍受着以一伊安尼斯高的方式。

還有甚麼難題，關於如綢緞般的秋天抑關於生存？你可以把它們寫下來，真的，甚至用西班牙文，那麼你在將來就會比較了解它們多一點了。這會是一本奇妙的書，奇妙如喝飲傾於水中的苦艾酒，在將來，當你回憶你所不能回憶的事物時，那是奇妙的。

而甚至，你可以感到非常高興即使沒有甚麼存在於雲間。

今夜這麼寂默，那是瀰漫在普魯斯特病床上的那種寂默罷。馬素‧普魯斯特，噢，你是否記憶威尼斯，那水的城市，那個花與塑像的城市。過去事情的回憶，繪畫，美麗的婦人，雷諾亞筆下美麗的婦人的回憶。尖塔與教堂，不願死去的熱情的交纏，噢，和海洋，關於海洋他說了甚麼？聲音

和緘默。和熱情，關於熱情他說了甚麼？

夜這麼寂默看來你就像為世界所遺棄一般。這麼寂默看來即使你高聲叫喚也沒有人回答的了，沒有人。只是過去的夜的記憶。「如果你要看，你需要太陽。」在《群鴉末日》中亞度士如是說。說話與及緘默的回憶，使人不安的緘默。

外面下着雨，在這裏他們為我歌唱一曲。

這麼暗澹它使人暈眩，一點燈光——它的顏色是一些不純粹的白色。這麼暗澹。街道，有人說。有些人站在我背後，窺伺着，我厭惡這種被窺伺的感覺。這裏是鋼琴的聲音，雨的聲音（噢傾聽）。而忽然他們開了更多的燈而忽然它變得純粹的白色了，像在《瞬息去夏》裏面一樣。這麼白它也許使人暈眩。

這麼多的人這麼多雨天的感覺。夜在那裏呢？《夜》與蒙妮卡維蒂？孤獨在那裏？劫數在那裏？這麼多的聲音——雨——非常音樂化又非常老派又非常不在意，一個孩子在那邊做了一個手勢，然後微笑，那是甚麼意思呢？我穿過這些虛幻而不能看見甚麼。

首先是窗，然後是門，然後是一切。同一堆人穿過同一的廊道。在一道冷寂的廊道中找到一張充滿陽光的繪畫是有趣的。也許太陽本身是冷寂的，也許唯一的熱度就是冷寂。

在十二月間我收到一信：

「第二天……清早起床的感覺很奇怪，圍着腳坐在被裏，很空洞似的，不知道自己在那裏了。

走在街上，很亮，但不是梵谷的日光⋯⋯」

我仰首凝望燈光，我轉過去凝望出去夜中的黑暗，我看不見甚麼。月亮下並無新事。

忽然記起電影《日安憂鬱》中的場景來，經過窗玻璃的反照我看見珍西堡坐在彼端，在臉上敷上冷霜，冷而且霜，而我想我聽見甚麼人在黑暗中叫喊出來。

聲音——一輛低飛飛機的聲響，那些在下面街道穿過的電車的聲響（而在它們轉角時你可以發現一陣軋軋聲然後閃出一朵白色的火光，在黑森林中的一朵小白花）。我向夜傾聽而我讓它們進到我裏面去。一種奇特的情緒圍繞我。

這麼多的聲音我寧願我不聽見，即使在內裏的，我對它們全數感覺陌生。這個早晨我醒來以某種迷幻聽見下面電車的聲音，迷幻，是的。某些古式舞蹈中的某些迷幻。

而他們守望着的不是那舞蹈者，而是我（他們互相凝視他們周圍凝視而他們又被凝視着），即使這裏是個島嶼，你也不能說：「那總是在海洋裏我們找到了自己。」

我今天收不到一封信，今天，或者今天以前，沒有信，即使來自西伯利亞的也沒有。我是孤獨的，我寫給你以一流放者的身份。我被流放到這個島嶼來而不是到西伯利亞去，相信我。流放與王國他們說，但我並不擁有甚麼王國，只是流放與流放罷了，並無其他。在這蝕了的太陽下這蝕了的島嶼上我寫信給你。

《星島日報》「大學文藝」，1967 年 9 月 12 日。

道與路

　　告訴我你如何看見他們零落的在飄着微雨的天際之下走下這斜坡，注視雙足規律的踏在濕潤閃爍的路上，或者抬頭看着這一方低仰的灰色的天空。你如何在他們當中穿過彷彿置身在霧一般的灰色中間，彷彿在那狹窄的巷道，在那裏他們替汽車噴油時灰綠色的煙霧瀰漫在空中，當你走過。

　　你踐踏過草地走出校門時雨開始落下來，現在你站在這裏看着外面的雨，一陣風把它們吹進來，而你在這裏等候，車沒有來，而你在這裏等候，你穿過雨看出去那半舊的廣場，你不只一次無目的地踱過的縱橫的街道：

　　歌和老道
　　多實道
　　桑麻實道
　　約道
　　羅福道
　　沙福道

　　不只一次你中午在這些街道上經過（抑或你根本從未到過？），它們的方向相同，看起來都是一樣，兩旁的房子也差不多，就像它們的名字，既不荒誕，亦不含義深長。

　　經過電燈公司時從車裏望出去，看見鐘樓上的僵硬的兩

臂：時針與分針像一雙高舉的手，也許右邊的高揚一點，左邊的低垂一點，無論如何總是一雙手，彷彿被釘死在那裏，在靜止中，在寧靜裏。

這樣的寧靜是恐怖的，至少，它帶來壓迫的感覺——死寂不安的空間飄浮在那裏，撞向你注視的眼。

一切都給注定了——釘死了在空間之中——你自己也是如此。為四周人們注視的目光，歪曲的閒談，公式的評論所釘死，因而虛懸着。你現在在 B，你就永遠在 B 的範疇中，因為人們把你分類到 B，他們認定如此。於是你永不能到達 A，或者 C，不管你如何改變，上昇，或者下墜。這種被注死為某一形態的感覺是恐怖的，猶如寧靜它帶來壓迫的感覺。

一張臂舉起來。
一個含糊的手勢。
售票員按了一下鐘。

車停下，穿雨衣的男子走下車去，他一直沿着行人道的邊緣走後來就越過修路的紅牌向另一邊馬路走過去直至他的背影不能為這靠邊座位的乘客所看見。

雨停了，空中仍然堆着沉滯的雲層。

空中沒有沉滯的雲層，他以仰臥的瞪視的眼看見非常澄藍的天空，非常澄藍的天空滿溢在他白癡的眼中。究竟是他真正看見天空抑或只不過是看見銀幕上的映像，這難以分

辨，總之他看見，又在所看見的澄藍的天空的邊緣看見綠樹的頂端，他的眼如鏡頭般緩緩移下來（樹的下面是甚麼？），但每次都在中途停下來，又再重從開始……澄藍的天空，綠樹的頂端，再一次澄藍的天空，綠樹的頂端，如此而已，他不能看到樹的下面……

那頭貓在竄上幾級梯階以後在那狹小的平台上消失了蹤跡，他跟着走上去。那時倘若他回過頭去就會看見街道下如螻蟻的車輛，就會發覺他自己的位置是如何的危險與可笑了，只要像情常在平地上那麼不小心的□了一交〔原刊如此〕，他就會從這高樓上掉下到街道上的車輛那處。他為此而擔心，但是專注在找尋貓的那個他並不知道。

正午的街道上空無一人，也沒有車輛。

他在這裏等候韋來，在背後一個體育館轉過去是球場，他沿着路去到那裏。

視線穿過鐵絲網看見一個跳起來的身體凝定在空中，雙手舉高，剛才投出的籃球離開雙手一呎左右，固定在那裏，在這一刻中攝影者按下掣，於是動作被固定下來，不再改變，不再繼續，隨拍攝者的意欲而保持這一可笑的僵硬。

又或者一個人在橫過球場是中途，他的樣子出現在照片上猶如加維基米度的作品《橫過庭院的人》，在俯視中他細小的雕像更加遠離我們，他的腿張開，似乎確然是在急於橫越過去卻不想被人所固定下來再出現在別人的凝視中。

視線穿過鐵絲網看見一個旁視者，「他是雕像還是觀

眾？」，他的身體不完全像是一個身體，他的臉孔你看不見甚麼臉孔，完全沒有甚麼特徵，也許是一個符號，生着綠鏽的青銅，或者是一塊古木，他可能是這個也可能是那個。

視線穿過鐵絲網看見活躍的人群。

視線穿過鐵絲網看見一張臉孔，一截軀體，看見不活躍的靜止在空間的人群。

他再一次經過這甬道（抑或他根本從未到過？），剛才他從那扇門進來，現在他沿着牆前進。這裏並非如他進來前所想像那樣是一個房間，那扇門（半掩着的）不過是用來隔開平行的兩條甬道罷了。不同的是，由於天花板上每隔不遠有一盞燈，使這裏面光亮如同白晝，與外面（即是說：門的那邊）完全不同。因此也可能根本他是走在同一條甬道上，不過開了燈。而且或者那裏根本就沒有甚麼門。他的行動緩慢無聲而乏味，他逐漸的適應這整個規律的節奏以及過分強烈的燈光，然後他發覺整個甬道在他前進的通程中變得狹窄而且向他壓迫過來。

然後他發覺自己置身在一個房間中，在一個老者的對面，他依稀的想起到來的原因是為了更正一些表格上、文件上的錯誤，那些錯誤經過者多的轉折而變得煩瑣複雜〔原刊如此〕，難以解釋也難以更正。又或者他是要傳遞一項訊息向這老人所代表的某人，但他從未覺得這般難以表達自己，因種種阻撓的緣故，例如誤解、官僚制度、小人物的權力慾等等。因為此地的人是歸屬於一個機構，一種制度。因為他們

是在「內」因此就不免自以為有着一種優越的感覺，對於他這種在「外」者尤其如此。

他看見老者打開右邊抽屜一個文件夾。老者在文件夾中拿出一疊文件。老者翻閱過一疊文件。老者打開左邊抽屜拿出一個文件夾。老者在文件夾中拿出一疊文件。老者翻閱過一疊文件。最後老者站起來走到牆邊為自己倒了一杯開水，喝了一口，透過舉起的杯子他看到室內的人變形成可笑的形狀，他放下杯子，說：「下星期一再來看看罷。」

正午的街道上空無一人，他在這體育館前邊等候他的朋友群。

韋坐在這廣場亭子中的石椅上，他坐的方向斜對着歌和老道的巴士站。他看着那邊，想無論如何這一次要站起來走過去了，他看着而他不能，是因為雨麼？可是已經沒有雨了，他以一種等待者的姿態坐着，可是已經沒有雨了，只有一方灰色的天空，也許祇是如此是不足以使一個人站起來走過去的。

他獨自越過車站等候的人群，自從下課的鐘聲以後，他們三三兩兩的走下來開始每日例行的等待，車子來了，他們上去了。他獨自走過去。

一條充滿說話的路
空氣中飄浮着的
是些甚麼

它們落下來化為灰了

當你伸出手

你發覺

它們化為灰了

推開一扇門

再一扇門

也許是一條船

藍綠色湧進你本來沒有色澤的臉上

瞬間你呈現

一種奇特的紅

某個人坐在窗旁胡思亂想的時候

我泡沫的電流流進簾子的背後……

　　狹窄的甬道逐漸開展開來，再沒有燈光，但仍然明亮，一陣白晝之光洶湧在這開曠之地，視野的圍牆隨甬道而告終……但他忽然發覺自己又再度在一個閣樓上，手中抱着的貓跳了開去，躍上石階，他尾隨着跑上去……他從高樓上跌下來以後就一直仰臥在那裏，瞪視着的白癡的眼看見澄藍的天空與綠樹的頂端……他在夜校放學以後走下這寬敞而沒有燈光的樓梯，這廉租大廈中的孩子們在樓梯附近嬉戲，他們的白色衣服在黑霧的背景中現出白色的輪廓，他從他們中穿過而不能過到他們，分明是伸手可及的而卻又這般遙遠……
　　車子徐徐經過聯合道轉出去，他再一次透過窗玻璃看見

這一列與他前進方向垂直的街道，它們互相平行，然也許在另一盡頭通至一條無直於它們全部的該道〔原刊如此〕，因此它們實際上是互相通連的。一個陌生人也許會在其中迷失，由於分歧的轉向而遠離了本來的目標，但它們的迂迴並不意味着「神秘」、「曖昧」、「隔絕」等等形容詞彙所負載的意義。事實上它們縱橫的姿態並不要求解釋。車子平靜地在夜中的街道上前進，經過路燈，行人，通到另一條路的轉角，通到另一條路的路，外面是黑夜，外面是陽光普照的午間，他看見他自己從斜坡上走下來……

《星島日報》「大學文藝」，1967 年 9 月 19 日。

空白

在一本舊筆記本中找到抄下的周夢蝶的一首舊作。那是
〈空白〉。

空白　　　周夢蝶
依然覺得你在這兒坐着
迴音似的
一尊斷臂而又盲目的空白

在橄欖街。我底日子
是苦皺着朝回流的
總是語言被遮斷的市聲
總是一些怪眼兀鷹般射過來
射向你底空白
火花紛飛──你底斷臂鏘然
點惶惶的夜與微塵與孤獨為一片金色

倘你也繫念我亦如我念你時
在你盲目底淚影深處
應有人面如僧趺坐凝默
而明日離今日遠甚
當等待一夜化而為井。黯黯地

我衹有把我底苦煩
說與風聽
說與離我這樣近
卻又是這樣遠的
冷冷的空白聽

　　這首詩大約與〈雙燈〉同時，卻未見收入《還魂草》一集中，這不能不算是個損失，因為，我想，這或者是他最好的詩之一首哩。

　　我們也不是沒有聽過評論者如何把他的詩稱為空靈超逸的話，《中國現代詩選》中介紹他時寫道：「寫着，寫着，從欣欣向榮的還魂草上羽化而登仙了。」（P.42）在代序一文中又說：「詩人（指周夢蝶）雖非『入聖』，但已『超凡』，他的感性已跟這物質社會解體。他在形上世界中追尋『我』，君臨萬象，待『我』如待『佛』。」（P.5-6）這樣說來，他們所指又超出作品的內涵，而涉及作者本人「超凡登仙」的修養了。那麼現在看了〈空白〉這詩的讀者，豈不是要感到失望？因為這裏所道出的，都是些極其人間化的感情。因為，倘若已經超凡，又何來繫念，又何至於苦煩？倘若感性已與物質世界解體，又何以會為市聲，為別人的凝視（怪眼兀鷹般射過來）所擾？顯然在這裏武昌街上的人的成分較諸形而上的玄想的仙的成分是要濃厚得多了。

　　我之喜愛〈空白〉一詩也正是由於這個原因。平常，當

一個人說某首詩或某個人是超凡的,他是甚麼意思呢?當一個人說某一個人是「羽化而登仙了」他又是甚麼意思呢?沒有意思。我想,這就像說「汽車走得很快,但是廚娘做的菜不壞」(《禿頭女高音》)。說話為了說話的緣故。而〈空白〉並非如此。

在《幼獅文藝》九月號上看到羅門的〈現代,紐約,莊喆與成〉。作者道出紐約的工業文明,從而嘆息現代人心靈貧乏。他說:「『生存』兩字,對於生活在這裏的人,是多麼的迫切與緊要。的確,如沙特所指認的,他們除了生存無他。」(P.158)我不同意。我以為二人所指是不同的。當沙特說的時候,他帶着自省的不快;而羅門重說時卻有着一種自以為超乎其外的自得。我不以為談形而上、靈魂等等就可以超越出來。「詩、藝術、永恆、不朽、靈視、價值、意義等這些莊嚴的名詞,並不比一件新物品剛出來的牌子,能引起他們的注意與興趣」(P.164),但是名詞本身有何意義、有何莊嚴?我們不能迷信宗教,我們不能迷信科學(高喚「科學就是神」是愚昧的),我們同樣不能迷信文學、藝術,文學藝術並不使你羽化而登仙。

文中批評到紐約的畫家只顧目前,「使過去與未來在畫面上成為空茫茫的一片」(P.160)(大概指對過去與未來缺乏責任感的意思),但我以為更嚴重的是有些人對「現在」的了解亦是空白空白一片哩。文中批評歐普畫(「大紅大綠的抽象畫」是否便是歐普?)說:「可是它不能超越,它不能進

入心靈的底層世界，也不認識永恆的面貌……」（P.162）這種批評是先有一套已成的概念（一切藝術應該超越……），然後用之來判定一切，不管是否適合。越來越多人喜愛使用「超越」、「心靈」、「永恆」之類的字眼了……可是怎樣超越呢？靠「德國人望向天空的玄想，東方人坐入田園的靜觀」（P.161）？怎樣超越呢？如果根本不願意正視現在，不願意從人而非靈幻開始？

也許，下面這一段談趙無忌的畫的文字更能幫助我表達自己的意思吧：「畫中非煙火的部分，必須以煙火為基礎，才能完成。必須以蓬勃的肉為起點，才能完成最後的靈幻。必須以大自然及人性的實在存在為源泉，才能達到真正的空靈超脫。」（無名氏：《沉思試驗》）。

《星島日報》「大學文藝」，1967 年 10 月 10 日。

缺席

看椰樹落着
在一千條街道上
那時我與他們走過
有着嚴肅的話
題的街道
名字我已忘卻

我看見他
鬼魅一般走來
沒有臉孔
他的笑
是空無一片
在蒼蠅的日子
去到杯子泡沫
在緩慢的走進中
失去了他
我是說
當我再抬頭時
已經沒有他蹤跡
祇是甕子
和陶器
以及無盡的汪洋

《星島日報》「大學文藝」，1967 年 10 月 24 日。

也斯的
六〇年代

青果

嘴內的顫慄

傾向喉間

無言地伸展着

觸及浮雕字語的痛楚

擺動在冬之樹林

與歌之間

巨大的空間還不曾予你

成形的壓力

《星島日報》「大學文藝」，1967 年 10 月 24 日。

文藝斷想

讀陳錦芳〈勒米蒂之行〉深深被吸引住了，一個中國青年帶着四百法朗、《梵谷傳》和一本杜飛的畫冊去到梵谷與塞尚底故地的隨筆，讀起來有如加洛克諸人在路上的沖擊着的生命之力，創作者的熱誠在其中似乎並無猶豫之處，可以相信藝術是好的——能夠知道自己不是在做一些無謂的事——能夠不懷疑做了的事——能夠有（對我來說）一種（如齊克果所謂）「甚麼是我該去作的」甚至「我可以為之生為之死的理念」這就能夠在其中而沒有任何——顧忌（噢我終於找到這個字眼）。

當我把意念宣之於文字時我恆常發現它們如何與我的原意相悖，或顯得單薄。《賴活》中的一段對白：「噢，言語是如何的出賣了我們——」「可是我們也常常出賣了言語哩。」

你怎樣繪畫？你從一定點開始。你選擇一個開始點。可是今天我所選擇的開始點太不行了，它並不是一個亞基米德點——寫着的時候一些思想被忘記。

奇怪普魯斯特能夠因為馬德連糕和茶的味道而寫上這麼多，而我這裏竭力想表達自己而覺得空白一片。

讀安諾伊（J. Anouilh）《野生者》的隨想。

不僅是貧窮之牆把她從他中分隔開來而已，更是一無所有者對一無所缺者，普通者對特權者，因為被世界所拒絕而生着自由的人們向世界之民所致的敵意。（「誰是荷蘭人」？

她是。）所謂世界之民乃是在日常生活中常見的對他自己所佔優勢微抱歉意或沾沾自喜的人物，在前一情況下他並不快樂，因為他需見〔原刊如此〕經常保持歉意以免其他人把他拒諸門外；在後一情況下他亦不快樂，因為他需經常保持沾沾自喜，以把別人拒諸門外。財產是一個負擔，而自由則不是。但對於有些人自由亦太沉重了，因他們要保持自由作為一種外貌，他們作出來為了別人注視的眼睛。

顯然伊安尼斯高（Ionesco）並不是那些要為我們帶來解答的人們之一，因此才會有白朗謝的說：「在咖啡店裏在報紙辦公室裏湧滿了文學天才，為任何事作出解答。好像他們真的知道。沒有甚麼比一個機械的訊息更容易了。他們真幸運……。你常可以找到最好的原因來判定一個勝利的思想系統，但實在當它是勝利與擁有權勢的時候，正是它開始出錯的時候。」（見 *A Stroll in the Air*。）

因此才會有《犀牛》中的白朗謝之拒絕變為犀牛與後悔不變為犀牛——伊安尼斯高是要展示（戲劇化地？）矛盾的情態與矛盾的意念，而不是要訓誨「不要盲從群眾」也不是要訓誨「不要固執自己」。（伊安尼斯高之論矛盾讀者從本版以前所譯的〈伊安尼斯高日記鈔〉已可見一斑。）

曾有人把他歸類為荒謬劇作家，他說這一派系根本從未存在過，現在姚克把他歸為「法國新興戲劇」作家（現代文學近期），可是這不是同樣荒謬麼？他的劇不是「新興」已經有許久了，他的成就也不單是「新興」，此外他與貝克特無相

同之處，與紀涅距離更遠，再說貝克特與紀涅的也不是法國新興戲劇。

　　伊安尼斯高對言語與溝通的懷疑祇是早期作品中的一個主題而已，若要以之為題而批判他的全部作品是不合理的。白朗謝在《犀牛》中提出矛盾，在《空中飛行》中帶來毀滅的訊息。倘若伊安尼斯高不曾帶來解答，至少他帶來了問題。而他之問而不答則或許是如他所說的避免一個機械的訊息罷，對於到劇場中去而希望受一個教訓的觀眾當然是一個失望，但對伊安尼斯高本人來說則並非意味他溝通的無能。

　　就我看來評論是困難的，批評者往往從自己的視孔中看出去另一人的世界，他的觀點又從他學識之所偏而偏，他的批評自然難以公正。倘若他更執着於某一套觀念或尺度或主義，作品吻合這些，便尊之崇之，否則就唾之棄之，那麼就更離題太遠了。尤其在我這樣的年代中當評論文字較諸創作是受到更大的重視——這不是好現象——讀評論普魯斯特或者喬哀斯的論文的讀者恐怕比讀他們著作本身的讀者是要多得多了，而且讀者對權威論點的無條件接受，實在使我們不能不考慮其影響性來。論者的已成觀念與公式批評恐怕對作者、對讀者沒有甚麼好處。

《星島日報》「大學文藝」，1967 年 11 月 7 日。

也斯的
六〇年代

介紹幾份中文刊物

「就現實的條件去想，只要我們的作家都能有職業上的保障，則即使是業餘創作，也很願意用最大的誠懇和努力去做的。無稿費的高水準的文學同人雜誌在台灣不絕如縷，正說明了這一點。」許南村先生在《文學季刊》第四期的一篇隨想裏說了上面這段話。（P.132）

事實上，從早年的《筆匯》、《藍星詩刊》、《現代文學》、《創世紀》，到較近的《劇場》、《歐洲雜誌》、《文學季刊》以至《這一代》、《笠》、《幼獅文藝》、《南北笛》、《星座》等等，儘管它們的姿態與乎風采如何各不相同，就我所見的看來，其努力的方向大致是相近的。作為一個讀者我深感於它們的熱誠與堅持、埋頭苦幹而不是高喊口號的態度。也許歸究到底，辦刊物在我們這時代仍然是吃力而不討好的差使，可是不容忽視的它們的影響性增強了（例如《劇場》），它們的內容質素提高了（例如《文學季刊》），它們的存在已經是無可置疑的需要，眼看這些各自的洶湧已然匯合成一股新的暗流，對於明日不妨說我們自然可以有更新的祈望。

（一）《文學季刊》：尉天聰主編，已經出了四期，主要作者有陳映真、七等生、黃春明、王禎和、胡幸雄、施叔青、水晶、劉大任、尉天聰、蔣芸、許南村等。香港讀者或對這些名字感到比較陌生，讀慣了於梨華、聶華苓之流的作品再去看他們的作品也許會不習慣。《文學季刊》這些作者群中沒

有人在《大西洋季刊》上發表過小說，他們裏面也不見得有誰是在愛奧華寫作中心出來的（余光中所發表的幾首詩是例外），但他們的作品真正夠水準。我以為最值得注意的是七等生的創作：包括中篇〈放生鼠〉、〈精神病患〉，短篇〈我愛黑眼珠〉、〈私奔〉、〈慚愧〉、〈ＡＢ夫婦〉等。《文學季刊》以創作為主，除此之外還有姚一葦的論文和何欣的翻譯。

（二）《歐洲雜誌》：其實《歐洲雜誌》應該獨立來說，因為這是一群留法學生所辦的中文雜誌，只不過在台灣印行罷了。特點是每期都有一個介紹重點：例如第一期的尚・安諾伊，第三期的伊安尼斯高，第四期的羅曼羅蘭，第五、六期的加繆，第六、七期的畢加索座談會等。此外尚有 Prevert、沙特等的翻譯。抱一的〈給亞丁的信〉從里爾克談到雨果。專習電影導演的馬森則撰寫比女艾及安東尼奧尼等的介紹與及譯出連載的〈電影剪輯學〉。陳錦芳、李明明、江萌的關於藝術的隨想、報導或評論，飛揚的法國社會素描，及其他社會學的、政治的、經濟的文章確然使這雜誌成為一份「敞開胸懷，多吸收，多消化一些我們這個時代的新思想，新事物」的刊物。

（三）《劇場》：諸刊物中恐怕以這一本辦得銷路最好，讀者也比較多。香港報刊上介紹《劇場》的文字已有不少，因此我也不必多說。以前有些人批評它的翻譯太多，創作太少，我想這些批評的人大概是一方面忘記了中國對電影方面的譯介是如何貧乏；一方面陷於仇視翻譯的屈辱的狹隘性中；

一方面又對邱剛健、黃華成、張照堂、巫品雨、李至善、莊靈、商禽等的電影劇本舞台劇本，張健、許南村、陳耀圻、郭中興等的電影批評視而不見了。

不過自六六年末第七百一十八期以來，第九期至今始終未見出版，許南村說《劇場》在飄搖掙扎中，它的近況如何恐怕也是愛好電影的讀者所關心的哩。

（四）《現代文學》：現在已經出到三十二期，可算相當老資格。銷路廣了，風格也改變了。近期陳映真、七等生、施叔青等轉往《文學季刊》。《現代文學》現在比較偏重文學研究，例如二十九期的「美國文學專題研究」，三十期的「西班牙文學研究」，三十一期的「都柏林人研究」（同期有卡夫卡介紹專輯），三十二期的「短篇小說研究」，研究態度認真，與一般抄襲性的文字不同。創作方面有歐陽子、白先勇、葉珊等。近期幾乎每期都有余光中的詩。（問題是：你是否喜歡余光中的詩？）

（五）《創世紀》：詩季刊，以前由瘂弦、張默、洛夫主編，近期似乎改由辛鬱擔任。此社曾出版《中國現代詩選》，據說最近出版《七十年代詩選》。《創世紀》季刊的持續經過很多挫折，據說曾停刊頗長時期。近期的作者有葉維廉、辛鬱、管管、沉甸、馬朗等。自夏季號出版以後像《劇場》一般毫無消息，所說十月出版特大號的消息未知能否兌現。

（六）《幼獅文藝》：這本刊物的特色是它的幾個專欄：如史惟亮專欄、魯稚子專欄、莊喆專欄、楚戈的古代藝術介

紹、鄧文來的山人物介紹〔原刊如此〕、余光中專欄等。龍思良的設計是特色的，每月座談會也是特色的：例如「新詩往何處去」、「畫外話」及其他電影的、文學的座談會。最近九月號上有一篇關於《劇場》第二次電影發表會的報導。這刊物內容的涉及面不可謂不廣，祇可惜創作方面的水準比較低一點。一位在台灣的朋友說《幼獅文藝》在十月出版了革新號，不知道是怎樣的革新呢。

這六本只不過是我比較熟悉的刊物，當然不是中文刊物的全部，甚至不是值得介紹的中文刊物的全部。因為有些刊物難以找到，例如《星座》我祇看過三期，《這一代》只聞名而未見面，若要根據這些零碎的印象來作片面的判斷，介紹當然是偏狹的。因此還不如不寫。還有一點我必須註明的是這裏雖然是介紹仍然是有着我的主觀選擇在內。近來幾個朋友走在一起談着要辦一份真正前衞的高水準刊物的話，我想回顧一下別人努力的道路對自己的認知亦未嘗不有幫助罷。

《星島日報》「大學文藝」，1967 年 12 月 5 日。

也斯的
六〇年代

非文藝斷想

　　我在那空屋裏面滑翔，泥沼與苔蘚取代了地板的位置，然而為甚麼我站在木板上竟如滑行水中？從牆壁到牆壁，迂迴到迂迴，不同的角度看出牆上的鏤刻：法文的動詞變化，為那滑行者所背誦着。俄而一陣搖盪——是水波的搖盪麼——滑行者的肩膀撞在污穢的牆上，他的衣服並且因此而留下一片微黃的污漬，之後，木板從動搖中回復平靜，他回復平靜中的滑動，看來彷彿甚麼也沒有發生那樣。

　　他在馬路上攀爬着，他在乎地上攀爬着。然後我們看見他一隻腳出現在山坡上，攀爬着。我們看見他穿過一所空屋，在那裏人們販賣着高山上所捕獲的魚。

　　他停下來挖出魚的腦子擲向他的敵人，那來自 M 縣的傢伙，屢次被他所擊中，屢次倒下去。這繼續了多久沒有人計算過，直至其後不知是由於那傢伙對高山上水生動物存在之質疑抑或是他自己對本身處境缺乏信心才失掉了那以之為憑的真實，使這空想補償性的快樂停頓下來。

　　一個水瓶——而他思想這麼久只能寫下「一個水瓶」而已。

　　一道輪船沿佛之河而下。

　　棕櫚的眼睛。

　　一切腐朽的事物，長期保持着習慣並引以為榮的事物，永不更改的事物。

門鈕發現你的手改變了，不能認出來了。它說：「這是你的手麼？」

花朵枯萎着，它落下的聲音為那些朗誦一節關於花朵枯萎的散文的人們底聲音蓋過。

似乎張愛玲在一篇小說中說某個女孩子走路的時候骨頭克察克察響着。

共鳴。

當它被印出來的時候它錯的字比對的字多，因此你可以自我安慰地說：反正是超現實的。

你以為你在寫札記？你以為你是契訶夫？

君非契訶夫此一起碼認識之必要。

——此點容後再另文討論。

雞蛋作了一個驚奇的嘴臉。

午夜三時的街道蒼白而寧靜，午夜的街道有一頭壁虎的臉孔。

是壁虎，還是不？

法蘭滋·卡夫卡在 1924 重病死後依照他的遺囑是要把他遺作全部予以焚毀，倘若不是 Max Brod 把它們違願付印出來那麼現代文壇的損失是可想而知的。但卡夫卡生前對這些卻完全意料不到。今日的情形則是這樣：一個人寫了一篇故事，然後當把它在報章上發表出來的時候在前邊按上「寓言故事」這樣的標題。

地板重新漆過，發出噓噓之聲。

Ａ與Ｂ議論Ｃ，Ａ表示他也認識Ｃ的朋友Ｄ，作為交換Ｂ敘說如何某次在路上遇見Ｃ與Ｄ的經過。結果Ａ與Ｂ覺得心滿意足，交易成功，走路也因此特別輕快起來。

　　天花板隨着從新漆過。

　　回憶中童年牆上在夜晚斑駁的光影。

　　你並不是世界的中心……

　　他認為這最後一句話必須要帶着足夠的分量與前文回應並且作為總結他凝望左邊的牆以及他凝望右邊的牆直至沉思者的神色君臨他身上然後他以緩慢的某一樂章的調子下一結論：仍然是一個水瓶。

《星島日報》「大學文藝」，1967 年 12 月 5 日。

繼續

反光的黑灰玻璃

影子裏來去昔日的天鵝

一種生氣復回

斷岩的左右

抒婉的一曲繼續下去

《星島日報》「大學文藝」，1967 年 12 月 5 日。

也斯的
六〇年代

我看羅布格利葉的電影《不朽者》

A·「你以為那是古老的建築，但實在那卻是在戰後重建的。」

「那漁人……」——「但他並不是一個漁人。」

「這些公墓並不是公墓，因為它們並不埋葬着死者，」又或者：「你看來以為那些傾斜的石柱是經過久遠的年代，可是它們植下在那裏的時候已經是傾斜的了。」

B·「夢中的伊士坦堡。」

「這城市裏每樣事都是虛假，倘若你想逃去，就連乘的船也是虛假的。」

C·「你是住在這裏？」「是的，不，在那邊——」

「買了你所要的那珠寶麼？」

「是，不——那無關重要了。」

在亞倫·羅布格利葉（Alain Robbe-Grillet）的小說裏，往往會發現這樣的一個觀點：他認為悲劇在於人欲以對這世界底自以為義的解釋來與這世界溝通；現在在他這第一部自編自導的電影《不朽者》（L' Immortelle）中，它的男角色——以一個初到伊士坦堡的遊客的身份（也許是一個法國教授）出現尤為適合——面臨同樣的處境；似乎他對他的周圍所下的定論都不能憑之為據，他對他的環境所形成的概念馬上就給否定了：

例如 A。

如果不是立即給否定，那麼就是逐漸在過後發現它們的虛幻：或者是那女子的真實的問題，或者是那城市的真實的問題（例如 B），又或者是那女子在那城市中所發生的事件的「真實」這個問題。對於他，幾件事件似乎每次回想都有一點不同，它們的真實每次都招來新的解釋，推翻了他自己成立不久的結論。對於他，要給這現實下一定論是不可能的，要之，則盡是一些自相矛盾的結論了。

有趣的是，羅布格利葉用的是同樣矛盾（不確定）的語氣：

在銀幕上：一人踽踽行走在無人的街道上，這隨即變為：湧滿群眾的街道。

又或者他讓他的女主角用模稜兩可的口氣講話：

例如 C。

因此我們甚至可以說在這裏「觀眾——電影」的關係平行於「主角——影片中的世界」的關係；因此，一方面男主角在試圖通過他片面的資料（加上他對伊士坦堡主觀的了解）來理解他的世界底中途受到挫折，另一面，則面對銀幕坐着的觀眾們在試圖通過他們片面的資料（加上主觀的對故事的要求）來理解羅布格利葉底中途受到挫折了。

那女子是不是存在？那女子是不是死於車禍？那男子是不是存在？那男子是不是死於車禍？——甚至，那頭犬是不是存在？那頭犬是不是死於車禍？所以有這些問題是因為這些事件顯得「不真實」，作為「故事」它們的說服力不夠，還

因為，這不像以前在電影院裏所看慣的那樣。往常，當一個觀眾踱進一所電影院裏，看見銀幕上一個女子撞車斃命，那往往是理由充分的：或者是那女子對於戀愛不專的贖罪——從而導演指出他底戀愛觀的訓誨——；或者是汽車機件失靈——從而導演指示機件優良的重要——，又或者是兩個女子同時愛上一個男子因此不得不死掉其一以趕快收場；總之在這樣的情形下這導演是理直氣壯的，他的安排也往往得到觀眾的諒解。但現在這電影裏的情形則甚麼也不是，因此就難以置信。

再說回存在不存在的問題——但它們當然是存在的，它們存在放映出來的時間中，不在之前，不在之後，主要是它們存在於敘說中。當你繪一張圖的時候你從一點開始，你塗抹，你修改，當你拍一部電影的時候，你拍攝，剪輯，你還是修改。你想：我這裏要這頭犬死去，然後你想，讓那女子死去，不，你想，還是讓那男子死去——也許那些幻象與猶豫是作者創作過程的幻象、的猶豫哩，而他這麼坦白地展示的目的則也許就是要觀眾的參與思索之作為回應罷。

在過去，電影的描寫是為了要表達一段「發生的事情」，但在這裏，則也許我們可以有一個新的看法了：描寫本身就是所發生的。它洋洋灑灑敘說着，它建立了，它推翻了，它是自相矛盾的，它在進行中生長，它一邊敘說着一邊成形；沒有過去事情的回憶，沒有未來。事物存在某個敘說者敘說的過程裏，觀眾則被邀參與其中，參與它的幻想，參與它的創造。

鏡頭隨着一個人的視線轉到第二人，再從第二人看出去第三人——

　　每個人用自己的觀點注視這世界，偶然，他要求溝通⋯⋯

　　羅布格利葉似乎說過《去年在馬倫伯》的風格介乎雕像與歌劇之間，我想本片也是一樣。當然，我所謂雕像，不單是指那些突然轉成呆照的鏡頭而已。

　　本片的風格是極之羅布格利葉的，從船邊一個小女孩站在兩頭狼犬的背後到影片末段那女子被鐵鍊鎖住的鏡頭都是如此。某些地方跟他最近的小說 *La Maison de Rendez-vous* 頗相像，不過後者換上了香港而不是伊士坦堡而已。當然，風格是一件事，你喜歡不喜歡這種風格則又是另一件事。比如英國的影評人 Raymond Durgnat 則對本片大表不滿（英國人似乎對「新小說」諸人特別拒斥，以前在 *Encounter* 上看過一篇訪問記，對 Nathalie Sarraute 也頗有微辭）。批都是不能避免主觀的，但當然每個人都有他好惡的自由，就像伊安尼斯高所說的那樣：有些人喜歡水果，有些人喜歡乳酪，有些人則因為患頭痛而不能不喜歡阿士匹靈。

《星島日報》「大學文藝」，1967 年 12 月 26 日。

也斯的
六〇年代

未昇

幾扇窗子反照着

未昇的太陽

在我們清白的等待中成形

走過街衢

某些懽悅的臉孔

尚未在太陽之下

一塊寫着午餐的牌子

我抬頭看見我遠離

沙地上逐漸的白

毫無塵埃的清晰的影子

移向我

木質的泉間走着同樣的人

泅泳者經已歸來

他看見那些

尚未成為太陽的

《星島日報》「大學文藝」，1968 年 1 月 9 日。

羅布格利葉的方向

在一本新作家作品的輯集上讀到一位年青法國作家丹尼奧‧加斯杜倫（Daniel Castelain）的短篇小說〈不可信的會晤〉，字裏行間顯出頗受「新小說」諸人，特別是羅布格利葉的影響，然而其中也不乏獨特和有趣的地方。

簡略來說，小說裏寫一個男子乘火車到某個城市與他童年時認識的一個女子相晤，而那女子因為在商店裏給人懷疑偷了東西而盤問一番，因此耽擱了，她最後終於來到，甚麼也沒有發生。這就是它的內容，但可能也不是這樣……

〈不可信的會晤〉之所以不可信是因為它的作者從不試圖使人相信的緣故。它一開始便說：「在開始的時候可能有二個不同的城市相隔頗遠的而在一所酒店的一個房間，在這一間和在那一間裏……」它說是「可能」，後來它則說是「或者」、「也許」，你不能肯定甚麼，你連最簡單的事情也不能肯定，比如說，火車上那三個小孩子給母親打耳光的次序，可能是由最外邊的輪到最裏邊的，但也很可能是由最裏邊的輪到最外邊的。你不能肯定甚麼。

加斯杜倫受羅布格利葉的影響顯而易見。「新小說」的作品之使讀者驚訝，恐怕主要便是在作者們不再要讀者相信甚麼這一點。相反的，他們一開始便指出自己的作品並無憑據，也難以使人置信。它們是虛假的，因為它們的真實是創造出來的。而這種主要是針對以前的小說所作的一個反叛。

讀以前的小說，所謂心理分析小說、社會小說等，我們發覺，是作者先有了一個概念，然後苦心經營成一篇小說，把意念具體化真實化起來，等到發表出來，再由讀者或批評者把它還原為原本的意念，指出作者的意旨原來是如此云云。

　　可是這種製成與還原的過程不也太機械化了嗎？這種「大一英文」式的閱讀，這種撮要地說某一篇小說是關於「人與人溝通的困難」，關於「人與命運之搏鬥」，或者關於「命運的無可抗拒的打擊力」的批評難道不終於使讀者，與及作者，感到有了一種受騙的感覺麼？否則寫作小說不但是毫無生氣的機械性習作，更是可以徹底取消而可以毫無遺憾的了：因為既然可以用一句話說盡，又何苦長篇累贅地經營？

　　因此當我們看到「新小說」的新作者們，試圖另闢途徑，挽救小說機械反正而生的僵化〔原刊如此〕，試圖以一種自給自足的敘述以代替以前那種信賴一種文字背後的意義以自圓其說的結構，我們就不免寄以厚望了。而且這一個改革亦不單純是技巧上的——因為在這裏「說甚麼」和「怎樣說」是不可分的。因為，拿〈不可信的會晤〉來說，主要發生的事情並不是一個男子與一個女子會晤的過程，而實在是一個男子所寫一篇「關於一個男子與一個女子會晤」的小說的過程，我們不斷讀到作者對自己這篇小說發一點議論，「但是如果這一切發生，它的真實不是跟這會很不相同麼？」，他這麼自問。

　　又或者他忽然寫這麼一段以跟那些好稱「新小說」為

「客觀派」的批評者開一下玩笑：

「她說：簡單的真實，坦露着，像你所見的那樣。我說『她』而不說『我』是為了要表示客觀的緣故。」

這篇寫法使讀者極端感到作者的存在，感到作者是在創作的中途，他所寫的是創作出來的，而並不是真實的，而同時讀者則參與其中的創造。這種夾敘夾議的，不在乎小說文類的寫法，顯然擺脫了上面所說的部類作品匠意安排的痕跡，寫出一點去盡人為的味道來。

上面說這篇小說不可信是因為作者無意使人相信，這正是因為作者以文內作者的寫作為主，以其所寫的會晤為副的緣故，而當作者開拓寫作上的可能性的時候，要求故事中的現實性的則自然不免無所適從了。但是現在小說的範圍正在不斷的開廣，在其中我們不祇找到真實的事件，還可以找到虛假的事件，不祇是那已發生的，還有那未發生的。比如說七等生的小說〈昨夜在鹿鎮〉（《文學季刊》第五期）中那男主角究竟昨夜真曾去過鹿鎮麼？我相信在以前的小說裏是不會有如此一個問題給提出來的。

現在的問題則不是怪責新一代的小說家如何不肯正正經經地坐下來寫一個大家都明白的故事這樣的了，小說的範圍必須不斷開拓，而這就必須要作者、讀者和批評者的合作。

《星島日報》「大學文藝」，1968 年 2 月 6 日。

也斯的
六〇年代

急先鋒奪命槍

可以這樣說：這位約翰‧波文是個懂得怎樣去「敘述」的導演。他的人物決不是祇把對白唸出來便算，他的動作設計極其出色，因而敘述的內容與敘述中的背景往往是打成一片的。讓我舉幾個例：華格與車行老闆談話時汽車在石柱間橫衝直撞；華格與女侍談話的背景是尖叫喧嘩的夜總會；華格與小姨談話時汽車正圍繞酒店慢慢兜圈；華格與妻子初識時微醉地互相繞着兜圈子四周的人又繞着他們二人兜圈子（這，使人想起高達德《已婚婦人》裏小孩子圍繞着父母走路的一節來）。上面舉這四個例，第一則是激情的，第二則是疑嘯的〔原刊如此〕，第三則是深慮的，第四則則是輕快的，各有不同。

這戲裏每一節都拍得相當用心，夜總會那一場，華格與人毆打的時候，旁邊舞台的銀幕上正映出一些女孩子掩面的呆照（恐懼的意味），加上黑人歌手的口叫，在這裏映像與聲響的結合何等親密，效果又是何等豐盈。

華格重見妻子那一場，兩個人臉不對臉的坐着，而她乾巴巴地說着單略的句子：「can't sleep...keep taking pills...dreamed about you...」近景中插入一個中景，拍出一點疏離隔絕的氣氛來。

上面兩個段落，一則以動，一則以靜，而表現導演之善於「敘述」則二者如一。這不僅是一個意念的因具體化演出

以賦與形體那麼簡單。如果說有甚麼吸引我們，那就是他的敘述方法吸引我們，如果說感到有一種「這傢伙是在不明不白地做着些徒勞無功的事情哩！」的荒誕感覺，我們也知道得很清楚，這種所謂荒誕感、徒勞感只是在一連串互相牽搭的事件中才衍生的，也祇是在觀賞的過程才為我們所體味出來的。

現代好些人強調電影中的映像，認為映像至上，但是映像與聲響實在是同等相倚的，音響的貧瘠又何嘗勝於映像的蒼白？這部電影裏除了聲響與映像結合的緊密外，導演還有一個特點，就是喜歡借助音響（聲響與對白）來作鏡頭或者段落的連接。例如：

（1）開場初那一段「只要在他頭上一擊便行了」的對話把地牢（現在）與退伍軍人俱樂部（過去 A）與石階上的狙擊（過去 B）三場連接在一起。

（2）藉觀光船上的播音把華格泅泳逃亡（回憶或幻想），與華格倚舷沉思（現實）連接在一起。

（3）藉音響把二人同時不同地方的幾場平行連接，如華格在甬道上的鞋聲把華格在甬道上走着（A1）、華格妻子在室內化粧（B1）、華格在車中（A2）、華格妻子在美容院抹臉孔（B2）、華格在車中等候（A3）、華格妻子上樓梯（B3）、華格上樓梯（沒有在銀幕出現的 A4）、華格妻子回到家裏（B4）等段落連接在一起。

（4）華格妻子旁白：「我記得我們最初見面的時候。」一

段話把過去的幾段回想連接得非常調協，如果沒有旁白，能不能連接得這麼和諧則使人懷疑。

（5）末尾在布魯勃斯家裏，華格按掣從一個電視台轉到第二個電視台的時候，忽然響起嘈吵的聲音，觀眾起初以為是電視的聲音，後來才知道是廚房的聲音。這一場從電視的配音連接到廚房的噪音，把華格與其小姨各坐一隅的靜態場面帶進追撲互毆的動態場面。

當然，用音響連接的也不是全部，例如華格側身躺着連接到夢中（記憶中）妻子倒地側臥，這便是動作連接動作。大溝渠的藍色水流連接到布魯勃斯別墅泳池的藍色池水，這便是景物連接景物（甚至色彩連接色彩）。

前面說過，這部電影每一節都拍得相當用心，寫到這裏還想起一個例子可以支持這個說法的：當華格的小姨上到酒店頂樓的時候，那兩個保鏢模樣的男子正在閒談：「在我們巴西有一句俗語說：『上帝是巴西人。』」，言下大有上帝保佑的意思，下一節，華格上到上邊，把他們都捆綁起來。

看到這裏，我們可以發覺，剛才那節閒談，實在是導演預先安排下的諷刺性的伏筆哩！

《星島日報》「大學文藝」，1968 年 2 月 20 日。

兩首詩：〈午路〉、〈夜讀〉

午路

傾斜的幾個三角形

煙從我左方飄出去——蹣跚的腳步

在空中，從空中逸走

在泡沫的中途

虛幻的反照裏不見頭顱

曖昧的聲音的正午呵

一頭狗吠着而牠的主人

在鋸木板的舖中敲打着一點甚麼

天空的陽光有着葡萄的味道

晾在某些角落的衣服飄起來

讓我們看見——一些疑幻疑真的閃光

冥冥中一塊鏡子

在可見與不可見的兩頭的晃動

夢中的清純，隨陽光而來的

慾望，條紋形窗帘所漏去

的世界所做成的欠缺

那些鐵枝的叩擊的迷糊……

沉沒葉叢的眼睛看見一道小徑

在眾多的紛擾中伸出它陳年的臂

夜讀

除夕晚上隨手打開的一首

它說尼哥拉斯

被某一持槍的丈夫所槍殺

這是為甚麼——

某些事情

在這之前發生了

某些給這鉛重的傷痕與冷冰的槍管

以理由的

在這之前發生了

我一定是漏去了一點甚麼

在這個波蘭作家的筆下的

這篇小說

——我後來知道——

叫作「太多的陽光」

《星島日報》「大學文藝」，1968 年 3 月 5 日。

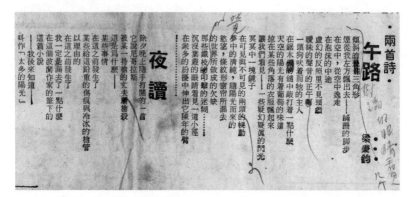

兩首詩·

午路

………梁秉鈞

傾斜的三角形
煙從我左方飄出去——蹣跚的脚步
在空中，從空中逸走
在泡沫的中途
虛幻的反照里不見頭顱
曖昧的聲音的正午響
一頭狗吠着而牠的主人
在鋸木廠舖中蔽打着一點什麼
天空的陽光有着葡萄的味道
掠在某些角落的衣服飄起來
讓我們看見——些疑幻疑真的閃光
冥冥中一塊鏡子
在可見與不可見的兩頭的輕勸
夢中的清純，隨陽光而來的
慾望，條紋形窗帘所漏去
的世界所倣成的欠缺
那些鐵枝印輕的迷糊
沉沒葉叢的眼睛看見一道小徑
在衆多的紛擾中伸出它陳年的臂

夜讀

除夕晚上隨手打開的一首
它說尼哥拉斯
被某一持槍的丈夫槍殺
這是爲什麼
某些事情
在這之前發生了
某些事情
在這之前發生了
我一定是漏去了一點什麼
在這個波蘭作家的筆下的
這篇小說
以理由的
某些給這鉛重的傷痕與冷冰的槍管
我後來知道
叫作「太多的陽光」

■ 詩作初刊後，也斯曾以鉛筆修改。

也斯的
六〇年代

現代詩的一些問題

關於批評

　　在《中國現代詩選》（創世紀社版，一九六七）的代序中有這麼一段文字：

> 　　概言之，現代詩人都為一種「孤絕」顫慄着，迷惑着，感到受苦；無能認知存在的時空，或介入之；更無能在理想與現實之間，取得調和。（李英豪：〈論現代詩人的孤絕〉）

　　這段評論文字的不當是在它的一概而論；倘若，因為文章的題目是〈論現代詩人的孤絕〉，就必須把每個現代詩人都說成孤絕者，那麼如果寫一篇〈論現代詩與意象〉是否也必須把每個詩人說成是意象詩人？這是危險的，既然說詩人是在追尋「自我」，一概而論式的批評豈不是更使詩人獨立的「自我」喪失殆盡？我想，要批評詩，就要就詩論詩，如果預先準備好一大堆「內心的奧秘」、「精神的超昇」之類的大字眼，再使用到詩中去考證此類意念的出現次數，這實在是無濟於事。

　　再說回孤絕的問題，「無須更遠的探訊」，在《中國現代詩選》裏我們已經可以找到不少可供反駁的例子，特別是紀

弦、畢加、朵思、瘂弦、管管、葉維廉他們的作品，全部都是不能為孤絕這一範疇所束限的，最有趣的例子要算紀弦的〈狼之獨步〉，我把它抄在下面：

> 我乃曠野裏獨來獨往的一匹狼。
> 不是先知，沒有半個字的嘆息。
> 而恆以數聲悽厲已極之長嗥。
> 搖撼彼空無一物之天地，使天地戰慄如同發了瘧疾。
> 並刮起涼風颯颯的，颯颯颯颯的：
> 這便是一種過癮。（P.24）

　　因為有「獨來獨往」之類的字眼，喜愛一概而論的詩評人也許不免要由此而撰寫一篇〈論現代詩人的孤絕之二〉吧。可是詩寫下去，詩人既不顫慄（戰慄是天地而不是獨步之狼哩），又不迷惑，也不受苦，而竟而感到「這便是一種過癮」，讀到這裏，詩評人要引證其孤絕的論文不能寫成，恐怕本身才是有點「更無能在理想與現實之間，取得調和」的悲戚之感了。

　　可是，倘若詩評人覺得悲戚那麼就由得他們去吧，不過他們悲戚的時候最好閉上嘴巴，不要再喋喋不休地指出現代詩該這樣該那樣的了，歸根到底，先有作品才有評論，主要的是作品，空洞的評論對於你和我都沒有甚麼好處。

關於回顧與前瞻

　　試想在這樣大好的晚上坐下來寫一篇現代詩壇的回顧與前瞻的文章簡直是不可能的，然而這樣的文章卻常常可以見着，有些人是回顧的專家，有些人是前瞻的專家，另外一些人則自稱具有同樣兩種長處。

　　伊安尼斯高在日記裏說，事情越是變得越來越壞，人們就越說事情是在好轉中。現在，很多人說現代詩壇是「在好轉中」，熱心的人士指出，不少中國的現代詩已被翻譯成外國文字，不少作品，與歐美的作品比較，已經毫無愧色，總之，「事情是好轉一點了」，總之，「事情總是變得好轉一點的」。

　　那些指出現代詩在過去的混亂狀態的人們是對的，確然，現代詩是曾經走上怎樣空竭、死絕與安那其的路子上去呵。比較起來，現在的現代詩是規矩得多了。簡直可以說是不過不失，簡直可以說是：「說得定甚麼也沒有發生」了。

　　問題也許就出在這裏。現代詩現在的情景似乎是一種中年的妥協的情景。如果說初期的現代詩是貴族的頹廢的（確有人這麼說），則現在的是一種布爾喬亞的畏縮與刻板了。年長的詩人陷入自我重複的圈套中，年輕一代的詩人盲目模仿偶像（這也許是為甚麼香港最近這麼多「周夢蝶式」的作品的緣故），陳陳相因，沒有生氣。關於模仿實在沒有現代不現代可談：如果你模仿李賀，你是在承認別人做得比你好，如

果你模仿周夢蝶，你也是在承認別人做得比你好。問題是在你怎樣做得比別人好。

關於詩的生長

　　在《電影文化》上看過一篇文章，作者說，同一場電影，在不同的兩所電影院觀看，感覺並不相同；又即使同一場電影，在同一所電影院裏，不同的兩場觀看所生的感覺也不相同，簡言之，沒有兩場放映的電影是相同的。

　　我想從這個角度看詩亦未嘗不可。到底寫詩並不是生產罐頭，因此我們大可不必以為一首詩寫成了便大功告成，就結束得一乾二淨了。不，還沒有完結得這麼快，當它印刷出來的時候它仍在生長，甚麼樣的編排，甚麼樣的插圖，甚麼樣的印刷，都影響了它要成為甚麼樣的一首詩。但是——不，還沒有完結的這麼快，還有一些關於以後的話要說，在你觀看的時候，在你看一首詩的時候你加進了自己的經驗——有時候一首詩與觀看的環境是一同被回想起來的——你怎樣看，你怎樣思想，與你所看、所思想的緊緊的結合起來，不斷地生長着。沒有兩首詩是一式的，沒有在兩處發表的同一首詩是相等的，沒有同一首詩的兩次誦讀是帶來完全同樣的感覺的，這是因為你的鑒賞與創造相連，這是因為你欣賞的經驗匯成為作為你欣賞對象的詩作底一部分的緣故。

關於學院派

T. S.艾略特先生認為詩是給有教養的人們以安慰的一種遊戲。沒有教養的讀者如我，則不免覺得先生的鉅著《荒地》不過是從一大堆書本（比如說《從祭祀到傳奇》、《金枝》、舊約、波特萊爾、《神曲》、莎士比亞、《懺悔錄》、《北美東部鳥類手冊》、《佛教翻譯》等等）中各自抽出一點東西來，再由以後的批評家還原般把這些東西考據一番放回原位的這麼一種乏味的遊戲了。

當然，或者對艾略特先生來說，這已經是一種很劇烈的遊戲啦，因為像 Paul Roche 說的那樣，艾略特先生一生最大的冒險，也不過是趕上一輛倫敦電車取回遺下的《荒地》的原稿那次而已。

早幾個月在《幼獅》上看見羅門一篇隨筆，他說在紐約的書店裏找不到艾略特的詩集（天曉得他為何要跑去紐約找艾略特的詩集！），隨着便嘆息一番，說甚麼「屬靈的」、「現代人心靈的空虛」等等一大堆名詞——依然是一大堆名詞！

《烈火》裏那消防局長說「有些人以為讀了書本便高人一等」無疑是有道理的。我以為寫詩的人（或者任何人）不一定要讀一大堆書——尤其不一定要讀一大堆艾略特寫的書。讀不讀艾略特與「心靈空虛」並無關係。

不過我想，歸根到底這都是在於人而不在於書本的問題，何況這世界上確有這麼多好書！無論從那方面來說都與

艾略特不同的亨利米勒，他也寫了一本談書的書──《我生命中的書本》。他們二人的不同大概是對書本與生命看法的不同──亨利米勒說他當書本是生命中一個現象；而艾略特先生，我猜，大概是以為生命是書本中的一個現象吧。

關於了解

了解呢，還是不？這倒是一個問題。

過去的情形是這樣（未來也可能繼續如此）：讀者說現代詩難以了解，現代詩人說讀者不肯了解，詩評人則要求讀者詩人合作無間，互相了解。三者各自大發一番議論，結果不了解還是不了解。

如果作者觸到一個東西，讀者卻不能觸到這個東西，那真是無法可想的事情。這不是教導的問題，感覺有甚麼可以教導的呢？一個人可以變得無感無覺，一個小孩子卻反而可以有更大的感應，關於孩子，美國現代詩人羅拔·鄧肯（Robert Duncan）這樣說：

> 作為一個孩子並不是一樁關乎年紀多大的問題。孩子，像「天使」一般，是一個觀念，一畝可以成真的土地。有很多孩子在童年時代也從沒有放浪的機會的。有時我夢見我終於成為一個孩子。
>
> 一個孩子可以是一個藝術家，他可以是一個詩人。

也斯的
六〇年代

但一個孩子可以是一個銀行家麼？那是在管理銀行或者料理商店或者指揮一場戰爭那樣的事務上才需要成人，才需要一個有經驗的頭□。

是在這些逐利的世界裏「經驗」才算數的。一次，兩次，三次，並且以之相除。天才們的秘密就是如此：在這裏經驗不是用來計數的。在這裏經驗並不曉得計數，它祇從它自己之中創造出自己來。(*New American Poetry* PP.404-405)

從了解的問題說到孩子怎樣怎樣，也許又有點使人不能了解了，不過我想對於讀詩的人來說，假使能保有一份「赤子之心」，那麼即使失卻了大談「精神提昇」、「內心奧秘」的學究式知性趣味，亦未嘗不有一種感性的快樂由之而生吧。

《星島日報》「大學文藝」，1968 年 3 月 5 日。

介紹亞倫・加普羅和他的突發性演出

說「突發性演出」從亞倫・加普羅（Allan Kaprow）說起，似乎是頗為順理成章的了。因為，最先予這一藝術形態以「突發性演出」（Happening）這一定名的，是加普羅，最先熱衷與實踐於使這一概念形成的，亦是加普羅。最近在去年新出版的一本談此的書中，他為突發性演出下的定義則是如此：「多種事件的匯合，在不祇一個時間不祇一個地點演出與被觀看。」

這種有時被稱為「畫家的劇場」的藝術形式，在過去幾年中已經給人談過不少了。發而為文，輯而成書的，有狄・赫堅斯的《傑佛遜的誕辰後貌》、米高・寇比的《突發性演出》和艾・韓遜的回憶《藝術的導火線》三本書。三人都是紐約的作家、藝術家；不過，現在以加普羅現身說法的這一本，恐怕較諸他們是更有親切的了解，讀者讀來也更有興味得多吧。

傳統的舞台演出，對於加普羅來說，它們是有很大的劣點的：「如果它不是提供一個前衛的荒誕劇場底粗陋的見解，那麼它至少散發着夜總會表演、雜技、打諢、鬥雞等等的臭味……不幸的是，突發性演出的大有可為卻不大能引起其他同道人的注意。即使在今天，大眾仍然熱烈擁護一種『表演』的藝術，而它總是做得很好，可惜卻不能充分發揮它的涵意，亦不能開拓任何新的領土。」

也斯的
六〇年代

因此最先要揚棄的就是這種傳統的舞台演出。加普羅捨掉了傳統上的繪畫的、戲劇的觀念，而反而從運動和遊戲中學取了一些東西。他認為，一樁「突發性演出」必定要在一個真實的環境（一個超級市場，一道公路，一所廚房）演出，不過卻可以經過人為的加工（比如把一個果樹園裏的禿樹塗上紅色）。他還說一個演出應該在幾個遼闊的、轉移不定的地點舉行。一個加普羅式的突發性演出中的典型事件將會是這樣：（一）多輛汽車晚上在離開某一特定地點一哩的不同幾條鄉村公路上駛前去，車燈閃着光，車喇叭各自鳴響，它們聚了頭又分開了；（二）一些守望的人站在泰斯廣場等待從一個窗間打出的訊號，訊號傳出來了，它叫他們走到行人道的一處跌倒下來。一輛貨車開過來，把他們載上去開走了。

加普羅的突發性演出不祇發生在真實的地點，它們甚至還發生在「據實的時間」而不是在「觀念上的時間」中。「據實的時間」，他說，「總是跟做一點甚麼，跟某種的事件大有關連，因此是與事物和空間銜繫起來的」。一個藝術家可以「在幾天、幾月，或者幾年中演出一樁突發性演出，把它間插在演出者的日常生活裏」。

加普羅最激進的改革恐怕是他的把傳統意義上的觀眾徹底取消這一點了。事實上，那些觀眾，他們一旦在票房買過票子進場便無所事事，對劇作毫無貢獻。但是在加普羅的演出裏，除了那些偶然的觀（「環境中那些作見證的部分」），唯一的觀眾們就是演出者自己。加普羅這個想法是從看他自

己的孩子們遊戲得來的，他看見他們從不叫別人的人去參觀他們玩遊戲。這種方法解決了所謂「觀眾之參與」的難題，因為它根本撤消了觀眾與演員的分野。

對於那些願意參與演出的人，加普羅先寫出一個劇本來使他們對自己要做點甚麼有一個明確的概念，隨着再在演出前詳詳細細的討論一番。「在這方面」，他說，「這跟一趟巡行、足球賽、婚禮或者宗教儀式沒有甚麼分別。它甚至跟一場戲也沒有甚麼分別」。他不贊成自動技巧或者即興，因為劇本中已經包容有足夠限度的自由了。在正式演出前的聚會裏，一些實際的事情是會給提出來討論的，比如說那兩個汽車司機在公路上碰頭等等。可是卻沒有排演。「既然在一個突發性演出中並不需要甚麼技巧來演出它的事件，那麼也沒有甚麼好排演和重複的，因為沒有甚麼是需要改進的。」「突發性演出」只表演一次就算了，這也許是因為連重複也是一項劇場的老習慣吧。

在設計他自己的突發性演出的時候，加普羅是一個「形式主義」的藝術家——但他是一個很不同尋常的。他構思時不是假借理論而來，他寧願讓他的形式有機性地從他用的材料中浮現出來。「如果一匹馬是一個作品的一部分，那麼一匹馬所作的就給予牠在『突發性演出』中所作的以一個『形式』了。」

他說：「如果一個形式主義者要作一個突發性演出，那麼他就要小心選擇一個可以自由操縱的處境，而不要喋喋不

休於其弦外之音和其中含蘊的意象了。」顯然，加普羅是寧願選擇一些普通的材料，比如一匹馬，而不要一些引向形式主義化的預告性的物質了。「一群穿着全白的男子在做着柔軟體操，一個滴答作響的拍節器，一張紙花欸地移過地板，這顯然容易流於形式主義了。」

「形式藝術，一定要由一些又鞏固又普遍的材料構成。一個形式主義者不能輕易使用納粹刑室的可怖的錄音，但他可以用一句簡單的句子，比如說：『天空是藍色的。』可以用抽象的形象，比如圓形和四方形，一頭臂舉起又放下而不作其他事。意象的衝突，那所謂『甚麼』是不及動作的錯綜與靈敏來得重要……主要的是：有利地參與一項組合的行動中，而所組合的材料是不值得注意的。」

當然，也有一些別的人他們的突發性演出是賦有政治性的內容的。但是在這種情形中，作者顯然是不能把他的「訊息」傳給廣大的群眾了。而這種「訊息」不正是為了廣大的群眾而設的嗎？可是，在一個突發演出中，祇有幾個「偶然」的觀眾，那麼一場誠懇的抗議又有甚麼用呢？

在阿姆斯特丹就有過這種政治性的蘊義的演出，那些安那其式青年們，派發着空白的傳單和放出白色的小雞好讓警察們去捉回。在洛杉機也有這種演出。但他們的演出一部分是對加普羅底突發性演出的直接反應，不過他們卻以為加普羅的演出太「藝術化」了。他們的一個惡作劇是把一千根大麻香煙藏在洛杉機的市立圖書館的書本裏面。另一項計劃則

是收集了獲斯、維農等貧民區的食物、衣着和傢俬，免費贈送給比華利山和賓活的富人們。

加普羅的書的後部還收輯了世界各地的「突發性演出」的劇本和劇照：比如德國的胡夫・和斯提（Wolf Vostell）、美國的佐治・布烈滋（George Brecht）和堪恩・杜威（Ken Dewey）、捷克的密冷・牽尼隆（Milan Knížák），甚至還加上日本的 Gutai group。可見「突發性演出」是如何的成為一種世界性的趨向了。

把藝術與人生之間的界限抹除，在這方面加普羅可說是成功的了。在最好的情形下，他的作品底「不文明的」與「不美學的」質素才流露出來，幾乎使人把他是我們時代中最偉大的前導人物之一這一事實忘卻得一乾二淨。

這世界現在是開始以鄭重其事的姿態來承諾加普羅的所作所為了。加拿大政府資助他在六七年的廣島紀念日在世界博覽會裏演出一場「沒有內容」的突發性演出。教了十四年書，在州立大學中做着藝術系的教授，加普羅在去年靠了根嘉咸基金的資助去深造一番。

這些年來，加普羅都在談着一種不是永恆的也不可以售賣的藝術。但，現在，他卻在準備把他的留下來的老作品如「集匯」（assemblages）、「處境」（environments）等種類收集起來，來一趟「歷史性的再造」，又在預備一趟新近獲得津貼的突發性演出了。諷刺性的一面是：在把博物館稱為「另一個紀元遺留下來的老頑固的殘渣」之後，加普羅現在是

準備在前衛的費沙丹那博物館裏舉行一趟回顧式的演出了。

（取材自《村聲周刊》）

《星島日報》「大學文藝」，1968 年 3 月 26 日。

U

　　他們在討論湯馬士·摩亞和他底「烏托邦」，那男子努力在說明如何在拉丁文的原文裏那就是「無處」的意思，他執起一根粉筆在黑板上寫着。我轉過去看見史德小姐正在記下一點甚麼，也許在給他們這一組的「演出」打一個分數罷。早上第一節──相當沉悶的一課，沉沉紅棕色木桌的反照與十一月的寒澹連成一氣，給出一種安適而且卻不真實的感覺。這是一種適宜於胡思亂想的氣氛，我不斷試着強使自己的注意力回到那些十六世紀的英國文學上面，可是分散了的思想卻無論如何也集中不起來了。

　　鐘聲遠遠地響起來。等他們告一段落以後史德小姐站起來宣稱說這是一趟極了不起的「演出」。三三兩兩的他們走出去。走廊裏冷風吹着，一張張的臉孔無言地在我周圍跳動，平靜無聲而刻板一如銀幕上放映的默片。我不住告訴自己那不過是我的幻覺罷了，以及每個人看出去的世界未必就是它底真象；它們成這一種樣子而我也許看出去它們成那一種樣子。甚麼是真實呢，這些全部或都是我在幻想中所安排的某一次「演出」亦未可知，這也許就是為甚麼各事物都如此吻合地對我顯出可笑的樣子罷。過去往往在寫作中我發覺當我嘗試記錄下一點甚麼，那事物的真相就自然或多或少的給歪曲了，而轉變成為符合我的某一個意念的「真實」。也許絕對的真實是不可能的，可是難道一個人連對自己的真實也做不到？──為了這同

一緣故我有一段頗長的時間不敢寫下任何東西。

昨天收到 Y 的來信，他說在那邊的情況跟這裏也差不多，周圍是些苦讀實利的勤學生，跟他們無法談得來。他說他仍得歸於孤獨。我在這裏對於這裏的勤學生卻沒有太大的反感，雖然我對分數、考試等等的威脅確實厭倦已極了。我一向跟人沒有甚麼來往，見面時最多也不過點點頭──老實說跟他們也沒有甚麼好講──因此也不大留意他們如何如何。我一向孤獨，但這也是迫不得已的。在 Ionesco 的劇本《犀牛》裏，主角 Beringer 眼看周圍的人都變了犀牛，獨有也堅持着不肯轉變，可是在最後他卻後悔了，要成為牠們當中的一員也不行了。有時我也有這種矛盾。

「……我知道你看過尼采，不知你有沒有看過陳鼓應的《悲劇哲學家‧尼采》，我覺得這是一本好書，在多方面都能夠啟發着我，在孤獨中，讀了這本書，生命力猛地提昇！」

Y 的信給我帶回一些遙遠然而熟悉的東西──一種久矣乎在日常生活底機械化中逐漸遺忘了的遠去的那感覺。許久沒有人談過，甚至我也懶得向自己發問：那是不是我裏面有一部分已經停止了它底生命，不再具有感覺的能力呢？是不是一切繼續着，而某一部分卻僵住了，像一個鏽枯了的齒輪（當我寫下「齒輪」這二個字的時候我想起芥川龍之芥如何寫一列齒輪遮住了他的眼睛）不再具有反應而不為我所知了？

現在回想起人，尼采給我的印象是很模糊的，我讀的他的著作似乎始終沒有「進入到我裏面去」，或許理解與感受

是不同的罷，而始終我不能成功地感觸到那些——就像我常常不能感受到一些別的甚麼一樣。那天看了英瑪堡曼的電影《第七重封印》，其中那武士說：「為甚麼我不能殺掉我裏面的神？為甚麼祂仍然存在着使我受痛受楚，即使我詛咒祂並且想把祂從我心中扯掉？為甚麼，祂偏偏是這樣一個我不能逃避的羞恥的真實？」與及後來死亡來臨時那僕人說的：「現在懇求慈悲是太遲了。不過無論如何你可以感覺到這廣大的勝利，在這最後一分鐘裏當你還可以轉動你眼睛和移動你的腳趾的時候。」我感覺到，他們的痛苦與勝利似乎離我非常之遠，他們的痛苦與勝利無論如何也不是我的痛苦與勝利，我無法感受它們。這或許是因為我對神的問題從未曾好好想過罷，我這樣解嘲說，而尼采與堡曼二人又對這問題非常關心之故。可是是不是這樣我自己也不知道。倘若是因為它不是我所尋找的，那麼我所尋找的又是甚麼？我看齊克果的日記，其中一些話給我的印象非常深刻：

　　　　我所真正需要的是在我心中清楚甚麼是我該去做的，而非甚麼是我該去知道的，除非某一程度的了解必須先行於每一件行為。重點是，我要了解自己……去發現一個對我為真的真理，去發現那我可為之生為之死的理念。
　　　　假如真理站在我面前，冷冷的且裸露着，根本不顧及我是否認得它，使我產生一種懼怕的顫慄而非一種信仰的皈依——這對我有甚麼好處呢？自然我依然承認

理解的必要性，並且須通過理解才能了解他人，但是它必須納入我的生命之內，這乃是我當前認為最重要的事情。這乃是我的靈魂所渴念之事，猶如非洲荒漠之渴念雨水。這乃是我何以癡癡站着，如一個買了房屋，籌備了傢俱的男子，卻尚未找到他所愛的人來分享他的歡樂與痛苦。

但是問題仍然存在，齊克果的聲音實在並不是我的聲音，他可以否定那些不是對他為真的真理，而我現在則仍在懷疑不知是不是自己對一切事情普遍的感覺麻木。

如果我這樣回信給ㄚ他會作如何想呢，這些蕪雜的思想也許明日便要用一根桿線從頭劃掉，反正不是打算回信我倒可以胡亂寫一點，要是想到寫出來的東西要給別人看到再考慮他們對這又會生甚麼想法那就簡直無法下筆哩。每個人在別人的眼中就成為客體。就像現在在圖書館裏所見的：在埋首寫着甚麼的女孩子對一個張望的狠狠瞪一眼——大概沒有人喜歡出現在別人眼中的自己罷。

現在圖書館裏的人逐漸離去了，這是午飯的時間，不過我卻並不趕忙。在走廊邊可以看見下面的人們在膳堂進進出出，我遠遠地在上面看着他們，我看着忽然想到某本書中一個男子在星期天下午的露台上看着下面的行人經過，後來發覺頸子因長久的凝望而僵痛的描寫。那歸究是一本嚴肅的書罷，不知怎的我現在斷章取義的想起來卻有一點滑稽的感

覺。草地上搭着為學生日的遊戲而搭的柵架，我在這裏可以看見它們簡陋的建築。後來張走過來問我為甚麼不上今天早上的心理學了，我順便向他取了早幾課的筆記。

我決定在去探訪韋或者去書店看看有甚麼新書，二者之間選擇其一。我在車上還未能決定。然後我忽然想起這時候他家裏也正在吃午飯。我怎麼外前想不起來呢〔原刊如此〕。那麼我就不能不與他家裏的人招呼，甚至被邀一同吃飯，沒有甚麼比這更使我覺得難堪的了。對我來說，越少與人接觸就越快樂。我在終站下了車，走上電梯，穿過廊道兩旁的商店。這裏面溫暖而熟悉，我推門進入那間書店。熟悉的名字。熟悉的封面。

亞倫堅斯堡：吼及其他詩作

格哥利哥素：揮發油

勞倫斯費靈格蒂：神話與經文

羅拔鄧根：視野開拓

諾曼米勒：白種黑人

積加洛克：夢之書

威廉布洛士：赤裸午餐

尤金伊安尼斯高：四劇本

撒母耳貝克特：馬素普魯斯特

安德烈布拉東：娜達

納塔利沙勞：金果

亞倫羅布格利葉：妒忌與迷宮中

馬加烈特杜拉：四小說

我看着這些書本。我對它們的信心也動搖了麼？它們每一本都曾經如此吸引着我的，但現在卻再提不起興趣去翻閱其中之一了。我四處看看，希望能找出一些新的名字。也許我是對自己和對別人的著作都再沒有興趣了，然後我想起那部電影裏如作人物把書籍焚毀的鏡頭來〔原刊如此〕，我站在那裏幻想着面前的書籍着火的樣子。

後來一個遊客模樣的外國男子進來問有沒有 Freud 的作品。賣書的不明白地問他那是作者的名字還是書的名字。

——Freud! Freud! F-R-E-U-D!

他高聲地逐個字母拼出來，他帶着一種自己以為優越的微笑笑着，悠然自得地站在那裏，他那樣子使我感到說不出的不快。

總之越與人接觸就越帶來不快，我益發如此相信了。我走出外邊，在向海的廊道上一個人也沒有。海是平靜的，一輪巨大的輪船冷白冷白地依傍在港的一邊，沒有聲音，在我的幻覺中它是一隻凝視着的冷然的眼，毫不放鬆地監守着。我不知道，到底它在等待些甚麼呢，是它在期望我作出一些錯失行為為它所嘲笑麼？抑或它一開始就已經在那裏嘲笑着了——我想像它是眾人的眼睛，旋轉着，捲聚成一個暴風的中心，震撼大地，然後逐漸消散為光，形成一面澄烈的太陽，冷酷地照耀着，卒之，最後一次的轉變，它最終融化成一片甚麼也不是的白。

看不到船的名字，從我這裏祇能看見它的第一個字母，那是 U，那會是甚麼呢？U 可能是烏蘭諾夫，U 可能是烏拉蘇，U——我開玩笑地想——甚至可能是所謂的烏托邦哩。而其實烏托邦又是甚麼的意思？我曾經在這裏送過 Y 和 T 的船，他們都是為了離棄一點甚麼，願望一點甚麼而去的；Y 之離去是一種逃避，但他現在來信卻說那邊跟這裏也差不多，T 則乾脆說他失望透了。我想起我所有那些遠去了的朋友們——比如說現在美國某青年會裏呆着背誦德文生字的李，歸究到底他得到了他所要的麼。我這樣想着實在沒有絲毫自得的意思，因為我自己事實上也沒有甚麼不同的地方。

走到街道上，重重的寒氣再度圍攏過來，我不能到那裏去了，我想。我無目的地在附近的路上走着，感到真的徹底疲倦，路越來越轉折，我從未到過這裏，也不曉得要到那裏去，在轉角的地方一所教堂莊嚴地矗立着，不，也許那不是教堂，也許那不過是一所普通的建築物有着教堂的樣子，因此你甚至不能說它是不是莊嚴的，你不能肯定甚麼。路看來都相似，闖入者就容易在其中迷失。房屋那邊傳來一陣犬吠的聲音。風加強了，風斷續地拍打在一株樹的葉子上，我想起福克納《野椰》裏第一章關於在海風中響着的椰葉枯燥的聞音來，那真是一章美麗的描寫，是的，我想，那真是一章美麗的描寫。

（一九六七年十一月稿）

《星島日報》「大學文藝」，1968 年 4 月 2 日。

也斯的
六〇年代

突發性演出

零時廿分他走過公路臥在那裏

曠野裏一頭梟的鳴叫

又在中斷的地方重新開始

四頭牛扮演四頭牛

吃草的牠們在劇中

有一些作為

吃草的牠們的角色

總之

零時廿分他走過公路臥在那裏

等待，

等待着……

許多個虛點

許久

許多個許久

可是

演出計劃裏的某些部分

應該開始的還未開始

出現的還未出現

似乎有點甚麼不對

似乎有點甚麼出錯了

而這是很難堪的

獨自笨瓜的臥在那裏

而這就叫做突發性

而這就叫做演出

甚麼沒有捲心菜

沒有麻包袋

沒有塗滿甜瓜的女子

而這是很難堪的

一切都跟他們說的不同

甚至沒有羽毛沒有木屑

沒有洋薊沒有號角

一定的

是有點甚麼弄錯了

他臥在那裏這樣想着

真的

甚至最後

落下來的

也不是他們說的那些意大利粉

而是雨

《星島日報》「大學文藝」，1968 年 4 月 17 日。

也斯的
六〇年代

讀《奧林比亞讀本》及一些隨想

最近從訂閱的雜誌社收到贈閱的《奧林比亞讀本》（*The Olympia Reader*）和《薩爾侯爵文集》（*The Marquis de Sade*）二書，出版社 Grove Press。《奧林比亞讀本》這本書，是從以前的奧林比亞出版社所出版的書籍中選節輯成的，翻閱裏面的文章，其中所收的作者和作品，包含範圍之廣和質素之高，實在予人意料之外的喜悅。以一所一九五三年間在巴黎創辦的英文書籍出版社，冒着打官司的危險，先後出版了亨利米勒的《柏素斯》、《甜靜的日子在基斯》、《性的世界》、《色素斯》；威廉布洛士的《赤裸午餐》、《柔軟機器》、《裂票》、《吸毒者》；勞倫斯杜魯的《黑皮書》；撒母耳貝克特的 *Watt*；尚紀涅的《小偷日記》、《花之聖母》；雷蒙崑諾的《沙西》；格哥利可素的《美國快車》；高克多作序的《白色紙張》（很可能是高克多的匿名作品哩）；納波可夫的《羅麗姐》；賈連喜芝的《O 的故事》及薩爾侯爵的英譯等等——這些還不過是其中比較著名的一部分——這所出版社，和它的主持人梅禮士基路底斯（Maurice Girodias），他們的眼光，他們的勇氣，是使人佩服的。

上面舉的這群作者，在當時還不如今日那麼有名，而基路底斯在他簡陋的小出版社中出版了他們的作品（還屢次冒着因為出版「淫褻」的書籍而給捉進牢裏的危險）。在這方面他委實是先導者之一。不過，也很可能有人不贊成這種看法

的，比如說，在我們這些「小小的讀書界」，這些零落的中文刊物中，那麼熱切的推薦着佛洛斯特、保羅安格爾，那麼熱切或不得不熱切地訪問着「國際寫作計劃」、「國際寫作中心」的教授們的大有人在，他們和他們的追隨者們，或者會不以米勒、布洛士一流為然亦未可知。余光中最近就罵可素、堅斯堡、費靈格蒂他們為野人派，瘂弦的安格爾訪問記中安格爾又認為這群詩人淺薄得很云云。（瘂弦進了美國的「國際寫作中心」以後，不是訪問安格爾〔該中心的主持人〕，這人就是譯安格爾的詩，或者寫文章大捧特捧，想來也未免有點倒胃口。）

這本來是題外話，我本來是想介紹一下奧林比亞出版社和它的主持人基路底斯，他們的作家，和他們所代表這種獨立的、爭取表達自由的態度的。薩爾的英譯者穎侯斯（A. Wainhouse）在《常青評論》上談及奧林比亞出版社時這樣說：「歷史會更加感激那些向清教徒，偽善者，和檢察官開戰的人們……」（No. 40. P.87），不過即使奧林比亞出版社已成過去，這場與清教徒、偽善者和檢察官對壘的戰爭卻實在還未告終哩。

基路底斯的父親也是一個出版人，早在四十年代中他的奧別斯基出版社就在巴黎出版過亨利米勒的《北回歸線》（一九三四）、勞倫斯杜魯的《黑皮書》、安娜斯連的作品、喬哀斯的《在工作中》和詩集，還有法蘭克哈里斯的《我的生命與戀愛》等。後來他父親在戰時死去，基路底斯自己則

繼續辦了個橡樹出版社，出版起畫書來，也不懂甚麼商業手腕、經濟預算的一個勁兒的幹了起來了。在戰後再擴充一些文學的書籍，重印了哈里斯的舊書，出了一些米勒的新書、蘇聯的古典作品、政治論文、哲學文學評論等等，居然也弄得頭頭是道。

在一九四六—四七年間便發生了所謂「米勒事件」——那是法國多年來第一趟書籍遭遇查禁的例子，那就是當基路底斯出版了米勒的《南回歸線》，法國的另外兩間出版社又同時出版了《北回歸線》和《陰暗的春天》的法譯本的時候，基路底斯，和那兩間出版社，就給依一九三九年的針對淫褻書籍的條例而給控告了，那是自從福樓拜的《包華利夫人》和波特萊爾的《惡之華》以來，第一趟因此而被控的例子。在當時，法國淪陷的四年結束，智識分子們更加感到自由的可貴，他們都紛紛抗議，為亨利米勒、為言論自由而辯論。起初這似乎是有點效果的，控訴給撤銷了，案子也就不了了之。

可是儘管基路底斯在這方面獲得勝利，在別的方面卻是一敗塗地，因為經濟困難，他迫得把橡樹出版社讓給一個債主掌管，不曉得那個債主卻把出版社賣了出去——賣給另一個大出版商，這樣，基路底斯便給從他自己的出版社中給攆了出來了。

也正是因為這樣，基路底斯給迫得另覓新途。在一九五三年春天，奧林比亞出版社成立了，根據基路底斯的自述，他們的辦公室不過是在一片倒閉的書店背後一所房間

裏的，而所有的工作人員，也不過是基路底斯自己和一位兼職的灰眼睛女秘書吧了。

他起先出版了亨利米勒的《柏素斯》、阿保里奈爾的《年輕浪子回憶錄》、薩爾的《房中哲學》等等。當時一部分作者是一份名喚 *Merlin* 的文學季刊的編者們，他們之中包括了亞歷山大吐支，及著名的薩爾的英譯者穎侯斯等，吐支這一群人非常推崇貝克特，也因為這個緣故，奧林比亞出版社出版了貝克特用英文寫作的 *Watt*。當時又有一位貝納法滋文正自費出版了他翻譯紀涅的《花之聖母》，他把這交了給奧林比亞出版社，隨後，他又翻了《小偷日記》，隨後又有當利維的《勇敢的人》和納波可夫的《羅麗姐》，當時的奧林比亞出版社，的確是弄得非常有生氣，使人興奮的，它包括了一些當時最有潛力而又沒有大名氣的作家，比如貝克特、紀涅、納波可夫、亨利米勒等都是到現在才獲得世界性的認可的，至於另一些，比如吐支，則現在也仍然是被一些慎重而規矩的雜誌，介紹為一個「癮君子」、一個瘋漢哩（請看《明報月刊》廿八期）。

另一位奧林比亞出版社的作者泰利・叟爾焚（Terry Southern），現在我們知道是《密碼一一四》、《荒唐世界》等的作者，他的小說《甘蒂》（與美信豪分堡合作）最初便是由奧林比亞出版的，《甘蒂》現在由《大衛與麗莎》的導演法蘭・培利拍為電影。

一九五七年，亞倫堅斯堡拿着一份原稿跑進奧林比

亞的出版社裏，告訴基路底斯說那是一份天才的作品，即使他幹上一輩子出版家也不會遇上同樣的作品了——那作品的作者，就是今日大名鼎鼎的威廉‧布洛士（William Burroughs），當時基路底斯還害怕他的毫無連繫毫無組織的文句不能給讀者接受哩，後來經過修改，終於在一九五九年出版。

奧林比亞的另一項最重要的貢獻，就是出版薩爾侯爵的作品，不過現在餘下的篇幅實在不夠把薩爾本人的介紹和他對現代文學巨大的影響寫出來，我以後將會另文談論他的。

回過頭來看看我們的出版、讀者界，不容諱言，在創作方面缺乏夠分量的作品，在譯介方面對今日世界文壇的認識也非常狹隘。譯者都是在幾個熟悉的外國作家身上轉圈子，而終至形成大部分人對這些圈子以外的世界文學毫無所知，在這點上，譯者的品味不佳與因循苟且固然是問題所在，但是缺乏有魄力有眼光的出版社和刊物主持人也是主要的原因之一吧。

《星島日報》「大學文藝」，1968 年 4 月 23 日。

談羅布格利葉的作品特色——兼介「新小說」（附亞倫・羅布格利葉簡介）

　　在一九五八年的七、八月號天主教刊物《精神》月刊上面，發表了一個「新小說」的專輯，就法國當時新銳的新人作品作一個檢討，其中提出了十位作家，他們就是撒母耳・貝克特（Samuel Beckett）、米榭・布鐸（Michel Butor）、尚・加魯（Jean Cayrol）、馬加烈特・杜拉（Marguerite Duras）、尚・拉高里（Jean Lagrolet）、羅伯・丙吉（Robert Pinget）、亞倫・羅布格利葉（Alain Robbe-Grillet）、納塔里・沙勞（Nathalie Sarraute）、高羅岱・西門（Claude Simon）和加答・葉辛（Kateb Yacine）。以後這些人的作品之被稱為「新小說」，恐怕就是從這時開始的，不過他們雖然被混為一談，事實上彼此卻沒有甚麼共同宣言式的理論要遵守，相似的地方亦不過是大家同是對發展到當時的小說感到不滿，而希望重新注入新的生命這一點上面；又或者正為了這種「不滿」，作品中在人物、情節、描寫等方面，都往往與傳統方法反其道而行，因此也有人稱為「反小說」的。其中以羅布格利葉，以他創作中的表現，和論述中的觀點，引起最多的爭論。贊成的人認為他是法國自加繆、沙特以後最重要的小說家，以及「毫不誇張地說，不祇整個法國文學界，甚至整個世界的文學界也因他的作品的緣故而改變過來」。反對的人，則認為他的作品，不

也斯的
六〇年代

過是一些技巧上的實驗，既不能引起讀者的共鳴，也沒有甚麼閱讀的價值。

究竟羅布格利葉的作品跟傳統的作品有甚麼不同呢？

在傳統的作品中，人是世界的中心，他處身在一個不變、安穩的世界中，通過個人的概念來看待這世界上的一事一物，根據自己的了解來闡釋它們。可是在羅布格利葉的作品中，我們卻發現，人屢屢為他自己偏拗的觀念所欺騙。譬如香港上演過的由他自編自導的電影《不朽者》（即《去年在伊士坦堡》）裏面，那個法國人去到伊士坦堡，見到一些建築物，以為它們是古老的建築，不曉得卻原來是在戰後才重新興建的；又去到一處地方，以為是公墓，原來卻不是，裏面根本就沒有埋着死者；見到植着傾斜的石柱，以為它們都經過久遠的年代了，誰知它們根本植下的時候就是傾斜的……。人因為先入為主的觀念，自然不免對所見的事物加上自己的解釋，這一來，認識上自然也不免有所偏謬了。在短篇小說〈海灘〉裏，表面看來是三個樣子差不多的小孩子在海灘上走着，其實，你隨即發覺他們一個是女孩子，另外二個是男孩子，其中一個年紀較大，另一個較小，這裏表面相同的物相實在並不相同，而羅布格利葉反反覆覆從不同的角度層層寫出，出發點卻顯然與自然主義那種長篇累贅的臨摹並不一樣。

小說發展到了現代，在作品中熱切探究人生問題的同時，作者卻往往容易滿足於一些已成窠臼的答案。不少作品，說是為了表示「人與人溝通的困難」、「人的處境的荒謬」

等等，作者們先有了這一概念，然後把這意念在小說中具體化形象化來，到出版以後，再由批評家在他書評專欄中指出：原來這篇小說是要表示「人與人溝通的困難」，或者「人的處境的荒誕」的呵！就是這樣，寫作與閱讀的過程竟然變成了這樣乏味與機械的例行公事了。而「新小說」之吸引我，恐怕主要就在他們撤除小說背後負馱的那個「萬應萬靈」的人生訓誨的重擔，而讓小說本身獨立地出現這一點。

也因為這樣，羅布格利葉書中的描寫並不是次要地用來陪襯他的思想的。在〈縫衣匠的人像〉裏，他那樣不厭求詳地描寫着咖啡壺，顯然也不是為了要使幾萬年後的考古學家好曉得我們今日煮咖啡用的是甚麼東西吧？讀過去的小說，讀者可以略去描寫的地方，祇是看看對話，看看作者所發的議論，也就很明白了。可是讀羅布格利葉的東西，如果略去了描述，有時真恐怕沒有甚麼剩餘下來了。沒有了描寫，就沒有了從他的描寫本身的轉折、重複、矛盾等所引出的自身俱足的興味了。

在〈縫衣匠的人像〉裏是咖啡壺、鏡子，在長篇《橡皮擦》裏是橡皮擦，《窺伺狂》裏是繩子，《嫉妒》裏是百足，《在迷宮中》裏是梯階、道路，在《歡晤之屋》裏是鎖鍊、旗袍；他的小說裏面對「物」的描寫，都化去了不少篇幅。這一來，一些批評家就不免給他安上「客觀派」、「拜物教」之類的名字了。其實說過「我的相對地主觀的觀點正好判定了我在這世界上的位置」的羅布格利葉，根本就是早已自覺到

純粹客觀之不可能的作者，讀他的《嫉妒》，那麼的以一個嫉妒的丈夫的主觀視象與感覺所展露出來的世界，又何嘗是有意於追求客觀的作品呢？至於說他崇拜物質，「表示人的徹底敗北」（郭松棻說），則讓我們看看他的作品本身吧。譬如，在《窺伺狂》裏，如果你找到那束捲成 8 字形的繩子，我想怎麼也會找到注視那束繩子的眼睛，和拾起那束繩子的手掌的。同樣，《橡皮擦》裏在商店裏買去一塊橡皮擦的是那位偵探，《嫉妒》裏捏死牆上的百足的是鄰人法蘭克，《在迷宮中》走過那些梯階和道路的是迷途的兵士，《歡晤之屋》裏戴上項鍊、穿上旗袍的是那些女子們，他們都是「人」而不是「物」吧？我覺得，與其說他「崇拜冰冷的物質，表示人徹底敗北了」，不如說他是在重新探討人與世界、人與物質等之間的新關係還恰當點。羅布格利葉自己的解釋則是這樣：「至於人們所謂的真真正正的『物質』，小說裏一向就為數不少呵。你只要想想巴爾札克：屋子、傢俱、衣裳、珠寶、器皿、機械——他的描寫的周詳並不弱於現代作家的作品。如果他的物質，像人們說的那樣，是比我們筆下的要『人性』得多，那祇是因為，現在一個人在他活着的世界中所處的位置，跟一百年以前大不相同吧了。」（見《論新小說》中的〈現代小說中的時間與描寫〉一文）

這樣重新正視人與物各自的位置和他們相互的關係，正顯出以人的狹隘的觀點去判定物，或者憑此而與世界溝通，歸究是行不通的。這麼一來，就使傳統的「人是這世界的中

心」的地位發生動搖了。這樣對世界上的諸相平等看待，認為自然中各部分皆相等的觀念，也很有「禪」的味道。這種態度表現在現代藝術上面，就有杜潘（Marcel Duchamp）等重視素材本身的物體藝術，蓋茲（John Cage）的聲言「讓聲音原本地顯現出來」的實驗性的音樂，和以加普羅（Allan Kaprow）等為首的着重演出的環境、材料本身的突出，及由此而生的偶然性的「突發性演出」，像「新小說」一樣，他們都向文藝發展到目下這一階段的機械反應的傾向和自我封閉的態度作了訣別的手勢，企圖重新為現代的文學與藝術找出一條可行的道路來。

亞倫‧羅布格利葉簡介

亞倫‧羅布格利葉（Alain Robbe-Grillet）一九二二年生於布勒斯特（Brest），在巴黎受教育。他的父親是個工程師，他自己在國立統計處工作過，後來則到海外深造生物學，在非洲和西印度群島研究熱帶果實。在一九五五年開始加入「午夜出版社」（Éditions de Minuit），作為該社的文學顧問。

他已經出版的長篇小說有五本：《橡皮擦》（Les Gommes, 1953）、《窺伺狂》（Le Voyeur, 1955，得「批評獎」）、《嫉妬》（La Jalousie, 1957）、《在迷宮中》（Dans le Labyrinthe, 1959）、《歡晤之屋》（La Maison de Rendez-

vous, 1965），短篇集《快照》（*Instantanés*, 1962）及論文集《論新小說》（*Pour Un Nouveau Roman*, 1962）。本期譯林版所選譯的三篇短篇〈海灘〉、〈縫衣匠的人像〉和〈錯誤的途徑〉都是選自《快照》的。

他所編寫的電影劇本有《去年在馬倫伯》（亞倫‧雷內導演）、《法蘭克的歸來》（為美國的長青劇場而撰），自編自導的電影有《不朽者》（1963 得 Louis Delluc 獎，香港曾映，譯名是《去年在伊士坦堡》）、《越歐快車》及另一部未完成的新作。

《中國學生周報》，1968 年 5 月 17 日。

詩兩首：〈猶豫〉、〈浪與書〉

猶豫

不能想像多麼冷

他洋洋灑灑的說

在窗上　是霧

塗抹的手　是

灰色在他們轉身裏

凝視中

並且說　哦

這麼多樹

面對你這許多臉孔

酒和餅和猜想

流盪你一艘船

把耳朵給水流罷

當然終於是泥土

不過如此

車廂裏猶如爐子旁邊

一張大理石的床

冷穿過你的國籍

死去胸臆間的邊界

跳過下一個句子罷

下一段
所有關於時鐘的描寫
跳過它
略去所有圍巾的風貌
略去栗子與巷道
一個風琴？也許
但最好把這些留待下次
他點首同意
同時被想起來的；
童年時涉足的街道
荒屋裏的咖啡
與糖
全是這麼遙遠
這遙遠
對於我
猶如你的名字
對於我
猶如他們的名字

浪與書

清冷如書中所寫
一個塗繪海鷗的童年下午

重來的浪反送我
至此如此的渡輪
今日下午是無所謂的
鐘聲的浪將淹沒
兀自的梯子
與一支桅漣開去
垂着的繩的影子
將畫成十字
還要攀援一張
突然看見的臉孔麼
還是放任而去
比如現在我忽然
發現自己置身在
這黑暗的角落裏
這是不是
瞬息的雲霧
如我所說我現在在此
一千本書本後面
黑暗中而不是船上了
因為我急於寫下我
所想的而我現在不能
從枝椏間看見鳥
棲止在誰的

屋子，從一面牆

熊羆虺蛇之間

你又夢見甚麼

光線進來分析桌子的木紋

低低的天花板進來

也出去

流水般流過所有的構成

翻開書又開始談話

一切都是為了

不為甚麼

回到開始的地方

再相對一張臉

笑成了輪迴的船

《星島日報》「大學文藝」，1968 年 6 月 25 日。

彼得・布祿的新片《告訴我謊話》

　　不久以前香港放映過彼得・布祿（Peter Brook）導演的《蒼蠅之主》（*Lord of Flies*），這部悚慄性的作品乃是根據威廉・高丁（William Golding）的原著拍成的，至於布祿另一部根據德國著名前衛作家彼得・懷斯（Peter Weiss）劇作而拍的《馬萊——薩爾》（*The Marat - Sade*）看來卻是不會在香港上演了。布祿最近又有一部新片，那就是關於越南戰爭的《告訴我謊話》（*Tell Me Lies*）。

　　布祿是英國人，而《告訴我謊話》這部電影，亦是在英國拍攝，說的亦是英國人對這一場戰爭的反應吧了，因此期望看到像《最長一日》那樣的大場面砍殺是不可能的，毋寧說它是比較接近高達德諸人的《越南彼方》那樣的作品吧。至於為甚麼要拍這一個題材——比如說，英國是沒有直接參加越南戰爭的，那又為何要拍一部關於越南戰爭的電影呢？布祿的意思是這樣：我們跟越南是活在同一個世界中，而這是不到你不承認的。不管你對這問題抱着甚麼看法，但你必須首先承認有這個問題存在才行。布祿，他在接受《常青評論》的訪問時（五十三期，頁四｜一）這樣說：

　　　　你站在這個陽光的花園裏而你是給良善的人們圍繞
　　着，但是在某處，諾曼・莫理信（Norman Morrison）焚
　　死他自己，而這全像一個虛構的故事，全是這麼不真

實。安．莫理信（Ann Morrison——諾曼的妻子）她直接的反應——當她用自己的話表達出來的時候，使我覺得不真實，那是在倫敦的高斯云那方場；而這就像今年，在紐約柏莎酒店的門前，在那個小小的方場上，在陽光中想着越南戰爭（我那時正在紐約籌款來拍一部關於它的電影）而感覺到不真實一樣。在兩處地方，我都是站在陽光下，而感到由戰爭所引起的洋洋然的悲劇情緒跟所有那些路過的好好的人們並沒有若何關連。

而《告訴我謊話》這部電影的主角，就是一個這麼的活在遠離越南的彼方的英倫的年輕男子米克，越南戰爭對於他一向是一椿遙遠的戰爭，直至有一天，他看到一張受害的越南兒童的照片，他喫驚、恐懼，然後——他關心了。在他身上，和他四周的人身上——不管是集會、抗議、談話或者別的甚麼——顯示了一個這樣的問題：在這樣一個時代中，當歷史和政府都已經不再是可以被個人所左右的了，那麼個人的行動有甚麼意義沒有？

在電影中米克跟一位政客的對話：

政客：我可以想像得到，如果美國在這一個月撤退，而越共重新得勢的話，那祇會是更多流血，更多斷頭的慘事。

米克：你是在假設；你是在假設這個。

政客：當然，我們曉得的。

米克：你不曉得，你怎會曉得？

政客：共產黨殺人的。

米克：讓我們看清楚事實吧。你是準備坐在這張睡椅上大發議論，而在許多哩外那裏人們被焚燒而死。

米克無疑是有道理的，但他所憑持的亦祇不過是一幅照片和他本人的直覺，因此事實上他也是在假設的。而且，他也是祇在發着議論吧了。

個人能作甚麼呢？

布祿不住探討關於人在戰爭中所受的牽涉這樣的不可捉摸的真相，可是他找到的祇有謊話——雙方面告訴你的都是謊話。

這樣一部關於戰爭的電影，在其中，戰爭本身卻是給安放在背景中，幾乎成為一個單純的觀念的，導演主要的興趣集中在種種式的人物對這戰爭所生的具體反應上面。

一方面是斯托里·甘米曹（Stokely Carmichael）這樣極端的意見：

斯托里：我想唯一的解決新法是讓越南人殺盡每一個踏足進他們的土地而且想把它攫奪而去的美國人。

積癸連（一個南越女子）：也許我們想的是同樣的，但我們不會像你那樣說。

斯托里：你怎樣說？

積癸連：我們祇是希望他們不再來干涉我們。

斯托里：我們這樣要求已經有四百多年了……這又怎樣；

一方面是一個普通英國婦人的意見：

也斯的
六〇年代

「……我對我國的生活圈子以外的事情毫不關心……即使這會取掉我鄰居的性命我也不關心……我喜歡感覺憤怒，因為那麼即使我不是牽涉在內的時候我也感覺到是了……我喜歡活在英國，因為在這裏你容易遺忘……而我感到慶幸它是這麼容易的。」

一方面是米克與一位佛教僧人的對話：

米克：……假如我來向你說我想為越南人作點甚麼，假如我又向你說，「我想焚死自己」。

僧人：在越南，所有的佛教徒都同意那個第一個燒死自己的僧人；隨後那些燒死自己的僧人卻不是我們所贊成的。所以你不應該這樣作，因為你有許多方法可以幫助我們。

米克：如果我不聽你的勸告，堅持要作？

僧人：如果你愛越南人，你不應該忽略我的勸告……照佛教的說法，我們永不收回一個生命。我們認為生命是很寶貴的。我們鼓勵人們去尊重生命，而不是收回一個生命；但我們也贊成焚燒。焚燒甚麼？焚燒一切的貪婪、邪念，和執妄。」

電影中又記錄了教友派教徒莫理信的自焚，可是，這有甚麼影響麼？這又使美國的政策有甚麼重大的轉變麼？電影的一個酒會中，甚至有人認為這不過是一個傷感的姿態吧了。不過，不管他的作為是好是壞，是重要或是不重要，是責任感或是瘋狂，至少他用自己的方法回答了自己的道德的課題。其他人又如何呢？至於他的徒勞，則再一次說明了個人在這時代中是如何毫無舉足輕重的力量。

布祿也許知道，如果說，在現在生活中找尋一個問題的答案往往得到的祇是謊言，那麼，看着銀幕上放映的東西時，也應該曉得攝影機亦是會說謊的吧。布祿是知道的！「我不以為任何一句議論就可以轉變一個人的想法。」在這部電影中，處處故意使觀眾曉得他們自己是在觀看一部電影，比如銀幕上映出一幅受害兒童的硬照，映着，鏡頭推到孩子的頭部，包着繃帶的。然後忽然他的嘴動了，原來他是活的。這樣觀眾們對上一個鏡頭的情緒在下一個鏡頭就改變了。又例如電影中映在倫敦的美國大使，他自信，平滯，保守地說着話，銀幕下忽然閃着這樣的字句：「英國演員飾演美國大使」。這也許便是因為布祿知道攝影機是會說謊的，而他也要觀眾知道這點。說了抗議的無效以後他不想自己的電影成為一個抗議的結論，指出了其他的謊話以後他也不想自己的電影成為一個最後的謊話。（取材自《常青評論》五十三期）

《星島日報》「大學文藝」，1968 年 7 月 10 日。

也斯的
六〇年代

〈阿奈叔叔〉與西貝兒

（一）

　　《長跑家的寂寞》和《星期六晚與星期日早晨》的作者亞倫・斯列頓（Alan Sillitoe）寫過一篇叫作〈阿奈叔叔〉的短篇小說，裏面一個名叫阿奈的孤獨的中年人，在咖啡店裏跟一對小女孩姊妹交上朋友，她們不夠零錢吃午餐，他便每天省下點錢來買點甚麼給她們吃。可是，有一次，有幾個警察在咖啡店裏遇見他們，懷疑阿奈心懷不軌，便把他攆了出去，並且警告他，以後也不許再惹那兩個女孩子了。

　　這小說，在很多地方跟最近上映的電影《星期日與西貝兒》是很相近的，英國小說家斯列頓的老老實實的處理，跟法國導演柏格農抒情細膩的風格也許不相同，可是，兩個故事中，同樣的，人與人（碰巧同是中年人與女孩子）的一段感情被外在世界的誤解所破壞了，也許這是因為人的執妄太深，所以都依襲陳套的觀念來看待別人的作為，那麼的以為中年男子跟小女孩在一起就一定是立心不良。如果社會上多數人都依襲這種陳套的觀念的時候，反其道而行的人就成為犧牲者了。西貝兒的中年朋友皮爾是失憶症患者，阿奈叔叔在戰時受過腦震盪，又好酗酒，他們都不是這個社會所公認為正常、成熟的人物。

（二）

　　這個社會中所謂「成熟」的個人，是那些一切作為吻合別人的標準，像別人要求他們的那樣作着、毫無差錯的人。這樣的人物，是決不會像阿奈或者皮爾那樣的喜歡一個小女孩子的，因為在他們看來，這是太幼稚、太不成熟、太容易引起別人的懷疑，太違反別人的標準了。另一方面，西貝兒的幻想世界，或者〈阿奈叔叔〉中那兩姊妹的童稚喜悅的世界，也決不是這些成熟的個人所能了解的，因為進入她們的世界，需要的不是成人的機智或者經驗，而是單純的「赤子之心」。在《西貝兒》中的皮爾，他相信算命看相的魔術世界，他迷戀西貝兒童稚的幻想世界，這由一個成熟的人看來，或者會聳聳肩，說前者不過是他的迷信，而後者不過是他的幼稚吧了。但事實上，要看出那些迷信中的近乎神話之美和那些童稚世界中的奇想之美卻不是那麼簡單，這是成熟的人所不能了解的。《西貝兒》中那護士說：「難道美使你覺得難堪麼？」真的，美真是使他們難堪。最近讀一本波蘭小說，開始時主角夢見他的三十歲的自己正嘲笑着年青時代不成熟的自己因而驚醒過來。真的，如果不單只是變得成熟，而且還開始嘲笑以前不成熟的自己，我想沒有甚麼比這還可怕的了。

《香港時報》「文藝斷想」，1968 年 7 月 24 至 25 日。

聽費靈格蒂唸詩

（上）

　　一個男子在咖啡店裏讀着報紙，他一面讀着，一面想，自己一定是誤解了一點甚麼了，因為他的報紙是穿了一個洞的。報紙上說，由於人口太多，人們只能站着，連躺下來的空間也沒有。報紙上說，人們決定要取消藥劑，好使人們要死的時候便死去，留下多點空間。報紙上說，因為科學征服了自然，而自然卻是不能被征服的，所以一定要廢除科學和機器了，人們決定取消國家，重新回到原始的社會去。他讀着報紙，覺得沒頭沒腦的，看着報紙上的洞，一面想着自己一定是誤解了一些甚麼。

　　這就是勞倫斯・費靈格蒂（Lawrence Ferlinghetti）的長詩〈人口過多〉。剛從朋友家裏聽了由費靈格蒂自己朗誦這詩的錄音帶回來。關於費靈格蒂誦詩如何如何，以前倒是讀到不少推介的文字，不過今天卻才是第一次聽到。說過「印刷品使得詩沉默啦，使我們忘記了詩的聲音的力量了」的費靈格蒂，現在來朗誦自己的詩，灌成唱片，自然是理所當然的事了。詩，光是用眼睛來看已經太久，以致許多人忘記了它是可以用耳朵來聽的，不過朗誦現在似乎又重新成為世界詩壇的新風氣了，從美國地下詩人到蘇俄的新一輩的詩人都是如此。

（下）

聽說台灣現代詩壇也開過詩朗誦會，我不清楚成績怎樣。中國現代詩的讀者比較少，因此對朗誦會或許沒有那麼熱烈的反應，可是反過來說，如果能夠因着詩人的聲音與讀者直接溝通，而能夠把現在這種作者、讀者間互相不理不睬的態度改變過來，那也未嘗不是現代詩的一線生機。

每隔若干時候，總會從報上讀到一些抱怨現代詩的文章，那麼隨便引一首現代詩的作品，便在報上感嘆一番，說現代詩真是難懂了呵！這種批評實在是沒有意義的。近來讀中國和外國的詩，我反而發覺它們變得明朗多了。比如像費靈格蒂的〈人口過多〉這樣的作品，你無論如何也不能說它晦澀的。費靈格蒂是一九四七—四九年間崛起的「三藩市復興」那一派的詩人，通常卻給歸入稍後的「搜索的一代」去，那大概是因為他與搜索一代的作家過從極密，而且堅斯堡、哥索等人的初期作品，都是由費靈格蒂主持的「城市之光」書局出版的緣故。不管是「三藩市復興」也好，「搜索的一代」也好，他們的特色，大略地說，就是坦率地表達自我的感情，而反對學院派拘謹呆板的經營，這是接近威廉斯多過艾略特的一種風格，自自然然的走上比較明朗的路上去。

聽費靈格蒂唸詩，他詩中的幽默和明朗，使我想起一位法國詩人賈琪・普雷維爾（Jacques Prévert）來。他們的詩同樣富有音樂性，普雷維爾的詩大部分譜成樂曲的歌詞，

也斯的
六〇年代

費靈格蒂則常常用爵士樂伴奏來朗誦自己的詩。他們的詩都同樣暢銷，普雷維爾的詩集，早在戰後已經成為法國的暢銷書（售了幾十萬冊），至於費靈格蒂，我手頭有他的詩集《心靈的罕尼島嶼》也已經是第十五版的版本了。企鵝叢書出版的普雷維爾詩集，英譯者就是費靈格蒂，因此費靈格蒂或者受過普雷維爾的影響亦未可知。

他們兩人還有一點相似，就是大家都寫了不少針對社會現象的諷刺詩。比如〈人口過多〉這詩裏面所提的問題，顯然就不是關上門造出來的車子。不過，暢銷詩、諷刺詩等等，也是有它們的危機的。費靈格蒂在翻譯普雷維爾詩集《話》的序文中就指出來了：「他因為《話》的成功而迷了心竅，在後來的作品中，他沒有變得更深刻，反而放任自己的開麥拉眼在這個世界奇異的表面上隨便獵取一些片斷吧了，然而在這些表面之下，別人卻已經開始挖掘出一個即使是最濫雜的眼睛也不能看到的世界了。」可知對現代詩的要求，也不能說僅是「明朗」就好這麼簡單。

《香港時報》「文藝斷想」，1968 年 7 月 26 至 27 日。

一盒盒的雜誌（上、下）

（上）

一本本的雜誌見得多了，一盒盒的雜誌又怎樣？

假如有一份雜誌，當它要談到爵士音樂的時候，它就送給你一張爵士音樂的唱片，讓你好好的聽去；當它談到普普藝術、地下電影的時候，它就附上一張普普的複製畫、一部地下電影的拷貝，讓你好好的欣賞；這，不是比光讀論文有趣得多？

真是有這樣的一種雜誌。美國的一份《白楊》（Aspen）就是這樣的了。它一共出了五期，每期都由一個藝術家負責設計，比如說，第三期普普和地下藝術專號，負責設計的就是地下畫家兼導演的安地・華荷，第四期麥魯恆專號，負責設計的就是跟麥魯恆合寫《介質就是訊息》的昆丁・富里。它的內容真是非常多姿多采，每篇文章都是一本本特別設計的小冊子，此外又包括了普普和光合的複製畫、電子音樂的唱片、靈幻性的標貼畫等等，包裝起來就是一個大盒子。至於為甚麼叫作《白楊》，那是因為他們取洛磯山的文化區域作為一個代表，作為對自由自在的生活的一個象徵。就像《紐約客》拿紐約來作象徵一樣。最近一期的《白楊》，竟然包括了四部電影、五張唱片、一座雕刻，和其他的論文和詩。

也斯的
六〇年代

（下）

　　這一期《白楊》的四部電影中，電影的導演包括了達達主義者漢斯・理澈特，普普畫家羅拔・勞羨白等人。灌唱片錄音的有畫家馬素・杜濬朗誦他的達達主義宣言，紐林・加堡朗誦他的寫實主義宣言，和羅布格利葉、布洛士、貝克特朗誦他們自己的作品，羅布格利葉是法國「新小說」的代表人物，布洛士是美國著名的地下作家，至於貝克特，在現在的世界劇壇上，名氣之大，風頭之勁，不能不數他第一了（他的《等待高多》曾在香港上演）。這樣的三位作家，居然同在一期上出現，許多純粹是文學性的刊物也沒有這樣豐富的內容。

　　五張唱片中，還有一張是約翰・蓋芝的新音樂。寫論文的有蘇姍・桑蒂（《反對闡釋》的作者），寫詩有法國「新小說」的米謝・布鐸。東尼・史密夫作的雕刻名喚《迷宮》，他還畫了八張拼砌的紙板畫，讓讀者在家裏玩砌圖遊戲。

　　下一期的《白楊》是東方專號，計劃裏則包括了古畫、書法的卷軸，彩龍的風箏，印度寺院的縮製品，和禪偈的咭紙這樣的東西，也許還會加上可以吃的用米造的紙。

　　這樣的一份雜誌，倒不是光是拿來讀這麼簡單了，它可以看，可以聽，可以吃，還可以用來裝飾和遊戲。

《香港時報》「文藝斷想」，1968 年 7 月 29 至 30 日。

柔軟的雕塑

在達里的畫裏，我們記得，有過一些柔軟的鐘錶。一些柔軟的鐘錶攤在那裏，使人禁不住要問：柔軟的鐘錶有甚麼用呢？

看一座亨利‧摩亞的雕塑，看一座岩美第支的雕塑，看一座希和芙的雕塑，那些豐碩的婦人的坐像，那些瘦削的風中的人們，那些光滑的抽象的半圓形體——它們是堅硬的。

可是在基斯‧奧登堡（Claes Oldenburg）的作品中，這個堅硬的世界塌將下來，變為柔軟。他的作品，不管是電燈開關掣、是浴缸、是唇膏、是鼓，它們是柔軟的，用塑膠，或者別的柔軟的材料來做成。「我所作的都是很有獨創性的。我還是個小孩子的時候便這麼的作着了。」他這樣說。

一面柔軟的鼓，攤在那裏，應該張緊的表面現在皺摺的，敲不出甚麼音樂的聲音來，這使人不禁要問：一面柔軟的鼓有甚麼用呢？

沒有。它們是一些無用的東西，一些不符合眾人陳舊的標準的東西，一些不能像別人要求它們那樣而做着的東西吧了。

奧登堡自己是這樣說：「我喜歡一種從生命本身的線條中取得它的形式的藝術，那麼的扭曲着、伸延着、累積着、吐着涎沫和滴着水的，是又笨重又粗糙又魯鈍又甜美又愚拙就像生命本身一樣。」

《香港時報》「文藝斷想」，1968 年 7 月 31 日。

也斯的
六〇年代

《金龜婿》與《荷蘭人》

　　一部《金龜婿》，一部《荷蘭人》，都是涉及黑白問題的電影，可是彼此的態度又是多麼不同。

　　《金龜婿》不折不扣乃是一部荷里活式的社會問題電影，這樣的一部電影裏，導演提出一些問題，再由他自己給予一個解答，這樣的過程也未免機械化了些，這樣的一部電影裏，父親就一定是固執、保守，母親就一定是開明、諒解，單就人物的造型看已經太概念化了。

　　《荷蘭人》算不上一部出色的電影，原著《荷蘭人》才是一個出色的舞台劇本。《荷蘭人》的原劇作者是美國的黑人詩人連奈·鍾斯（LeRoi Jones），《荷蘭人》在一九六四年紐約西村的外百老匯舞台上演，立即就轟動起來，而就是這個劇，為鍾斯帶來了國際性的聲譽。裏面的對白，寫得大膽、有力，是那麼的直接刺戳到問題的核心裏的。劇本很短，中譯也不過一萬六千字，改編成的電影，最近在電影協會看，連上加映短片也不過一個鐘頭。電影跟原著接近得很，對白固然沒有變動，舞台劇本裏分為兩場，電影也是一樣。

　　在《金龜婿》中，史賓沙德里西獲知薛尼波特的醫生、衛生會長之類的頭銜就立即對他另眼相看，可是《荷蘭人》卻正是針對黑人向白人的文化、社會制度妥協的態度提出問題，不同《金龜婿》，《荷蘭人》並沒有給予解答。結局時正是另一齣新的悲劇開始，這樣的悲劇是沒有止息的。這與

《金龜婿》的樂觀很有不同，這大概與作者的立場有關，黑白問題，對於史丹利‧克林馬諸人或者不過是局外人眼中的一頓席間的爭辯，對於鍾斯諸人來說卻實在是一場局內人的夢魘。

《香港時報》「文藝斷想」，1968 年 8 月 2 日。

也斯的
六〇年代

詩和民歌

　　今晚我們傾談直至夜深，關於民歌。鍾・拜雅絲，卜・戴倫，然後我們談一些別的東西：古典結他、賦格、許常惠、德布西、翻版唱片，然後還是民歌。

　　夜半的街頭蒼白而寧靜。

　　夜半街頭的影子有數十個，商禽的詩這樣說。商禽的詩真是這樣說？真的？不，也許你記不起來了。關於現代詩你記憶到一點甚麼？讀了近來的一本又一本的詩刊，一個又一個的詩專輯，為甚麼你越來越覺得有陌生的感覺？為甚麼你忍不住要問：商禽的詩呢？瘂弦的詩呢？紀弦的詩呢？楚戈的詩呢？唐文標的詩呢？為甚麼你忍不住要問：〈阿米巴弟弟〉呢？〈給馬蒂斯〉呢？〈零件〉呢？〈假期〉呢？〈與流水對話〉呢？這樣的詩到那裏去了？

　　然後我們還是談着民歌。

　　我喜歡拜雅絲的〈伯明翰星期天〉：

　　　林子裏的人們，他們有一趟問我
　　　藍色的海裏長着多少黑色漿果
　　　我眼裏噙着淚立即回問
　　　林子裏又有多少黝黯的船

　　這樣的句子，是比得上最好的現代詩的。我一直希望能

夠讀到這樣的句子。

　　夜半的街頭蒼白而寧靜。

　　你知道，即使雕刻家東尼‧史密夫說：「我當藝術是一些廣大的東西……今日的藝術是一種郵票的藝術。」他也許不知道，正因為藝術是一些廣大的東西，今日的藝術也可以是一種民歌的藝術。

　　　　　　　　《香港時報》「文藝斷想」，1968 年 8 月 3 日。

不落俗套

在一般的警匪電影裏，警察的角色，要就給描寫成站在正義那一方、毫無差錯的英雄人物，要就給描寫成凶神惡煞、不分皂白的莽漢，可是在《警匪血戰摩天樓》裏的警察，他們待遇低，疲倦，睡眠不足，例行公事，在家裏聽妻子嚕囌，看起來就像跟普通人沒有分別一樣，這使他們更像一些有血有肉的人，而不是那些「社會問題」電影裏的概念化的角色。

這部電影裏的人物，顯然都沒有給塑為完人。他們都不是有一套嚴苛的道德觀去遵守那樣的人物。處長的情婦對他說：「難道在房中我們也有一套規矩嗎？」同樣，在影片中，每個人都或多或少的犯了規矩，不管這規矩是法律、是道德或者甚麼，二個警察跑進辦公室裏找不到人，恫嚇女秘書要把桌子塌在她身上，當然他們不應該這樣作，他們自己也知道，出來的時候說：現在我們弄到竟然要恐嚇年長的婦人了。可是他們的確要趕着找人，有甚麼辦法？威麥要追捕犯人，可是妻子一心想着要參加舞會，當然他不應該去，可是他也只好帶她去了。事實上，並不是每個人一切的作為都是合乎規矩的。也許又有人因此而詬病這片的正面反面人物劃分不夠清晰罷，就像有些日報的影評竟然說獨行俠片中好人壞人的性格忠奸不夠分明一樣。可是現實生活中真有忠奸分明這麼單純的人物麼？

《香港時報》「文藝斷想」，1968 年 8 月 5 日。

語文問題

　　第二十八期的《創世紀》詩刊，有一個英譯中國現代詩專輯，把中國的現代詩選譯出來，作為向外國讀者介紹。聽說這個專輯還會繼續辦下去，這樣的「文化交流」的工作，似乎是很有意義的罷，可是我讀了以後，心裏卻感到不少疑惑。

　　首先，翻譯的質素已經很成問題，這些詩，有些是由詩人自己翻譯的，有些是由其他詩人代譯的，可是大部分都很生硬，有些就簡直沒有詩味，拿這樣的作品介紹給別人，豈非弄巧反拙？再說，這一期創作方面的質素，也是相應地減低了──是不是不必理會詩的質素，一個勁兒的把它們翻成英文，就可以獲得世界讀者的鼓掌呢？這樣熱心的把作品譯成英文，希望得到外國（其實只不過是英美）的賞識，恐怕只是我們詩壇才獨有的怪現象。

　　流亡美國的俄國小說作家納波可夫，他用英文寫作的作品，成就已經是大家公認的了，可是他卻是認為他用英文寫作是有很多不方便的，因為那到底不是他的文字啊。「我的英文……用來描寫一趟日落或者一頭昆蟲還可以，在其他時候就顯然不能掩飾措辭的貧乏和本國語法的欠缺了。」（見《巴黎評論》的訪問）正是這樣，因此看到有人不顧措辭的貧乏和本國語法的欠缺，拚命把自己的作品譯成英文，我就不免覺得很奇怪了。比如瘂弦進了愛奧華的甚麼國際寫作中心幾

年，不過是學習把自己的作品譯成英文，又沒有甚麼創作，
這究竟是為了甚麼呢？

《香港時報》「文藝斷想」，1968 年 8 月 6 日。

口味問題

　　最近讀詩人洛夫的訪問記，在問到他喜歡那幾位外國詩人的時候，他說：「我對外國詩的興趣很廣泛，里爾克、艾略特我很喜歡，對濟慈、許拜維爾、洛卡、戴倫・湯馬士以及威廉斯的作品也有愛好……」天呵，他的興趣一點也不廣泛。台灣和香港詩壇十多年來譯了又譯，介紹了又介紹，不正是這批名字嗎？威廉斯的《紅色手推車》至少給翻譯了十多次，洛卡的一些短詩也是這樣，彷彿美國就只有威廉斯，西班牙就只有洛卡，而威廉斯和洛卡就只是寫過一些短詩一樣。尤蒙丹在《戰爭告終》裏頭破口大罵：「洛卡，洛卡，一天到晚都是說着洛卡。」他卻不曉得中國的詩壇原來真有人一天到晚都是說着洛卡的。艾略特和里爾克的情形更加厲害：翻譯、介紹、摹仿、鈔襲的潮流仍未止竭。詩人羅門有一篇散文，說他自己在紐約一間書店裏找不到艾略特的作品，跟着便大發議論，大談現代人的「心靈空虛」──這固然是很可笑的議論，難道不讀艾略特一人的作品便會造成心靈空虛麼？由此可以看到有些人是怎樣盲目崇拜名氣的。現代詩人喜歡談「個人」，這樣說來，每個人的口味都有不同，喜歡的詩人也應該因人而異呵，何必現在有這麼一窩蜂的一天到晚談艾略特、一天到晚談里爾克的情形發生呢？翻譯的來去都是翻譯那幾個作家，介紹的來去都是介紹那幾個作家（老實說，連鈔襲的鈔來鈔去都鈔自那幾個作家），這樣下去，再過

幾十年我們的詩人接受訪問時恐怕還是會這樣說：「我對外國詩的興趣很廣泛，里爾克、艾略特我很喜歡⋯⋯」

《香港時報》「文藝斷想」，1968 年 8 月 7 日。

灰色的線

佛烈‧赫高（Fred Herko），死於一九六四年十月二十八日。

佛烈‧赫高，他們叫他佛地。佛地，鋼琴師、舞蹈家、畫家、舞台劇演員、佈景師、地下電影的明星、紡織設計師、室內設計家、舞蹈批評家、吹笛者，和教師的佛地。嘗試一切的佛地，最後，在一闋悠長的自發的舞蹈完結以後他從一所五樓的寓所躍出窗外去。

> 然後死之謠言成立
> 在一躍經過我們呼吸的空氣之刻

這一期《電影文化》的編輯若律‧米朗加，在他獻給佛地的詩中這麼的寫道。

我今天讀着關於佛地的文字。另外一篇，詩人戴安娜‧地‧佩馬的〈給佛地的春天的思想〉刊在《常青評論》。美麗的文字，美麗的詩。是這些，使遙遠的舞蹈變為伸手可及、使模糊的面孔變為清晰、使不合理的死亡變為合理？

我彷彿看見他在安地‧華荷的一幕電影中跳着舞。

戴安娜的文章中這樣寫着：「灰色在我生命的兩旁，就像在路的兩旁那麼的劃着線，而我在它們中間走過。」佛地不住的轉換他的職業，便是想要逃避因習慣而生的僵滯？他是不

願意在劃定的灰色的線中間走過？而最後，他是要希望躍出到它們的外面去？

在他死前，他把自己所有的東西送給別人，只留下一本書：《國王必死》。他乘着朋友的車子兜風，坐在屋背上垂着腳吸煙。下一天，他們跑進一位燈光設計師朋友的寓所裏，佛地洗一個澡，然後放上一張莫札特的 Grand Coronation Mass，他開始跳起舞來，在那些貼滿戲院廣告和現代畫的房間裏轉着圈，轉着轉着，直至後來他從一個窗口跳了出去……

佛地常常是潦倒和沮喪的，在他生命的後期尤其是這樣，當他要借錢的時候別人總是睡了不能騷擾，當他要在別人家裏睡的時候那裏總是太擠迫容不下了。他是有天賦的，他是一個了不起的舞蹈家、鋼琴師、演員，但他仍然是沮喪的。他自己說過：「必須完全地和自由地看待我，因為我必須依照我所知道的最好方式去作。我要完成我的允諾而我是可以的。」正因為這樣，所以他不能容忍生活的重複呆滯，而試着發展他的多方面的才能，可是，他的才能都不能滿他自己的意。逐漸的，每次經過初次的嘗試以後光采消失，暗滯的灰色開始圍攏過來。他不是那種不管好壞都能保持水準的演出者，他想每天發射出不同的光采，可是他失敗了。他覺得這個世界有點不對，他試着改變它，他試着改變別人，可是，不久，人們依舊沉進那黯淡無光的灰色裏去，世界依舊沉進那黯淡無光的灰色裏去，最後，卒之，他選擇了死亡了。

就這樣，「……身體

從熱情的夢想中開脫，不振作也不屈服

進入一個無人回轉的夢魘」。

《香港時報》「文藝斷想」，1968 年 8 月 8 日。

也斯的
六〇年代

設計和書本（上、下）

（上）

在書店中看到一份日本的設計刊物，裏面刊出的書刊封面的設計圖片，真是美不勝收。一本亞倫・堅斯堡的《吼及其他詩章》，用的是黑白灰三色，當中一個女子吸着煙斗的頭像，旁邊圍繞着形形色色的人群，恰當的捕捉了堅斯堡早期詩作中那些灰黯、放浪與安那其式的世界。一本亨利・米勒的《空氣調節的夢魘》，白色的背景中，浮浮沉沉的飄着四張臉孔。偌大的空間、一塵不染的世界，每個人浮沉在他自己的夢魘中──這不正是現代人的夢魘？這不正是米勒原著中那種窒息得使人想高聲呼喊出來的安靜的美國式生活的氣氛？這種日譯本的封面實在比我看過的米勒在美國出版的又藍又棕的封面要吸引得多了。

一本波特萊爾的《惡之華》，當中一朵碩大的紅色花朵給黑色的物質圍繞着，類似超現實的畫作。

看這份刊物，日本的美術設計使我驚訝，日本的翻譯與出版更使我驚訝，譯本的作者包括了波特萊爾、紀德、福克納、卡夫卡、米勒・堅斯堡（還有一些作者的名字我現在寫着的時候忘記了），有一位波蘭的小說家甘堡維茨，他的作品在他國內一直被列為禁書，英美也這一二年才把他的作品譯出，可是他的《色情》也竟有了日譯本。

（下）

　　這份設計性的刊物，有一期專介紹台灣的設計。

　　台灣的設計界，一向沒有甚麼卓絕的成績。第一本以設計為主的雜誌，恐怕還是現在不過出到第七期的《設計家》罷。雖然只短短的七期，他們卻是算比較有點生氣的，還弄過「設計家大展」、「設計家電影展」等等。我看這份刊物，編排設計的確比較出色，除了設計，也顧及到舞蹈、雕刻、繪畫、電影（這一期就有黃華成的影評）這些別的藝術，在目前的刊物來說，已是很難得的了。

　　再說回書刊封面設計，大部分中文書，比如文星叢書、水牛叢書、人人文庫、協志工業社的叢書，都幾乎是沒有封面設計的。除了這些，一些詩集，比如沉甸的詩集《五月狩》用了楚戈的畫作封面，葉維廉的詩集《賦格》用了莊喆的畫作封面，算得非常的突出。刊物的設計又有那些是例外的？有一個時期香港很多刊物喜歡用名畫作封面，的確，名畫作封面比較有吸引力，可是如果每期都是一個女子端端正正的坐着那樣的規矩的名畫，又有甚麼吸引呢？

　　幸而還有龍思良替《現代文學》、《幼獅文藝》設計的那些有風格的封面。幸而還有《草原》。幸而還有《設計家》。

　　不然，我們就只有一些毫無設計的書本，一些一式一樣的書本，一些沒有面孔的書本了。

《香港時報》「文藝斷想」，1968 年 8 月 9 至 10 日。

也斯的
六〇年代

畫家設計的鈔票

美術設計，是越來越跟我們的日常生活息息相關了。書刊、用品、衣服、地毯、牆紙、海報——所有這些你的眼睛每天經常接觸的東西，都不斷以新的面目向你出現。一瓶洗潔精沒有甚麼特別的地方，可是在瓶蓋上加安上一個玩偶的頭顱，就生動得多了。

美國的一份《前衞》雜誌，最近這一期，竟然異想天開的請來了一些畫家，設計新的一元鈔票。真的，如果有一個地方目前這個時代，牆上掛的靈幻性（Psychedelic）海報，街上走着會碰到穿起寫着大大的「愛」字的衣服的人們，公園裏又或者擺上希奇古怪的現代雕刻，這種情形下，如果還是使用着古老的又灰又綠的鈔票未免有點不調和。

這些畫家設計的鈔票，真是光怪陸離，有些作成撲克牌的樣子，有些一若捲雪茄的煙紙。大部分用上鮮明的多種顏色，這恐怕沒有那個國家採用過的。有些還用上普普畫的風格，在畫面堆上糖果、槍炮、可口可樂標誌一類的東西。有一張鈔票畫上阿當、夏娃、蛇和蘋果樹，用的是聖經的象徵，不過蛇給夏娃、夏娃給阿當的，都不是蘋果，而是鈔票！又有一張，上面這麼寫着：「這張鈔票每天在875000000個美國人手上流通，如果你想在這上面登廣告，請向財政部接洽……」

當然，這不過是這群畫家開的玩笑罷了。無論如何，美

國政府無意採用這個鮮活和革命性的提議的。讀者們購買這
份刊出這麼多美化的鈔票的《前衛》雜誌,付錢時用的可能
還是那種古老的又灰又綠的鈔票罷?這裏的鈔票純粹是設計
性、諷刺性的,《前衛》的編者這樣說:「到底這些鈔票不能
用來交租,但它們也不能用來買一根十六口徑的手槍的呀。
而在這個世界上,在目前的這些日子裏,這是很難得的了。」

《香港時報》「文藝斷想」,1968 年 8 月 12 日。

也斯的
六〇年代

《薩爾夫人》（一、二、三）

（一）

　　薩爾侯爵（Marquis De Sade）是法國十八世紀的一位奇人。他因為行為放浪而給捉進獄裏去，在獄中寫了不少作品。可是這麼多年以來，他的日記失落、稿件被焚、書本被禁，使他逐漸成為一個被遺忘的名字。一直到了十九世紀末二十世紀初期，史文朋、阿堡里奈爾等人才對他作了新的估價。甚至到了現在，對薩爾的評價仍然因人而異，有些人認為他不過是一個惡棍、一個禁書的作者、一個虐待狂（Sadism——這字便是從薩爾的名字變來的）的始祖；另外一些人則認為他是一個先知，認為他的作品是尼采、佛洛伊德，和超現實主義的先驅。

　　這樣一個人物，出現在一個東方作家的筆下，是相當出人意料的。但是我最近從英譯讀到三島由紀夫的劇作《薩爾夫人》，便是以薩爾的妻子為主角，以薩爾本人的事跡為背景這樣的一個作品。至於三島由紀夫為甚麼會選擇這麼一個題材呢？據他說，是為了嘗試使用與日本演員演翻譯劇的演技完全不同的方法來演出的。還有一個更主要的原因，那就是他閱讀薩爾生平的日譯本，覺得薩爾夫人在她丈夫下獄的悠長的期間對他非常忠貞，而偏偏要在他獲釋重獲自由的時候離他而去，這點是不可解的。這事實對他就像是謎一般。因

此《薩爾夫人》一劇就是以此為重心，嘗試為這提供一個合理的解釋。

(二)

關於薩爾夫人倏然離去這個謎，三島由紀夫在序中這樣寫道：「我肯定是有一些難以言說，然而又非常真實的、關於人性的東西，隱藏在這謎的背後。而且我想盡量在談及的範圍內去檢驗薩爾本人。」

而這個範圍，便包括了薩爾夫人生活圈子周圍的人物，也就是說，在劇中用來陪襯薩爾夫人這個形象和烘托出她性格特點的那些人物了。這樣的衛星人物一共有五個：孟德奧夫人（她是薩爾夫人的母親）、西蒙妮夫人、聖方特夫人、安妮（她是薩爾夫人的妹妹，曾經與薩爾有染）和女僕夏洛蒂。

又因為這是一個以人物的行為，和行為背後的動機與慾望那樣的因素，而不是以臨摹人物的一絲不苟的寫實面為對象的作品，所以它的哲學味就遠較寫實味為濃（哲學的味道濃厚並不一定是好作品，這點下面再談）。人物之中，除了薩爾夫人以外，五人之中只有孟德奧夫人和安妮是真有其人，其他都是三島由紀夫創作出來，作為表達一種思想的工具。這劇中的人物都有所象徵，作者在序裏也坦白的指了出來：薩爾夫人代表了妻子的忠貞；孟德奧夫人代表了法律、社會，和道德；西蒙妮夫人代表了宗教；聖方特夫人代表了肉慾的

慾望；安妮代表了女性的無邪和放浪；夏洛蒂則代表了平民。

作為劇中主要人物的這幾個女子，她們對薩爾的看法都是不同的。

孟德奧夫人，她一向鄙視薩爾，可是現在她卻在他身上看出可以利用的地方來。因為那時正值法國大革命，薩爾快要從巴士的獄釋放回來，在這個平民得勢貴族失勢的時候，孟德奧夫人就是想利用薩爾曾經被貴族的社會所不容、所唾棄這一事實，來幫助她一家在這平民叛亂的時候免於受到貴族所應受的攻訐。可是，孟德奧夫人這樣的實利者並不曉得，革命前後的世界，對薩爾是同樣難以適應的——法國女作家波芙亞在〈我們必須焚掉薩爾的作品嗎？〉（刊於《薩爾選集》，Grove 版，頁三至六十四），文內有一段說得很好：「他（獲釋後）嘗試去適應的世界仍然是一個太實事求是的世界，它粗暴的拒斥使他受了傷。而且，它是一個用着給他認為抽象、虛假，和不公正的那些世界性律法作為統治的世界。當社會用它的名義來把謀殺稱為公義的時候，薩爾在恐懼中退隱了。」波芙亞認為薩爾這個岳母孟德奧夫人一生中代表着「世界的公義」與薩爾針鋒相對。三島由紀夫的劇中也以孟德奧夫人代表了法律、社會和道德。而正好這些東西，是薩爾認為抽象、虛假和不公正的。劇中孟德奧夫人的企圖利用薩爾，正好說明這種所謂公義的偽善性。

（三）

西蒙妮夫人，她認為薩爾是一個迷途的孩子。她認為薩爾夫人當了修女，將來或者可以把薩爾也帶到信仰的路上。正因為她是有宗教信仰的，所以她用這樣的眼光看待薩爾。

安妮對薩爾的記憶則是「威尼斯和快樂」的記憶——威尼斯是她與薩爾過去戀愛的地方。

薩爾夫人對薩爾的看法又怎樣呢？——這點才是劇中的關鍵，這點才是三島由紀夫對薩爾夫人為何離去所加的「合理的解釋」。薩爾夫人，像她在劇末說的那樣，是認為薩爾在獄中藉着寫作而完成他生活上不能完成的：他把罪惡的世界永存下來。在寫作的世界中他摧毀了他的囚獄，他高高在上，否定了這世界的所謂公義，因此他是自由的，而外面的人反而給他設獄囚住了（我看，三島由紀夫這個說法，真是跟波芙亞論另一女作家盧狄的觀點同一聲氣）。

薩爾夫人這樣說：「亞旁斯（薩爾的名字）在他監獄的囚房中胡思亂想着，一頁一頁的寫下來，把我鎖在一本小說的裏面。我們這些在外面的人全給他關在獄裏了。我們的整個生命以及我們所有的痛苦全數浪費了。我們活過、工作過、悲傷過、呼喊過，只不過是為了幫助他完成這本可怕的書本。」

正因為這樣，所以薩爾夫人離去薩爾而且皈依宗教，並不是像西蒙妮夫人所猜的那樣是為了要把薩爾帶上宗教的救

贖之路的（西蒙妮夫人認為修道院裏行動和思想才可以避免罪的沾染，然而，就像她說的那樣：修道院中是靠着比社會上更嚴苛的規律和公義來統治着的）。薩爾夫人所以離去，不過是依從薩爾對她所創造的形象吧了。

薩爾夫人讀到薩爾在獄中寫的一篇小說 "Justine"，裏面的女主角 Justine 是一個善良、純潔的女孩子，然而她偏偏受盡折磨，遭受種種刑罰，最後還要被雷電擊死（所謂世界性的公義在那裏），而薩爾夫人讀了這書，她覺得薩爾描寫的正是她自己，因此她皈依宗教，實在是依從他對她所作的形象而扮演他書中的角色，以此來證明他的「把她鎖在一本小說的裏面」是成功的，而並不是她對宗教抱有甚麼幻想。另一方面，如果我們從孟德奧夫人或者西蒙妮夫人這些相信世界性公義的人眼中看來，薩爾在書中散播的「邪惡」思想影響了別人，這不是比行為放浪是更大的罪惡嗎？西蒙妮也承認這點。可是，薩爾之下獄，卻是為了行為放浪，而不是為了他寫的書（那麼，這樣說來，所謂世界性的公義又是在那裏）。

三島由紀夫的兩面的論題是巧妙的。而他把這戲劇發生的背景安排在法國革命的時候更加聰明。在那麼一個草菅人命的混亂的恐怖時代中，大規模的謀殺藉着公理、正義的名譽進行着，有罪的人又何嘗只是薩爾呢？正因為這個背景，三島由紀夫的反駁更見有力了。

我想，我想（上帝所劃下的）那道線，就像海潮殘留在岸上的線，不正是不住的變動着嗎？而亞旁斯（薩爾）不正是站在浪花消散的地方，一隻腳還站在水中，一邊在撿拾貝殼？那些貝殼猩紅如血，還有海草，捲成麻繩的樣子，還有些伶俐的小魚像一根根的皮鞭。

　　當他脫去他的手套撫着別人的頭顱時，那雙可愛的、女性化的手便露出來了，而即使是人類中最受歧視、最受鄙棄的，也可以重新獲得勇氣，追隨他的車乘，進入那黎明最初閃耀的戰場。他高飛，他翱翔着，在銀色的盔甲下他的心跳着，因着參與這血腥的屠殺，這有着上萬的屍骸因痛飲而昏迷躺着的盛宴，這最靜寂的盛宴而心跳。他的冰冷劍鋒使染血的百合再次轉白。他的白馬，染滿血，把牠的胸膛挺得像一頭船的艫，奔向一面充滿斑駁斷續的黎明閃電的天空。天空在這一刻敞開，一陣強光，一陣聖神的光線叫仰望的人睜不開眼睛的，灑下來了。薩爾，也許，就是這陣強光本身。

而這，就是三島由紀夫在劇中為薩爾所塑的新的形象。

《香港時報》「文藝斷想」，1968 年 8 月 13 至 15 日。

禁書《甘蒂》的歷史（上、下）

（上）

　　最近在報上讀到一些介紹電影《甘蒂》（*Candy*）的圖文，《甘蒂》是給拍成電影了，導演是《大衛與麗莎》的法蘭・培利。禁書《甘蒂》的出版，卻是十年前的事。作者筆名麥士維・京頓，其實就是泰利・叟爾焚（Terry Southern），是他與美信・豪分堡合作寫成的。那時的叟爾焚還沒有今日著名（現在人們知道他是《密碼一一四》和《荒唐世界》的編劇），而且那時另一所出版社正在考慮出版他的一本兒童書籍，如果他的名字給發現跟《甘蒂》這樣大有問題的書本連在一起，實在不妙，所以就不願意用真名發表了。

　　「甘蒂」是一個女子的名字，書中的甘蒂是怎麼的一個角色呢？叟爾焚在一封信裏這樣說：「她是一個敏感的女子，一間思想開放的學校的人道主義者，去到紐約的下東區讀藝術、社會工作等等，以及（跟她父親相反的）『在下流的地方發現出美來』，她對『少數人』的念頭抱着羅曼蒂克的想法……」而書中寫的便是她與她所碰到的那些「少數人」（不管是黑人、猶太人、怪人、心理分析家）間的際遇。

　　當時出版《甘蒂》的是奧林比亞出版社，這是一所在巴黎以出版禁書馳名的英文書籍出版社，曾出版過不少真正有

才華而又未為大眾（和檢查處）所接納的作品，包括米勒、貝克特、納波可夫等人的小說和紀涅、薩爾侯爵的英譯。一九五六年間叟爾焚答應為這出版社寫一本小說，彼此談好，他卻一直延遲到一九五八年才交稿。這就是《甘蒂》。出版社的主持人基路底斯後來回憶說：「當我卒之收到稿子的時候我對他的處理感覺驚喜，這作品比我所想像的更好——也更有趣；我慶幸自己給了這兩位作家額外的時間去完成他們的工作。」

（下）

《甘蒂》卒之在一九五八年秋天由奧林比亞社出版了。出版人基路底斯要叟爾焚為作者介紹寫幾句話。談到這本書的時候，叟爾焚這樣寫道：「這本書是作者的處女作，拿給幾個英美的出版商看過，他們私下都很讚賞，可是卻因它裏面極端的拉布勒式（Rabelaisian）的幽默和興味而拒絕了。」所謂拉布勒，是法國一位人文學者，對社會攻擊不遺餘力，小說作品詭諧幽默中藏着哲理，認為應該順應自然和享樂人生。叟爾焚這樣寫，恐怕亦不無引以自況的意思吧。

《甘蒂》出版不久便被禁了，應付禁書令正是奧林比亞出版社的拿手好戲，他們是自有一套方法的：比如《海倫和慾望》給禁了，他們就改名為《慾望和海倫》，《組織者》被禁了，就改名為《新組織者》，那是因為禁書名單依字母目錄排

列，而警察平常又只依着第一個字母檢查的緣故。他們就靠這樣逃過去了，《甘蒂》也如法炮製的改名為《莉莉普》。

《甘蒂》不久就有了意大利譯本，新版的《莉莉普》也出版了。可是，正因為奧林比亞的版本是不合法的，因此也沒有甚麼合約，結果另一間出版社見獵心喜，就跟作者訂了新合約（納波可夫的《羅麗妲》的情形也是這樣）。這以後《甘蒂》就風行起來了，還有了好幾種紙面版本，說來損失最大的還是原來的出版人基路底斯。

《香港時報》「文藝斷想」，1968 年 8 月 17 日、19 日。

工作中的作家

英國的《使者》雜誌，這一期刊出一輯現代作家如何寫作的圖片文字；自古以來，作家寫作的怪癖如何如何，一直給人說個不了，現代作家的情形又怎樣呢？

意大利小說家莫拉維亞，他認為每個作家寫作時都要靠着作點小玩藝，有些吃香口膠，有些吸煙，有些把玩他們的鉛筆。他自己則喝咖啡——一杯又一杯的不住喝着咖啡。

莫理士·懷斯寫作時用兩具打字機：一具用來寫對話，另一具用來寫敘述的文字。他隨着自己的情緒在這一具或那一具上工作着，這樣他可以轉來轉去也不必浪費時間。「搜索的一代」的作者如洛克，他的作品是寫在一張可以捲成一卷的長長的紙張上的。他說這樣當他寫到最重要的部分時亦不必忙着去轉換紙張了，而且回看前文也比較容易。

C. P. 史諾據說從沒有時間坐在桌旁正正經經的寫作，所以他隨身帶了個手提包，裝滿參考書和筆記，好讓他在計程車中、餐室裏，或其他有空的地點立即寫作。

瑪麗·麥加菲用航空信紙寫作，好便利郵寄稿子回國。

愛爾蘭出生的現代戲劇大師貝克特，在他每次開始寫作以前，總是坐在房間中一個沒有甚麼裝飾的角落裏，把燈熄了，將百葉窗放下來，好好的想想他將要寫點甚麼。

《香港時報》「文藝斷想」，1968 年 8 月 20 日。

也斯的
六〇年代

這邊和那邊

　　在一個傳統的劇場中，演劇的時候，演員在台上，背着台詞、作着手勢；而觀眾則在台下，坐着、聽着、看着，這樣，到頭來，他們便不禁會覺得，台上的那邊，不過是臨摹現實生活的一些表演罷了，它們並不是生活本身，它們是不真實的，所謂真實，到底還是屬於觀眾這邊的世界。

　　這已經是老問題了，一向，各種流派的作品，都宣稱自己針對的是「真實」，都以為自己發現的是一種新的寫實方法。可是，在作品和現實生活之間，在演員和觀眾之間，依然隔着一大段的鴻溝，無可踰越。

　　一種新戲劇：「突發性演出」（Happening），就是針對這些問題而產生的。

　　這是一種富革命性的戲劇形式，首先，它演出的地點並不是在傳統的舞台上，而是在一些真實的地點，比如街頭、樹林、果園和市場中。在這樣的演出中，演員與觀眾並不是各處一端，而是混在一起的，大部分的演出，都需要觀眾參與作點甚麼，有些，更根本是為演出者自己而演出，唯一的觀眾就只有演出者本身，這樣的情形下更無所謂演員與觀眾、台上與台下的分別了。值得注意的是它的技巧：它通常沒有一個完整的劇情，只有一些演出大綱，也不排演，演出者就這麼的演去，像日常生活一樣。因演出的環境和素材而生的偶然變化也包括在演出以內，比如說，演出者把汽車從

甲公路駛往乙公路，如果遇着交通耽擱或者汽車機件失靈，這些耽擱和機件失靈便也算是演出的一部分。舞台這邊的現實生活中的偶然性是跟舞台那邊的藝術創作的演出設計結合在一起了。

在電影方面，它吸引我們的地方，一是它寫實的一面，一是它奇想的一面。它能夠直截的紀錄現實，有時，它又能夠藉着這些真實的材料來衍生戲劇性的情緒。它是既真實而又不真實的。波蘭導演史庫林莫斯基在接受訪問時曾談及他電影 *Bariera* 中一個女子在喝水的一幕：那女子，在旅店中喝着水，她慢慢喝着，街車在她前面駛過。所有這些，獨立來看，都是真實的，可是合起來便造成一個不真實（戲劇性）的隱喻——流水的隱喻。

在《夏日的紀錄》的結尾，盧治等人對於影片中是否捕捉了真實的面貌，仍然是抱着疑問的口氣。其實「真實電影」亦不僅是寫實這麼簡單，因為真實是在轉變的，人物在面對鏡頭時就會因自覺而變得跟平時不同，比如說，有過一部電影中，一個跳傘員因為自覺到鏡頭的存在而緊張起來，卒之摔死了。這倒不僅是攝影機紀錄真實那麼簡單，還是因為攝影機的存在而引出了新的真實意味來了。「真實電影」的技巧匯入其他電影中去，不少電影，在原本的故事框架內用上了紀錄、訪問、即興這樣的技巧，完成一些紀錄與創造相混的作品。這樣的電影所給出的，實在不是一種紀錄性的真實，而是一種創造性的真實。

瑞典電影《我好奇》，因為在美國禁映的緣故，現在是很著名了。看導演史祖曼的拍片日記，據他說，這部新片是一些新技巧的實驗，目的就是要脫離《吾妹吾愛》那些老套的手法。《我好奇》裏面有些地方就很接近上面說的那些紀錄與創造混合的技巧。

比如說，影片中有一段紀錄史祖曼訪問一位商業部長，拍攝的時候，他加上一些杜撰的小節——他一邊訪問一邊盯着女主角連娜。

又有一處，連娜跟蘇聯詩人耶夫斯恩可談話。導演拍了三段：一段關於連娜，一段關於耶夫斯恩可，一段關於一個闡釋者。在影片中這三段合起來，當然，其中只有耶夫斯恩可那段是真正的訪問，其他二段都是演員表演出來的，但利用剪接手法合起三段，便產生了特殊的效果。

這些實驗性的技巧，便也是把現實生活中的偶然性跟藝術創作的設計結合在一起的手法了，只不過這裏揉合了的是鏡頭的這邊和那邊，而不是舞台的這邊和那邊。

《香港時報》「文藝斷想」，1968 年 8 月 21 日。

品特的《黑與白》

> 「在一齣劇中」，只有出現在舞台上的才是存在的；在舞台的背後甚麼也不存在。（羅布格利葉：〈論撒母耳·貝克特〉）

兩個老婦人，一個高大，一個瘦小，高大的婦人剛好拿着湯和麵回到座位來。她說你看見剛才櫃圍那人向我搭訕嗎？瘦小的婦人說這是蕃茄湯。高大的婦人說你搭通宵巴士來的是不是。瘦小的婦人是搭通宵巴士來的。高大的婦人說你不要跟陌生人談話。高大的婦人談自己以前怎樣怎樣。瘦小的婦人望出窗外去。即使這是一所通宵咖啡室它也要關一會門擦擦地板。她們說要走了。高大的婦人說要到公園去。瘦小的婦人說要到滑鐵盧橋去，她說那些巴士在白天看起來並不像通宵巴士的是不是？

就是這麼多了。

這是哈·品特的新劇：《黑與白》。

劇中的兩個老婦人，只有一個提過她的過去，然而那也是不算數的。她說以前曾經有些陌生人把她拖上貨車去——因為他們喜歡她。這就像她說在櫃圍有人向她搭訕一樣，也許那人真是想知道時間罷了。也許她是一個以為每個男子對她不懷好意的老婦人，而她的「過去」不過是她的謊言。除了這點，我們對她們的過去一無所知。劇終的時候，她們說

要離去，可是我們也沒見有誰離去，就像《等待高多》，說「走吧」，但並沒有誰走了。沒有過去，也沒有將來。這些人物唯一的存在就是劇中我們所見的存在。舞台之外也別無另一世界。這劇本中並沒有寫明佈景、發生的地點等等（在品特其他作品中是有的），我們只藉劇中人的口中知道外面的情形如何如何。比如瘦小的老婦人說着：「又一輛通宵巴士駛過去了（稍停）。上到那一邊去，富咸路（稍停）。」或者：「你可以從這頂樓的桌子看見一切（稍停）。到底這總比海堤那下邊好點的。」她在頂樓的桌子上說着話（真是有所謂頂樓嗎），跟外面世界保持距離（可是，真是有所謂外面世界存在嗎）。這就像貝克特的《遊戲結束》中，僕人（真是僕人？不是看護或者別的甚麼？）高夫爬上一道梯從洞中了解外面的世界，描述着一邊有灰色的海岸而另外一邊有沙漠。可是那裏真有沙漠和灰色的海洋？

難道真的甚麼也不能肯定？你弄清楚作者沒有字裏行間暗藏一些「作者的訊息」、一些「正確的觀點」？沒有。你感覺劇中人怎樣去感覺東西。沒有人向你指出這些感覺是荒謬的、是神聖的，抑或是奇妙的。你唯一可以傾聽的是劇中人說話，而在這些說話中，真實與奇想等量，所謂誠實與說謊是分不開的。心理學上說，對事物的「觀點」這樣的東西，是給慾望、價值觀、情緒、意圖、性格等所左右的；一個人口中的某件事並不就是那件事的真相。在品特的劇作《回家》裏盧菲所描寫的美國和倫尼所描寫去年聖誕節剷雪的事都正

帶着他們的觀點色彩。品特另一作品《風景》中，貝芙和杜夫談着話，但貝芙談着一個金色的海灘，杜夫則談着他怎樣去鴨塘裏餵着禽鳥。那麼，他們所描寫的與他們所見的又是否相同呢？到了這裏，我們可知問題顯然並不在這裏。因為這些人物只存在於劇中的世界裏，而這劇中的世界，是一個創作的世界而不是一個臨摹的世界，因此也沒有另外一個真實的世界可供比較，因為，劇中的世界就是唯一真實的世界。

《香港時報》「文藝斷想」，1968 年 8 月 23 日。

也斯的
六〇年代

不同的觀點 —— 續談《黑與白》

　　每一件作品都是獨立的，因此一概而論的批評實在沒有甚麼好處。我們常聽見人說：「這是一個荒謬劇！」「這是一本存在主義小說！」這麼的把一件件的作品分類到這一個或那一個模子裏去，說這是荒謬劇或那是一本存在主義小說，老實講，對我們認識作品本身是毫無幫助的。可是偏偏有些批評卻是越來越像一種機械化的反應了，試着把自有生命的作品放進批評者筆下固定的框架中，那麼的說着某一件作品是關於「人與人溝通的困難」、「人類處境的荒謬」、「內心的奧秘與精神的超昇」，而反而忽視了作品自身的面貌。到了這裏，批評簡直是成了籤語一類的東西了。人類處境的荒謬！內心的奧秘與精神的超昇！天呵，這樣的話，說了就等於沒說。

　　哈勞·品特的《黑與白》是發表在今年五月份的《使者》雜誌上的。該雜誌的編者在劇前加上一段按語：「在這個獨幕劇中，這位筆下充滿行動而沒有事件、對話而沒有溝通的大師，再次探進流浪漢的世界中——一所通宵的倫敦咖啡店裏。」

　　我覺得這段按語很有問題。

　　所謂「行動而沒有事件、對話而沒有溝通」，的確是很時興的文字，談貝克特以降的現代戲劇，一定有不少人用過諸如此類的句子了。但是，用這來形容品特的《黑與白》是不貼切的。行動而沒有事件！甚麼才算是事件呢？人們相遇，談話、分手，難道這不算事件，一定要殺人放火才算事件？

對話而沒有溝通,「我真想留下來。」「他們不讓你留下來的。」「我知道。(稍停)。不過,他們只不過關上門點半鐘,不是嗎?(稍停)。這不算很久。(稍停)。你可以出去走走。然後回來。」「我要走的。我要上公園那裏。」「我不去那邊。(稍停)。我要上滑鐵盧橋去。」這是沒有溝通的對話嗎?讀遍全劇,可以發覺人物的問題並不是「難以溝通」的老套。這二句按語,不但不貼切,而且空泛!「行動而沒有事件、對話而沒有溝通」這種批評,只是一種固定框架的成貨,並不是依照作品本身的尺度大小而製作的。

至於說這劇「探進流浪漢的世界中——一所通宵的倫敦咖啡店裏」,我的看法則不是這樣。在劇中,兩個老婦人存在,她們談着話,而我們對這以外的世界毫無所知。一切外界的東西,比如櫃圍的那人,比如那些通宵巴士,比如外面的街道,甚至咖啡店裏的其他的人,都是由那兩個老婦人口中說出來的,他們或許甚至並不存在。那兩個老婦人在那裏,她們的世界就是劇中唯一的世界,她們的對話,不管是真話還是謊言,組成了劇中唯一的現實。但是,如果我們接納了這是表達一個流浪漢的世界的說法,那麼,我們便會有了可供比較的二個世界了:一個現實的世界,和一個劇中的世界,那時,劇中的世界,便再不是一個自給自足的世界,而僅是一個臨摹的世界,而它的真實的程度,亦僅能視它的臨摹得是否相似的程度而定了⋯⋯

《香港時報》「文藝斷想」,1968 年 8 月 24 日。

新的形象

　　反綁雙手跪着的男子，剖示人體內臟的模型，巨大的手提箱，四根豎立的交通燈柱，蜂湧跑過的人群，牆上安滿野獸獵物的頭顱的押店，上一代的軍刀，偌大的顧客稀疏的餐室，一個人把兩張碟子放在耳旁，洗地的婦人開始歌唱，戴着少女雜誌做成的帽子的人們喝着酒，小豬的撲滿跟酒一起盛上來，持刀跟一輛罩布圍着的車輛的戰鬥，盲人的閃閃發光的眼鏡，巨大的呼籲捐血的海報……

　　史庫林莫斯基的《阻障》是一部奇異的電影。

　　一些簇新的形象，一些奇特的東西，以為是執行死刑的動作，原來卻是幾個學生的遊戲；以為是普通的一面牆，原來卻是過去執行死刑的地點。真實的詭異屢次屢次使猜想落空。

　　一些簇新的形象，一些在第一瞥中使你驚奇的東西。有些甚麼已經進入到你的日常生活中去，逐漸逐漸的改變它，吸引你的視線，佔據你的思想；比如說：一張海報、一本書的封面設計、一張地毯的花紋、一所建築物的外型線條、一張畫、一張雕塑、颶風過後一排折倒的樹木……

　　事物以不同的臉孔與眼瞳向你出現。

　　一個驚奇和創新的世界，一個現代藝術的世界。記得王無邪的一張繪畫，很喜歡上面的題詩：

你豈可再耽於泉林
獨在自己的天地中往還
你無從隔絕這些新的形象
在不斷生長中侵入
而範限你的視界
分割許多世紀來的夢

你要耽於泉林，還是要容納這些新的形象呢？

《香港時報》「文藝斷想」，1968 年 8 月 27 日。

品特的對話

　　約翰・羅修・白朗的〈品特和其他作家筆下的對話〉是一篇很有啟發性的文字。他指出品特如何使用繁瑣的日常對話來襯托人物性格和他們不自覺的反應，他的論點是新穎的。

　　比如品特的《蒐集》裏兩人吃早餐的對話：

比爾：你甚麼時候回來的？
夏利：四點鐘。
比爾：玩得還快活吧？
　　（稍停）
夏利：你今早沒有烤麵包。
比爾：沒有。你想吃嗎？
夏利：不。不用了。
比爾：你如果想吃我可以給你烤的。
夏利：算了，不要麻煩。
　　（稍停）
　　你今天有甚麼節目？

　　這一段對話，不可謂不簡單了。可是它怎樣襯托人物性格和表達他們的不自覺反應呢？首先我們要知道：在劇中比爾是靠夏利濟助的人物，因此他問了第一句話以後再加上一句「玩得還快活吧？」來表示自己並非干涉他甚麼時候回來。不

料這一問卻正好觸中夏利的痛處,夏利對自己的快活感到不安(這時的「稍停」表示出意識的轉折,同時可以吸引觀眾去留意為甚麼他不回答),因此藉着問比爾烤麵包的事來岔開話題,比爾卻認為他是故意找他的錯失,因此說要烤給他,其實夏利這時已不再想及烤麵包的事了,藉「稍停」來結束話題,然後他再向比爾反擊:「你今天有甚麼節目?」這樣,品特的人物,就像一些以言語為武器的拳擊手,互相攻擊和閃避,偶然的,他們擊中對方,有時,他們互相閃避,可是不管怎樣,我們知道這些言語的動作顯然並不是「不能溝通」的那麼簡單。

《香港時報》「文藝斷想」,1968 年 8 月 28 日。

也斯的
六〇年代

伊安尼斯高的《空中飛行》（上、中、下）

（上）

人們總是說：尤金・伊安尼斯高（Eugène Ionesco）是一位荒誕劇作家。

他這樣回答：「我給喚作一個荒誕劇作者；這實在是一個那種周期性地流行起來的名稱，這是一個那種一會兒時興隔一會兒就不時興的名稱。不管怎樣，它現在是曖昧得沒有任何含義，可以容容易易的拿來判指任何東西了。如果過了若干時間我還未給忘卻，每個人口頭上又會再有一個時興的字眼，另一個公認的稱號，來判指我和別人，而又沒有正確的判指出我們來的。」

「在現實上，世界的存在對於我來說並不是荒誕而是不可信的，然而，在存在、在世界的內裏，我們還可以清晰的觀看事物，發現律法和建立出『合理』的規則來。只有當我們站過一旁而卻想觀看存在的全貌時，我們才會覺得它是不可解的。」（《筆記和反筆記》頁二一六─二一七。）

人們說，伊安尼斯高的劇作是屬於「前衛」作品，可是「前衛」究竟是指甚麼現在還沒有一個公認的結論；人們說，伊安尼斯高的劇作屬於「純粹劇場」，可是也沒有人弄清到底甚麼才算是「純粹劇場」。

難道一定要為獨立的個人加上一些歸類的稱號？所謂

「荒誕劇場」、「前衛劇場」、「純粹劇場」這樣的稱號，對我們認識伊安尼斯高的作品又有甚麼幫助？除了造成一些無意義的區分，一些不自然的範限，這樣的歸類又有甚麼意義？

事實上，他劇中的世界對我來說並不是荒誕的，在他的戲劇世界的內裏，「我們還是可以清晰的觀看事物，發現律法和建立出合理的規則來」。

當然，這並不是說，伊安尼斯高是一個作品中唯有意念的劇作者，這並不是說，他是那些提出一個問題、再給予一個機械化的答案的劇作者。

顯然他並不是那些要替我們為每件事帶來解答的人們之一，因此才會有白朗謝的說：「在咖啡店裏在報紙辦公室中湧滿了文學天才，為任何事作出解答。好像他們真的知道。沒有甚麼比一個機械化的訊息更容易了。他們真幸運……。你常可以找到最好的原因來判定一個勝利的思想系統，但實在當它是勝利與擁有權勢的時候，正是它開始出錯的時候。」（見《空中飛行》Calder，頁八─九。）

在《犀牛》中，白朗謝起先拒絕變為犀牛，後來卻後悔不變為犀牛──在這裏，我們可以看出，伊安尼斯高表達的是矛盾的意念，而不是像許多批評家以為的那樣，是要訓誨「不要固執自己」。

但是，我們也要承認，提出所謂「拒絕一個機械化的訊息」這句話，亦是向觀眾提供一個訊息的啊。如果說作者不過是一位證人，並不是一位法官，那麼，證人作供的時候也

不免或多或少的加上自己對事物的判斷的——有誰是絕對客觀的呢？唯一能作到的或許是主觀的客觀吧。一個沒有作者觀點的作品，是沒有的。在一次訪問中一位訪問者向伊安尼斯高指出說，他後期作品中屢次出現的那個白朗謝，已經是一個毫無拒斥地為觀眾所接納的角色了。一個為觀眾輕易接納的伊安尼斯高式英雄，是否意味着伊安尼斯高的失敗？《空中飛行》中，伊安尼斯高假借記者的口回答劇作家白朗謝說：「等一等……這麼說你的戲劇是帶來一個訊息的戲劇了？一個與眾不同的訊息，但到底是一個訊息吧……」（頁九）這麼說，伊安尼斯高是自覺到他的矛盾了？

「恐怕這真是有違我的原則了，不過我倒是希望在我的顯明的訊息背後還有一點甚麼的，我還不清楚是甚麼，但也許它會自己顯露出來的……當戲劇進行的時候……靠着我的幻想……」劇作者這樣回答說。

也許，支撐一件作品流傳下去，使它在它的顯明的訊息變為陳套以後仍然不失光采的，恐怕就是顯明的訊息背後的一點甚麼吧。易卜生劇中提出的一些問題今日已經不再存在，但它的技巧使它仍然吸引我們。同樣的，伊安尼斯高的人物所提出的訊息可能給道德家、哲學家等所提出的訊息所代替，但戲劇中所帶來的驚奇、人物的熱情、奇想，卻將使這些角色流傳下去。

《空中飛行》是一個例子。

（中）

　　在《空中飛行》中，伊安尼斯高着意做出一種夢的氣氛
來，在劇前的佈景中他註明屋子的外貌有着盧疏、尤特里洛
或者赤高的風味，整個佈景中，要用着原始畫家的筆觸，來
保持一種夢的質素。

　　這種夢的質素，起先是一些明亮愉快的滑稽的夢，隨
後，則是一些陰霾的夢魘了。

　　在劇中白朗謝說：「如果我們時常都像在夢中那樣的敏銳
地感覺事物，我們會受不了的。」

　　白朗謝，一個劇作者，相信着人本來是會飛行的，只因
為逐漸變得畏葸，依賴着機器，才忘卻了自己的本能吧了。
他向家人和鄰居表演飛行，一直上昇到高空去，回來時卻沮
喪萬分，因為他目睹絕滅的警號：他看見人類有着鵝的頭顱，
他看見一列列被斬首者走過，他看見巨大的蚱蜢、墮落的天
使，看見天堂在火焰中，聖者被焚死，山嶺陷落，露出血和
泥濘的海洋，炮火造成無數無底的淵洞，火與雪的廢墟互相
搏鬥，向人類迫來。

　　他回來向人訴說所見的末日的異象，除了妻子和女兒，
誰也不相信。白朗謝的悲劇就是由於他的自覺，由於他「像
在夢中那樣的敏銳地感覺事物」，所以才會覺得受不了。

（下）

　　在談及「荒誕」的時候，伊安尼斯高認為，存在的一切事物都合乎邏輯，毫不荒誕，只有對存在的自覺才是叫人驚異的。

　　而白朗謝的沮喪實在是來自他的自覺，他明知末日來臨，無可逃避。但是旁觀的人，沒有這種感覺，因此也沒有甚麼不安。不過伊安尼斯高的角色到底不同易卜生的角色，所以歸根到底，白朗謝並不是一個自以為站在正義那一邊的人物，他的性格仍然矛盾：他攻擊人們依賴機器，但他第一次飛行卻是乘着腳踏車。同時他所見的異象，也很可能是像他妻子見的那樣的幻象罷了。這裏我們面對的依然是一個矛盾的情態的處境。作者的態度豈不是太不夠肯定了？也許有人會這樣問。可是如果今日的作者不再創作一些站在正義那邊的人物，那實在是他們不再知道正義是在這邊還是那邊，存在還是不存在了。

　　伊安尼斯高的劇中揉合了鬧劇和魔術的氣氛：白朗謝接受訪問時連續的把頭伸出來又縮進去，新聞記者無端端的跑出來向群眾說藝術有甚麼用呢？這些類似三十年代的胡鬧劇的手法，同時增強了劇中的夢的質素。一個女孩子想成為女高音，歌唱時給男孩子抓掉頭髮露出禿頭，這裏伊安尼斯高是開他自己第一部劇作《禿頭女高音》的玩笑。約瑟芬的夢境和幻象與劇中的現實生活混淆在一起，這或許不算特別，

但是讓劇中的一個世外的訪客忽然出現、忽然在山谷上消失
蹤跡、忽然出現一部分的身體；或者一根飾花的粉紅色圓柱
驀地從地面昇上來，一株樹驀地從地面消失，此起彼落，或
者一起出現、一起消失，這些手法卻是魔術一般的。其中有
一場，白朗謝一邊說着，事物一邊出現：比如倒懸在天花板
上的蒼蠅、水中的堡壘小塔的反映、倒着寫的文字、字謎、
變戲法的和賣藝人、太陽光線透過三稜鏡折射出來等等，它
的效果，使人恍如看着馬戲班的變戲法或者賣藝的一般，或
許有人會以為太不像話了，不過這實在是把戲劇從蒼白的意
念劇的陳言中解脫出來，回復到戲劇本身的神奇的、使人震
驚的魔力中去。

《香港時報》「文藝斷想」，1968 年 8 月 29 至 31 日。

（更正：〈伊安尼斯高的《空中飛行》〉（上）一文中，談到《犀牛》一劇時説
它不是像許多批評家以為的那樣是要訓誨「不要固執自己」，下面漏印一句：
「也不是要訓誨『不要盲從群眾』」，我的意思是説伊安尼斯高表達的是二者
的互相矛盾，而不是偏執一方，漏刊一句，意思變得殘缺不全，特此補正。）
《香港時報》「文藝斷想」，1968 年 9 月 2 日。

也斯的
六〇年代

廟宇和交響樂

在《空中飛行》裏，白朗謝在飛行中目睹世界末日的異象，白朗謝的妻子又在夢中和幻象中看見死人復活和絞台、劊子手這些末日審判的形象。這些顯然並不是舞台效果這麼簡單，讀伊安尼斯高的日記和雜文，可以發覺他對死亡、毀滅、衝突各種問題非常關心，事實上，今日的世界，充滿了戰爭、殘殺、種種式式的衝突——如果這樣下去，帶來的不是世界的毀滅又是甚麼？伊安尼斯高在劇中對這樣的問題耿耿於心，正可見他是一個銳敏地感覺事物的作者。

這樣說來，伊安尼斯高寫作這劇的目的是要向觀眾提出一項滅絕的訊息了？那又不是，在他作品中，他不是屢次的攻擊着那些說理的戲劇、問題的戲劇嗎？——那是因為它們先提出一個論題，再衍生成戲劇，這樣，戲劇依賴它所討論的大問題而存在，本身是一點生命也沒有的。

在一個法國德國作家聚會中，伊安尼斯高發表演說，他提出二個比喻：廟宇和交響樂的比喻。廟宇建好的時候，人們會說，這是一所廟宇，這是用來祭祀的，可是許多許多年過去後，廟宇荒廢了，信徒死滅了，廟宇除了斷柱和記憶甚麼也不留下，人們依然一代一代的到來瞻仰它，卻不是為了祭祀。一闋交響樂寫完以後，作曲家或者會說：「這是用來表達我的感情的。」可是，許多許多年以後，那作曲家的微末的感情隨着他一起死掉，那樂曲的作法卻仍然吸引了鑒賞者。

一所建築物可以是一座廟宇、一所教堂、醫院、瘋人院、車房、軍營、政治中心——但它必須首先是一所建築物，首先是一個構成，有它自給自足的存在才行。

同樣的，我們可以說，一個戲劇應該是一個自有生命的世界，裏面揉合了人物、處境、言語和行動，有它自己的邏輯，自己的統一性。而戲劇中所表達的問題，也必要從它本身的材料中有機性地顯露出來才行吧？不然何不寫作論文、公告，或訓言而偏要寫作戲劇呢？一個成功的戲劇，本身至少要具有了戲劇的構成質素，不是隨隨便便可以拿一篇論文代替了也不會走樣的。一件作品決不會只因為它談論一個重要的問題便價值高人一等——還要看它怎樣處理這個問題才可以。而伊安尼斯高的《空中飛行》的成功便是在他懂得怎樣利用戲劇的媒介來表達他自己。

《香港時報》「文藝斷想」，1968 年 9 月 2 日。

也斯的
六〇年代

言語的悲劇？

伊安尼斯高開玩笑的說過，他是因為學不成英語，才當起劇作家來的。原來，他因為學習英語買了一本英語手冊來讀，「一星期有七天」、「天花板在上面，地板在下面」的讀着，他發覺了一些平凡的而不為人留意的真理來──真的，天花板是在上面，地板是在下面的呀，可是為甚麼平常沒有人提到呢？讀到後來，這本英語手冊中有一段史密夫先生和史密夫太太的對話，史密夫太太告訴她丈夫說他們有好幾個孩子，他們住在倫敦的郊外，他們有一個名叫馬麗的女僕等等。天呵，史密夫先生不會連自己家裏的事情也不曉得的吧？可是也許不能太肯定……伊安尼斯高就根據這本英語手冊寫成他的第一個劇《禿頭女高音》，但是劇中的言語卻變了質了，史密夫先生說一星期有三天：那就是星期二、星期四，和星期二。又有人說「汽車走得很快，但廚娘煮的菜不壞」等等，劇中人為說話而說話，言語似乎失去了它的含意。由一本言語手冊竟然改寫成一齣言語的悲劇，這恐是許多人始料所未及的。

如果說生活上的日常言語變為陳言，同樣的，今日的戲劇也缺乏一種鮮活的言語來演出這種生活了。伊安尼斯高這種直截的玩笑反而帶來一種新鮮的類型（也創造了一種新鮮的言語）。除此以外，由於大眾傳播的發展，言語有它的統一性、有它的禁忌：每個人用着同樣的言語來表達同一件事，

並且警惕着知道某些言語是不能使用的。受了這種限制的戲劇便再也不能在言語上有甚麼創新，劇中要表達的東西還有很多，但再沒有一種吻合它的新言語來表達出來了，這真不能不說更是一種言語的悲劇。

《香港時報》「文藝斷想」，1968 年 9 月 4 日。

也斯的
六〇年代

《路撒根茲和基頓史丹已死》（上、下）

（上）

　　湯姆・司圖拔（Tom Stoppard），一位二十九歲的生於捷克的英國人，他的劇作《路撒根茲和基頓史丹已死》（*Rosencrantz And Guildenstern Are Dead*），去年由國家戲劇團在倫敦演出，立即就轟動起來，批評家稱之為七十年代中最出眾的初演，《紐約時報》這樣寫着：「司圖拔先生是一舉成名了，我們不得不承認他是我們舞台上最優秀的英語作者之一，因為這是一個極富吸引力的優異作品。」今年三月份的美國的《常青評論》，則化了差不多四分一的篇幅來刊載這個新銳的劇作。

　　說是新銳，其實《路撒根茲和基頓史丹已死》這名字卻是一點也不新銳的，它來自莎士比亞的《哈姆萊特》一劇末尾使者回話時的一句台詞，而司圖拔劇中的路撒根茲和基頓史丹二人，也根本是原先出現在《哈姆萊特》劇中的二個微末的角色。不過莎士比亞筆下的毫無特色、微不足道的配角，到了司圖拔筆下，竟然成了作為中心人物的主角，也許是這一點使得他的劇作這麼「新銳」的罷。

　　代替了昔日的悲劇英雄形象，充塞在今日的劇場中是一些面目模糊的角色：他們的性格不怎樣直截分明，他們的動機也含混不清──簡言之，微不足道的配角取代了舉足輕重

的主角的身份。今日的劇場是愛斯特公和維特摩亞的劇場而再不是哈姆萊特和浮士德的劇場了。走進劇場，你遇到的是你在大路上遇到的那些無名無姓的人物，哈姆萊特即使出現在司圖拔的劇中但也變得黯淡無光了。

　　還有，過去，作者是專制的，演員只不過是用來表達他思想的工具，一旦表達了作者的思想，演員在劇中的生命便完結了（所以說：「路撒根茲和基頓史丹已死」），因此今天一些劇場的革新者，都試着延活角色本身的生命和針對演出本身的趣味，使它們不須依賴作者絮絮不休的論題而獨立存在。

　　比如說，在莎士比亞的時代，他假哈姆萊特的口說：「演劇的目的、的目標，在開始的時候和在現在，曾經是和仍然是，要適如其分的在自然前面豎起一面鏡子；為美德展示她的容顏……」（第三幕第二場）

　　可是今天的作者就會覺得這是不足夠的，今日的作品，針對的不是反映，而是創造。一個角色單是負載作者的論點去反映世界，那只是一個殘缺的角色罷了，它必須自有生命去成為一個具體的角色，而不是一個抽象的觀念。在《路撒根茲和基頓史丹已死》中，有一段話是可以視為基頓史丹要拒絕一個固定的角色和保持獨立生命的自白：「我們……是給判死了。每一個動作都是由前一個動作指定的──這就是所謂秩序的意義了。如果我們放恣一下終歸也不過是跟蹌不定罷了；至少但願如此。因為如果我們碰巧發現，甚至懷疑，我們的自發也不過是他們秩序的一部分而已，這樣我們就知

道自己失敗了。」（第二幕）

又有一處是這樣：基頓史丹：「誰決定的？」演員：（收斂笑容）「決定？那是老早寫定的。……我們是悲劇演員，你知道的。我們跟隨指示——沒有甚麼選擇好說。壞人悲慘收場，好人也不大幸運。所謂悲劇就是這樣的意思呀。」（第二幕）

因為路撒根茲和基頓史丹本身是戲劇中的人物，他們沒頭沒腦的碰上的悲劇演員們也是演劇的，所以他們談戲劇的問題就簡直像別人談早餐吃甚麼一樣的自然了。但是，《路撒根茲和基頓史丹已死》始終不至淪為一篇司圖拔先生的戲劇理論論文，那實在是因為他的角色自有生命而不是一些抽象的觀念。

他的戲劇自有光采而不是一些機械的說教緣故。

（下）

基頓史丹在劇中說過一個獨角獸的故事：兩個旅客在路上遇見一頭獨角獸，他們覺得很驚異，可是加上第三個目擊者，他們變得不那麼驚異，看成「皮相」那麼單純，到了後來，目擊者越來越多，那樁事就越變得表面化、越變得合情合理了，最後，群眾就會說：「看哪，看哪，一頭前額插着箭的馬。也許有人會誤以為牠是一頭鹿呢。」

把這段故事跟劇初的一幕參看，我們可以發覺一些有

趣的地方。戲劇開始的時候，路撒根茲和基頓史丹在玩擲角子的遊戲，基頓史丹從袋子中拿出一個角子來擲高它，落下來的時候如果是頭像向上，便算路撒根茲勝利，角子便給他贏了去，如是一連九十多次，每一次都是頭像，也每一次都是路撒根茲贏了去。如果是在一些心理戲劇或者說理戲劇中，這麼湊巧的際遇，必然是有一個象徵的意義藏在背後的罷——所以司圖拔假基頓史丹之口嘲弄地說要找出這事情暗藏的指向，煞有介事地舉出一列可能的解釋來：比如說他本人輸錢是為了自願的對過去一樁舊事贖罪，又或者這是上天的意旨來懲罰他而厚待路撒根茲，又或者是因為時間凝住了所以一個角子的經驗重複了九十多次……

　　現代有些作者和批評者很喜歡談象徵，一篇單純的作品也不找出它的象徵意義不肯罷休。這很像第昔加在《大盜九尾狐》中諷刺的那樣：有些人把「一個人在跑路」也要說成是「人無法逃脫他自己」的象徵了。事實上，如果創作不過是把一個一個象徵收藏在作品中，而批評也不過是把這一個一個象徵尋覓出來，這麼說，創作和批評的過程也豈不是乏味已極？我想司圖拔挖苦的對象就在這裏：如果說擲角子一場不過是戲劇性的趣味，觀眾不容易接受它，但如果解釋說這是一種象徵，觀眾就會點點頭，說：「呵，原來是這樣的。」同樣的，說那是獨角獸，難以置信，說那是前額插着一支箭的馬，卻沒有懷疑了。事情變得合情合理，同時也沒有了本來那些使人驚奇的地方。

而司圖拔卻和其他一些現代戲作家一樣，是要保持戲劇自身的魔力和趣味的。《路撒根茲和基頓史丹已死》其實也不妨當作胡鬧劇來看，它根本就是一個反莎士比亞的《哈姆萊特》的笑劇版本：在黑暗中路撒根茲說感覺到自己的腿沒有生命，基頓史丹叫他擰它一把，結果基頓史丹自己大叫起來，原來那是他的腿；或者兩個人找尋哈姆萊特走來走去；又或者兩個人脫下皮帶連起來攔阻哈姆萊特，不料路撒根茲的褲子卻掉下來，所有這些，都比較像三傻那些單純的鬧劇而不像百老匯那些文縐縐的幽默劇。這劇中的笑料也多數是來自動作和簡單的「司圖拔式」的對話，而並不是來自甚麼尖酸刻薄的言外之意。

　　司圖拔筆下的對話，簡銳有如品特，不過卻更糾纏不清：

路撒根茲：完全的瘋狂了。（稍停）

演員：為甚麼？

基頓史丹：呀。（向路撒根茲）為甚麼？

路撒根茲：就是了。

基頓史丹：就是甚麼？

路撒根茲：就是為甚麼。

基頓史丹：就是為甚麼甚麼？

路撒根茲：甚麼？

基頓史丹：為甚麼？

路撒根茲：為甚麼甚麼，就是說？

基頓史丹：為甚麼他瘋了？

路撒根茲：我不曉得。

　　在現代的舞台上，角色是有更多的生命和更大的自由的；偶然性、自發性，和即興的演出都可以容納在內。因此，假如錮死在莎士比亞劇中的那兩個微末的角色，要跑到現代的舞台來舒活舒活筋骨，也不是不可以的：

　　隔了好一陣子。路撒根茲站起來向觀眾咆吼。

路撒根茲：着火了。

基頓史丹跳起來。

基頓史丹：那裏？

路撒根茲：沒有事——我不過試試自由自在的亂用言語吧了。好證明自由的言語是存在的。

　　沒有人要問為甚麼罷？如果要問為甚麼，答案是「就是了」。——就是甚麼？——就是為甚麼。

　　而這幾句話也不是甚麼象徵。

《香港時報》「文藝斷想」，1968 年 9 月 5 至 6 日。

不要亂罵現代詩

今日中國現代詩的缺點很多，這是無可諱言的。香港和別地的現代詩壇，惡劣的風氣不少，比如有些人拚命把自己的作品譯成英文希望揚名天下，有些人關上門大談內心的奧秘，又有一些人連群結黨、互相標榜（那麼的以為只有在某一本同人雜誌上寫詩的才算詩人！），這些態度實在使人噁心。也許是這使人對現代詩的問題重新檢討吧，近來讀到不少批評的文字，其中有些針對現代詩的問題而談，這當然是很好的，可是有些作者根本對現代詩毫無認識，就說現代詩「叫人嘲笑，叫人看低」，這樣的攻擊，實在說，是連一個攻擊的對象都沒有的。

有一位電視節目主持人，不曉得為甚麼忽然詩興大發，就在一張晚報上評起現代詩來，也不知從那裏隨便找來一首詩作為舉例，便抱怨現代詩怎樣怎樣難懂——好像他看不懂一首詩就要全部的現代詩負責一樣。

又有一位年紀老邁的女士，幾年前在一份日報上大罵一首現代詩，理由是詩中用了一個人名「莫蘇魯」，她不曉得是誰，因此就大罵一頓。莫蘇魯其實是《異客》的主角，當然，未必每個人都讀過加繆，這典故可能是偏了一點，但是古詩中的典故有人研究，對現代詩查也不查就大發牢騷，這未免吹毛求疵。這位女士和那位節目主持人都犯了同一個毛病——以一概全，一首現代詩不懂便把全部詩罵個狗血淋

頭。同一位女士，後來在同一張報上罵詩人葉維廉的論文，認為她看不懂，凡有人看懂就是作狀。其實每個人閱讀的口味和範圍各有不同，自然各有所好，各有所長。看不懂某一篇文章或某一首詩並不出奇，因為這樣而攻擊別人才是最出奇的。那位女士的文章上談及「文藝青年」，語帶輕蔑，彷彿說只有那些作狀的傢伙才裝作看得懂啦！「文藝青年」、「電影青年」之類的語彙常在專欄作家的筆下出現，奇怪的是說着時多帶輕蔑譏諷之意，彷彿某人如果喜愛文學或者藝術而又碰巧年青的話，那就罪大惡極了。我始終不明白這是為甚麼。

有些人自己在一所電影公司工作，便不准別人批評那所電影公司的電影，認為那些電影年齡太輕，像一個小孩子，不宜責備太苛；可是自己又莫名其妙的攻擊別人個人拍攝的電影習作、攻擊現代詩。比較起來，實驗性的電影、現代詩等年紀不是同樣很輕嗎？不許別人提自己的孩子，自己卻向別人的孩子說很多惡毒的話，這種態度，缺少真摯，不能服人。

你看到過綁住對方雙手而與之角力的把戲嗎？

《香港時報》「文藝斷想」，1968 年 9 月 9 日。

也斯的
六〇年代

談談別人談的《畢業生》

在同一份週刊上，看到三段批評《畢業生》的影評，節錄如下：

（一）香港的畢業生已夠徬徨了，這個電影不能給他們幫忙，反而教他們更困惑了。

（二）男主角的遭遇與時下畢業生所面臨的困境，是迥然兩回事。

（三）米克尼高則以色彩來剖析人生的心性，並且在探發人性的道途中，企圖尋出解決人類困境的答案。

不管是罵是讚，這三段文字，有一處相同的地方，就是認為一部電影應該是用來解決問題，給予訓誨，記下訓言，散場後快快樂樂的回家，一切問題都一掃而空了。

有些人到電影院去希望受一頓教訓，可是今天的很多電影使他們失望透了。因為今天很多拍電影的人都明白，如果勉強要在電影中機械性地為一些問題提供答案，那簡直是自欺欺人。一個輕易的回答避開了更深入的思索，也低估了問題本身。

香港的畢業生的確徬徨，但要求這個電影來幫忙他們，卻是不公平的。男主角的遭遇與時下畢業生面臨的困境不同，但如果因此而大罵這電影虛假那就簡直豈有此理了。至於謂「以色彩來剖析人生的心性」、「探發人性的道途」、「企圖尋出解決人類困境的答案」，我相信，這位批評者談的，大

概是「偉大的空話」一類的東西。

　　《畢業生》原名是單數而不是眾數，電影中的男主角也是一個人物而不是一個類型。電影中的男主角是一個畢了業的「人」，而不是碰巧是「人」的那種總稱為畢業生的「東西」。這當然是大有分別的。因此在影評中引用一番《新聞週刊》、《時代週刊》之類中的今日畢業生語錄，大談片中的呈現與這一代青年有何距離，質詢這電影反映了一些甚麼等等，根本是首先一廂情願的假定了這電影的「任務」是要反映今日的畢業生或者甚麼，再責罵它不能達成任務的一種「固定觀念」在作祟罷了。（到底，一個畢業生不能有他自己與別人不同的難題嗎？）如果說《畢業生》這電影是「使人失望」的，那麼先要問這期望者是否期望一些不相干的東西。如果名為《畢業生》就必須反映全世界的畢業生，為他們解決問題，那麼《男子女子》（港譯《男歡女愛》）就必須反映全世界的男子女子的所有問題並提出解答了？如果電影真是為了「尋出解決人類困境的答案」，那麼我們大可甚麼也不作了，日夜拍電影好了。

《香港時報》「文藝斷想」，1968 年 9 月 10 日。

也斯的
六〇年代

矛盾

讀到兩篇批評伊安尼斯高的文章，奇怪的是，這兩位批評者非難伊安尼斯高作品的理由是剛好相反的。

佛德烈‧林里在他的《二十世紀戲劇的新趨向》中這樣為伊安尼斯高作結語：「伊安尼斯高的幻象中有着一掠而過的太空旅行，但在我們的世界中人性卻是植根在泥土中的。」（《二十世紀戲劇的新趨向》，頁二一四。）

蘇珊‧桑蒂的觀點則是這樣：「伊安尼斯高最弱的作品是那組白朗謝戲劇──《兇手》、《犀牛》，和《空中飛行》──在其中伊安尼斯高（就像他說的那樣）把白朗謝創造為一個改變了的自我，一個『每一個人』，一個被圍攻的英雄，一個『重新歸向人性』的角色。困難是在於對人性的肯定不單是一廂情願便可以的，不管在道德上或在藝術中。如果只是一廂情願，結果往往是沒有說服力，而且總是作態的。」（《反對闡釋》，頁一二一。）

一個作者怎可以既是一面在作品中避開人性，一面又一廂情願的肯定人性呢？這二者是相反的，不能並存的，可是兩位批評者卻分別執着其中一點來非難他了。現代批評中，有人重視作品「說甚麼」，有人重視「怎樣說」，二者的觀點互不相容；這裏的二段批評，正好反映出兩位批評者的觀點的分歧（從批評中反映出批評者的觀點，這倒是非常「戲劇化」的）。

批評者的觀點各有所偏，結果作品吻合這觀點便推崇，否則便大大貶低，可是是不是每件作品都可以用這些既成的尺度去衡量的呢？比如這裏伊安尼斯高的作品，甲有甲罵，乙有乙罵（事實上這二段批評中如果甲的觀點成立乙的觀點便不能成立，乙的觀點成立甲的觀點也不能成立），分析下來，最最受罪的還是作品本身。

　　　　　　　　《香港時報》「文藝斷想」，1968 年 9 月 12 日。

也斯的
六〇年代

作家・藝術・自我割離

　　波蘭作家莫撒（S. Mrożek）的《大象》是一本極有趣的短篇集，同是諷刺作品，但比較奧威爾之類是高明得多了。不過我現在倒不是來介紹這本書，只是最近在晚報上讀到一些文章，使我想到《大象》中的一個短篇〈藝術〉。

　　在〈藝術〉中，作家跟他的朋友對話，朋友把作家大捧特捧，說藝術如何富有教育性，作家是人類靈魂工程師，作家聽得飄飄然，大談自己的新作，說到最後，作家的朋友問他：「你借五百塊錢給我行嗎？」

　　成功的諷刺作品必須具備廣度，也就是說，不單是在某些地區才有它的諷刺效果。這樣說來，莫撒是很成功了，因為，偽善的態度，實在也不單是波蘭的作家獨有的。

　　最近在晚報上讀到一篇文章，認為如果有人談意識流、存在主義、新小說、突發性演出，就是「自我割離」，因為「他們對社會沒有責任，對同胞沒有愛心」，從這篇文章看來，說話的人口氣倒像是借錢不成功似的了。

　　批評必須有所根據，胡亂稱讚別人說「藝術如何富有教育性」、「作者是人類靈魂的工程師」跟胡亂責罵別人「對社會沒有責任」、「對同胞沒有愛心」一樣是亂加帽子、無理取鬧的。

　　我一向以為，每個人的修養和興趣不同，對於文學作品的口味自然也各有差異，這本來是很自然的事，如果因為

自己只推崇貝路或者雅迪克的小說，就攻擊別人談羅布格利葉、沙勞、丙吉和布鐸，亂加帽子，這才是不自然的。如果依照那位作者的觀點，這樣下來，將來中國作家只許談梳爾·貝路，只許談約翰·雅迪克，談其他的作家就算「對社會沒有責任、對人類沒有愛心」，這不是跟極權國家的文壇沒有甚麼分別？幸而我們今天還不致如此。

《香港時報》「文藝斷想」，1968 年 9 月 13 日。

也斯的
六〇年代

電影《偷情聖手》的題外話

　　如果年輕人偏激地前進那也是對的。因為畏葸的年紀很快來臨。我們很快便回到過去並且珍視那些自己踐踏過的東西。(高克多的手記)

　　一些踐踏過的東西。比如說：一張砍成碎片的辦公檯？一個放棄了的職位？一個狠狠踐踏過的過去？——某天某人醒來而發覺如果他這一生再不改變那就太遲了，於是他背一把斧頭回去砍碎他自己的辦公檯。老天。並不是每天都有砍碎自己的辦公檯的。

　　「如果年輕人偏激地前進那也很對」，高克多說的也很對，可是——「畏葸的年紀很快來臨」，修正了的偏激，溫和了的熱情，當要改變的時候終於只回到擺脫不掉的過去。

　　一部要道出真相的影片竟因賄賂而獲獎。他拍那部電視廣告片是為了使人吃驚，但別人卻跟他握手道賀說我不會忘記這部甚麼的。他開口謾罵而別人竟接受他的恭維了。

　　荷夫曼斯杜的《約瑟夫》是一大成功。我在他的包廂裏。當第十次謝幕掌聲響起時荷夫曼斯杜挨過去向戴豈里夫說：「我寧願這是一次失敗的醜聞。」而戴豈里夫說：「事實上：醜聞是不容易的呀。」(仍然是——高克多的手記)

年輕的偏激很快變為畏葸。事實上，「醜聞也不容易」的年紀很快就來臨了。

攝影機用來作甚麼？用來拍攝一切美好的東西、值得記憶的東西？

甚麼是美好的東西、值得記憶的東西？你仰望天空——你看見耀目的光線，這是美好的東西？呀，這是原子彈爆炸的光線。說這是值得記憶的東西那倒是真的。

侵略——和談——衝突——戰爭——毀滅。一切步驟都是這麼簡單。有些人按下掣，拍下記錄這個世界面貌的照片；另外一些人按下掣，這個世界就此完全毀滅——毫無面貌可言。

瑞典導演維哥．史祖曼在他的拍片日記中談及非暴力主義，他的語氣幾乎像是自嘲。民歌手鍾．拜雅絲在她的自傳《黎明》中談及非暴力主義，她承認它的無能為力，但是「有一樣東西比非暴力主義組織更糟，那就是暴力主義的組織」。她說，晚報上滿是暴力的消息：人與人之間、國與國之間的暴力主義。

《黎明》的另一段：「一個朋友告訴我說寫及耶穌是很危險的……我奇怪耶穌究竟知道近日來地球上發生了甚麼不。無謂到世間來了，耶穌。」

耶穌，你聽見嗎？

《香港時報》「文藝斷想」，1968 年 9 月 16 日。

也斯的
六〇年代

鏡頭前邊的編劇和導演

　　一心想看看《意馬心猿》裏的哈勞‧品特，看完了電影還認不出他來。回來看影訊才曉得就是飾演電視台裏說要去探病甚麼的那人。品特本來是演員出身，所以在電影裏演出並不出奇，奇怪的是他在戲裏的樣子跟普通照片中的樣子不大相像似的。

　　通常編劇演戲比較少，導演喜歡在電影裏露露臉倒是有的：比如希治閣、黎斯特、第若加就是，波蘭的普林斯基和史庫林莫斯基都喜歡在自己的電影中演出。有人問史庫林莫斯基他的《阻障》跟他以前的電影有甚麼不同？他說那是他在這電影只是導而不演，「沒有在鏡頭的這邊和那邊跑來跑去了」。

　　瑞典導演維果‧史祖曼在拍片日記中說自己新片《我好奇》裏參加演出，不過那卻不是飾演一個角色，而是飾演他自己——他自己與女主角連娜真人的關係成為了電影情節的一部分，這倒是跟他那影片那種現實性（記錄技巧、即興演出）與虛構性（大概情節、導演安排）相混的風格很貼合。

　　法國新小說作家羅布格利葉導演的第二部電影《越歐快車》裏自己也有演出，演一位演兼編劇者——換言之，演他自己。在電影裏他和他的同工在火車廂裏計劃他們所要拍攝的一部電影，而觀眾看到的，便是假設、進行、修改雜在一起，創作情節與創作出來的戲劇情節相混那樣的電影。羅布

格利葉在他論新小說的文章中屢次談到一種讀者（觀眾）參
與創作過程的作品，這樣說來，他這部電影可說是一個有趣
的實踐了。

《香港時報》「文藝斷想」，1968 年 9 月 17 日。

也斯的
六〇年代

加洛克的新書及其他

　　積克・加洛克（Jack Kerouac）的新書《多魯索的虛榮》今年初出版，我祇看過《常青評論》中刊載的一個片段，這書是關於一九三五——一九四六年間加洛克年青時期的生活的。加洛克曾經說過要把他一生中寫過的書本輯成一部厚厚的「往事追憶錄」式的自傳作品，事實上，他作品中的主角，不管是《在路上》的梳・巴拉地斯，《地下人》的李奧・皮撒比，《法丐》的雷・史密夫，或者其他幾本書當主角的多魯索，無疑都是加洛克自己。《多魯索的虛榮》之前那本《巴黎頓悟》，更是一位積克・加洛克到巴黎去搜索積克・加洛克家族本姓那樣的故事，自傳的意味非常濃厚了。奇怪的是，《巴黎頓悟》之後，《多魯索的虛榮》並不是繼續以中年的加洛克作為主角，反而返前到《在路上》還未出版以前的那個吊兒郎當的加洛克，返回到求學時期直至紐約地下運動初期的那個「多魯索」去。

　　加洛克今年已經四十五歲了，這我是看《巴黎評論》這一期的訪問記才曉得的。他那本轟動的《在路上》也是十一年前的事。到了今天，談起地下作家，人們自然是說亞倫・堅斯堡，說威廉・布洛士，說艾・山打士，談加洛克的人是相對地減少了許多，難怪加洛克說：「年青一代不過以為我是個貨車司機罷了。」

　　說到貨車司機，我倒是想起了駛巴士的尼爾・加撒地，

這位搜索一代的英雄，就是《在路上》的主角甸·莫萊亞地的原身，堅斯堡的《吼》就是獻給他的。當年他與加洛克等人駛車在大路上搜索前進，不過現在加撒地也死了——我今年初在《村聲周刊》中讀到他死亡的消息，好像是孤獨死在墨西哥附近吧。有人說加撒地所以不寫小說，就是因為當他要寫的時候，發覺他的故事已經給加洛克寫過了。加洛克承認他自己那種「自發性」的寫作，也是受加撒地一張四萬字的信札影響的，如果那封信發表出來，或者對加撒地的成就有不同的估計亦未可知，不過信是給堅斯堡遺失了，現在加撒地也死了——只是一個沒有自己的故事也沒有作品的搜索者。事實上，搜索者的形象也早已消逝了。

在《大浪灣》裏，一開始就是加洛克想避開那群糾纏不休的比尼克想靜心寫作，已經透露出對搜索一代的厭倦了。因此今日的加洛克之遠離作家群，獨自在童年居住的羅威爾專心寫作，實在也不是很意外的事。說來奇怪，我最初讀他的作品反而是較後的《大浪灣》，跟着是《法丐》、《地下人》、《空寂天使》、《孤獨旅者》、《巴黎頓悟》、《雪蒂莎》等等。著名的《在路上》卻是看得很遲。加洛克書中自敘的意味很濃，因此在他的書中可以認出搜索一代其他的作家的形象來，比如《在路上》中的加路·馬斯，即《法丐》中的亞華·高博，也即是《地下人》中的亞雷·莫利，就是詩人亞倫·堅斯堡的化身。《地下人》中的法蘭·加莫地，即《在路上》的老牛李，就是《赤裸午餐》的作者威廉·布洛士了。

也斯的
六〇年代

記得《大浪灣》開始時加洛克到三藩市找一位開書店的朋友——那不是開「城市之光」書店的詩人費靈格蒂還有誰？最近讀他的《夢之書》，書前甚至還有一個人物表，把在別書中的人名與《夢之書》中的人物作一對照。

不過即使這些文件仍然流傳下來，它們所談的那個搜索的一代實在已成過去了。加洛克在最近這次訪問記裏說，「搜索」這字眼本來是他在《在路上》中用來形容像莫萊亞地（即是加撒地）那樣的乘車在全國各處找尋散工、女孩、狂歡那樣的傢伙的。但是西岸的人們卻把它弄成一種政治性和社會性的青年運動了。到底，加洛克說，他自己是一個足球員、一個領獎學金的學生、一個商船海員、一個鐵路工作人員、一個秘書、一個編劇人⋯⋯而加撒地則是哥羅里達的一個牧牛郎⋯⋯他們自己那裏是甚麼比尼克呢？

「搜索的一群在七十年代初就分散了，各走各的路，而這是我的路：家庭生活，就像開始時一樣，只不過偶然到附近的酒吧去逛逛罷了。」今天的加洛克這樣說。

《香港時報》「文藝斷想」，1968 年 9 月 18 日。

善說故事的加洛克

　　加洛克是個懂得說故事的人，看他的作品，就像聽一個旅客娓娓道出一生的有趣瑣事——童年時代夭折的弟弟的記憶，自繪漫畫的遊戲，在哥倫比亞時代打破曠課紀錄以寫成一本小說，在船上工作的時候，在鐵路工作的時候，在深山裏當山火看守人的時候——他幹過各式各樣的工作——與加撒地相遇在無數黑而且深的夜晚無目的地駕車馳過美國的公路，並沒有想到那裏去。與堅斯堡、與哥素相遇（哥素後來說：他們讓我看他們的哥倫比亞大學的詩而我讓他們看我的獄中的詩），堅斯堡那時還未曾在一個下午把他要寫的東西全數寫了下來無意寫一首詩的結果卻寫成了轟動的《吼》，《吼》後來便遭了禁。不，那是後來的事，那時加洛克還未出版《在路上》也還未在電視上接受訪問更未回答說我們愛一切，諸如上帝、蘋果批等等……當加洛克寫作時那像是一個一個波浪的洶湧——他相信「自發性」的寫作，任所要寫的東西自然的流動着，他相信不再修改自己的作品，好讓讀者一絲不差地感到作者寫作時的心靈狀態……他說你聽過一個傢伙在酒吧裏向別人說着故事嗎？你見他這麼久有停下來修改上一句說話的嗎？事實上，當他停下來捏鼻子的時候，他不是在構思下一句話了？當他下一句說話半途停頓時，他又不是就任由它這樣算數嗎？——加洛克的寫作就像這種「在酒吧中說故事」的方式，就像剛說過的那樣，他實在是個懂得說

故事的人。

布洛士說加洛克的新書《多魯索的虛榮》是一種久已失落了的「說故事的藝術」的模範。加洛克的說故事的藝術是獨一無二的，他的《地下人》只花了三個夜晚寫成，就是那麼一口氣的獨白下去：

　　從前我很年青而且有那麼多的抱負而且可以緊張的、智慧的清清楚楚地談着每一件事而沒有現在這樣的文學的瑣話；換句話說，這故事是關於一個沒有自信的，同時也是自我中心的人，自然這不是詼諧的——在開始的地方開始，讓真理顯露出來，這就是我所要作的——。這在一個溫暖的夏夜開始——呀，她正跟朱理安·亞歷山大在坐欄河上，他是……還是讓我先說說三藩市這些地下人的歷史吧！……

這就像一個人跟你說他過去的故事。如果說是書中的年青的李奧·巴斯比吸引了我，還不如說是他那種自發而不穩定的敘述吸引了我。

加洛克談寫作：

　　你想好真正發生的事情，你拿它向朋友們說長長的故事，你在腦子裏反芻它，你在有空的時候把它連接起來，然後當你到期交租的時候我逼自己坐在打字機前

面，或者在筆記簿前面，盡量有那麼快便那麼快的把它趕出來……又既然你已經掌握了這個故事了，你這樣寫是沒有甚麼不好的。

近來的加洛克作品這麼少，大概就是不用擔心交租的結果了。到底，使他感興趣的是「說一個故事」，而不是附帶的「文學的瑣話」呵。不過，他說故事的方法，那真是了不起的，在他作品中表露「我」的地方是這麼多，而他作得沒有甚麼隱蔽的偏差。奇怪的是他這人永遠有這麼多新鮮的東西，一個吸引的說故事人就是一個好的說故事人——即使現在愛聽故事的人不多，也因此說故事的藝術是一種失落的藝術了——加洛克的善說故事倒是毫無疑問的。

《香港時報》「文藝斷想」，1968 年 9 月 19 日。

雜談《意馬心猿》

狄保加第和積桂連莎莎站在田野的旁邊眺望風景。他們離開了。下一個鏡頭：鏡頭直直的映着無人的風景，有好一會。狄保加第的妻子在坐椅上旁觀他們玩網球，他們玩完後，鏡頭對正那張空虛的椅子，坐着的人卻已經不見了。

他們上一刻在那裏，下一刻已經不在了，而這，並沒有帶來多大的分別。汽車失事的聲音回應汽車失事的聲音。一次意外。而這，同樣沒有帶來多大的分別。

意外沒有帶來震撼的效果，積桂連莎莎離去只不過是避免牽涉在內（「不要讓人看見你呵」狄保加第向她說），每個角色都避免跟別人有甚麼牽涉——積桂連莎莎跟米高約克在一起，然後她離開他。她跟史丹利碧加在一起，然後她離開他。她跟狄保加第在一起，然後她離開他。人物沒有甚麼情感的糾纏。

積桂連莎莎跟史丹利碧加幽會後竟因吃雞蛋這樣的小事跟他吵起來。狄保加第與戴芬茜拉睡過以後，第二天扯談地跟她爸爸說：「我見過你女兒。」「誰？」「你的女兒。」「噢。下次遇見時代我問候她。」「不曉得甚麼時候才見她了。」彷彿他們談的是一個陌生人那樣。

不單是人物與人物間沒有甚麼牽涉，人物跟他們外在的世界也沒有甚麼牽涉。

狄保加第飾演的是一個沒有「意外」的人物。他生活在

一些圈子裏面（他的兒子爬到樹上去，他說：「你總是跑到叫人猜不到的地方去的。」事實上，他自己永遠耽在一些別人猜到的地方：家庭和學校，很少離開這些地方）。當他離開這些圈子出去，比如說，到電視台去時，他便顯得手足無措了（重遇戴芬茜拉一場應該不算，因為那樣他雖然離開了家庭和學校，但戴芬茜拉是他的舊相好，因此仍然是圈子的一部分，兼且這場帶有濃厚的回憶氣氛）。

圈子外邊的世界是不安全的。在圈子裏面，人或者可以是他自我世界的中心。但是在外面，人並不是這個世界的中心。人們站在這裏，人們離去，大自然並不理會。人們活着，人們意外死亡，這世界也沒有甚麼改變，依然繼續下去。在花園草地上，史丹利碧加跟米高約克談寫小說，他說寫小說就是「加油添醋」，不錯，以作者的觀點來粉飾這個世界的確是「加油添醋」，文學作品中，常常有說這個世界是神聖的、是荒誕的、是充滿愛的、是充滿恨的，事實上這個世界並不這樣含義深長，它只是這樣存在着——而所有那些荒誕、神聖等等的感覺不過是反映作者個人的態度罷了，而且這個世界本身對這些個人的態度往往是無動於衷的。

《香港時報》「文藝斷想」，1968 年 9 月 20 日。

也斯的
六〇年代

新戲劇的諸貌

「突發性演出」是甚麼

　　「突發性演出」（Happening）本來是亞倫‧加普羅（Allan Kaprow）取的名字，他在一九五九年的一趟演出中把自己的作品喚作「六部分的十八個突發性演出」，就是這個定名的開始，不過從事這一形態的革新性的演出，都是早已經有的事實了。一九五二年的約翰‧蓋芝（John Cage）在黑山學校就弄過一個混合了電影、幻燈、音樂等等的演出：演員輪流的爬着梯子，舞蹈者穿插在觀眾之間，勞羨白的繪畫吊在觀眾的頭上，而蓋芝自己則在一道梯子上發表演講。加普羅本人是蓋芝在黑山的學生，因此受他的影響也是很自然的事吧。再往前看，則我們或許會發覺，從文獻上認識的達達主義者的展出，那麼的重視展出的環境本身的性質，重視觀眾的參與（比如說，每人握一把斧，任他們砍掉不喜歡的畫）；或者超現實者那麼的重視創作的隨意性、偶然性（比如每人各寫一句，任意湊在一起而成一首詩），這些態度跟「突發性演出」也都是非常吻合的。

　　「突發性演出」是甚麼，加普羅說：「多種事件的匯合，在不祇一個時間不祇一個地點演出與被觀看。」法國的尚‧葵‧雷伯爾（Jean-Jacques Lebel）則這樣說：「任何被數人所感知且生活於其中的事件，要是超過了真實和幻想、物

質和社會的範限的，皆可名為突發性演出。」

「突發性演出」是甚麼？

海洋。一大堆用過的汽車輪胎，充塞在麥爾云大堂（McEwen Hall）中，只有中部那圓形活動範圍的邊緣除外。在輪胎之間平均地安放着八呎高的五十加侖油桶，在上面，四個工人不動聲色地坐着。圓形場地的邊緣停着輛摩托車，司機整裝待發。

觀眾們進入了圓形的場地，播音器傳來聲音告訴他們甚麼將要發生，以及他們在其中扮演甚麼角色。

摩托車開始緩緩的繞場行走，群眾大吼一聲，開始湧向輪胎那裏，把輪胎擲向場中，堆積成山。當場邊的輪胎全數清除以後，摩托車開始逐漸的轉向場中心了。

輪胎的山丘沒有築成多久便給推毀掉。人與輪胎一同消失，四周復成一個海洋，摩托車越轉越快的轉向場邊，群眾再一次無聲地站在那裏，唯一的聲音就是深沉的風琴和摩托車的聲音。

工人們開始緩慢而有節奏的敲着他們油桶的高塔。摩托車司機開始從夾掬出一大袋的麵包，一面兜着圈子，一面在輪胎的海洋上「播種」。敲打的節奏更加急速，風琴的調子更加響亮。駕駛者尖叫一聲衝進輪胎叢中。車子翻倒，把他拋下來，靜躺在那裏。

風琴停住了，氣氛澄清了。工人們停止他們的瞎敲瞎打，一同從塔上倒下來，然後起身把塔弄翻，再又無聲地倒

在輪胎上面。

　　從屋頂的高處，小片的鋁箔和白色的紙張開始緩緩地掉下來，成千成萬的，無聲地飄動着，掉蓋了下邊的整個場景。

　　叫喚。在不同的街道上，不同的人等待着汽車駛來，喚一個名字，被喚的人便上了車。人在汽車裏被包在鋁箔中，汽車後來停在停車器旁。另一群人接手把汽車開走，替那個裹在鋁箔中的人換上棉布，送到中央車站。三個被裹在棉布中的人同在那裏，互相叫喚名字，然後脫掉包布離去。他們走入電話亭，撥了號碼，電話響了五十分鐘，接通了，問了一個名字，對方立即掛斷。

　　第二天，在樹林裏五個人給人倒懸在樹上，昨日給包裹在汽車中的三個到來尋找他們，叫喚着他們的名字，被吊樹上的呼叫回答，那三個人剝掉倒懸者的衣物離去。其他的人在樹林中互相叫喚着。

　　在這樣的演出中，傳統的「舞台 —— 觀眾席」、「演員 —— 觀眾」、「動作 —— 言語」、「表演 —— 內涵」等等觀念，顯然的是有很大的轉變了。它們常被稱為「突發性演出」，但其中也有些演出者反對此種統一的稱謂，而把自己的作品喚作「行動劇場」、「畫家劇場」、「劇場小品」、「環境劇」、「聚會」等等，即使同是「突發性演出」，比如說，加普羅和雷伯爾之間，就有許多不同的地方。如果要一概而論的把一個個人的作品歸類到這一個那一個的派系中，安下一些空泛的定義，顯然對我們了解這種新戲劇的形態也沒有甚麼

好處。我們從作品本身去了解，或許還比較直接一點。

「明日的戲劇」

在一九六三年的「愛丁堡國際戲劇會議」中，在用來討論「明日的戲劇」的最後那一天中，肯·杜威（Ken Dewey）演出了一場「新戲劇」。

首先由 Charles Marowitz 走到台上去，裝作嚴肅地給予「等待高多」一個官式的解釋——說這部劇，其實是關於美國南方的黑人問題的，Lucky 是代表南北戰爭的黑奴，Pozzo 則代表傑佛遜·戴維斯，而愛斯特公和威維米亞則是格林和李將軍變形的象徵。

他給一個預先安排在觀眾台上的詰問者打斷了話柄。

一場激烈的辯論開始了。

逐漸的，觀眾聽見一具風琴的鳴奏，混和着會議中以前的討論的片斷錄音的低沉，顫動的聲音。

然後，一個赤裸的女子坐在一輛手推車上，從演說者的講台上面的廊道上推過。

坐在講台上的加露貝加開始走下來，爬過座位，好像是給在會堂另一端的加普羅催眠了一般。

一群陌生人出現在窗間叫着：「我，你看不看見我！」

一個母親帶着她的孩子穿過講台，向他指出觀眾中間那些著名的人物。

最後，講座背後的帷幕驀地塌將下來，露出一排排的架子，上面放滿了百多具雕塑的頭顱，給腳燈照明着。

這場演出馬上引起了不少的爭論，與全場的作家、觀眾自自然然的分成了贊成和反對的兩方面，有些報紙花了很大的篇幅來報導裸體的女子，有些則罵它為「無意義而鄙陋的作品」。

不過，從這演出中，我們卻可以見到突發性演出是如何的把演出的內容與演出的環境聯合在一起的。演出的地方是「國際會議」，而所演的東西也與會議不可分，比如說：一段煞有介事的演說，一場辯論，這些恐怕都是那會議中過去幾日常有的情形。至於那個母親指出群眾中的著名人物，陌生人的在窗間叫着「我，我」等，反映了某些與會者的自我吹噓，自以為是的態度。赤裸的女子大概是代表了加露貝加——戲劇中的一個性的象徵，而那些發光的頭顱則也許是觀眾了。實在這作品的作者杜威是在這會議上發現了現代戲劇場中所見的事件與衝突來。

似乎，在會議數日來各劇場作者侃侃而談着的作品知性的檢討與論斷之後，杜威是試圖以行動來實踐他們理想中的「明日的戲劇」了，不過或者當時的許多人了，不作如是想吧。

這種戲劇，倒是有點近乎阿爾多所說的那種「拋棄心理學，從新拾起奇特的一切」的味道了。下面我們再嘗試從各方面看看這種新戲劇的特色。

動作的劇場

上面說到的杜威，他在談到自己的作品時，有時用的是「動作的劇場」這個字。「動作的劇場」從字面上最基本的了解，但是注意演出動作本身吸引人的地方〔原刊如此〕，而把台詞運用減到最少。這便回應了阿爾多的排除概念化的劇作家，代以視覺化的導演的觀點了。新戲劇中，很少再有以前劇場中那種中規中矩的對話，言語要就是用來作為簡單的動作指示，要就是用來製造一種特別的效果。

對台詞的貶低，其實亦不過是對言語背後的那些膠固了的概念和定論感到深痛惡絕吧了，在一向的戲劇中，很少有不是中了這種概念化的毒的言語出現的，因此便有了回復到動作的生命而撤除言語的訓誨的劇場出現。

動作是甚麼樣的動作呢？是一些基本的動作。有些人在街頭站着等待，有些人開着汽車，有些人在電話亭裏聆聽着電話線另一端沉沉的鈴響⋯⋯加普羅說過他自己從體育和遊戲方面借來了一點東西，而反而捨掉了傳統上繪畫的和戲劇的觀念，而這就像現代舞蹈中充滿步行、奔跑、搔癢、體操這些簡單的日常動作一樣，這些現代藝術的目的，顯然是要把一向橫亙在生命與藝術之間的牆垣徹底推坍吧。戲劇不再是由一個優雅演員向台下的觀眾滾瓜爛熟地背誦一段發人深省的台詞那麼的一回事了——加普羅的作品甚至不用排演，很多「突發性演出」的作品也祇是演出一次的，當然，在演

出以前也有一些聚會，給予一些指示，比如說，讓某人駛着汽車到某條街道接起某人等等，但這是不用排演的，因為，主要的是「作了甚麼」，而不是「怎樣去作」，事實上也是沒有甚麼好改進的。演出需要的是演出者本然的態度，而不是他扮演某人的態度。老實說，一齣突發性演出，倒是有點像一場球賽，或者一個宴會那樣的生活上的事件哩。而生活就是沒有甚麼好排演的。據說有些演出需要花上好幾年時間，而演出者就把它間插在自己的日常生活中，融匯成為自己生活的一部分，活着，而不是演出者。而這樣的趨向，就像普普藝術和其他現代藝術一般，引向藝術和日常生活的結合了——一方面把藝術從以往那高不可仰的虛假的靈位上轟下來，一方面則試圖從生活上平常的地方中發現奇異的藝術性。

觀眾的投影

羅拔・惠特曼（Robert Whiteman）在他名為《夜空》的演出中，開始時是這樣的：觀眾們從一道隧道走下劇場去，隧道盡頭的地方張着銀幕，放映着輪船出航的電影，當觀眾走近時，他的身影就投在銀幕上，與輪船出航一同映出。

這種觀眾把自己投身進演出之中的態度，其實根本就是「突發性演出」或者其他新戲劇的基本要求。

有了電視、電影業的蓬勃，如果說人們還為甚麼要到劇場中去，那恐怕是為了要去參與其中吧——不先是讓別人

演出給自己看，而是由自己去經歷，去分嚐。在這樣的要求下，傳統的演出顯然是不夠痛快的——那麼的買票進場，樣子乖乖的正襟危坐者，原來只不過是為了聆聽一場社會的、心理學或哲學的訓誨而已，但是在「突發性演出」這樣的演出中，遊戲是每個人都有份的。有些是以觀眾的反應作為演出內容的一部分，有些是以觀眾擔任演出中的一些角色，例如加普羅的《海洋》中觀眾是要擔任演出的，而《吃》中，每一場演出者都由新的觀眾代替。而在加普羅一些革命性的演出中，則簡直抹除了演出者和觀眾的分野：例如《叫喚》，在其中，一個「演出」祇是在幾個演出者之間表演，除了一些偶然的觀眾以外，唯一的觀眾就是演出者們自己了。加普羅自稱說這想法是從看孩子的遊戲而得來的，孩子們從不用叫別人參觀他們遊戲的呀。

　　或者，這不過是現代藝術者對他們思想背景中那種商業化的威脅所作的一個下意識的抗拒亦未可知。藝術家與觀眾（讀者）之間的關係，到了現代，豈不是成了賣者與買客一般的關係嗎？藝壇可也就成了輸出引起固定反應的材料，包裝交易的地方，變得老了，疲了，難得有甚麼變化了，也許正是因為這樣，新一輩的藝術家們，針對這種傾向，或者像雕刻家丁巨力（J. Tinguely）那麼的出一些自我毀滅的作品，向公式買賣的市場作一個惡作劇的諷刺，或者像加普羅或者其他新戲劇的演出者那樣，和顏悅色的邀請觀眾參與一場遊戲（有時是免費的），分嚐演出的興奮和快樂，清除了演出

者——旁觀者、售貨者——購買者、主動者——被動者之類
的分野。

環境與材料

新戲劇者對他們的演出環境非常重視，在他們，演出
的環境，不僅是像傳統戲劇的「舞台」那樣，是一個背景而
已。這些新戲劇者嘗試把一場戲劇演出弄成一場馬戲或者遊
藝會那樣的節慶，把觀眾的注意力從單面的舞台轉移到四面
的環境中，務使他們生活在裏面為止。

環境本身的特色跟演出的性質也是息息相關的。像加普
羅的作品《叫喚》，要不是搬到街道上、樹林中，是無論如何
也演不出來的。街道中那種熙來攘往，繁忙與倉促之感，樹
林上那種隱蔽、寧靜、未知的氣氛，也正是這演出的基調之
一。加普羅在巴黎演過一個名為 *Bon Marché* 的「突發性
演出」，演出的地點就是在一所名為 Bon Marché 的百貨公
司，演出的時候每位觀眾派一個白色的包裹，播音機裏播着
種種色色的商品介紹；又比如奧登堡（Claes Oldenburg）
的《洗》是在一所室內游泳池演出的，在這樣的情形下，那
所百貨公司，或者那座游泳池本身的特色，都在演出裏佔了
一個非常重要的部分。

在《洗》裏，實在是演員與觀眾給安排在一所游泳池邊
玩一個遊戲，其中游泳池、橡皮艇、梯子、繩子、氣球等跟

演員是同樣重要的。

　　加普羅曾經說過如果一匹馬是一個作品的一部分，那麼不管那匹馬作甚麼，都算是牠在「作品」中的一個形式。換言之，材料本身的特性是給考慮包括在演出之內的。

　　這種對演出中的「材料」本身的特性的容納，其實亦是當前藝術一種普遍的傾向。像拉‧蒙特‧楊（La Monte Young）說的那樣：「以往音樂的困擾的癥結在於人們強要聲音順其意志。假如我們對聲音的研究感興趣，我以為我們應任聲音歸其本眞，而不強迫屈就僅僅貼切於人類生活的差使。」（《劇場》第五期頁四七），放棄執拗地駕馭於素材之上的企圖，轉而探挖素材本身的特有領域，像拉‧蒙特‧楊的音樂，羅布格利葉的小說，和畫壇上的「物體藝術」等，都已經走在這一條路上了。

劇場與殘酷

　　　　假如說劇場想要恢復它的地位而在我們生活中成為必須的話，它必須能夠提供給我們人類生活中所有的罪惡、戰爭、愛慾與瘋狂。（阿爾多《劇場與殘酷》）

　　用激情來搖動觀眾底自以為是的態度這樣的悚慄性演出，其實是阿爾多時已經有了的想法。到了現代，沉沉地病了的現代劇場上，有一個勁兒的上演着同一個模子倒出來的

上流劇的同時，自然就更有人想到要為它帶來新的刺戳與動力了。

生活劇場曾經上演過《奧秘》，裏頭有一幕阿爾多風的瘟疫，結果卻帶來了禁演的命運。

澳洲的藝術家煦曼‧尼茲（Hermann Nitsch）在演出時用上真正的動物的血和肉，他在維也納演出時曾三趟給關進牢裏。他贊同「突發性演出」，但他以為這是不夠的。他本人嚮往古希臘的劇作者，認為他們「處理一些本質的事情，非常深入，他們曉得怎樣運用效果，怎樣影響心理。他們運用着殘酷、恐怖和儀式。」（《村聲周刊》三月廿八日米卡斯對尼茲「所作的訪問記」。）也許今日的觀眾真是面對畏縮而毫無生氣的劇場太久，因而不得不需要新的刺激而卻又不能健康地接受這種刺激了。不過，不管用的是甚麼方法，尼茲「突發性演出者」，或者其他種種名稱之下的「新戲劇」的作者們，他們之努力於使劇場「恢復它的地位而在我們生活中成為必須」的目的是相同的吧。

（本文關於新戲劇的資料部分來自——New Writer 4（Calders & Boyars 出版）一書及去年八月三日《村聲周刊》上David Bourdon 的 "Assembly, Environment, and Happening"一文。）

《盤古》第 17 期，1968 年 9 月 20 日。

介紹《設計家》第八期

以前看《設計家》，一直是為了看它的美術設計，近期卻多了很多可看的東西，比如七等生的小說，黃華成的影評等。這一期更是豐富：〈舊大陸的新電影〉，〈羊毛村的山羊〉，〈生活劇場〉，〈西皮現象〉，〈西皮走路〉，都是難得的好文章。

辦刊物很難，這話很多人說過了；我們需要一份像樣的刊物，這話也很多人說過了。問題是：很多說過這種話的人，當他們辦起雜誌來，也不過喊幾句口號便算，真正肯幹的人還是很少。

《設計家》初辦時也曾誇口美化中國，但他們的確是在這方面努力的，比起那些標榜「四大宗旨」而一樣也做不到的同人雜誌來說，他們是行而彌遠了。

《設計家》介紹了很多新的東西，這恐怕又會使香港某些「青年導師」式的人物非常不□□呀，《設計家》的作者真是大膽，難道他們沒有讀過香港的晚報評論權威的言論？談外國作家只許談貝路和雅迪克，否則就是「對社會不負責任，對人類沒有愛心！」。

《設計家》這一期，李信賢譯的〈舊大陸的新電影〉真是一篇全面性的好文章。據說是從三十本電影筆者湊譯而成的〔原刊如此〕。香港有人喜歡說「愛心」，動不動便說這篇影評有「愛心」，那篇影評有「愛心」，自己卻排斥自己不懂的文

學或藝術，這種狹隘態度，又有甚麼「愛心」？

　　因此像《設計家》這樣肯幹的態度，就使人值得對它鼓勵，在一些晚報的週刊中瞎嚷一番罵這罵那又有甚麼用？如果認為雅迪克的小說道出美國夢想等等，而要「明令」中國作家也要創作一本道出中國夢想的小說來，那這為甚麼自己不先創作一本出來讓我們看看呢？

　　　　　　　　　《香港時報》「文藝斷想」，1968 年 9 月 23 日。

西皮嘻皮和別的甚麼

　　Hippies 這字，現在香港一般都譯為「嘻皮士」，看到《設計家》譯作「西皮」，不免覺得耳目一新。「嘻皮士」字面上已經含有諷刺和低貶的意思，實在不是一個好譯名。譯音為西皮，乾脆得多。這字其實相當難譯，「希僻」、「葉秘」等，勉強算是比較恰當，只是「葉秘」又容易使人誤為新崛起的 Yippies。報章上譯「嘻皮」，大概是迫不得已，因為人人說「嘻皮」，你不用「嘻皮」，讀者怎曉得你說甚麼？我是不喜歡這譯名的──當然，譯得更糟的也不是沒有，看到一份音樂刊物裏面一篇謾罵的文章，把這字譯為──不，那樣恐怖的譯名我不想在這裏引出來了，我只是奇怪，研究音樂的人那有這麼多罵人的字彙。

　　譯名有許多怪事，「嘻皮」是其中之一。「被打垮的一代」又是其中之一。「嘻皮」還只不過是偏見，Beat Generation 譯作「被打垮的一代」卻簡直是誤解了。誤解儘管是誤解，用的人還是繼續用。一個學校的甚麼社會學會會長在學生報上大發議論，用的還是這個字。Beat（打、節拍）並不等於 Beaten（挨打）。打和挨打並不相同，這是普通常識。雖然這裏並非「打人的一代」那樣的意思。引申的「搜索的一代」比較恰當，與加洛克等人作品中流露的精神也比較吻合。

　　上面談到這兩個名字，有人把前者譯為「協疲」，後者譯為「疲脫的一代」，我起先不明白甚麼意思，看了註解，才知

是「疲於妥協」和「疲倦而希求解脫」（大致如此），意義也曖昧得很。當然，硬要這樣譯也不是不可以，只是每次譯名後都要註釋一番指明含意，這樣，讀者讀來，不免有點「疲勞」了。

《香港時報》「文藝斷想」，1968 年 9 月 24 日。

鍾‧拜雅絲的自傳《破曉》

拜雅絲的文字像她的歌一樣，美而單純。還有就是她的善於描繪。據說，有一次，她在一位畫家的畫室中，無事可作的拿起筆來在畫板背後素描出一張自畫像來，而現在，她的自傳中，正是充滿了一張張人物的素描，不過用的是文字而不是線條。就像翻過一本古老的照片簿子，看着一張一張的照片。

「她的身段是了不起的。當她在海灘上跑着，穿着藍布褲子和 T 恤，頭髮垂了下來的時候，她看來像十九歲。她已經五十四歲了。」那是她的母親。

「昨夜我夢見他。我夢見他坐在他自己的身旁，在一所劇院裏。有一個他就是現在的他，另一個是三十年前的他。我不住試着使他看看另一個自己和打個招呼。兩張臉都很了解的笑着，但彼此都不轉過去招呼對方。」那是她的父親。

「現在我腦中浮現一張外祖母的照片，她正揹着母親的妹妹：她看來美麗，也很憂鬱，向後傾側着頭，好像要溫柔地碰到揹着的嬰孩的頭上去。」

一個動作凝定在空間，在記憶中浮現出來，這是照片的記憶、素描的記憶。但書中「過去」的部分不久就給「現在」代替。拜雅絲談着最近入獄的經驗，她的母親兩度陪她入獄，為了好讓「別的母親有勇氣同樣的作」，獄卒釋放拜雅絲時，向她的母親說如果拜雅絲再跟那些人混在一起就會變

得怪裏怪氣的了。這母親回答說：「天呵。我的女兒許多年來就是怪裏怪氣的了。不要讓這使你不安。她是從我那裏學來的。」

拜雅絲入獄是因為她參加和平示威。她自稱是和平主義者——非暴力主義者。她服膺甘地。

書中「素描」的部分不久轉到「論說」的部分。她說非暴力主義的目的就像在建造一層牢固的地板，好讓人們不致沉沒到它下面去；這是建在毒刑、毒氣、氫彈等等之上的一個月台，好讓人們有一個可以好好站着的地方。可是人們寧願在鮮血和嘔吐和焚燒的肌膚叢中呼喊說為世界帶來和平；人們從洞穴中伸出頭來看見有人在清新的空氣中企圖重建一個新的架構就說：「這是一個好念頭但不大實用呀。」他喊完便又鑽回洞穴中去了。以前人們對於「地球是圓的」這種說法不也是採取這種態度嗎？

《香港時報》「文藝斷想」，1968 年 9 月 26 日。

從《巴巴麗娜》的原著說起

看《壯士山河血》看到《巴巴麗娜》的預告片，這部電影看來在中秋節左右就要上映了。電影《巴巴麗娜》是根據法國人尚·高羅岱·浮勒斯一本同名的漫畫集拍成的。我最初看《巴巴麗娜》的漫畫，便是在三四年前《常青評論》上看到它的英譯連載——三四年前，那時羅渣·華丁大概還未動手把它拍成電影吧。英譯前面，引了一位法國批評家的評語，稱《巴巴麗娜》為「一個女性的原型，溫柔而不屈，實在而機智……她是廣告和電影傳播中所表達的女性……她是自己掌握命運的自由自在的女子……」等等。以前看過一篇日本影評文字，說《祖與占》是杜魯福的《女子的一生》，《賴活》是高達德的《女子的一生》（《女子的一生》是阿斯特留克名作），這樣說來，《巴巴麗娜》大概可算是羅渣·華丁的《女子的一生》了。

英譯的《巴巴麗娜》漫畫在《常青評論》連載，後來便由《常青評論》的叢林出版社（Grove Press）出了單行本。這本書我在香港的書店也看過。出版這書的叢林出版社，可不是甚麼普通出版社，它是大有來頭的——一九五九年，第一間出版了《查泰萊夫人的情人》的美國版本的，便是它。後一年，不斷打官司，終於第一個出版亨利·米勒的《北回歸線》的，也是它。

這些年來，叢林出版社和它的《常青評論》，的確出版

了不少新作家的作品，他們的作家地位多數還未給承認，他們的作品也給目為非正統：比如當年貝克特的《等待高多》，英國的品特、多倫尼、貝漢等，法國的羅布格利葉和杜拉，他們的作品在美國發表，多數經由叢林出版社。美國本身的布洛士、黎芝、舒拜也是如此。（舒拜一本由叢林出版社出版過的《布魯克林的最後通路》今年在英國由可達與貝亞出版社出版，立即便遭了禁。這是一位在英國的朋友寫信告訴我的。）雖然這些作家，很多現在已經不是新作家，他們的作家地位也許已給承認，他們的作品也許已被視為正統（但有些卻現在還未獲得這些認可，比如舒拜作品在英國被禁就是一個例），但叢林出版社實在是功不可沒。

羅布格利葉有一次說：今天我們的作品給別人批評寫得蹩扭難懂，說不定將來人們又反要迫着我們的下一代照我們這樣寫法，說「看他們當年寫得多麼規矩呀」了。從過去的例子看來，他這話倒不是胡說。只要想想連《包華利夫人》這樣的作品當年也是禁書，文學上價值準繩和檢查尺度變異的劇烈就可知了。

今日的未被承認的、非正統的作家，誰曉得不會成為明日的主流呢？正因為這樣，有眼光、有識別力的出版社就更不可少了。

《香港時報》「文藝斷想」，1968 年 9 月 27 日。

舊雜誌・新思潮

　　最近重看了不少舊雜誌，《筆匯》是其中之一。這裏說的《筆匯》，是民國四十八—五十一年在台灣出版的那本，所以特別註明，是因為後來也見過一些同名的刊物的緣故。在創刊先後來說，《筆匯》比《現代文學》還早，在內容的複雜與多面性來說，它則是更勝於《現代文學》了。

　　所謂內容的多方面性，可見於它的作者之不限於一派一系這點，當時《筆匯》的作者很多，數一數，有：何欣、葉泥、王文興、劉國松、牧民、尉天驄、馮鍾睿、瘂弦、葉笛、莊喆、紀弦、姚一葦、梁宗之、張健、大荒、周夢蝶、鄭愁予、辛鬱、陳映真、白先勇、許國衡、劉大任、葉珊、羅繆、商禽、秀陶、馬朗、余光中、呂壽琨、魯稚子、李至善、盧因、無邪、葉維廉、許常惠、方莘、管管、朵思等等。把這些詩、小說、音樂、繪畫、電影的人才集中在一起，恐怕是後來的雜誌中沒有那本可以做到的。

　　《筆匯》在介紹現代文學和藝術方面的成績無可置疑。更吸引我的是它的創作方面——尤其是現代詩，這簡直是一個「豐收的季節」，瘂弦、秀陶、馬朗、無邪所發表的詩，我覺得都是他們作品中最好的一部分。小說方面有盧因和汶津作品。還有，談到《筆匯》又怎能不談陳映真初期的小說作品呢？〈我的弟弟康雄〉，我們以前是怎樣的傳着來看啊。〈加略人猶大的故事〉、〈蘋果樹〉、〈貓牠們的祖母〉，這些名字自

自然然的帶來憶念的情緒。「過去的文學」的回憶，試問，你怎能忍受現在那些二流的雜誌上的二流的文學呢？

說起《筆匯》自然使人想起更早的《文藝新潮》。那是由馬朗主編，在香港出版的。《文藝新潮》我在口頭上向別人推薦得多，現在寫起來卻不曉得怎樣說了。簡單的這樣說吧：

對現代文學的翻譯和介紹，現在還沒有那一本刊物可以比得上它。今年在報章上看到溫健騮翻譯西門涅斯的詩和阿根廷作家鮑蓋士的小說，兩次譯前都註明是這二位作家的第一次中譯，其實，《文藝新潮》十一年前已經翻譯過他們了——當然我的意思不是說有人譯過便不能再譯，只是我覺得奇怪，因為《文藝新潮》當年翻譯外國作家作品時，多數是「真的」第一次中譯，但每次譯前也沒有安上「此乃首次中譯」之類的招牌呀。

伊安尼斯高、湯馬斯·曼、波芙亞、加繆、沙特、井上靖、谷崎潤一郎、田納西威廉斯、彼德懷斯，《文藝新潮》在十多年前已經譯介了，它直接的影響了《筆匯》，間接影響了這麼多年來的文學創作（台灣很多作家也自認受《文藝新潮》的影響），在推廣現代文學這方面來說，它真是前驅之一。

《香港時報》「文藝斷想」，1968 年 9 月 30 日。

〈美國的背叛的詩人〉？

《筆匯》一卷三期上刊有一篇〈美國的背叛的詩人〉的翻譯論文，說的是艾略特、桑德堡，斯蒂文斯、龐特、耶佛斯、麥克里希、威廉斯、甘明斯這些詩人，作者稱他們為美國的背叛詩人，他這樣說：「他們是在形式上不同的叛徒、抗議者、顛覆者，他們背叛了他們那個時代的定了型的社會與文學。」這篇譯文發表在十多年前，這些稱謂，這些文字，我們今天看來，自然是大有不同的感覺了。

事實上，這些過去的背叛的詩人，不少已經成為現在這一代詩人背叛的對象了。

事實上，這些過去的典雅傳統的破壞者，正成為今日的典雅傳統的一部分，收錄進正規的詩選中，在學院裏作為學者寫作研究論文的對象——論文的後面自然還附上長長的註釋。

艾略特在坎特伯雷大主教面前嚼甜燒餅的嘴巴後來是用來在學院的禮堂中煞有介事地演說詩論了。

當然，讓人寫論文研究是很對的，演說詩論也是很對的。有甚麼不對呢？他們的轉變，也不算不自然。他們當年，也確背叛了他們那個時代的定了型的社會與文學。祇是當他們獲得了優勢，成為了後人必須依循的模範，當他們逐漸定了型的時候，他們才成為後一代的障礙，成為後一代背叛的對象罷了。到了後來，這些後一代的作家本身成了權

威，自然又有新一代的作家來背叛他們。

余光中最近出版的《英美現代詩選》，選了上面說到的那群老一輩的詩人，而把新一代的詩人如堅斯堡、曹靈格蒂、可素、克瑞利等稱為野人派，一個也不錄。這樣的現代詩選，其實也不怎樣現代了，如果到了現在還把堅斯堡等人視為異端，更新一代的山打士、布里根等豈不是永無出頭之日了？

在一本外國畫刊上讀到一篇文章，說西皮的一代是不如搜索的一代那麼有文化了。——這使我猛然想起：搜索的一代現在也已經成為「被承認」的存在了，那些攻擊的文字不是彷彿猶是昨天的事嗎？奇怪的是，人們往往用過去的來規限現在，毫無變易……這樣下去，一代一代興起，他們從「背叛」變為「被背叛」的過程，彷彿就是一道命定的連鎖，看來還會不止的繼續下去。

《香港時報》「文藝斷想」，1968 年 10 月 1 日。

「新小說」的回顧

　　「新小說」在法國興起，到現在至少也有十年的歷史了。當年那些惹人爭論的作品，現在已逐漸受到容納，在小說創作上，《窺伺狂》和《變心》這樣的作品可以跟《嘔吐》和《異客》並列而毫無遜色，羅布格利葉和布鐸也逐漸取代了沙特和加繆當年的位置。他們的創作和評論，對這些年來世界的文學影響至大；批評家研究他們，學院採用他們的作品為課本，這些恐怕是他們自己當年也始料未及的。當然，現在就來為他們下一個定論，實在太早；這些作家們還活着，還有新書出版（杜汶和布鐸去年就出了新書），誰曉得他們會不會有新的變化呢。但在另一方面看來，說「新小說」目前正陷於低潮——或者說正位於一個轉折點上——也不算太過分。羅布格利葉自從六五年出版《歡晤之屋》後轉向拍攝電影，一直沒有新的著作面世，沙勞六三年出版《金果》以後，到目前為止也只寫過兩個劇本，又是甚麼使他們的創作中止？「新小說」作家群新近的作品中都不免有重複早期作品這樣的弊病，沒有了以前那些新銳之氣，那麼到底他們又會不會給新一代的作家起而代之呢？這樣的問題，在目前仍屬未知之數。我最近重讀他們的小說，打算把以前記下的筆記整理整理，在這裏談談他們的幾本著作——「新小說」或者還有新的進展亦未可知，要是這樣，這裏寫的就算是對「第一階段」的新小說的回顧。

「新小說」這名字是十年前一份天主教刊物為他們出專輯時使用的，這名字後來便一直沿用下來。不過，把這些人的作品叫作「新小說」，也只是為了稱謂的方便；如果以為他們彼此都有一式一樣的技巧、一式一樣的風格，那就錯了。比如說，羅布格利葉和杜拉之間，差異就是很大。沙勞的《無名氏的肖像》由沙特寫序，沙特在序中用了「反小說」這個稱謂，因此後來也有人把他們的作品稱為「反小說」。不過，所謂「新小說」、「反小說」，自然是針對它們前一代的作品來說的，現在讀者看來也許不這樣想了。

　　「新小說」作品的特色和技巧，我想留到以後談他們的作品時才說。現在且先聽聽他們自己的意見：

　　羅布格利葉有一篇名為〈新小說，新人〉（一九六一）的論文（收於《快照與論新小說》一書 Calder 版，pp.135-141），裏面說，人們對於「新小說」從謠傳中得來五個錯誤的印象，認為：（一）、「新小說」為未來的小說建立了一套法則。（二）、「新小說」把傳統一掃而空。（三）、「新小說」要把人從這個世界中攆出去。（四）、「新小說」的目的是要絕對客觀。（五）、「新小說」是難讀的、是只為專家而寫的。

　　羅布格利葉說，這些觀念其實跟事實剛好相反。比如說，「新小說」根本就不是一套理論，而是一種探索。是因為拒絕小說中的法則，才使他們聚在一起的。人們攻擊他們的作品，說「你的作品沒有創造人物，沒有敘說故事，所以不是寫實的」，就是因為他們沒有遵守甚麼法則。是因為他

們不曉得「小說應該怎樣」，才有這麼多的實驗和探索的，這又何來有建立一套甚麼法則呢。至於說「新小說」不顧傳統，其實它們卻是從杜斯妥也夫斯基、普魯斯特、卡夫卡、喬哀斯、福克納、貝克特等一脈相承地繼續下來的，是小說演進的一個新的階段。總不能到現在還認為巴爾札克的小說才是唯一的小說吧。「新小說」基本上是寫「人」的小說，如果說它們花上這麼多篇幅描寫物，事實上，在日常生活裏，在視線中，在回憶裏，物質的確是佔了不少位置呀，事實就是這樣，說甚麼「非人化」、「拜物教」，「新小說」根本也不是客觀的，它們甚至比巴爾札克的還主觀，在羅布格利葉的作品中，那是一個人觀看、感覺、幻想，處於時間和空間之中，給自己的情感所操縱，這自然不是客觀的——「只有神才是絕對客觀的。」羅布格利葉說，他當然不會以為自己是甚麼神了。至於說「新小說」難懂，這倒要看讀者抱的是甚麼態度，如果因為作品中的人物沒有名字、性格含糊，因此就說是不寫實那是不對的，在日常生活中，我們實在碰見過多少不曉得他的名字、性格也不是直截分明的人物呵。又因為「新小說」作品不包含有甚麼「既成意義」，讀者如果讀慣以前那些心理學、哲學、社會學的小說，初看起來或者會覺得不習慣倒是真的。

《香港時報》「文藝斷想」，1968 年 10 月 2 日。

也斯的
六〇年代

沙勞和《狐疑的年代》

在「新小說」作者群中，最老資格的是納塔里‧沙勞（Nathalie Sarraute），她在一九三二年間開始寫作，現在大約是六十七歲了。沙特在給她的第二本著作《無名氏的肖像》寫序時，用上「反小說」這名詞，就是因為這樣，後來「新小說」常常有給稱作「反小說」的。

「新小說」作者好寫論文，羅布格利葉如此，布鐸如此，沙勞也不例外，她的《狐疑的年代》就是一本文學論文集，提出她對現代小說的看法。不過她卻不同意別人說她是一個理論家，是提出一套理論然後把它實踐寫成小說的。事實上，反對小說是為表達一套既定觀念而寫的說法，不正是「新小說」的特色嗎？「『新小說』不是一套理論，它是一個探索。」羅布格利葉已經說過了。

自然，正因為這樣，他們的論文和創作之間，也許有矛盾存在（這點以後再說明），但這並不就是表示他們的理論空洞無力——有些人甚至認為剛好相反，比如美國的女批評家蘇珊‧桑蒂，她就認為他們的理論比創作更有價值，這是因為他們在理論中提出的標準比他們的創作成果更具野心的緣故。但是我們也不能因為作品不吻合理論的標準就貶低它們，到底，創作並不是「提出一套理論然後把它實踐寫成小說」這麼機械化的呀。

且說回《狐疑的年代》。沙勞說，今日的讀者首先就懷

疑作者的想像力會供給他們甚麼。她的意思是說，今日的讀者不相信想像的作品，而要求一些有憑據的、號稱寫實的作品。平常看電影廣告，常常看到有「真人真事改編」、「全部實地拍攝」這樣的句子，大概就是利用觀眾這種心理了。遠的不說，最近的《惡向膽邊生》，原著作者杜魯門‧加齊據說在兇案發生地搜集資料，導演李察‧布祿斯又據說在兇案現場實地拍攝，甚至找來面貌與兇手相像的演員來演出——事實上，這不過是模擬的寫實罷了，「不是真實，而是真實的備忘錄」而已。「真人真事改編」、「全部實地拍攝」等等，就捕捉到了真實的面貌嗎？

「新小說」作者卻走到對面去，他們自稱自己的作品是幻想的。羅布格利葉稱讚雷蒙‧崑諾的作品就是為了其中幻想的成分。他們的作品是無憑無據的，讀者讀着的時候也很清楚自己是在看一本小說。電影《慾海紅蓮》中，女主角直直的對着鏡頭說話，又或者銀幕上出現字幕說明，也同樣帶來使觀眾「感覺自己在看一部電影」的效果。在以前的作品中，作者支配着讀者，藉着作品來向讀者訓誨一點甚麼，但是現在卻不同了。現在的作者提供一個幻想的世界，讓觀眾參與他的創作。羅布格利葉在寫作《窺伺狂》前，故意乘車到布列斯特留心觀察海鷗，好幫助書中的描寫。可是去到以後才覺得這根本是枉費心機的——因為他印象中最深刻的，還不過是他自己幻想中的那頭海鷗的形象。簡言之，他們的寫實是一個創造性的（主觀的）寫實，而不是一種臨摹的寫實。

《香港時報》「文藝斷想」，1968 年 10 月 4 日。

也斯的
六〇年代

主題的大小

　　法國導演查波爾寫過一篇〈大題目小題目〉的論文，認為有些電影虛張聲勢，以嚴肅的大主題來嚇人，使一些觀眾看過以後，即使覺得電影不大成功，但也為了主題嚴肅而深深動容──其實這只不過是自欺欺人的，大主題的價值沒有理由一定在小主題之上，還要看處理成怎樣才可以。

　　如果小說作品也要劃分主題的大小，沙勞的小說可說是「小主題」的作品。她小說中很少驚天動地的大事，大多是些微瑣的小題材。她的小說《馬地魯》（*Martereau*）裏，主要人物是四個人：一位年輕的室內設計師，跟他同住的叔叔、嬸嬸，以及另外一位年紀老大點的馬地魯；在這小說裏，這年輕人想着自己與這幾個人相處得如何如何，僅是這樣罷了，甚至連一個「驚人」一點的故事也沒有。另一本小說《行星》說的則是一位年輕人企圖打進一個富有名女作家們的圈子去這樣的事。《金果》寫的是一群人對一本新書的反應。所有這些，都不是一向公認的嚴肅的大主題。批評的人也許會因此而貶低她的價值，或許會說：「這不是我們所期望的那種偉大的小說呵。」可是我們試想想，我們日常生活中所遇到的每件事難道都是轟天動地的？我們生命中的每個時刻、每個舉動，又難道都是滿含哲意、發人深省的？

　　再引一下查波爾的話：「我以為主題大小是沒有甚麼分別

的，主題越小，你越易於處理得從容別致。無需裝腔作勢，
你誠懇地說出真心話，真理便屬於你。」

《香港時報》「文藝斷想」，1968 年 10 月 5 日。

也斯的
六〇年代

價值的變異——談沙勞的《金果》

如果問納塔里‧沙勞的小說《金果》裏主角是誰？答案是：一本書——一本名為《金果》的小說。

沙勞這本《金果》，沒有曲折的情節，沒有突出的人物——我們從對話中曉得，書中人們談着的那本《金果》，作者喚作貝伊亞，至於別的人，那些談着話的人，我們甚至連他們的名字也不知道，他們都是一些無名氏。

《金果》寫的就是一群讀書界的人對一本小說的反應，這小說叫《金果》，它的作者，是貝伊亞，就像上面說的那樣。

人們呢呢喃喃，批評一本小說。他們說着各樣各樣的話。

第一本沙勞作品是《向性》。她說，人們以為它是散文詩集，其實它卻是一輯論小說的文字。她還說了些別的東西，比如說：使她感興趣的是人物的「內在動作」，在平平無奇的日常生活中表達出來的，在言語、行動、情緒中流露出來的，這種「內在動作」，跟有些生物受外界刺激（如光）而生的動作很相似，所以她把它稱為「向性」。

而《金果》寫的，便是一群人對一本書、對文學、對他們彼此所作的「反應」。

人們呢呢喃喃，批評一本小說。

他們起初說，這本小說多麼出眾，這一場處理多麼成功，這是史丹杜以來最佳的小說了。然後，逐漸的，批評的標準**轉變**，價值觀轉變，口味轉變，他們轉變了：「這樣的書本

應該讓人忘記」、「它的愛情場面也許是從通俗雜誌上鈔回來的」、即使它的擁護者也難以啟齒,因為「每個人」都承認它是失敗的——「怎麼,你還在談《金果》嗎?」,據說人們最不喜歡別人批評他唱走了音。如果別人批評說:「怎麼,你還在談《金果》嗎?」這又如何呢?他們說《金果》的作者行為怪異,「但是,藍波不也是這樣嗎?」——「但是,藍波到底是藍波呀。」他們很快忘了《金果》,開始談另一本小說,「比《戰爭與和平》更好」,「現代人把握我們現時代的大問題」等等,也許他們又會說,這真是史丹杜以來最好的小說。

藝術,像你說的那樣,一件藝術品,永遠沒有一個肯定的價值。這是大家都曉得的;這顯而易見。自然我們弄錯了很多次。一個人怎曉得呢?誰能說他曉得?即使是最受得住考驗的價值,那些過去的經典之作,我們看着突然而來的轉變,我們目擊人們對它突然狂熱起來……史丹杜,你記得嗎,還是不久以前……然後他們平靜下來了。為甚麼?口味轉變了。在某一個時候人們有某些需要。然後他們需要些別的。在這方面和別方面,你怎能阻止他們追隨風尚?誰錯了?誰留下來?但所謂「留下來」又是甚麼意思?留給誰?留到甚麼時候?一個人怎能預知呢?看看那些古典希臘藝術,曾經給那麼推崇過的……它經過了怎樣的侵蝕呵……也許有一天它又會再給頌讚至高與天齊……

沙勞這本書名為《金果》，她書中所談的那本小說也是名叫《金果》，難道它說的竟是自己？——「新小說」作品初期都給批評家罵個不了，現在算是逐漸獲得承認，但難保將來又不會給擱過一旁？文學上的價值準繩與批評尺度，便僅是如此變幻不定的一回事嗎？不僅是「新小說」作家，這實在是每個從事創作的人所耿耿於心的一個問題。

　　　　　　《香港時報》「文藝斷想」，1968 年 10 月 7 日。

羅布格利葉的《在迷宮中》（一、二、三）

（一）

> 他的視線迫得移上去，經過紅色帷幔的長度，停駐在天花板和髮絲一般細窄而又有點曲折的裂縫上，這道裂縫的樣子有它殊異而複雜的地方，需要仔細揣賞，從一個轉折追隨到另一個轉折，有它的彎角、遊移、不定、方向的急轉、迂迴、連續、輕微的回轉⋯⋯（《在迷宮中》一九九頁，引自叢林版英譯本，下同。）

這段描寫一道裂縫的文字，用來描寫亞倫‧羅布格利葉（Alain Robbe-Grillet）本人的作品風格也很恰當。讀他的作品，不管是《橡皮膠》、是《窺伺狂》、是《嫉妒》、是《在迷宮中》、是《歡晤之屋》、是《快照》，都會覺得，他在對事對物的描寫上花上了許多篇幅；他敘述的文字的轉折、重複矛盾，都構成了作品一個主要的部分——這實在是與他創作的觀點也很吻合：正因為作品是主觀的寫實而不是臨摹的寫實，所以寫作的技巧才與作品中呈現的世界不可分。他的作品類似抽象畫作品，我們很難界說那是形式、那是內容，這正因為作品本身的組織已經是內容一部分了。如果我們略去他文字的風格，而要求一個完整的故事，那會徒勞無功的；同樣，如果我們以為技巧只不過是用來鑲上「內容」的一個畫框，

那麼我們就永遠也找不到裏面的畫了。

比如卡夫卡的作品，就常常給當作象徵作品來讀，但羅布格利葉卻不贊成這種看法。如果說《審判》只不過是象徵「神的恩寵」，而《城堡》又不過是象徵「人神溝通」，那麼讀這些小說唯一的目的就是去「解釋」：解釋這一句象徵甚麼，那一句象徵甚麼，斤斤計較的推敲着，那麼的以為小說中有二個世界存在，一個是表面的世界，一個是內在的（象徵的）世界，而且以為只有內在的世界才是作者所要表達的真實，故此就反而對表面的世界視若無睹。

如果以為讀小說的唯一目的是去「解釋」，那麼，解釋了以後，這本小說便不值得再讀。如果以為讀小說的趣味是在「解釋」，則解釋了以後，便再也沒有甚麼趣味了。

許久以來，小說作者就想創作出一本不依賴象徵意義之類的粉飾，而讓作品本身的文字風格自給自足地存在的作品，這樣的探索，在其他藝術領域中已經獲得成功，小說方面又如何呢？

羅布格利葉在《在迷宮中》的序裏所說的一段話，很可以代表他作品的態度，我引在這裏：

> 這些敘說並不是一篇真實的紀錄，它是小說。它所描寫的現實跟讀者所經驗的不一定一模一樣：比如說，在法國軍隊中，步兵並不把番號釘在衣領上。同樣，西歐歷史中，亦未嘗記載過賀雪浮或者附近有過一場重要

的戰役。然而所說的這些現實亦僅僅是題材上的問題；是不能當作甚麼隱喻來闡釋的。因此我要求讀者只是觀看它裏面所描寫的物質、行動、字彙和事件，除了主角自己的生命或者自己的死亡以外，不要嘗試給他安上或多或少的意義。

正因為這樣，讀者讀着的時候可以不必拘限於猜謎一般地求取作品的隱喻、象徵，而可以有更多觀賞的東西了，比如作品的組織、文字、風格，都是不可忽略的，因為，羅布格利葉的作品，「有它殊異而複雜的地方，需要仔細揣賞，從一個轉折追隨到另一個轉折，有它的彎角、遊移、不定、方向的急轉、迂迴、連續、輕微的回轉」……

明天再談他這種迂迴曲折的技巧。

(二)

《在迷宮中》的故事是這樣的：一位兵士，在一場戰役中敗陣下來以後，受了一位陣亡的戰友的委託，把一個不知內容的包裹拿到一個陌生的城市中去，那裏的道路縱橫，他無法找到目的地，無法找到要找的人，結果不明不白的給敵軍槍殺死了。

這樣一個故事，如果換了一位喜愛「象徵」的作家來寫，大概又會寫成「人神溝通的困難」、「人類處境的荒誕」

這樣的隱喻小說，列隊在寓言小說的行列之後罷了，但是在羅布格利葉的作品中，這些縱橫的道路構成了小說本身的組織，讀者也給他筆下的技巧的迷宮迷惑住了。

如果耐心的找，一定可以找到許多現代小說與電影互相影響的例子，羅布格利葉的作品就是其一，他小說中用上許多電影的技法，節省了許多無謂的陳言。

在電影剪接中，有用聲音連接聲音，用動作連接動作的，我們試看羅布格利葉怎樣把它們運用到小說中來：

「你要告訴我的就是這些？」

「不，」孩子回答說，「不是這些。」

然後他們聽見遠方一輛摩托車的聲音。

不。那是別的東西。那是黑暗。那是另一次攻擊，那些乾枯、急促的自動機槍的聲音，在接近小林子的背後，還有在另一邊，斷斷續續的響着，在低矮的隆隆轆轆的背景中。（一五〇——一五一頁）

這就是藉着摩托車的聲音連接機槍的聲音，而把在陌生城市中街道的景象連接過去戰場中的景象。

（三）

　　兩個人都拋棄了他們的背囊。傷者把他的手槍也留在背後。但兵士卻留着他的，雖然他槍套的繫帶剛破了使他迫得把它拿在手裏，橫放着（A）。對開前邊三步左右，小孩子同樣的方式拿着雨傘（B）。傷者越來越變得沉重，抓緊士兵的頸項，使他更難舉步（C）。現在他更完全不能動了：他的手臂或者甚至頭顱都是一樣。他只能望着前邊已經挪去桌布的桌腳，桌腳到頂端都可以看到……（D）。（一九七一一九八頁）

　　這段文字中的英文字母是我加上去的，是為了解說的方便。A 到 B 是從戰場中士兵持槍的姿態接到後來街道上小孩子持傘的姿態。從 C 到 D 是戰場上瀕死的傷者接到後來房間中瀕死的士兵。這短短的一段文字中，包含了三組人物，三段時間，三個空間。它們是：（一）A 和 C（人物：傷者和士兵。時間：過去，戰時。空間：戰場上。）（二）：B（人物：小孩。時間：過去，士兵在城市中搜索目的地的時候。空間：陌生城市的街道上。）（三）：D（人物：兵士。時間：現在，瀕死時。空間：陌生城市中一位婦人的房間內。）這樣的分析，或許不免有點機械化，但為了了解他的技巧，分析還是需要的。從所引這段文字看來，可見他作品中時空交錯的技巧是多麼神化了。

　　《香港時報》「文藝斷想」，1968 年 10 月 12 日、14 日、15 日。

也斯的
六〇年代

現代藝術的傳奇人物馬素杜潘

　　本月初，著名畫家馬素‧杜潘（Marcel Duchamp）在巴黎逝世，享齡八十一歲。

　　在現代藝壇上，杜潘確實是一位不住帶來驚奇、帶來爭論的人物。他的一些同代人，比如畢加索‧勃拉克，已經成為公認的大師了，但杜潘卻仍然常常被認為太過激進、太難接受，近年來一些敏銳的畫家對他的再度發現，才使他逐漸受到注意，事實上，他的作品和理論，不但普遍的影響了普普藝術、物體藝術，更根本的扭轉了人們對藝術的若干觀點。

　　在六三年的一次回顧展上，杜潘展出了一百多件作品，其中包括了繪畫、攝影，與及他那些引人觸目的「物體藝術」——所謂「物體藝術」包括雪鏟、瓶架（在以前一次展覽會中，杜潘曾經送去一個便壺；在另一個展中，他展出文‧萊〔Man Ray〕用來替他拍電影的攝影機當為作品）。這些常用的物體，而他所作的不過是在它們上面簽上自己的名字這麼一回事罷了。

　　杜潘對於繪畫，有許多革命性的見解，比如他認為藝術家並沒有甚麼了不起，不過是藝術與觀眾的中間人而已；藝術品，是需要觀者的參與才完成的。這當然引起許多人不滿，你曉得，有些藝術家是認為自己除了大師甚麼也不是的，如果說他是「中間人」，呀，這還了得？杜潘又反對藝術的嚴肅性，他認為藝術應該是一種遊戲——藝術家與觀眾之間的一

種遊戲，而不是由藝術家騎在觀眾的頭上來演說，簡言之，他是反對藝術應該高高在上的。

　　這樣的觀點，我們現在看來，實在很合理，用來解釋當下的繪畫以外的各種藝術潮流，也實在吻合不過，注重物體本身的特性而不以物體來作為作者的象徵工具，實在是羅布格利葉等的新小說作品和約翰‧蓋芝（John Cage）的新音樂作品的特色，至於注重觀眾的參與和以藝術為一種遊戲，更是「突發性演出」講的基本態度了。

　　杜滔的傳奇，更可見於他很早便放棄繪畫這一點，一九二三年（他的巨作《新娘給男子們脫光衣服》還未完成）開始，他的繪畫生涯便中止了一個長時期，有人說他是厭倦了藝術的商業化（杜滔的「物體藝術」，也可以說是對「買賣交易」的藝術商業化的一個諷刺），也有人謠傳他是因為喜歡下棋而放棄了繪畫的。

　　不過杜滔雖然長時期沒有新作面世，他對新一代藝術的影響卻既深且重。我們可以舉幾個例：

　‧比如普普藝術，那麼的從日常的商業文化中找來最陳俗的題材，便是跟杜滔的物體藝術很相似；比如「硬邊藝術」，也是由杜滔一九三六年為《藝術筆記》所作的一張封面設計開了先河；比如「突發性演出」，也跟杜滔等早年超現實主義畫展時的環境氣氛類似；至於說流行的畫中的動態元素，更不能不說最先出現在杜滔著名的《裸女下樓》中了。

《香港時報》「文藝斷想」，1968 年 10 月 17 日。

也斯的
六〇年代

杜潘和《裸女下樓》

　　杜潘曾經和印象派、野獸派、立體派、達達派等都有來往，但是他的作風獨特，卻很難歸類到某派某系。

　　其中最有趣的例子是他那幅著名的畫《裸女下樓》，起初畫來給裘里·拉富居的詩當插圖，用的是自然主義的畫法，畫中的女子正在上樓梯；後來他把它重畫成大張的，改為下樓，因為這樣比較尊嚴點，技法也不僅是自然主義的技法了。畫好後他送往立體派的畫展參展，這可使他們頭痛起來。

　　原來當時的立體派與未來派正發生齟齬，立體派說未來派鈔襲他們的技巧，未來派說立體派保守頑固。就畫風說，立體派是靜止的，未來派則在畫中表達動作；而杜潘那張《裸女下樓》通過抽象的動作呈現來表達時間和空間（他自己說），卻顯然並不是靜止的。讓這樣一張畫在立體派的畫展展出豈不笑話？（其實杜潘本人在作此畫前可從未看過一張未來派的畫，他作這畫根本是受一位朋友在雜誌中的攝影插圖所影響；再說，未來派根本是反對繪畫裸女的，他們在宣言中早說過了。）當時藝術的領域也許也像今日的一般壁壘分明，倒楣的還是一些獨來獨往的個人。立體派的人們叫杜潘的哥哥（也是立體派的一員——杜潘三兄弟和一位妹妹都是繪畫的）請杜潘收回作品，或者最少也修改一下畫題（畫題可是寫在畫上的）。

　　杜潘一言不發，立即跑到畫展中拿回畫乘車回家。

他說這是他一生中的一個轉捩點，從此之後他對團體組織沒有甚麼興趣了。

《香港時報》「文藝斷想」，1968 年 10 月 19 日。

反權威的杜潘

　　杜潘對新一代藝術家的影響，幾乎是不爭的事實了，但杜潘自己卻不承認，他認為人們往往言過其實。他對以前的傳統覺得不滿，因此就嘗試去作些沒有人作過的探索，而現在新一代的藝術家們在他這裏找到一些新的東西，這也是很自然的，他認為自己不過是一塊踏腳石罷了。

　　杜潘這種說法是很可以理解的，在藝術的領域上，當一位作者成了權威，抓住某一套理論來支持自己的優勢和地位的時候，他的思想自然容易僵化，他的權威也自然成了後一代必須反叛的壓力了。問題是，當後一代反叛成功時，他們是否又要成為壓抑再下一代的僵化勢力呢？杜潘自己當年反叛權威，而現在他不再自立為權威，認為「自己不過是一塊踏腳石」，這才是真是值得尊敬的。

　　法文有一個字 La Patte，用來借指一位藝術家的筆觸，他的個人風格（他的「掌」），而杜潘所要擺脫的，便正是這種 La Patte，他不要成為一種僵化的風格，一種僵化的勢力（杜潘常被稱為現代藝壇上的「一人運動」，而他說這個「一人運動」實在是向任何人開放的）。

　　在一次達達主義的展出中，有人把杜潘的作品從當眼的地方搬走，換上一些比較「有代表性」的畫家，他的朋友替他生氣，他自己卻無所謂。早幾年在一次普普畫家的聚會中，有人在台上攻擊杜潘，說他是「現代藝術中最被人高估

的人物」，杜潘自己也在場，休息時人們問他對這話有甚麼感覺，他唯一的意見是那人說的「也許不夠輕鬆」。

事實上杜潘倒是很輕鬆的，他不以為藝術比生活更有趣，他不以為藝術家有甚麼了不起的地方，他不以為自己比任何一個人重要，他當然也不以為自己是甚麼權威了。

《香港時報》「文藝斷想」，1968 年 10 月 21 日。

談杜潘的「既成作品」

杜潘所作的那些物體的作品，有一個名字，就是叫作「既成作品」（Readymades）。

所謂「既成作品」，就是說，一件藝術品到了藝術家手上時，是已經做成了，而藝術家所作的，不過是僅僅簽上自己的名字而已。

杜潘最初的一件這樣的作品，是把單車的前輪拆下來安在廚房的小凳上，用手推推它便會動個不停。第二件《藥房》，是從外邊買回來三張便宜的石版畫，再由他自己在畫上加上兩點：一點紅色一點綠色——據說他在火車上看過同樣的風景帶來「藥房」的感覺。又一件是《瓶架》，他買來一個鐵的瓶架，在上面簽上自己的名字便是了。

他簽上名字便賦與它們一種新的特性：使它們失去實用的功效而成為一件「藝術作品」。在這裏，所謂藝術的東西和日常的東西實在分別不大；「藝術沒有生活一半那麼有趣」，杜潘不住這樣說，因此他作出這樣的作品倒是跟他的作風相配合。

展覽出來的，是物體本身的特性，而不是物體負荷作者的設計而作的象徵，瓶架就是瓶架，它並不暗示作者童年時代所受的壓抑。可以說，「已成藝術」，反的是立體派以來的「觀念的繪畫」。

關於「既成作品」還可以有許多別的看法，以前的繪

畫，原作是原作，仿製是仿製，但是一件「既成作品」的原作和仿製品卻沒有甚麼分別，因為同樣的瓶架，一所舖子裏頭說不定有一千幾百件，只要都簽上名字就行，畫商們怎樣應付呢，這豈不是跟作品的銷路開玩笑？這豈不是向藝術的商業化所作的一個諷刺？（事實上杜潘的「既成作品」多是送給人或者自己留着玩，很少賣出的。）當前很多的藝術作品，比如靈幻性的海報，都是大規模印就的普及作品，沒有甚麼原作仿製之分，在這方面說來，我們也不能不承認杜潘是前驅者之一。

杜潘去了美國後也作了不少這種作品，他在金屬器材的舖子中買來一把雪鏟，簽上自己的名題為《斷臂的進步》。又有一把狗用的梳子，題名就是《梳》。《隱藏的聲音》是一件改進過的「既成作品」，兩塊金屬片中間夾着一個毛線團，據說畫廊的主人曾經把一樣東西捲進毛線團中間，所以搖動時就會發生微弱的聲音，但是那位畫廊的主人後來死了，一直沒人曉得那是甚麼東西，杜潘曾經准許他一位朋友拆開毛線看過，但杜潘自己一直沒有興趣去看看它是甚麼。

杜潘後來又「作」過相架、衣架一類的東西。在一次獨立藝術家協會的展覽中，他送去參展的《泉》使當事人大吃一驚，原來所謂《泉》是一具廁具署名是 R. Mutt。雖然當時那協會宣稱只要交六元的費用，便可以展出任何藝術家的任何作品，它們結果還是拒絕了它。杜潘後來辯護說作者是否用雙手親自作出他的作品是無關重要的，主要是他選擇了

它，他的標題和觀點為物質帶來了新的意義。至於說那件作品不雅觀，他回答說：

「美國唯一能夠創造出來的藝術倒是它的抽水馬桶和它的橋梁呢。」

他另一件著名的作品是他的《蒙娜‧麗莎》，那是一件修正過的「既成作品」。《蒙娜‧麗莎》是雷翁納圖的名畫，大家都知道了；杜潘的作品則是在《蒙娜‧麗莎》的複製照片上給她加上鬍髭。他說：「我發現這位可憐的女孩子給加上鬍髭以後，變得很男性化的——這倒是跟雷翁納圖‧達‧文西的同性戀很合調。」

《香港時報》「文藝斷想」，1968 年 10 月 23 日。

放逐歸來的「生活劇場」

　　據報載，「生活劇場」（The Living Theatre）是回到美國了，從十月二日開始，它們在布魯克林音樂學院作為期三周的演出，上演《科學怪人》、《奧秘與小品》、《安提岡》，和《現在的樂園》四劇。

　　記得四年前的時候，「生活劇場」在紐約上演《海軍監禁室》，被政府封了劇院，劇團的主持人貝克夫婦也給捉進牢裏。自此以後，「生活劇場」便一直離開美國，放逐在歐洲各地巡迴演出新劇，即使美籍的團員們想回國去，也因為恐怕美國政府追討達八萬元的稅金而只好打消了這念頭。在巴黎的時候，前衛的戲劇家尚·路易·巴盧為他們向美大使寫了一封說項的信，結果也沒有下文。因此現在看到「生活劇場」回國（雖然只是短時期的）的消息，就不免覺得奇怪了。是不是這意味着美國政府的讓步？當然，美國戲劇家之不容於本國，要等到在歐洲成名後才獲承認這樣的事，也不是以「生活劇場」為首次了。

　　「生活劇場」的主持人是朱里安·貝克（Julian Beck）和他妻子朱蒂芙·馬連娜（Judith Malina），團員的人數時多時少，今年五月時的數字是卅二人，外加八個小孩子，除了貝克夫婦近四十歲外，其他都是二十多歲，可說是個年青的劇團。他們到處流浪演出，有錢時住酒店，沒錢時住租賃來的四流房舍。演員中多半是詩人、畫家，中場休息就在觀

眾席上兜售自己的作品。他們的作風特別，所演劇本的悚慄性是著名的——包括紀涅的《使女》、肯尼夫・白朗的《海軍監禁室》、德國布烈赫特的《安提岡》，和劇員共同創作的《科學怪人》、《奧秘與小品》二劇；每次演出都猛烈地震撼觀眾，到處掀起軒然大波。

在《科學怪人》一劇裏是充滿斷頭台、屍體、電椅、棺材一類的東西，劇中科學怪人創造了一個「生物」（The Creature），這生物四出殺人，最後一場本來是由多組演員分別演出易卜生不同劇作中的各別場面，然後由「生物」把他們輪流扼殺，後來的演出中則改為監牢中犯人扼殺獄卒的場面，馬連娜說將來或許改為由這「生物」企圖扼殺觀眾呢。這樣的戲劇中有觀眾的參與不可謂不密切了。

「生活劇場」的演出多數不是一絲不苟的依照一個劇本的；有些戲劇，由他們排演時共同創作出來，在每次新的演出時都可能有新的改變。《科學怪人》有不同的結束就是一例。還有《奧秘與小品》也是，它沒有一個劇本，只是大約分成這九場：（一）跑步的人唱着一元鈔票上的字；（二）女人唱印度歌調；（三）黑暗中線香的紅光和香味；（四）貝克唸麥盧的詩；（五）深呼吸和瑜伽；（六）箱戲；（七）做動作；（八）集體死亡；（九）爵士樂。這九場都是由各別的團員構想出來的，比如有一位團員平時愛唱印度歌調，戲裏便來這麼一套；又比如爵士樂手退出劇團後，爵士樂那一場便不再設計在內了。

如果說觀眾的參與，倒沒有甚麼比《奧秘與小品》中集體死亡那場更刺激觀眾的感應了，在好些地方，演出這場時，觀眾歇斯底里的大哭大叫，有些更去拉演員身體，有些自己參與死亡演出，這倒是從演出中實踐了亞爾多〈劇場與瘟疫〉的效果了。不過，也正因為這樣，這劇在好幾國演出都遭了禁。

《香港時報》「文藝斷想」，1968 年 10 月 24 日。

也斯的
六〇年代

介紹羅拔・克瑞利及其作品

　　在《新一代的美國小說作品》的序文中，華倫・妥文（Warren Tallman）指出說：老一代的作品和新一代的比較，主要的分別，是前者把作品當作是達到某一目的底手段，而後者卻當作品自身已經是一目的。在談到新一代的作家時，他說，他們作品的世界中，「主要的元素並不是泥土、空氣、火和水（當然更不是智慧、真理、真實和道德），而是視象、聲響、感覺和文字結構。當這些成了基本的因素，作家遣辭造句時，便祇有靠觀看、傾聽，和思想的能力才可以操縱作品了。而他怎樣觀看、傾聽和思想，以及他怎樣遣辭造句，便完全視他個人的性格、能力和經驗而定的」。

　　從這個觀點來看，或許更容易了解積克・加洛克（Jack Kerouac），威廉・布洛士（William Burroughs）和羅拔・克瑞利（Robert Creeley）這些人的作品吧。如果忽略了加洛克文字中爵士樂一般的節奏，或者布洛士獨特的割接的技巧，而去推敲究竟有甚麼象徵的意義和人生的訓誨，那麼所欣賞到的，必然也是非常偏狹的一面而已。克瑞利的作品中充滿敏銳的對節奏、視覺和聽覺的感性，他的用字也極有分量。他作品中呈現的多半是個平凡的世界，那些探索甚麼象徵意義的人們也許會覺得一無所獲；事實上，是他「怎樣觀看、傾聽和思想，以及他怎樣遣辭造句」吸引了我們的。

　　這裏選譯的兩篇都是選自他的短篇小說集《掘金者》。

這兩篇,〈書本〉和〈派對〉,裏面都是一些非常平凡的人物、非常簡單的故事。〈書本〉說一個男子想拿一本歌書給他的分了手的女友,他回想着她學畫的地方,他回想着自己怎樣到女青年會找她,他在路上走着,疲倦、迷了路⋯⋯這都是很普通的,突出的是作品中的聲響視象,和感覺的元素:那女子「像一頭隱匿起來的鳥兒」那麼唱着、「想想那些聲音,鼻鼾的聲音、哮喘的聲音、喘氣的聲音、噴氣的聲音、呼吸的聲音,在床上睡着的時候」(聲響);她在城市中「一道黝黑的巷道的巨大灰色的建築物」中學過畫、「這訴說甚麼?噢普通的東西,關於男子和女子,男孩子和女孩子,乾草、麥田、馬匹、老路、石塊和烏鴉、薔薇⋯⋯」(視象);「他給啤酒和塵埃弄得醉昏昏的」、書本「給他的手汗弄濕了」(感覺)。這樣的例子還有許多。又例如在文中歌詞(用小號字排出)與敘述、思想、回憶混雜,造成一種奇妙的節奏和風格。

在〈派對〉中,一男一女一起划船,他們閒扯着,他們回到岸上,他去到她房子中,談着她以前的丈夫(那房間大部分是他弄的)。後來他們去參加一個派對,喝着酒,談着話。他聽見鄰房小孩子的哭聲,他跑過去看看,她跟着過去。他們再回過去時派對已逐漸散了,只留下他們三個(他、她、女主人),孩子的哭聲逐漸停住了,她說,「這是個精彩的派對,」她轉向那年青的女主人說:「這真是沒有甚麼不對的。」這是個更簡單的故事,或許有人會覺得沒頭沒尾

的——事實上，我們日常生活中的片段又是否一定有個完整的開始和結局呢？克瑞利在這裏把對話和敍說混淆在一起，把各個片段連結成一個流動的整體。

克瑞利在《掘金者》的序中這樣說：「如果我活在許多年以前，我想我會成為一位道德家——這就是說，一位不為自己的滿足而立下所謂行為標準的人物。但今天的作者不再可以這樣作了，或者說，沒有人可以這樣作而覺得很高興了，因為他會覺得（他一定會的）這真真正正會使他變成甚麼。」

「所以就只有這另一個領域：短篇小說，或者說，故事，和它所能作的。長篇小說必須一章一章的連續着，短篇小說卻可以避免這些，而依從任何一種吻合它的情感的作用。」這對於他自己的作品是個很好的解釋，事實上，他的作品也接近感性多於理性。

羅拔・克瑞利是美國人，一九二六年生於艾靈頓（Arlington），在新英倫長大。他在哈佛就讀，後來，戰事爆發，他應徵入伍，到過印度和貝馬，再回校就讀，未畢業便離校結婚。婚後在新漢郡（New Hampshire）、法國和西班牙住過。後來回美國，在黑山書院任教，不久往三藩市新墨哥，一九六三年以來在新墨哥大學任教。

亞倫（D. M. Allen）編選的《新美國詩選》（一九六〇）中，把威廉斯、甘明斯等以後的詩人們分為五期：黑山派、三藩市復興派、搜索派、紐約派和史迺德等的年輕詩人派（這樣的劃分顯然未能包括八年後今日美國的全部新詩人），

如果依照這個劃分，克瑞利可算是黑山派的詩人（他的詩與小說同樣著名）：他曾經在黑山書院任教，又是那份著名的《黑山雜誌》的編輯，在這方面他的影響可算很大，很多年輕的作家當時都曾經在那份刊物上寫過稿，比如詩人羅拔·鄧肯（Robert Duncan）、查理·奧信（Charles Olson）、保羅·畢般（Paul Blackburn）和小說家小煦拔·舒拜（Hubert Selby, Jr.，即禁書《布魯克林的最後通路》的作者）等。

他的作品有：《傻子》（一九五二）、《不道德的提議》（一九五三）、《那種動作》（一九五三）、《掘金者》（一九五四）、《人之可愛處》（一九五五）、《如果你》（一九五六）、《鞭子》（一九五七）、《女子的一個形象》（一九五九）、《為了愛》（一九六二）、《島嶼》（一九六三），除了《掘金者》是短篇小說集、《島嶼》是長篇小說外，其他全是詩集。他曾與D·M·亞倫合編過二本美國新作品的選集，收錄了加洛克、布洛士、堅斯堡等作家的作品。

他迷惑的向下望她，在床的旁邊，比跟他同來時看來年輕許多。

我們最好回去，她說，他們自己會去睡的。

在另一房間裏他們已站了起來，等着她，說，晚安、道歉地，然後離去，她看着他們離去，而他站在她的旁邊，想法去幫她。

我的派對，女主人說，這是沒有理由離開的。

不早了，某人回答說，這次搞得非常好。

慢慢地，房子空了，門口擠塞了一陣，但最後是空空如也，而他們坐着，他們三個，在睡椅上，互相望着，房子後面繼續傳來的哭聲，微弱下去，後來就消失了。

他們全睡着了，他說，轉過身，但看不見她的臉孔。

這有關係嗎，他說，我意思是，你可以想出有甚麼關係嗎？

但那女主人起來，與他同來的女人現在也站起來，伸過去，看着他，笑笑，又坐下去。

你說得好像很重要似的，她說。你真的暗示這像是大災禍。

她向他微笑，再起來，但他移過頭去，她不能看見他。

她隨着說，無論如何，這是個精彩的派對，她轉向那年青的女主人說，這真是沒有甚麼不對的。

（本篇收在作者的短篇小說集——《掘金者》內）

《中國學生周報》，1968 年 10 月 25 日。

戲劇的革命

「生活劇場」的創辦人朱里安‧貝克，今年五月間發表了一篇名為〈戲劇與革命〉的文章，他這樣說：

> 亞爾多的提出感性的宣言，帶來了劇場中殘酷事件的創造和感官的刺戳，這樣作是希望這些戲劇事件會觸及觀者的肌膚，觸及他的內臟，觸及他的眼睛，觸及他的鼠蹊，這樣好使他能夠感覺它。一旦感覺了一點甚麼，開向身體的感官的其他門扉也會漸次敞開了，觀者便再也不能忍受劇場以外的世界中那些環繞在他周圍的痛苦，革命便會付諸行動了。
>
> 那種以為在舞台上身體不過是用來承載一個頭顱的心理戲劇，是必然讓位給一種身體與腦袋互相結合，來創造出一種感應狀態的戲劇的，在其中所有的感官發生效能，深刻地接受經驗，深刻地反應經驗，而且依據深刻的感覺的真相來判斷經驗。(《常青評論》，五十四期，十四、五頁。)

在戲劇中開拓感官的領域，的確是安東尼‧亞爾多（Antonin Artaud）時已有的想法了，亞爾多在四十多年前提出「殘酷劇場」的聲音，在當下的新戲劇潮流間卻仍是迴響不絕。「突發性演出」者依從他的指示，把戲劇從舞台上帶

到街頭去，「生活劇場」則實踐他的理論，企圖恢復戲劇中的震撼性，誰也想不到，亞爾多先知一般地預言了的戲劇的革命，終於在七十年代中逐漸露出曙光吧。

亞爾多的「殘酷劇場」，其實也很可以稱為「生活劇場」的。他自己便這樣說過：我說「殘酷」，其實我也很可能說「生活」或者「必須」。因為他的「殘酷」並不僅是狹義的解作兇暴一類的意思，對他來說，理想的戲劇是動作和無窮的濺射，在那裏沒有甚麼黏凝住的東西，究竟，吸引亞爾多的，是戲劇中那些活生生的、魔術性的真實動作呵，而「生活劇場」那種視覺重於概念、動作重於言語、驚駭重於安穩的態度，亦無一不是為了帶來戲劇中這種活生生的、魔術性的質素的。

「生活劇場」演出的《奧秘與小品》據說便是團員們研讀亞爾多的直接結果，此劇中集體死亡那一場，更可說是亞爾多論文〈劇場與瘟疫〉的一個實踐了。

「像瘟疫一般，劇場是創造出來使集體的膿瘡結疤的。」亞爾多說。

在生活劇場的演出中，演員們嚎啕、掙扎、踉蹌，演員們死在舞台上、死在通路中、死在觀眾座位的旁邊，觀眾的安穩動搖了。

觀眾的安穩動搖了，戲劇的革命已經開始，新戲劇興起，取代了舊一代的位置，即使在最保守的音樂劇的領域中，蒼白、概念化的布爾喬亞劇（比如我們在香港看過改編

成的電影的《步步高陞》、《星光燦爛樂昇平》等）也讓位給
紛雜、安那其的《髮》（*Hair*）等新劇。過去的戲劇要求觀眾
容忍他們自己的世界、接受自己一向過慣的生活，現在朱里
安・貝克卻是要求觀眾離開劇院後在現實生活上展開自己的
革命了。

《香港時報》「文藝斷想」，1968 年 10 月 26 日。

也斯的
六〇年代

電影中的突發劇

　　電影《混世魔王老虎蟹》（*Hammerhead*）開始時有一場「突發性演出」，表演者把木製模特兒的頭顱逐一擊碎，又用活生生的女子夾在熱狗中作餡，這倒是使人想起尚‧賈琪‧拉伯的把意大利粉塗在女子身上和倫敦以前那些用女子來作甜瓜沙律的演出了。甚至電影中那位演出者，乍看之下，也有幾分像畫家達里（達里是搞過突發性演出的）。也許是這位導演對美術有偏好，下一場內景牆上掛的盡是雷諾亞、高庚、馬蒂斯諸人的畫，新舊兩代藝術的對照，分外強烈。今日的藝術，的確不盡是可以掛在牆上的了，像片中女子所說的那樣，今日的藝術是要去參與的。不過，話雖然是這樣說，這電影中那場「突發性演出」，表現出來給人的印象還是表演的成分比參與多。

　　看過一些文章說本片因為太真實描寫希僻士的生活所以引起希僻士的不滿。這大概是宣傳手法之一吧。電影中有幾個人跳來跳去難道就是捕捉到希僻士生活的全貌了？不過，電影既然要靠這點宣傳，可知觀眾對於新奇的東西還是極感興趣的，他們都希望曉得目前有些甚麼事情在發生，因此單是占士邦拿着個手提箱走來走去是不夠的了，到了《皇家賭場》，也要弄點流行的靈幻藝術出來。這也是為甚麼，像本片這樣的特務片，也要加插一些新戲劇的演出在內了。

《香港時報》「文藝斷想」，1968 年 10 月 29 日。

「地下文學」

美國作家，並不僅是菲臘・羅夫、約翰・雅迪克、梳爾・貝路、貝納・馬拉密這些名字而已。除了這些正統的作家以外，還有另外一群非正統的作家，通常給稱為地下作家，他們的文學，給稱為「地下文學」。

搜索一代和希僻一代的作家作品，就多屬這類。

有些規矩的雜誌，認為「地下文學」是要不得的，是無理取鬧的，他們彷彿認為最好就把地下作家全數槍斃。這樣的雜誌，多半還逗留在介紹桑德堡的階段。這倒是跟某些人談法國現代作家只許談到馬爾勞為止很相像，再談下去呢，便算是「對同胞沒有愛心」了。

究竟文學的領域中是否有我們不該採摘的禁果存在？我以為這是要由我們自己來決定的。可惜的是，我們的「小小的讀書界」中，自以為是上帝地頭的禁令的人是太多了。

只有指定的某幾個作家才是可以談，可以翻譯的。而一些人便遵循無誤的作着了。《早熟的自傳》一二年前才有人譯過，最近又有人重譯其中一節，改名為《耶夫恩斯可會見巴斯特納克》之類的東西——有人譯過的作家，當然是比較保險的。有人譯過的作家的有人譯過的作品，當然是更更保險了。這樣的重譯，大概是連字典也不用翻的。

也許談得太遠了。但是這種由權威而產生的偏執的態度，不也正是促使反權威的「地下文學」產生的原因嗎？即

使在香港這麼狹小的地方，讀書界況且尚有自以為高高在上的權威存在，尚有他們立下的該這樣該那樣的法則存在，尚有一撮聽候他們指揮的盲從人士存在，這樣說來，對於一個國家中之會有「地下文學」產生那倒應該是很可以理解的了。

《香港時報》「文藝斷想」，1968 年 11 月 1 日。

從「失落的一代」到「希僻的一代」?

　　起先是海明威；起先是費茲哲羅；起先是福克納；起先是麗特；起先是艾略特。二三十年代的美國作家皆往歐洲跑，離開因經濟不景氣和戰爭而癱瘓的文壇，放逐在巴黎，或者別的城市中。據說他們往歐洲追尋久矣乎從美國本土失去了的價值感和信念。起先女作家若律・史坦恩向他們說：「你們都是失落的一代。」

　　「失落的一代」是當年熱門的話題。在當年，「失落的一代」是流行的。「失落的一代」是流行性感冒，在當年。

　　還記得《日出》麼？還記得書中的畢兒麼？她跟三個男子睡過覺又再愛上另外一個。書中的人物不斷的看鬥牛、釣魚、做愛、飲酒（至少有三分二篇幅是提及飲酒的），而在這些行動之外，彷彿有一種「無意義」的感覺，像一塊懸空的巨石那麼，在他們的頭上等待着，岌岌可危。失落了舊日的價值系統與舊日的信念所支持下的安穩感覺，因而不得不藉不斷的行動來填塞四周的空白，這亦正是海明威筆下人物一貫的特色——深海捕魚、獵豬、鬥牛，都是他們行動的方式。我們甚至可以說，對於海明威，寫作亦是不斷的行動之一，當他發覺自己寫不出來，他槍殺了自己。因此，對海明威來說，「失落的一代」實在並不僅是一句熱門的話題那麼簡單。

　　當加洛克在五十年代中說：「你曉得嗎，我們的實在是

個搜索的一代。」也許他同樣不曉得「搜索的一代」又會成為一句熱門的話題的。到了五十年代的時候，這些青年人同樣是從正規的社會中脫離出來，乘着順風車到處去，作着散工，找尋志同道合的朋友一夥狂歡。加洛克的《在路上》就是五十年代的《日出》，書中的人物駛車、飲酒、高談闊論、做愛，同樣是不息的行動。在書中，作為加洛克化身的梳‧巴拉地斯這樣說：「對我來說，唯一的人們就是那些瘋狂的人們，那麼瘋狂地活着，瘋狂地談着，瘋狂地要被救贖，同時期望着每一件事情，他們永不打呵欠或者說一句庸俗的話，只是燃燒，燃燒，蠟燭那麼燃燒像蠍子爬過星群間那麼爆裂而在當中你看見藍色的光線燦爛而每個人都說：『啊呀！』」

在二三十年代的時候，作家們依然是規規矩矩的寫，比如艾略特，當他要說這世界是一塊荒地，他便引經據典地說明土地是如何荒瘠的。但到了五十年代的加洛克這群作家，寫作是隨意而又充滿自發性的，沒有甚麼文學的瑣話。

比如「搜索的一代」詩人亞倫‧堅斯堡那首開首便是「我看見我們年代中最優秀的腦袋被瘋狂損毀……」的著名代表作《吼》，那樣隨意而又活潑的形式，便是接近洛特曼和布克萊多於接近艾略特的。

七十年代的希僻的一代大致是依隨搜索的一代而來，不過卻更是一種生活態度的改革而不是一種文學的活動了，比較著名的作家有肯‧凱思（Ken Kesey）和詩人艾‧山打士（Ed Sanders）。凱思寫過《飛過布穀的巢》和《一時大志》

兩本小說（後者的書名取自一首歌謠：「我一時住在鄉村，我一時住在城市；我一時胸懷大志，跳進河裏⋯⋯溺死了。」主角漢克・史坦拔是一個美國西北部的伐木人）。希僻士同樣是放逐的浪人，是對美國社會發展到目前這階段的富足、僵滯、自滿自大的態度作一反叛，他們的理想主義儘管貧瘠無力，卻仍真切。

「失落的一代」、「搜索的一代」、「希僻的一代」──就像海明威在《日出》中說的那樣：「一代逝去，新一代來臨；但土地永遠守候⋯⋯太陽再昇起，太陽落下，瞬息回到它昇起的地方。」

也許這三代基本上都是相像的，他們對舊信念極端懷疑，他們要建立自己的烏托邦，這些理想看來脆弱，但他們卻是這樣做着了──有許多人對希僻的一代寄以厚望，便是因為他們建立了新的價值觀和新的信念。

土地依舊，太陽恆昇，如果他們失敗了，又有怎樣的一代來繼承他們呢？

《香港時報》「文藝斷想」，1968 年 11 月 2 日。

也斯的
六〇年代

漫談雜誌

　　以前在這裏談過「生活劇場」，上周看到《時代週刊》上刊出一椿他們演出時的趣事：

　　據說，當他們演出《現在的樂園》時，有些演員脫去身上的衣服，正在這時，座上的一位劇評家一下子站起來，也把身上的衣服脫個清光。

　　這樣子，「觀眾之參與」的效果不可謂不成功了。以前人們總是說，劇評家是冷酷無情的東西，祇會在早餐桌上想想今天要罵甚麼人的，現在這位劇評家的「熱烈參與」，或許會使人們以後對他們大大的改觀吧！

　　同期的《時代週刊》上，還有談及安地・華荷最近拍的一部廣告片。在《時代週刊》上看到這些消息，不免有點奇怪，大概是我的偏狹，一向覺得《時代週刊》、《新聞週刊》這些都是規規矩矩的四方頭刊物，所以沒有多大興趣。近來卻發覺它們有時也有不少新的東西，文學藝術方面的篇幅雖然不像《村聲周刊》那麼多，但作為報導來說也值得看看了。

　　不曉得為甚麼，近來常聽見人談《花花公子》。我不喜歡《花花公子》，不過這純粹是口味問題，不是道德問題。不是反對裸照，也承認它的小說非常正統（「留美」作家如聶華苓、戴天之流都非常推崇它的小說），如果有甚麼不滿意，那就是它太「正統」了，完全是典型的美國口味。它的作家多是大眾認可的、地位穩固的名作家，要它像《常青評論》那

樣化四分一篇幅刊一位新作家的作品，是斷斷不可能的。整本雜誌都是些美衣美食的文章，筆下宣揚的那個「富足的美國」，着實叫人吃不消。拿它與小型一點的《騎士雜誌》比較一下：同是十月份的一期，它有當理維的小說，《騎士雜誌》有威廉‧布洛士的小說；它有雷維‧山加的自傳，《騎士雜誌》有地下樂隊「傑佛遜飛機」女歌手姬絲‧史力克的訪問記；比較起來，我是寧取後者的了。

其實有水準的雜誌多的是，不僅限於是大家掛在嘴邊的那幾份而已。比如英國的一本《使者》（*Enuog*）便是一本兼有繪畫、電影、戲劇和小說的雜誌，刊過田納西‧威廉斯的小說，品特的劇本，夏迦爾的訪問記和有關達里、費里尼等的文章。近期有一篇訪問薩爾的文章——不過，並不是死了多年的那位名為虐待狂始祖的小說家薩爾侯爵，而是繼承了他這惡魔的名字的後人。在雜誌上看到一篇喜歡的文章，真是非常高興，比如上一期的《倫敦雜誌》，有一篇談柏堡‧聶魯達（Pablo Neruda）的文章，聶魯達正是我最喜愛的幾位拉丁美洲詩人之一，無意中翻到了，很是意外。也許活在大眾傳播業發達的今天就有這種好處，常常可以有這些零零碎碎的快樂。

《香港時報》「文藝斷想」，1968 年 11 月 4 日。

也斯的
六〇年代

不穿象徵的衣裳——談亞倫·堅斯堡

　　如同積克·加洛克一樣，亞倫·堅斯堡（Allen Ginsberg）也是一位到處流浪、幹過種種式式的職業、而在作品中又處處流露出濃厚的自我風格這樣的作家。他流浪到過巴黎、威尼斯、捷克、越南，又往日本、印度學佛，在恆河沐浴一番，幹過的職業則就有鈔寫、洗碟、寫書評和當商船海員。正因為這樣，以他這樣的背景，寫出來的詩作跟學院派專技訓練出來的詩作當然是大不相同的了。

　　他的長詩《吼》是一個例子。

　　據說在一九五五年間，正是他失業的時候，他有一個羅曼蒂克的想法，就是毫無顧忌地寫下所想的，放任自己的幻想，不隱瞞甚麼秘密，概說自己的一生，他準備就這樣寫下來，不理會是不是詩，也不準備拿給別人看，只讓自己和幾位同道中人欣賞——這結果就是在一個下午瘋狂地一口氣寫成了《吼》的第一部。用他自己的話說，就是「一齣悲劇性的擲牛奶蛋糕的喜劇，充滿狂野的語法為心中抽象之詩的美而作的無意義的意象閃馳而過，作出像差利·卓別靈步伐那樣的笨拙的組合，長長的色士風般合唱式的詩句，這我曉得加洛克會從其中聽出聲音來的」。（見〈吼之最後錄音後的筆記〉一文）

　　堅斯堡的《吼》共分三部，一開始是「我看見我們年代中最優秀的腦袋被瘋狂毀損……」，如果要簡略地說說它的內

容，我們可以說，第一部是寫這些「優秀的腦袋」；第二部是寫這社會上那些毀損他們、使他們難以立足的力量；第三部則是對他們的光榮所作的禱告式的肯定。

《吼》後來由他的詩人朋友勞倫斯·費靈格蒂在所主持的「城市之光」書店出版了。費靈格蒂在一份報上說這是戰後以來，或者說艾略特的《四重奏》以來最重要的一首詩作。許多人對這的反應是——「天啊！」。這還不止，《吼》不久便遭了禁，費靈格蒂和另一位出版人也因為出版這樣「淫穢」的詩集而被控。不少名學者和詩人紛紛為《吼》的文學的、社會的價值作見證。審訊結果，自然是無罪釋放——最有趣的是，主審的法官發表了一篇長長的意見，說到最後，他提議為審查當局立下一些規則來判別甚麼是淫穢的，最後的一條是請審查者在判別時緊記着「那些想法邪惡的人才是邪惡的」，據在場的人說，主控官聽到這裏時臉也紅了。

說來，《吼》所以受到非議，大概也是因為堅斯堡的毫無顧忌、毫無隱瞞的寫法吧，說所活着的是一個「孩子們在梯下嚎啕！男子們在軍隊中嗚咽！老人們在公園裏飲泣！」（見〈美國〉一詩）那樣的社會的詩，當然不若談天氣如何美好的詩句那樣討人歡喜的，但堅斯堡從不美化他的夢魘的幻象，也從不掩飾他的瘋狂，吸引我們的或許就是他詩中心靈的赤裸的面貌。〈布洛士的作品〉一詩是他寫另一位地下作家威廉·布洛士的，我覺得用來說堅斯堡本人的風格也很恰當。試譯如下：

也斯的
六〇年代

〈布洛士的作品〉

那方法必須是最純粹的肉
不穿象徵的衣裳，
真正的視象和真正的牢獄
像現在和過去所見的那樣。

給出牢獄和視象
以稀罕的描寫，
絲毫不苟地聯繫着
阿卡烈和盧斯的那些。

一頓赤裸的午餐對於我們是自然的，
我們吃真實的三文治。
那些寓言是有太多萵苣。
不要掩飾你的瘋狂。

《香港時報》「文藝斷想」，1968 年 11 月 6 日。

一條船那麼的幼稚園

從朋友小克處借來一本八月份的《藝術新潮》，因為是日文的，所以祇是揀圖片來看——看到其中有一處，刊出幾幀照片，介紹一所「慶松幼稚園」。

就遠景看，這座幼稚園遠離密密麻麻的住宅區，位在一塊空地當中，寬敞得很。整座建築是長形的，兩端比較狹窄，看來就像一條船。

叫人驚奇的是它的內部髹色和設計，保育室是朱紅和土黃相間，對出的走廊是深藍與淺綠相間，完全是現代繪畫流行的配色，保育室和走廊對上相連的一道牆上，淡黃和淡綠相混成一種稀薄的肉色，澄白澄白的陽光就從上面的天窗照射下來。

另一幀是走廊中：天花板、地板和兩面的牆上，都髹上深淺相間的色彩，看來彷彿一個個四方架嵌在另外一些四方架裏面，完全是光合畫的調子。

還有一幀大概是開會或上課時攝的，偌大的一個會堂中，五十多個小孩子戴着帽子、背着書包、坐在地板上，前面左邊是些巨大的積木，右邊是一座鋼琴，年青的女老師站在當中，手裏拿着兩張繪畫，背後高高的牆上，掛着些破鐵一般的現代雕塑。

不打算拿這種幼稚園與香港的相比，因為根本就沒有甚麼可比的。因此也不打算嘆息一番。香港目前一般學校面臨

的，大概還是師資、課程、設備這樣基本的問題，至於校舍美化不美化，實在是連想也沒有時間想的了。

　　然而也不免叫人暗忖：這樣突出的環境，是何等成功的美學教育呵。感覺敏銳的孩子們，如果只是長期對着灰色白色的牆壁，真不知是被剝奪了多少生活上的美的東西。

《香港時報》「文藝斷想」，1968 年 11 月 9 日。

夜半

　　寫着的時候聽見下面街道上狗吠的聲音，夜半的街頭是蒼白的。

　　翻過雜誌中一張安地‧華荷的照片。你應該寫一篇談安地‧華荷的文章，你應該寫一篇談金寶雞湯的文章的，你應該談談畫金寶雞湯的安地‧華荷，除了安地‧華荷還有誰畫過金寶雞湯呢？

　　當安地‧華荷被槍傷的時候，香港的報紙把他稱為小電影的攝影師。安地‧華荷是不是攝影師，他所拍的又是不是小電影？這都是無人理會的。香港的新聞報導就是如此，香港有很多報紙，香港的新聞事業真是發達。

　　朋友的一位朋友把一份報紙稱為知識分子的報紙，每次見面都談起它，他把「知識分子」這幾個字說得特別響。

　　電車隆隆的響着。

　　如果你閱讀一些報紙和刊物你會以為香港有許多「知識分子」，鬼魅一般地充塞在四周，常常開座談會，這使你到處留意有沒有碰到他們——比如說：走路時看看鞋子有沒有踏到他們的臉上，關門時注意有沒有把他們夾到門縫裏。真的，如果你長期閱讀那些刊物你會變得這樣想的。

　　最常見的文章是責罵年輕人的，大概這一類文字最容易寫吧，在一些人的筆下，年輕人寫詩的就一定是頭髮骯髒，看電影的就一定是逃避現實，畫畫的就一定是寄生蟲——一

個又一個的模型，這樣的罵法也未免太缺乏想像力了。正因
為不用想像力，因此也最容易寫。

　　看着案頭堆着一疊疊的報紙，我想，我們的文化真是
「高高在上」的。

《香港時報》「文藝斷想」，1968 年 11 月 11 日。

用冒煙的彩色畫太陽，以新生的眼光擁抱世界：讀陳錦芳的《迴廊》

　　去年在《歐洲雜誌》上讀陳錦芳的〈勒米蒂之行〉，那是他在假期時到法國南部旅行繪畫的一個日記，文中的坦誠與熱情以及流露出來那種創作過程的快樂與失望，深深的吸引住我。一直等着看他的新作，直到最近，才讀到水牛出版社替他出版的《迴廊》。

　　《迴廊》其實也不是陳錦芳的新作了，他在自序中說，這書大部分是由他在台大外文二年級時的日記直接組成的，卻一直等到十三年後的今日才鼓起勇氣把它出版。「這本書可以說是我當時的面目和心影，一位充滿了不切實際的幻想，有着文科學生的通病：多愁善感，戴副近視眼鏡的熱情的書呆子的面目和心影。」他一早就把話說在前頭了。

　　因為是日記，蕪雜是免不了的；因為是年青，不成熟也是免不了的。然而我喜歡它。作者在書中說哲學家是思想的牛，他的犁是理智；藝術家是感情的牛，他的犁是熱情——而他自己這本作品，便不折不扣是一塊以熱情犁耕的田畝。日記中的主角，喜愛的是浪漫時代的詩人；他對季節的變化非常敏感；他讀尼采，看關於李斯特的電影都可以使他大大激動；甚至戀愛也是這樣，來得快，去得也快。

　　他說生命是感覺的總和。

　　他的理想是到南法國學畫，「用冒煙的色彩畫太陽」，「以

新生的眼光擁抱世界」。

那麼〈勒米蒂之行〉（在《歐洲雜誌》五、六期連載）就是他的理想的實踐了，文中記他去梵谷與塞尚的故地作畫，搭的是順風車，靠着採葡萄生活。

也許堅持理想真是需要一種傻勁——比較聰明一點的人，到了三十歲，也許就會寫一篇文章，說，從前舅舅說過「人生是一個妥協的過程」，現在想來也不無道理等等了……你曉得，愛發議論的舅舅總是不無道理的。

當然，現在這樣的年代，甚麼也很難說。目前香港台灣的學生，讀文科的心裏恐怕多少都有點歉疚的感覺吧（沒有當然最好），如果家中期望殷切那就更糟，所以有些畢了業出來便只好拚命抓住一份安穩的工作。談甚麼藝術，談甚麼理想呢？

社會上一般人都是抱着這樣的態度，因此有些「殉道者」般的藝術家們就不免走到對面去了：他們大談自己如何重要，大談人們性靈的敗壞如何需要藝術的提昇（彷彿藝術是阿士匹靈），大談藝術的園地如何為商業的托勒斯所摧毀——其實這種自以為義的謾罵也還是多餘的，到了後來，祇有使人聽見「藝術」兩字也覺得肉酸。

陳錦芳的好處是他在作品中極自然地把藝術當為生活主要的一部分，既不是無謂的奢侈品，也不是神手佈施的瑪拿。他既不作聰明人狀，也不作殉道者狀，他就是這樣生活着，做他自己的事，大清早在書店前排隊輪音樂會的票子，

或者化掉最後十塊錢在報上登一段家教廣告⋯⋯

　　這本書感性的成分比知性的成分多，它充滿具體的畫面，而較少抽象的玄想（思考部分也以切身問題為多，不像現在一般作品那樣大談哲學系統），大概因為作者是學畫的吧。他不說「智慧」，他描寫一位讀書人在燈下嚴肅專注的「那種圓形的姿態」；他不說「安詳」，他描寫泰戈爾一張微風吹着白髮的像片。

　　陳錦芳在〈勒米蒂之行〉說是梵谷厲害而不是他所描畫的阿爾魯特別，即使梵谷畫台南他的故鄉歸仁，也是使那小鄉村成為燦爛的寶石的。我覺得《迴廊》最成功的一部分也在他描畫的技巧（當然，用的是文字而不是線條）：他故鄉中並立的麻黃夾道，田野中的老檬樹，刻着牛車輪深痕的小泥路，灰黃色的稻草堆，點着油燈的村落。那樣子他寫幾對紅蜻蜓在電線上扇着透明的翅膀或者寫蒙着面巾的鄉下姑娘兩隻眼睛從黃色草笠的蔭影裏凝視着人寫得是真正動人的。又比如這一段：「幽暗的瓦斯燈下，一戶農家正在吃晚餐。桌子上一盆稀湯，器皿上寥寥幾條馬鈴薯，厚而硬的嘴唇，疲乏地外凸的額骨，勞苦的皺紋粗大的手掌圍着那些汗水灌溉出來的地瓜，準備伴着祈禱和忍耐把夜晚吞下去。休息是他們的營養，夜露是他們的清酒──烏黑的皮膚，凶口的眼睛，低垂着的頭，佝僂着的背脊，習慣於爬行的四肢，一雙鐵鈎似的手，打彎着的膝蓋，寬而厚的腳盤，年紀輕輕走起路來卻三步一咳嗽。」使人想起梵谷在礦區時期的繪畫。

也斯的
六〇年代

書末說高庚大概是厭倦文明傾向原始才到大溪地島去的，又說「我的血液中有原始人的血液在流動着吧」，的確，年青的衝勁是較接近原始性而沒有甚麼文明的矯揉造作，《迴廊》的優點也許就在這裏，雖然它不乏重複、蕪雜和誇大的地方。就我看過陳錦芳的幾篇作品中，也以〈勒米蒂之行〉才是最成功的，可是如果不經過《迴廊》這樣的練習階級，也許寫不出〈勒米蒂之行〉。

《香港時報》「文藝斷想」，1968 年 11 月 13 日。

談張愛玲

晚上回家的時候經過一道橫街，街口的地方近來擺了一檔賣栗子的，在街的中央是一所上海館子，橙色燈光的「涮羊肉」幾個字在這樣的夜晚裏尤其明亮，再過去一點是間洗衣舖，經過時不時碰上裏面湧出來一陣蒸氣的煙霧，然後一下子又消散了──這些零零碎碎的印象常常帶來一種寒夜的街頭的感覺，其實天氣還未冷起來呢。

不曉得為甚麼，幾次打從那兒走過總會想起張愛玲的作品來。也許因為張愛玲寫過上海和香港的街頭，而且她寫得那麼好，甚麼平凡的東西到了她筆下都會光采起來。

中學時最喜歡兩個作家，一個是李金髮，一個便是張愛玲。李金髮的詩是文言白話夾雜的，不少人因此罵他；可是，張愛玲的文字卻恐怕連最挑剔的評論家也無話可說了，她文字之美和雅趣，現在沒有那幾位作家比得上。

手頭有《張愛玲短篇小說集》及她的散文集《流言》，本來還有一本長篇《赤地之戀》，同學堯天帶到台灣去了。短篇小說集的出版日期是一九五四年，算起來也有十多年，奇怪是很少讀到有人談起她的文章，但是以前在《現代文學》上讀過陳若曦寫的一篇〈張愛玲印象記〉。不能不提的是水晶，他大概是台灣現代作家中最推崇張愛玲的，不久以前他還寫過一篇談張愛玲近作的文字，刊在《幼獅文藝》，談得很詳細。也許評論的文字就是這樣，寫自己喜歡的作家總比較容易寫得好。

《香港時報》「文藝斷想」，1968 年 11 月 14 日。

誠意

　　文學創作中，誠意是不可少的。然而要衡量作者有沒有誠意卻實在不容易。有許多人喜歡說，我們的文章寫得不好，唯一可以自慰的是真有誠意而已——然而拿起他們的作品來讀，卻完全不是那回事。也許人們就是這樣，整天掛在嘴邊的東西，正是他們最最缺乏的東西。這麼一來，所謂「誠意」云云不過是一個幌子，這又算有沒有誠意呢？

　　關於誠意有許多奇怪的說法，比如謂：古老的作品比創新的作品有誠意，寫實的作品比幻想的作品有誠意，嚴肅的作品比幽默的作品有誠意等等。這樣的說法，簡直是把「誠意」作為攻擊別人的武器，而對「誠意」指的是甚麼反而不甚了了。就像小孩子對罵那樣隨便拿一句話來堵住別人的嘴，但因為是大人，所以不能不想一句大人愛用的話，因此就說：「你沒有誠意。」

　　如果一個作者不滿一切因襲的方法，而要另闢途徑來從事創作，那麼他的用意也是極其誠懇的，至於他的內容是幻想還是寫實，他的句法是幽默還是嚴肅，都沒有分別。反過來，因循苟且的創作，如果還要自稱具有誠意，那就顯然找錯藉口了。

　　批評一本作品有沒有誠意，也往往反映出批評者自己的態度有沒有誠意。如果一味空喊口號好找藉口來掩飾自己，那麼，說濫了的「誠意」，就像說濫了的「愛心」、「正義」一樣，不過是些毫無意義的字眼罷了。

《香港時報》「文藝斷想」，1968 年 11 月 16 日。

主角的形象

一部電影中，導演固然很重要，可是演員也是不能忽略的，比如說《藝海生涯原是夢》，如果換了另一個男主角，沒有那份氣質，也許就很難引起共鳴，現在這樣，角色的難以置信的成功與失敗，都彷彿變得合情合理起來了。

到電影院中是為了看演員，這大概是最古老也最通行的態度。以前人們購票入場，是為了看奇勒基寶，後來人們購票入場，是為了看占士甸，即使在最壞的電影中，占士甸仍然是占士甸。到電影院中去只為了看演員，跟到電影院中去只為了看導演或攝影，應該是同樣自然的吧？《藝海生涯原是夢》裏那些娛樂界的人們創造了一個反叛的偶像，然後，過了若干時候，他們要把他改變為一個皈依的偶像了。偶像的形象是不住變易的。電影界同樣是這樣，如果我們看看現在的電影，把現在的電影跟幾十年前的比較一下，一定會發覺，主角的形象，變易得實在太大了。再也很少奇勒基寶那類的大眾情人。即使是拍一個男子和幾個女子的電影，如《新潮放蕩男女》，其中的男主角也還是一個像《說謊者比利》那樣滿腦袋幻想，戀愛起來卻總不順遂的傢伙。這當然不是甚麼華倫天奴，也不是占士甸式的反叛英雄。現在的電影中的主角是有缺憾，有弱點，而不是十全十美的——他們不是英雄，他們是一些普通人。

《香港時報》「文藝斷想」，1968 年 11 月 19 日。

也斯的
六〇年代

兩位黑人作家的觀點

前些時，香港上映過一部名為《荷蘭人》的電影，涉及黑白問題，其中對白的坦率大膽，着實使不少人吃了一驚。《荷蘭人》的原劇作者，是美國一位黑人作家連奈·鍾斯（LeRoi Jones），他寫詩，寫小說，也寫劇本。去年關於他的一樁新聞是當七月間紐城黑人暴動時他嫌疑藏械而被捕，鍾斯自稱是他跟幾個朋友駛車救起那些暴動者送往醫院去，不料卻碰上警察不由分說的把他們毒打一頓，鍾斯的頭部也因此受了重傷，警方則辯說他是因為一個瓶子掉到頭上而受傷的。

鍾斯在訪問記中，對這個黑人在其中受盡歧視的美國社會極端不滿。這種態度表現在創作上，則是力求維護純粹黑人風味的藝術，而把白人的批評準則扔過一旁。上面說的那個發生暴動的城市紐城，便是鍾斯的故鄉，在那裏他們有一所名為「精神之屋」的劇場，是一個純粹黑人藝術家的團體。他們演劇、放電影、誦詩、開講座、舞會、音樂會，不過他們卻不歡迎白人觀眾，也不歡迎白人劇評家。鍾斯認為，劇評也是一種多餘和造作的東西，是一個血管硬化以致甚麼東西都定了型底社會的產物，他們的劇評家就是街上的大眾。他們覺得藝術應該是群體整個生活的一部分，就像一個學者應該是群體的一部分，有人有甚麼難題時就跑過對街問問他那樣。藝術是用來裝飾人們的屋子、他們的皮膚、衣

着，使他們的心靈拓寬的，存在群體之間，當他們需要的時候便可以擁有它。而這種觀點，的確是跟西方固有的藝術傳統大相逕庭。

鍾斯之痛恨以白人觀點為依歸的社會，表現在他的排斥白人價值觀點上，他看不起那些放棄了為自己同胞演出的機會而跑到百老匯去的演員們，比如占姆士・愛魯鍾斯（前幾期的《新聞週刊》好像有一篇介紹他的文章）。他又認為如果由白人演出他的劇作價值是會減低的，因為他們表達不出其中的感情來，到底，「一頭鴨跟一隻會作鴨叫的哨子是不同的呀」。

最近又讀到另一位黑人作家，《冰上的靈魂》的作者愛迪茲・其菲（Eldridge Cleaver）的訪問記，他認為黑人作家們都有一個道德的位置，而這是白人作家所無的。他說一個黑人作家如果要有所成就，必須對世界文學有所認識，明曉文學對人們具有甚麼涵意，又怎樣幫助人們適應生活。不過到底他都是認為他們需要一種戰鬥性的文學，需要用文字去陳述白人們如何奪去他們的地位和尊嚴。

其菲認為文學就跟人類任何的行為同樣重要，是生存中一樁主要的東西，像音樂、舞蹈、工藝一樣。文學就是紀錄的動作，是記下一個人的歷史和他對生活的態度和他對人類經驗的解釋的過程。

在談話中，兩位黑人作家對他們社會中的白種人都表露出極大的憤恨。在他們的作品中也是如此，事實上，如果他

們不能消除這些痛恨和排斥的性格，他們的努力仍然是只能局限在一個狹窄的範圍內而已。但是，我們必須曉得，他們的憤怒並不是無中生有的，他們社會上歧視黑人的風氣一天不停止，他們的憤恨就一天不能消除。如果我們說他們排斥白人是不智的，那麼白人歧視黑人豈不是同樣愚蠢？

《香港時報》「文藝斷想」，1968 年 11 月 20 日。

「臟腑劇場」

　　對於住在貧民區的人們來說，戲劇是甚麼呢？在美國，百老匯的一張門券高達十五元，這便顯然不是哈林區的居民們所付得起的。這是不是說，戲劇只好成了收入較優的人們的消閒品？許多人對這提出過一些解決的方法，比如紐約的市長，以前便呼籲過「把百老匯帶到街頭去」，好讓成千累萬的貧民區青年有機會欣賞一下那群優秀的表演人才。可是這也是不成功的，因為表演的人才儘管優秀，他們慣了面對生活安定、收入豐裕的觀眾，說幾句無關痛癢的笑話，到了街頭便跟那裏的觀眾顯得格格不入了。他們所代表那個財富和成功的形象，徒然引起觀眾的反感。這些演出，要觀眾娛樂一下，從街頭的現實逃避出來，然而，事實上，這個襤褸猥瑣的現實，卻正是他們不能不長期面對的。正因為這樣，難怪每次「百老匯到街頭去」，都被他們大喝倒采了。

　　有些獨立的劇團在這方面努力過，比如約瑟·柏比的「動態劇場」便在哈林區的公園演出過《哈姆雷特》，又有些別的劇場在貧民區演出過契訶夫和莫里哀的戲劇，可是他們都失敗了，觀眾的反應都很冷淡。連奈·鍾斯向柏比說：「廢話，他們並不需要哈姆雷特呀。給他們演些關於他們的生活的戲劇吧。」鍾斯無疑是有道理的，這些劇團，說要改革這些街頭的世界，卻連這裏人們的生活和要求都弄不清楚，這豈不是笑話？一個真正的街頭劇場，應該歸屬於它所演出的環

境，而不是把一些古老的概念硬湊出來強人接受。

晏力其・華加斯（Enrique Vargas）主持的「臟腑劇場」卻是不同的。他每次在某個街頭演出前，一定先化幾天觀察人們一日中的生活習慣，了解甚麼可以使他們感動，甚麼使他們發笑，他們讀甚麼書報，喜歡甚麼漫畫，當地的牧師用甚麼方式跟他們講道等等。所以一切細節都能顧及，甚至當他們有小孩子演出的時候，也會曉得他們玩的是警察和吸毒者的遊戲，而並不是牛郎和印第安人的遊戲。

他們在街頭演出，演員跟觀眾的關係是很特殊的，演得不好的時候，觀眾們要就溜掉，要就向台上扔東西。如果演員不能完全控制他周圍的一事一物——比如說，一個嚎啕的孩子，對開幾條街外救火車的號聲，身旁一個推推挨挨的傢伙——那麼他就休想在街頭演出。演員一定要針對環境，利用它來發揮更大的效力。讀人類學出身的華加斯，曉得怎樣揣摩觀眾的心理，觀察他們的態度，他認為演員不是要向觀眾表演，而是跟他們一起表演。

他們的演出中，劇本的文學性內容遠不及它的戲劇性目的重要，因為這不僅是一種街頭戲劇，還是一種新的生活態度，就像生活劇場的貝克所說的那樣：把革命帶進生活中去。早幾個月，「臟腑劇場」在街頭演出，就集合了當地被迫遷的人們的意見，準備聯合起來向當局交涉，這顯然不是普通的戲劇演出那麼簡單了。

「臟腑劇場」又演出過一齣《演說席》，劇中有人在演說

席上演說，到了後來，有人出來推翻它，一個人推不動，幾個人來幫忙就推翻了。這時，劇場的人向觀眾說：「你們怎樣想？這是不是我們的演說席？」他們引領觀眾到這個地步，使他們明白所說的是真的，對了，說的是團結，是一致行動。然後演員們就把小冊子派給那些有反應的觀眾，教他們怎樣互助一致來改善生活。

當然，每次演出不一定是相同的。每個區域自有它的不同，不同的環境有不同的需要，因此演出的方法也是變易的，因為演出的形式乃是依據一個環境的傳統和需要而定的呵。在演出方面，華加斯提出三個要點：（一）、認識你自己：如果你曉得自己是誰，你便知道該怎樣作了；（二）、生存的最好方法是甚麼：你最善於利用甚麼工具與團體溝通（動作，聲音，還是文字）；（三）、與團體聯繫的最好方法是甚麼：找出最簡單而又不把別人拒諸門外的方法。

《香港時報》「文藝斷想」，1968 年 11 月 22 日。

也斯的
六〇年代

街頭的戲劇

在街頭演出的劇團，除了臟腑劇場以外，還有艾鐵圖劇團、三藩市滑稽劇團和游擊隊劇場等。

這些劇團在街頭，在公園，或者在小型的劇院演出，不過他們的演出跟一般劇團是不相同的，這大概是他們對「戲劇」二字的看法跟一般劇團也不相同的緣故。作為《戲劇評論》季刊的編輯，而又熱中於街頭戲劇的李察·舒協納，便在《村聲周刊》上發表過一篇宣言式的文字，認為戲劇「可以包括示威、政治集會、宗教節日、日常生活的慶典。當戲劇不那麼自覺地美學化的時候它就更加是一種藝術了。我們的模範應該是古雅典的市民慶典，中世紀的輝煌儀仗行列，伊利沙白時代同樣的喧囂氣氛，未開化民族的擁抱儀式……」（《村聲周刊》，六七年九月七日），可算是道出街頭戲劇的方向了。

艾鐵圖劇團是其中最成功的，它由南加利福尼亞的農場工人工會組成，用來幫助採葡萄工人彼此組織起來。他們的演員都藉藉無名，演出時也沒有打扮，他們的劇中沒有甚麼優雅的台詞或者新奇的技巧，對待普通觀眾也跟在工場娛樂採葡萄工人時沒有兩樣。他們的歌曲簡簡單單，利用音樂來配上簡單的口語。戲劇內容也和一般的不同，比如他們有一齣《第五季》，便是描述工人與自然的關係──一個古老的題材，但卻是現代戲劇所忽略了的一個題材，劇中演員掛上標

誌，說明他的角色，其中一位演員說：「我是夏天。」這許多方面，都使人想起中世紀時的道德劇來。

　　三藩市滑稽劇團在一九五九年組成，比較起來，他們比艾鐵圖劇團有更多美學化的意圖，他們自視為現代戲劇衰老的陳言聲中的一服解毒劑。這劇團在公園、在街道演出過，在三藩市還有自己的劇院。所以在街頭演出的戲劇，就像臟腑劇場一樣，一定要適應它演出的環境，跟隨那環境脈膊的節奏跳動的，尤其像三藩市滑稽劇團這樣聲言要在演出中激起觀眾的轉變的劇團，他們說要使自己成為一支富有生命的激進的力量，這樣的情形下，顯然就不能不顧及環境的條件，不能不吸取環境中的各種反應了。

　　依字面猜想，游擊隊劇場除了標示它是一支非正統的文化軍隊以外，大概也含有這種適應不同環境，隨遇而安的意味在內吧。上面說過的舒協納，他便是主持過游擊隊劇場的演出的，依照他的說法，美國社會的危機是跟每個美國公民有關的，因此藝術家就很難避免作品中的社會性了。一個城市主要的部分在它的街道，因此他們都是在街道上演出的，這樣，他們可以吸引一些過路的行人，一些附近的居民。但是演員與觀眾之間卻是沒有甚麼固定的約定的（沒有門券，沒有演台，也沒有觀眾席），因此演出的效果如何，很難預知，要視演出環境而定，更不能不依據環境的轉變而轉變。

　　當他們吸引住一個過路的觀眾時，他們的演出向他提供一次真實的或象徵的經驗，他們給予他一樁演出或一樁驚

奇。不過，他們這樣做，主要是社會性的改革而不僅是技巧的實驗，那是他們的社會，因此他們設法去改變它，這是很自然的。問題是，當他們利用戲劇來作為改革社會的手段，也許不免會碰到作為改革不夠有力作為戲劇又太蕪雜的那樣的難題吧？這些街頭的戲劇，就像德國劇作家布列赫特的「史詩戲劇」一般，是要求觀眾的理解多於感受的，那麼就像布列赫特一樣，他們自然也不免會要設法回答「戲劇怎能既是用來訓誨而又供人娛樂」的這個問題了。

《香港時報》「文藝斷想」，1968 年 11 月 23 日。

正名

　　艾略特呢，還是歐立德？這倒是一個問題。T. S. Eliot 被介紹過以後，十多年來，譯名無數。其中比較通行的一個是「艾略特」，用了下來，倒也相安無事。近來讀到顏元叔的一篇文章，建議正名為「歐立德」，作為一個表達情意而不僅是發音相似的譯名，果然是頗為言之成理的。香港已經有些人在用這個譯名。

　　一個作者有許多個譯名，我是不反對的，但如果說把外國作者的名字譯為中文，一定要帶點意思，而不能淨是音譯，那就難了。這樣說起來，杜斯妥也夫斯基、祁克果、黑格爾、沙特，都是不合格的譯名，都要等我們那些留學回來的教授，「提出一個反糾正，務必正名一番，以洩胸中悶氣」了。

　　歐立德這名字包括了譯者的態度，即是說，譯者認為他是一位立德君子，所以就這樣稱呼他。但是未必每個人都如此尊敬他的，我就對其人其詩沒有甚麼好感，因此很難跟着用這個譯名，艾略特這譯法其實就沒有甚麼不好，如果一定要說想起「略讀之後歸入特難一類」，那麼，歐立德也使我想起歐德禮娛樂公司之類的東西。

　　中國人似乎是特別愛起名字的：以前的人，入學有入學的名字，做官有做官的名字，還有別名、字，和數之不盡的別號，不單是自己起名字，還替別人起，老爺太太替買進來

的丫頭起，正室替妾侍起，確乎是一種蓬勃的咬文嚼字的文化。活在現代，這樣的機會減少了，因此有空抓個洋鬼子來正正名，大概也別有情趣發洩下「思古之幽情」。

《香港時報》「文藝斷想」，1968 年 11 月 26 日。

從英譯看大江健三郎（上、下）

（上）

　　美國的叢林出版社最近出版了《個人的體驗》的英譯，這是大江健三郎長篇作品英譯出版的第一本。這本半自敘性的小說，主角是一位二十七歲的速成學校裏的英語教師，妻子誕下了一個畸形的腦部受損的嬰孩，而他要決定讓他死掉還是活下來。經過一連串的際遇——他遇到一位喪了丈夫（自殺而死）的前任女朋友，一位放棄一切來跟個日本女郎同住的外國外交官——這位英語教師發覺到自己為甚麼對那無名畸形的嬰孩感到威脅和驚慄，又為甚麼對這椿不可預知的意外事件瘋狂地拒抗的緣故。大江健三郎自己便有過一個這樣的兒子，所以這書可算是半自敘性的，但書中所涉及的「對真實的追尋」的主題，卻又是非常小說化的。

　　被三島由紀夫稱為「在戰後的日本小說界達到一個新的高峰，……他獨自成為我們七十年代的代言人」的大江健三郎，今年不過三十三歲，已經有八本小說，兩卷散文，和數不清的短篇作品了。不過他在歐美文壇依然還未獲得普遍的認識。他作品的中譯，我只看過一篇〈奇妙的工作〉（陳其滔先生譯），反而從雜誌上讀到英譯的〈死的奢侈〉、〈捕獲〉、〈天魔〉等短篇和中篇（約翰・彌頓譯），我曉得，從英譯看日本文學，怎也不免隔了一重，依英譯來談日本文學，更難

免被譏為外行了，可是我覺得大江健三郎這幾篇作品，透過翻譯，看來仍然出眾，好英譯跟一些一流的英語小說比較，也毫不遜色，這是我想在這裏介紹的原因。希望有些精通日文的譯者們能把它們翻成中文來，這樣讀者們就可以有一個更完全的印象。

〈奇妙的工作〉寫三個大學生找到一份課餘差事；把大學附屬病院內的一百五十頭犬宰殺掉，結果卻發覺是被肉類經紀利用了，徒勞無功，連薪酬也沒有──「我們是曾打算殺犬的吧！我用曖昧的聲音說：可是，被殺的卻是我們呀！」「犬被殺倒下，皮被剝掉了，我們雖被殺卻在繞行着。」──文中寫到犬隻們互相相像的站着，「就連我們或許也變了那樣子呀！全然沒有了敬意，無精打采地被繫着，彼此相似，沒有了個性的，模棱兩可的我們，我們日本的學生。」從這點看，說這篇小說是對任人主宰的日本青年一代底處境的暗寓，亦未嘗不可。

死亡和徒勞無功的題材，再度出現在〈死的奢侈〉中，這篇小說在很多方面跟〈奇妙的工作〉很相像，課餘工作的一男一女兩個大學生，加上一個管理人，三人在醫學部的防腐室中把解剖用的幾十具屍體從舊的酒精槽中搬到新的酒精槽中去，辛勞一天，黃昏時卻來了一個教授，說他們弄錯了，應該是把舊的屍體搬出去準備焚化，因為教育部長明日來查察，故必須在黎明前做好，女學生病倒了，男學生和管理人二人欠缺人手的做着，男學生還擔心着沒有薪酬發給。

〈死的奢侈〉接觸面較廣泛，它寫三人對死屍的反應：管理人長期面對屍體，他說當他自己的孩子出生時就有一種奇特的感覺，彷彿自己在作一些徒勞無用的事情那樣。女學生正在懷孕，她想藉這工作來找錢墮胎，屍體使她噁心，後來，她打算把孩子留下來了，「看着槽中的人們，我覺得，即使我的嬰孩死掉，也要等他生到世上來，長着他自己的皮膚，這樣的事情才算妥當。」可是，她卻摔倒了，腹痛得不能工作。男學生讀的是法國文學系，準備寫拉辛的論文，卻跑來搬屍體。他回答管理人說自己並不抱着甚麼「希望」，他像大學裏任何一個學生那樣苦讀着，並沒有時間來希望或失望，每日因睡眠不足而暈眩，功課卻做得妥當，過着這樣的生活是不需要希望的。這男學生在這次工作的時候感到不順遂，他覺得很難跟別人說明甚麼，送屍體下來的醫科學生好像「當他是生癲病的」那麼盯着他，彷彿當他也是一具屍體。〈死的奢侈〉技巧也是比較成功，比如寫酒精槽中屍體的這一節：「手臂互相交纏，頭顱抵着頭顱，死者弄到茶棕色液體的表面，然後徐徐沉回去。它們都包纏在柔軟了的淡棕色皮膚裏，各自是強韌而又密不透水的；彼此都是內向的，卻又緊緊的抓住別人。它們的身體見得脹大，給它們的臉孔帶來富足的神色：所有眼睛都緊緊閉上。一種發散的臭氣昇起來，充滿在這密室的空中。黏着的空氣網羅住每一下聲響：回聲變得笨重、肅穆。」描畫出一個魔性的隔絕的死的世界。

（下）

　　〈捕獲物〉同樣是涉及死亡。一個與城市隔離的鄉村裏，有一天捕獲了一個敵軍的黑人機師。村民向城市的地方政府報告，得不到回音，便暫時把這俘虜安頓在一所儲物所的地下室中。孩子們從天窗上窺伺他，又覺得驚懼又覺得好奇，日子久了，跟他漸漸混熟起來，讓他解了鎖扣，到外邊走走，大人們見了也不介意，因為相處日久，大家都彷彿覺得他是「家中飼養的一頭動物」那樣，直到有一天，城裏派來信差，要鄉民把他押去，孩子們捨不得，其中一個跑去想警告他，雖然言語不通，也還是明白了。大人們來到，黑人俘虜捉住那孩子作為威脅，過去他是他們心中的野獸，現在他再度為「敵人」。孩子父親掄起斧頭，搏鬥結果，孩子受了傷，這俘虜死了。

　　這篇小說以小孩子作為第一人敘述，就像〈奇妙的工作〉、〈死的奢侈〉中的大學生們一樣，這小孩子首次面對死亡的面容，也許對死亡的認識是使這些年輕人走向對一切都習慣下來的成人世界的路吧，這孩子說：「忽然我熟習了突然而來的死亡以及死亡的面貌了——它是一時煩憂，一時微笑着的——我就像村裏的大人們那麼熟習了它們。」小說中寫黑人俘虜，用了許多動物的比喻，就算他許多行為也是動物化的，起先他當着村人面前撒尿，海浴時與母羊交合，他像鼬鼠一般同是村民的一頭捕獲物，而且，像鼬鼠一樣，他的死

亡也只遺下一陣臭氣。人的捕獵是戰爭的把戲，在這樣一個
與世隔離的小村裏，原先以為戰爭不過是像一次只會沖走遠
地的羊群和作物的洪水的，可是戰爭還是來近了，即使在這
樣疲怠癱瘓的村中，即使在這鄉下孩子的心裏還是很早就感
到了死亡。

〈天魔〉中十八歲的男學生像〈死的奢侈〉的主角一般
也是幹着課餘差使，不過卻是一宗奇怪的差使——陪伴一位
二十八歲的據說是瘋了的作曲家 D，陪伴着他到處去走。在
戶外的時候，D 常常會說看見一個袋鼠大小的嬰孩，穿着白
布睡衣的，名喚埃桂，從天空上降到他的肩膀上來而他就跟
它談着話，D 還自稱不是活在現在的時間中，而是活在一萬
年後而藉着時間機器到了現代來的。這學生跟 D 的前妻談
起，才曉得那嬰孩是指他們夭折了的兒子，因為他最初生下
來時背部有一個大瘤，D 拿主意讓他死掉了，後來才發覺那
不過是一個溫和的腫瘤，沒有大礙的。自那時起 D 就開始看
見幻象，他喚它作「埃桂」，因為那是嬰孩出生後只說過的一
句話，所以「埃桂」就是指他們夭折了的嬰孩。D 的一個情
婦說：「如果死後的靈魂一定要永遠跟它們的記憶活在一起。
那麼一個未曾曉得甚麼又未曾經驗過甚麼的嬰孩的靈魂又怎
麼樣呢？它能夠有甚麼記憶？」所以 D 也不再讓自己有甚麼
記憶，因此他不當自己是活在現代的。

D 向那學生說：「在一張達里的繪畫中，種種色色曖昧的
形象在地面對上大約一百碼的太空中飄浮着，映着象牙色的

白光。這就正是我所見的世界。你曉得那些發光的物質是甚麼嗎？它們是我們從這世上失落掉的東西，它們是的，而現在它們在地面對上一百碼的天空中飄浮着，像顯微鏡下的變形蟲那麼靜靜的發着光。」

到了聖誕節前夕，Ｄ跟那學生一道外出，那名叫埃桂的嬰孩彷彿又從天降到Ｄ肩上了，看來好像是為了救那嬰孩，Ｄ給貨車碰倒重傷而死。當他瀕死的時候那學生禁不住向他說：「我現在開始相信埃桂的存在了。」

十年後那學生在路上給一群孩子擲石擊中眼睛，自此他不住看見幻象，但是他覺得，儘管眼睛受傷，如果因此有能力看見自己從天空高處降落下來的那些失掉的東西，那還是值得的。

因為是經過了幾重翻譯，文字的優美我們暫不去說它。這幾篇小說中情節的豐富和題材的多面，至少是無可否認的。就我看過大江健三郎的這幾篇作品，發覺它們有兩點共通的特色：一是常以少年或小孩為主角，以他們的觀點與成人世界的作一對照，一是對死亡的主題執着，不管這死亡，是以死物（物化的屍體）、動物，或幽靈的姿態出現。

《香港時報》「文藝斷想」，1968 年 11 月 27 至 28 日。

漫談日本作品中譯

上星期的「中央副刊」，登載了川端康成〈伊豆的舞娘〉的中譯，讀來覺得真是一篇淳樸、溫暖的清澈如水的作品。這跟《沙丘之女》那樣敏感到近乎神經質的現代人的獨白，又是極端地殊異了，現代文學的面貌，到底是千變萬化的，能夠容納各式各樣的作品，文學才可以蓬勃起來。

川端康成的《千羽鶴》，中譯也快由開山書店出版，對於關心現代文學而又不懂日文的讀者，這實在是好消息。近年來的外國文學，被譯成中文最多的是日本作品，除了井上靖、谷崎潤一郎、橫光利一、芥川龍之介等十多年前已有翻譯以外，近一點的安部公房、丸山健二、川村晃、三島由紀夫、大江健三郎、大庭奈美子等都有人譯過。大岡昇平的《野火》和柴田鍊三郎的《一網兜收》中譯都出了單行本，石川達三的一篇小說中譯現在還在一份晚報中連載。我這樣寫好像在白鈔人名來填滿篇幅，可是如果你叫我舉出被同樣熱烈翻譯過的當代法國作家有多少，恐怕橫鈔豎鈔也數不出那幾個。

必需聲明一下，並不是反對翻譯日本作品，事實上這方面作得還未夠，許多作家只譯過一篇作品，對於了解他的風格還是不完全的。我的意思是，並不是日本作品譯得太多，而是別國的作品譯得太少了。到底翻譯也是像創作那樣，應該容許各式種類不同的作品共存呵。

《香港時報》「文藝斷想」，1968 年 11 月 29 日。

也斯的
六〇年代

通俗作家及其他

　　電影《飢渴的女子》的原著作者，是日本的首席通俗小說作家松本清張，由通俗小說改編成的電影並不少，不久以前，才上映過一張依據黑岩重吾作品拍成的，由此也可知他們受歡迎的程度。據說日本的通俗作家從不自詡為純文學作家，這實在很合理，一件作品決不會單純因為通俗受歡迎價值就打了折扣，難道一定要標上純文學的籤條，才可以證明高人一等？恐怕祇有較低能的作者才需要這種保障。

　　以前英國文壇有過一場「額之戰」，主要是「高額」與「低額」之爭，「高額」認為「低額」者粗鄙而沒有學識，「低額」者認為「高額」專愛唱高調，彼此罵戰起來。後來維珍妮亞・胡爾芙寫了一封公開信，認為問題並不是高低額之爭，而是高額低額與「中額」的衝突，所謂中額，就是指那些依循模式、附庸風雅的人士。胡爾芙的話我記不清楚，不過如果簡單舉個例，則可以這樣說，同是看一本喬哀思的小說，真正懂得（喜歡或不喜歡）的可算高額，不懂就乾脆說不懂的可說是低額，不懂而裝懂（恐怕有失體面）的就是中額了。高額真正有學識，低額坦白得可愛，唯獨中額的造作惹人反感。

　　最近看到一張名為《博物館短劇》的地下電影，裏面一個女子和一個比尼克（五九年還未有希僻吧？）在對話，那個女子說化了個半星期研究堅斯堡的《吼》，又說其中某一句

究竟有甚麼「訊息」，是象徵甚麼？那個比尼克沉思一番，說：「恐怕堅斯堡那老頭子也未必曉得吧。」這是典型的低額態度，比尼克和希僻都擺明是低額的文化，他們的好處是從不「作偉大狀」。

通俗作家的優點也在這裏。事實上通俗只是指讀者接受的程度，未必與作者水準有關。作品的好壞必須從作品本身判斷，決不能說因為是通俗文學就一定是劣等的，純文學就一定是優秀的。

《香港時報》「文藝斷想」，1968 年 12 月 3 日。

也斯的
六〇年代

讀杜拉的《英國戀人》

　　《英國戀人》是馬加烈‧杜拉去年出版的新作，這本小說的一個特色是全部用對白表現，在杜拉以前的作品中，對白一向就佔着重要的位置，這或許與她之作為劇作家和電影編劇有關吧，她編劇的《廣島之戀》等不用說，在小說作品如〈廣場〉、〈泰昆尼亞的小馬〉、〈直布羅陀來的水手〉中，利用言語作為角色傳情、渲染氣氛的工具，同樣異常成功。《英國戀人》由三段對話的錄音紀錄構成，言語的位置更重要了。不過所謂錄音，當然祇是一種技巧上的假借，跟安地‧華荷第一本小說 a 那種即興錄音寫成的方法全不相同。

　　《英國戀人》寫的是一宗謀殺案——警方在不同路線的火車貨卡中分別發現了一具支解了的屍體的各個部分，調查結果，發現這些火車在路程中都經過一地：維可尼的高架橋，因此斷定兇手是從那裏把屍體支解了擲到不同的火車上去的。他們結果在那裏破了案。可是，兇手克麗和丈夫比埃和死者馬麗蒂萊斯在那裏住了二十多年，馬麗蒂萊斯是克麗的表妹，是一個又聾又啞的女子，一向幫助他們料理家務，彼此間從沒有過甚麼衝突，那麼克麗又為甚麼殺死她呢？

　　這書的三部分是由同一個調查者與咖啡店主人、丈夫比埃和兇手克麗三人所作的三段對話，目的是想找出克麗謀殺的動機。她為甚麼謀殺馬麗蒂萊斯？是因為她妒忌她丈夫嗎？是因為死者比她年輕嗎？是因為死者又聾又啞使她不安

嗎？是因為管理家庭使她煩厭嗎？可是所有這些都是片面之辭，事實上克麗丈夫與死者並沒有甚麼曖昧關係，況且克麗與丈夫的關係非常冷淡，對他的外遇也絕對不計較；克麗也不必理家，一切家務全交給馬麗蒂萊斯去作，她自己就整天坐在花園裏甚麼也不作，她們之間從沒有發生過衝突。那麼她究竟為甚麼殺人，是因為她瘋了？她真是瘋了嗎？

為動機不明的謀殺找尋動機，這使我們想到《惡向膽邊生》，可是《惡向膽邊生》之把謀殺動機歸咎於主角父親的壓抑，卻實在是一個太輕率的答案。人的情緒僅是如此單純，人幹每件事的動機又是如此容易解答的麼？

從一個人眼中猜度別人所作所為的動機，往往是帶着誤解的。處理這種題材最成功的一篇中文小說是〈第一件差事〉，文中寫一位初上任的警察的第一件差事是去調查一位自殺男子的死因，他向死者生前的朋友查詢，歸納一番，以陳舊的道德觀點寫成一篇報告交差。作者成功的地方是在他沒有直接陳述自己看法，而用對比的方法代替，可是他給人誤會的地方也在這裏——幾星期前看到一份週刊上一篇批評文章，認為對作者篇末的結論（其實是文中警察的結論）勢難同意。這種批評顯然是連第一身敘述者的觀點與作者本身的觀點也未分開。主觀猜測帶來的誤解，這又是一個例子。

《英國戀人》並沒有回答謀殺的動機是甚麼，它的目的不在此。書末克麗與那調查者有這麼一段對話：

也斯的
六〇年代

如果我告訴你，我為甚麼殺掉那個笨重的胖聾婦人，你會跟我繼續談下去嗎？

不，我想不會了。(P.121)

她沒有告訴他，也許她自己也根本不知道。但是如果她告訴了他真相而他不再談下去那又有甚麼用呢？真相實在並不及隱藏在真相背後的東西來得重要的：我們不僅是要曉得某人為何做某件事，主要的是我們了解他是一個怎樣的人，甚麼影響形成他的想法和做法。找出謀殺的動機只能滿足我們的好奇心罷了，了解兇手的為人才是最重要的。

從幾個人的觀點談克麗，儘管每個人的觀點會有差異（比如克麗有沒有在夜晚遇到阿方素，克麗有沒有叫阿方素把電視機扔進井中？這些小節在書中是人言人殊的），但至少我們可以從多方面去了解她，而其他各人觀點的差異又幫助我們了解他們自己的偏執。這樣的情形下，對話顯然是比一個全知全能的單人敘述更能配合這種效果了。

書中死者的肢體都找了回來，只是欠了頭顱——

作者也許沒有甚麼象徵的意圖，只是我們不禁會猜，是不是說，支離破碎的真相倒是可以拼起來，但主要欠缺的，卻往往是一個了解這種真相的腦袋呢？

《香港時報》「文藝斷想」，1968 年 12 月 4 日。

歹角

以演慣歹徒配角出身而當上主角的，除了遠一點的李馬榮、占士高賓等外，最近《無敵隱身客》的柏德歷奧尼爾和《職業殺人王橫掃暗黨》的亨利施路華都是如此。在一般電影中，歹角總是站在陪襯的位置，大概這也是為甚麼演慣歹角的演員總是藉藉無名的緣故，不過名氣儘管沒有，歹角也自有歹角的工夫。

《電影》季刊的主編伊安甘馬倫與人合編了一本專講歹角的書，可算是這群無名英雄的點將錄。裏面除了包括李察威麥、積皮連斯這些著名歹角外，也包括了許多一般觀眾只認得臉孔卻不曉得名字的陌生者——便就是這群人，平時在電影中扮得凶神惡煞、殘暴、混帳而又討人厭的。碰上這麼多姿多采的罪惡勢力，影片中正義的人們尤其顯得正義了。

甘馬倫說在影片中歹角們的生存比率總是出奇的低，不過他們卻總分配到精彩的對白。即使在壞電影中，如果有一句不尋常的對白，那也多半是由歹角嘴中唸出的。不過歹角們也總是死得最慘，比如在電影《第二機會》中，積皮連斯便被女主角用鋼筆尖插死。歹角們又總是有着最驚人的臉孔，因為有時一個歹角的外貌看來比他的演技還重要。比如亨利施路華，他有着狹小深陷的眼睛，因此不必表示甚麼，別人對他之作為歹角已經是深信不移的了。

《香港時報》「文藝斷想」，1968 年 12 月 5 日。

也斯的
六〇年代

鬼怪之夜與老爺車風雲

上星期看到浸會書院的系際戲劇比賽，那本來是他們作為學生日節目一部分的一個小規模演出罷了，然而在選擇題材和演出技巧方面，確有不少新穎的地方，在香港一般劇團的演出中是看不到的。

參加比賽的有十多系。外文系的一部《鬼怪之夜》，沒有故事，沒有情節，三個扮鬼扮怪的女子，站在台上動也不動，台後播出使人毛骨悚然的配音，幾分鐘過去了，然後，她們跳起舞來，一直跳到台後，劇終了。觀眾嘩然。有人拍掌，有人呼叫。它由頭到尾都能夠直接刺激觀眾的情緒，而這不正是現代戲劇的精神嗎？戲劇應該讓人看了產生驚悚、愉快或者憤怒這些本能的反應的。

社會工作系演出《老爺車風雲》，由四個黑衣女子蹲着扮成車胎，二個黃衣男子手執車牌彎身站着扮成前後車蓋，合組成一輛老爺車。一個男子約他女朋友乘這車兜風，全部演員以老爺車的節奏搖擺身體，煞車的時候一道止住，動作配合得妙到毫顛——或許是從《快樂旅程》取來靈感——少不了車頭蓋砸住人頭，女孩子下車推車，背後車聲怨聲載道等等明快笑料，結果是老爺車散個稀爛，演員伏倒地面。幕落。

土木系的《訪問太空人》富有新意，太空船利用滑輪降落，太空裝用錫紙製成，總統從電視機中與人握手，所有道具物盡其用，訪問者與演說者順理成章的手持米高峰，說話

比較好些系清晰可聞。《訪問太空人》的演出是物勝於人，道具和服裝非常出色，演記者的演員們卻太呆板了，這方面當然比不上讀新聞出身的傳理系。後者的《搶新聞》，涉及的全與大眾傳播有關，比如記者、採訪、新聞、電話、告示牌等等。開始時用人來手持牌子說明「何時」、「何地」、「何故」、「何人」、「怎樣」，確是一種嶄新的手法，演記者用「修理」牌子霸着電話來搶新聞，故事簡單而具戲劇性。由人來扮演電話又是一絕。

　　史地系的《午餐》是直接取材自該校的膳堂風光，配音用的也是膳堂的現場錄音，沒有對話。是一部散文式的抒情作品。有一段時間中台上沒有甚麼事情發生，祇是一群人吃着。用傳統的看法這便是冷場，但我覺得這是無相干的。同樣的題材可以用不同的手法處理，現在這樣固然可以，用新一點的手法亦未嘗不可，假若換上了安地‧華荷來導演，也許他便會讓演員們一吃吃上六七個鐘頭，根本沒有甚麼別的事情發生。戲劇中是否一定要有甚麼情節呢？

　　生物系《小象步姿》的人物造型惹來不少笑聲，可知觀眾對男扮女裝仍有濃厚興趣。男扮女裝或女扮男裝的傳統可以追溯到很遠，在中國是梁山伯祝英台，在外國，莎士比亞的一些喜劇也往往環繞這個題材，比如《如願》中羅莎連扮成牧童試探她愛人奧倫杜，把扮成牧童後再在奧倫杜面前假扮她自己而在莎士比亞那時代又是由男演員來飾演女角的，所以實際的情形便是這樣：一個男子扮成一個女子再扮成一個

男子再扮成一個女子,極盡變化之能事了。現代紀涅的《使女》也指明是要由男子飾演其中女角,沙特對這早有解釋。男扮女裝確是大有文章的。不過《小象步姿》一劇最成功的還不是人物造型,而是他們對節奏的把握,步姿整齊。

不打算逐一數出其他各劇了,歸納一下當晚較佳的戲劇,發現它們有幾點特色:一是動作重於言語,上面提到的六個戲,其中五部都不用對話,只有配音。他們的動作設計又非常出色豐富。當然戲劇中不一定動作優於言語,但如果一部戲劇單靠優雅的對白來討論大問題(比如當晚的一部《畸人》就是幾個人坐在一起用被認為精彩的對白開座談會般討論畢業生出路),那麼何不開講座或者演說會而要演劇呢?另一特色是它們的題材新鮮,全部都是自己的創作,比如史地系的《午餐》從學校生活中找來靈感,給人一種此時此地的感覺。對於那些只會搬演五四時代戲劇的劇團來說,浸會學生的作品值得他們借鏡。

還要說的是他們創新的技巧:外文系的反情節,社工系和生物系的把握節奏,土木系和傳理系的善用道具,在目前香港戲劇的演出來說是很難得的。這種新鮮的、生氣勃勃的學生戲劇,實在值得我們注意。

《香港時報》「文藝斷想」,1968 年 12 月 7 日。

《人神相忘》（上、下）

（上）

　　《人神相忘》是埃及作家亞爾拔‧可撒利（Albert Cossery）的一本小說，當美國的「城市之光」，重新印行它的英譯本時，亨利‧米勒給出版人去了一信，他這樣說：「很高興你們重印《人神相忘》。我最近重讀它，仍然覺得它是一塊瑰玉。在某方面來說，它是一部經典之作。我從未在任何地方見過任何跟它相像的東西。可撒利的所有作品都具有一種罕有的、異鄉情調的、縈繞於心的獨特興味。他使人同時哭泣與歡笑。我只祈望你們這次印行他的第一本小說，會使到更多人認識他。……」

　　可撒利筆下的《人神相忘》是一個貧窮、狹隘、殘破而又凶暴的世界，人活在其中，互相折磨，每個人又自有自己的慾望和欠缺。

　　第一篇是〈郵差〉，蘇巴是孕婦街的一個郵差，他給洗衣商帶來一封信，原來是屠夫索租，要收回洗衣舖子，沒收店裏的一切東西，可是店裏早已甚麼也沒有，幾件用具也生了鏽。不過這區裏生活比較過得去的人們，習慣聚在他店中吸食大麻，這店子因此賦有一種榮譽，如果店子被收回，那麼這種尊嚴也沒有了。因此洗衣商人決定回家把妻子打一頓，好使丈母娘於心不忍，拿錢出來交租。郵差聽着洗衣商人的

決策，也說出自己的秘密，原來這郵差給這街上的人派信，但他們多數是不識字的，多數叫郵差唸出來，所以他掌握了全區人的秘密，自己有一種優越的感覺。儘管街上的人對他穿着代表權勢的衣服，非常痛恨，對他極盡羞辱的能事，但他還是沾沾自喜，不願意調到別的區域去。

洗衣商人之求保持象徵榮譽的舖子，說來也像郵差受盡嘲辱仍要留下來以保持一種優越的感覺一般吧。可撒利的平行的寫法是巧妙的，他筆下這些人物，在這世界上受盡磨折和貧匱的打擊，然而卻一面還是近乎可笑地固執着，而他們所固執的——你稱之為榮譽或優越感的——或許就是他們的尊嚴。

〈女子和吸大麻者〉裏的馬穆像〈郵差〉中的洗衣商一樣藉睡覺來逃避，不過他做的卻是大麻之夢。又像〈郵差〉一樣，人與人間是互相惡嘲、屈辱而至於破口大罵的，馬穆說：「他們說我怎樣怎樣有甚麼相干，難道我是待嫁的處女麼？住在這區的人們都是白癡，至於女子們，她們都是妓娼。沒有男人一道睡覺時便祇有喋喋不休了。」在夢中他也詛咒，咒甚麼呢？不知道。生物、人、動物，誰知道呢？他在夢中給各種顏色的犬隻追逐着，牠們都有着長長的牙齒，而他便是希望藉着吸食大麻來忘記牠們。當然，他要逃避的不僅是夢中的犬群而已。

〈理髮匠殺了他妻子〉。為甚麼理髮匠殺了他妻子呢？這是銅匠察圖苦苦猜想的問題。一個警察告訴他掃地工人反對

非人的待遇而要求加薪的事，這使他想，這事和理髮匠殺死妻子那事之間，是隱約有一個共同的原因在後面吧。

　　銅匠察圖的兒子因為得不到羊作禮物而哭起來，這是孩子們的方法。孩子們用嚎啕大哭來對付這世界的不公平，成人們呢，在〈郵差〉和〈女子和吸大麻者〉中，他們使用的方法是大麻、是性愛、是昏睡、是幻想、是遺忘，但是，有時，像〈理髮匠殺了他妻子〉中那樣，他們也可以像理髮匠殺死妻子或者掃地工人的反叛那樣，從事實際的行動，這是成人們可以作的。

（下）

　　〈狂想的危險〉中，亞堡・察華利是一所叫化子學校的老師，他教導學生種種行乞的伎倆。在普通學校裏，學生是要整齊清潔的，可是在他這學校裏，學生卻要保持他們本來蓬首垢面的樣子，學生臉孔太乾淨反而挨罵，甚至被開除。另外一位研究心理學的「學者」杜福・加厄則提出相反的意見，認為要迎合施捨者的心理，乞丐不能太襤褸骯髒，以免把別人嚇着了，效果不佳。

　　老師察華利的回答是：「我們並不想憑着扮成賣藝人來爭取生存的權利。」事實上，如果要他們掩飾本來的面目，難道要他們扮成清潔快樂，並且要別人相信他們本是如此？他們本來是斷臂、跛足、盲目的，他們的孩子本來是又疲倦又飢

也斯的
六〇年代

餓的睡在腐肉和糞便之間的，難道為了一些心理學的理論，他們必須裝成並非如此？

〈飢餓的人祇夢想着麵包〉同樣涉及狂想與現實對立的題材。一個過氣演員，他想要用獨特的方法來革這個世界的命，從他幻想的深處浮現出種種式式的解決方法，但是它們都顯得與現實的需要無涉。直至他瞪開眼睛看清楚周圍的現實：砌磚工人失業，他的兒子病重因為沒錢買藥而病死；街上一個名喚巴森的人，他自己是一貧如洗的，但是每次有人死了他都去負責埋葬，埋葬別人多了，但將來自己死掉卻不一定有人去埋葬他，他看起來就像在頭上頂着副棺材，走路像一具屍體；又有一個鐵路職員的女兒，因為長得醜陋不敢出家門一步，只是藉着幻想來遺忘現實，在夢中她總是漂亮的公主。其實那位過氣演員何嘗不是同樣耽於幻想？過去他不過認為人是毫無危險的機器，現在他可接觸到每一日每一刻那些驚人的現實了。

「人的基本的需要是活下去，擊退那些長存的愁苦與饑饉的壓力而活下去。」但是作者可撒利顯然並不是一個盲目的樂觀主義者，就像他筆下的察華利那樣，他反對白日夢，他是最嚴酷的現實主義者，不帶絲毫慇懃的態度，他筆下的現實會握住人們（讀者）的咽喉，使他們屏息，使他們不存任何樂觀的虛想。

他筆下的人物，神忘記了他們，他們也忘記了神。他們活在貧窮殘缺的世界中，在尿與死野獸的氣息中，在饑饉與

欠缺和自慰的幻想中，而可撒利沒有安排光明的結局或者故作偽善的憐憫，大概便是因為他曉得，現實的面貌既是如此驚人，那麼，用狂想來逃避它或者用心理學來掩飾它都是無濟於事的。這就像該撒‧法里素的詩〈一個人肩上扛着塊麵包走過〉中所說寫的那樣：

　　一個人肩上扛着塊麵包走過；
　　是不是我隨着就要寫及他──說他是我的形象？
　　另一個人坐下來，搔着癢，捉一頭蝨，捏死它。
　　這時談着心理分析有沒有甚麼好處？
　　另一個人提棒毆打我的胸膛；
　　我要跟醫生談論蘇格拉底？
　　跛手的人把手臂送給一個小孩子；
　　這以後，我該去讀讀安德烈‧布拉東？
　　一個人冷得發抖，咳嗽，吐血；
　　我大談內在心靈又算不算合時？
　　另一個在泥地上挖尋殼屑和骨頭；
　　我還可以再寫及永恆嗎？
　　一個泥水匠從屋背上摔下來，在早餐前死去；
　　這是不是發明一種新比喻或新節奏的時間？
　　一個店主欺騙顧客；
　　我那時該談第四度空間？
　　銀行家偽造賬目；

劇院裏還有甚麼可流淚的？

跛子把一隻腳扛在肩上睡覺；

我那時還可以跟任何人大談畢加索？

有人在墳邊飲泣，

我怎能想着自己如何才能進入學院？

一個人在廚房裏抹乾淨手槍；

這還有甚麼可說的？

有人走過數着他的指頭；

我怎能想及那些非我而不高聲號哭？

《香港時報》「文藝斷想」，1968 年 12 月 11 至 12 日。

今年看馬倫伯

最近在一所學校的電影會中重看《去年在馬倫伯》，過後說起來，對於片中男女主角去年是否有一段戀情存在，又抑或全部只是其中一人的幻想，不同的觀眾有不同的觀點。有人認為它的主題是關於時間，有人認為它是關於真實與幻想，又有人認為它根本就沒有甚麼主題。那麼那個說法才對呢？

對同一部作品有不同的反應，主要還是由於每個人的愛好和學識各不同。但是一般來說，一部普通的電影，觀眾們的看法不會差異到那裏去，那是因為導演解釋得很多，只留下很少空隙讓觀眾參與發揮。可是在《馬倫伯》這樣的電影中，因為片中並沒有給予一個官式的解答，所以容許觀眾自己去闡釋，他的看法不管如何奇特，都不算謬誤。如果說片中 X 對 A 的看法，反映了 X 對 A 情感上的偏執，那麼每個觀眾對本片的不同看法，也反映了他們各自學養上的偏執。

「不要給它們加上名字，那樣它們就可以有更多的冒險。」不獨是石像，電影亦是如此。許多作者避免給他們的作品下一個斬釘截鐵的解釋，便是恐怕把作品局限在一個狹窄的範圍內，變得僵死而毫無生氣了。從一個固定的角度看一件作品，只能看到固定的一面，要為《馬倫伯》下一個官式的解答，只有使它僵化，凝結成為石像，歸屬到過去之中，迷失在迷宮裏。

也斯的
六〇年代

了解一部作品，顯然並不是把它解釋了便可以收入檔案完事。因為沒有肯定的答案，才可以有不同的提議，不管如何，聽聽別人不同的意見總是有趣的。

《香港時報》「文藝斷想」，1968 年 12 月 14 日。

陳腔濫調

如果碰上《去年在馬倫伯》這樣的電影，還用傳統的方法來批評，那就顯然不得要領了。要求感人的故事、豐富的情節和生動的人物，到頭來一樣也沒有，恐怕是會惹起破口大罵的吧。

想想小說批評何嘗不是如此，有時聽聽人批評當代的作品，好像一本佳作也沒有，不是這本人物有欠真實，就是那本內容雜亂無章，這不禁使我們想，究竟問題是出在作品身上還是在批評身上？是這些作者糊裏糊塗，不及批評者頭腦清醒，抑或是這套批評的標準已經落伍，反而成了作者的絆腳石？有時有人批評某一本作品的人物和情節有欠真實感、難引起人共鳴，可是現代許多作者是故意反對摹擬的真實，而寧願用幻想的形式出之，又有些作者不願意讀者捧着書本讀來大哭一番，而寧願讓他們自覺到所讀的是一本虛構的小說，好能夠冷靜觀看書中所寫的。這樣的作法，未必成功，批評者也不必完全同意這些觀點，但他至少要明曉作者是在作甚麼，如果不贊成這種作法，至少也要說出理由，決不能說一句有欠真實感或者難引起人共鳴便可以把作品一筆勾銷。到了今天，過去那套批評標準已經有許多地方不適用了，只有拋棄了僵化的觀念，才不致扼殺作品的生命，作為一個批評者，如果他不能堅持這點，他就永遠自囚在陳腔濫調的死巷中。

《香港時報》「文藝斷想」，1968 年 12 月 17 日。

也斯的
六〇年代

新與舊

　　常聽人說文學無分新舊，這種觀點雖然並不新鮮，但也相當合理，問題是說話的人是否真能做到。

　　文學上最新的潮流是甚麼？這實在很難回答。當你寫下你的答案時，也許又有另一種更新的潮流產生了，要想追隨每一個潮流，恐怕就像夸父追日一般徒勞，況且，追隨潮流，看着每個人所看的書，談着每個人所談的作家，那又有甚麼好處？一切追隨別人的風尚，個人的口味又在那裏呢？這樣談新的東西，不過是盲從罷了。所謂新舊，其實也是相對的，新的東西過了一段時間便會變舊，反過來說，舊的東西，過了一段時間說不定又會覺得新鮮。這倒不是說笑，稍為接觸過當代西方文學的人，都會聽過薩爾侯爵的名字，他的全集譯成多國文字，成為暢銷書，波芙亞等作家寫論文研究他，法國一位社會學家說他取代了卡夫卡的位置成為當代知識青年的偶像，他究竟是甚麼人？十八世紀的法國人，距今差不多有兩個世紀，不可謂不舊了。

　　不過，儘管這樣，即使舉多一百個例子也並不是就說明守舊就是可取的，盲目崇拜舊的東西，也是同樣缺乏獨立的觀點和個人的口味。說來最可怕的還是另外一種人：他們年輕時也隨人談談新的作家，現在到了中年仍以十多年前那一套為最新，對再新一點的一概不接受。他們也喜歡說文學無分新舊，但是如果說說無分新舊那就應該對新舊作品

同樣容納，決不是用這話來作為排斥自己不認識的新作品的藉口。

《香港時報》「文藝斷想」，1968 年 12 月 20 日。

也斯的
六〇年代

抹除藝術的界線

　　以前談起藝術，人們總會曉得，音樂是用來聽的，繪畫雕塑是用來看的，書本雜誌是用來讀的，一分也混淆不得。可是現在看來，一切都似乎沒有那麼壁壘分明了，至少目下一些新藝術的趨勢正是如此：在一個音樂會中，作曲者會放出一群蝴蝶，讓牠們在座位間紛飛，好使聽眾（觀眾）傾聽牠們飛翔的聲音，這樣的情形下，聽覺與視覺是同樣重要的，但如果你聽不見蝴蝶飛翔有甚麼聲音，那麼視覺就更加重要了；有些雕刻作品是會發聲的，它們上面也許有些文字要你讀讀，有些雕刻家作出一道梯子，讓觀眾們走上去，這樣的雕刻就不是用來看，而是用來「走」的了；有些雜誌不是一本本而是一盒盒的，像以前在這裏介紹過的《白楊》，包括了電影拷貝、唱片、食物和小型雕塑，都不僅是用來讀的；至於有些搞「擴張電影」的人們，更是把電影、戲劇、舞蹈和表演混在一起。

　　羅拔・勞羨白有一座名喚《聲響》的作品，高三十多呎，外面看來就像一個大箱子。裏面共有三層，第一層塗上銀，其他兩層裝着椅子的形象。觀眾在外面看它，首先就像照鏡子那麼看到自己的反照，但是如果他發出一點聲音——拍一下手，笑一聲，或者跟人談一句話——就會刺激到那件作品的光線而使它顯露出裏面椅子的形象來。

　　羅拔・惠特曼的《池》也是跟反照和聲響有關的，他的

大塊凹鏡和凸鏡隨聲響震動，他又把「椅子」、「伶俐」、「雪」這樣的字用幻燈機投射到鏡面上，同時錄音機播出了些單字。這樣的作品，顯然是像亞歷山大‧可達那些動態作品一般，具有遊戲成分，戲劇的成分。

又有一種稱為「具象詩」的作品，嘗試把文字與藝術品結合起來，用海報、雕塑，或紙章的形式都可以。把詩題在藝術品上，實在是並不新奇的。我們的國畫便常有在上面題詩，現代的畫家如王無邪也有在畫上題詩的。法國的阿保里奈爾的圖形詩，則是在詩中表現繪畫的感覺，不過這裏說的「具象詩」，大抵是比較注重文字的視覺效果。

比如丹‧加咸的一件名為《詩謎》的作品，作得好像普通小孩的數字玩具那樣，在那些玩具中，一個四方盤中有幾十塊寫着數字的四方形，其中有一個空位，玩意就是把那些數字推到順着一、二、三、四這樣的次序為止。但在加咸的作品中，所有四方塊上寫着數字都是「○」。這裏，文字的性質和雕塑的性質是互相結合的。

這些不同形式的藝術互相結合在一起，產生了不少新的混血的藝術，我們自不必歧視它們，打破了各種藝術間的界線，會帶來新的發展亦未可知。

《香港時報》「文藝斷想」，1968 年 12 月 21 日。

也斯的
六〇年代

瘋人院病人演的戲 —— 矛盾的對立須觀眾下結論（一、二、三、四）

（一）

　　彼德·懷斯（Peter Weiss）的作品《由薩爾侯爵導演及由查靈頓精神病院病人演出的對尚保爾·馬勒的迫害與謀殺》，簡稱《馬勒——薩爾》，是現代戲劇的一部里程碑。它的文學劇本和演出效果同樣惹起不少爭論和影響，在英國演出時，由彼德·布祿導演及皇家莎士比亞劇團演出，據說能夠重現了亞爾多「殘酷劇場」的精神（依據這次演出而拍成的一部電影，下月或許會在香港上映）。我沒有看過它的演出，這裏只是談它的劇本。戲劇到底跟電影不一樣，如果說電影要看過才能批評，香港也還有不少電影上映過，戲劇卻似乎除了演演五四時代的戲劇就沒有甚麼別的了。如果說祇能談上演過的戲劇，那麼至多也不過談談懷爾德，談來談去也祇是懷爾德。再說，一個劇本用書的方式印出來，當然是像書一般供人閱讀的，為甚麼不可以談劇本呢？

　　彼德·懷斯本來是德國人，後來入籍瑞典，現在仍用德文寫作。他在一九一六年生於柏林附近的紐城威，是猶太種，所以納粹興盛時逃往瑞典。他是畫家、導演、小說家又是劇作家。劇作尚有一部《調查》，小說有自傳性的《離去》和《消失點》，散文有《三路人的對話》和《車夫身體的陰

影》等。

在懷斯的自傳性作品中，往往流露出他在國外生活飄泊無根的感覺，儘管他自稱是世界的公民，但是生為一個德國猶太人的苦楚卻是難忘的，如果他不是逃往外國，也許他便死在集中營裏了，所以他對這樣的題材也分外敏感，他另一劇本《調查》便是以戰後對納粹的審判為題材的，其中他讓演員們不帶感情地讀出當年集中營中的實況。也正因為這樣，懷斯是那些少數相信可以用寫作來改變這個世界的作家之一，而他也決不願意對這個世界袖手旁觀。在一次倫敦廣播電台的訪問中，懷斯說即使這政治的世界是一所瘋人院他也不能不採取立場，問題是採取立場是非常困難的。一邊是極端的個人主義，一邊是我們不得不處身其中的轉變中的社會，我們應該怎樣選擇呢？我看《馬勒——薩爾》這劇，簡單地說，也是關於這兩種相對的立場的衝突，不過懷斯在劇中祇是呈現矛盾和對立的兩方，結論是要觀眾下的。懷斯後來說馬勒才是他的英雄，但就劇中看來，兩方面的論點卻是勢均力敵。這劇是以戲中戲的方式演出，使觀眾自覺到自己是在看戲，因此對劇中的問題能夠冷靜思考，不致把自己認同為某個劇中人（這是布烈赫特的技巧），而且演劇的全是瘋人院的病人，觀眾對他們的反應和作為也自保持着一段批判的距離。

這劇是發生在一八○八年七月十三日的查靈頓精神病院中，由院長果米埃招待一些巴黎市民觀看由薩爾侯爵導演，

由院中病人演出的《對尚保爾・馬勒的迫害與謀殺》。這劇在院中的浴室中演出，男護士一邊在替病人沐浴和按摩。薩爾坐在一個高壇上，是一個年老、臃腫的人物，他指揮演出。馬勒則患有皮膚病，穿着白衣，頭上纏着一根繃帶。馬勒代表革命，他認為自己並不是無動於衷地觀看一切，而是指出某些事錯誤，改進它們，薩爾提出反駁，認為革命只能使獨立的個人枯萎變為一式一律的全體。他們互相辯論着，到了後來另一角色可蒂依照劇情殺死了馬勒，但是那些病人卻不願意，他們要這戲劇繼續下去了。他們歇斯底里的喊叫，衝到觀眾的面前，男護士也阻撓不了他們。（未完）

（二）

這劇中的馬勒和薩爾兩個角色，便是分別代表了懷斯說過的社會改革和個人主義的不同立場。

這劇不單充滿了對立的思想和論點，也充滿了各種不同的技巧，戲劇的導演彼德・布祿，引用一位劇評家的話，指出它混合了各種當前最優秀的戲劇要素：包括布烈赫特式戲劇、訓誨劇、荒誕劇、殘酷劇場等。

布祿在序中這樣說：「懷斯這戲劇的力量不僅是來自他所用的技巧的數量；而主要是來自各種技巧撞擊所生的爭持。每樣事物跟別的放在一起——嚴肅的跟詼諧的，高貴的跟普羅的，文飾的跟粗糙的，知性的跟感性的，抽象的意念因舞台

形象而顯得活躍，暴力被思想的冷流所照明。戲劇的意義的線索在它的結構來回出現，而其效果是一種非常複雜的形式：像在紀涅的作品中，它是一所鏡子之屋或一道回聲之廊——每個人一定要常常前瞻後顧，始能接觸到作者的意識。」

　　正因為這劇有着非常複雜的內容，所以正需要以這種非常複雜的形式表現它。如果把這些紛雜的戲劇技巧歸納一下，我們可以得出兩種主要對立的技巧：布烈赫特式和亞爾多式。由此我們就可以在這劇中發現兩種對立了：在內容上是馬勒的社會改革和薩爾的個人主義的對立；在技巧上則是布烈赫特的利用距離來使觀眾客觀思考和亞爾多的利用震撼效果來給予觀眾主觀的感受的對立。（未完）

（三）

　　布烈赫特跟亞爾多一樣，對現代戲劇是同樣具有重大影響的。布烈赫特是德國人，他的「敘事詩」戲劇，非常有名。他的戲劇理論，簡單地說，就是說如果要觀眾從戲劇獲得一種啟發，那麼演劇時就要設法避免讓觀眾投入劇中，以致把自己設身處地的當作是劇中的人物。所以布烈赫特使用一種「疏離」的技巧，把觀眾和劇中人保持一段相當距離，這樣觀眾可以一直自覺到自己是在看一部劇，對劇中的事情就能夠冷靜思考，而不致感情用事，被劇作家牽着鼻子走。

　　在彼德・懷斯這部《馬勒——薩爾》中，我們可以發現

不少布烈赫特式的技巧，首先，整部劇是用戲中戲的方式表現的，而演出的又全部是精神病院的病人，觀眾與劇中人間自然隔了一段距離。（不過，要注意的是，當時查靈頓精神病院也關住許多罪犯、政治犯或其他行為不為社會所容納的人們，不僅是精神病患而已。）在演員方面，飾演刺殺馬勒的可蒂是一個不是瞌睡過去就是忘了台詞的女病人，飾演她愛人杜布勒的男演員則不斷向她毛手毛腳，「報告者」正在宣佈劇中人的愛情如何純潔，飾演的男演員卻對女演員不規矩，這自然減低了「感人」的效果。但劇本這樣的處理，卻顯然不是要感人的，還有許多這樣的「疏離」的技巧：

一、由一個類似舞台監督的「報告者」介紹劇中各個人物，又負責提場，自己有時又大發一番議論；

二、作為觀眾的精神病院院長果米埃不時站起來打斷話頭（至少有五六次），不是說這劇對他的病人沒有教育性，就是反對劇中太激烈的觀點，或者說時代不同，劇中的問題不再存在了（病人演出這劇的背景是一七九三年，懷斯這劇的背景是一八〇八年，當時許多問題十五年後仍是存在的，這點以後再說明）；

三、導演薩爾不時與馬勒展開辯論，或者自己走進舞台中，可蒂第一次想殺馬勒時也給他制止，因為時候未到；

四、最後可蒂刺殺馬勒時，「報告者」吹哨子停止全劇，讓馬勒看到他死後十五年的情況才讓他被刺死，劇終時死了

的馬勒從浴缸走出來；

　　五、男護士們跟作為演員的病人同在台上，負責一邊監視他們，一邊替他們按摩或治病；

　　六、劇中加插歌唱，而且，像布烈赫特一般，懷斯用的也是詩劇的形式。

　　而所有這些，都不過要觀眾曉得，像「報告者」說的那樣，這不過「是一齣戲劇而不是真正的歷史」（英譯一○二頁），而觀眾也必須當它是一齣戲劇來看。

　　除了布烈赫特，本劇也可以看出亞爾多的影響來。亞爾多在四十多年前提出「殘酷劇場」的觀念，大大的影響了今日的新戲劇。像馬勒跟薩爾一般，布烈赫特跟亞爾多也分別代表了兩種極端的方向：布烈赫特是重知性的，以思想為主，亞爾多則注重戲劇中的感性、動作、魔術和震撼力。

　　即使就劇本看，《馬勒──薩爾》也不乏亞爾多式的戲劇材料：

　　一、第一幕第十節「可蒂到達巴黎」和第十一節「死亡的勝利」（英譯「袋裝書」版卅五──四二頁）中的死亡舞蹈和把犯人雙臂頭顱砍下的行刑場面；

　　二、第一幕第二十節中薩爾請可蒂鞭打他（七一至七五頁）；

　　三、第一幕廿六節「馬勒的面貌」中馬勒有一節近乎夢

想的回憶父母教師的場面（九一至一〇二頁）；

四、病人們偶然有歇斯底里的神態，有時掙脫男護士的控制，完場時更引起暴動，嚇跑了院長果米埃一家；

這些都是可以發揮戲劇的魔力和震撼觀眾的感官的地方。

布烈赫特和亞爾多本來是代表兩個截然不同的方向的，但懷斯卻能融和了兩者的影響，《馬勒——薩爾》成功的一點，便是在其中，知性戲劇和感性戲劇，彼此時而為表、時而為裏的互相結合在一起。（未完）

（四）

戲中戲的背景是法國大革命後的混亂時代，而薩爾與馬勒所辯論的，便也是對革命的看法。馬勒認為祇有革命才能消除社會上各種不公平的現象，而薩爾對這卻不同意。

開始時兩人談及生死問題，薩爾認為自然對人的生死是無動於衷的，馬勒則說：

我用行動來對抗自然的沉默
在廣漠的冷淡中我創造一個意義
我不是無動於衷地觀察我參與其中
說這個和這個是不對的
而且我工作來轉變它們和改進它們

最主要的事情
是扯着你自己的頭髮拉起你自己
把你裏面的翻轉出來
用新鮮的眼光看待整個世界（四六頁）

但薩爾卻顯然不相信革命就可以扭轉一切的了：

對我來說唯一的現實就是幻想
就是我內心的世界
至於說革命
你對它再也不感興趣（五五頁）

我不相信理想主義者
他們只會衝進死巷
我不相信任何犧牲
不管它們用的是甚麼名堂
我只相信我自己（六五頁）

後來薩爾請可蒂鞭打他自己，一面說出對革命的看法：

現在我看清楚
這革命通往何方
它使獨立的個人凋萎

逐漸讓規律的全體吞併掉（七五頁）

　　然而薩爾很明顯，不是在空洞的冥想裏流連忘返，而置現實的要求不顧，像馬勒一樣，也看到當時政治經濟社會上的一片烏煙瘴氣，也同樣的對此不滿，只不過他對革命這一手段失望，認為這不是方法罷了。就像他說的那樣，在巴士的獄十三年中，他了解到這是一個充滿「軀體」的世界，每個軀體中跳動着可怕的力量，自有它自己的不安，這些自我的密室如果長此封鎖，革命也是無效的。馬勒在說出社會上各種不公平的現象後，說「不要幻想你可以不用武力來把他們打倒」（八二頁），但薩爾則認為革命不過是利己者和盲從的群眾一窩蜂地聚在一起而已。劇本八九至九十頁薩爾對革命者的諷刺，語氣近乎法國詩人賈琪‧普雷維爾，因為篇幅關係，我把它寫成散文的形式：「他們的牙痛了，他們要把牙拔掉；他們的湯燒焦了，他們要更美味的湯；一個婦人覺得她丈夫太矮，她要找個高個子，一個男子覺得他妻子太瘦，他要找個胖點的；一個人的鞋子夾腳，拿起鄰居的鞋子卻穿來舒服；一個詩人寫不出詩，絕望地摸索新意象，一個釣魚者垂釣數個鐘頭，抱怨魚兒為甚麼不上釣；因此他們都參加革命，想着革命會給他們一切：一尾魚、一首詩、一對新鞋、一個新的妻子、一個新的丈夫，以及全世界最美味的湯，因此他們就去攻打所有的城堡，到了這地步，每件事還是老樣子：沒有魚兒上釣。寫不出詩來、鞋子夾腳、床上的老伴又累

又臭、湯燒焦了，而所有那些讓他們陷進陰溝的英雄事跡，只好留來告訴孫兒，如果我們有孫兒的話。」

　　除了薩爾和馬勒這兩個極端以外，還有些處於兩個極端的人物，比如保守的愛國主義者杜布利和熱情的和平主義者盧色等。院長果米埃口口聲聲說當中的情形在十五年後的當時不再存在，其實當時正是拿破崙專權，好大喜功，四處征戰的時代，還要說「人類將會不再害怕戰爭的風暴」，顯然是不肯面對現實了。

　　到了劇終時，馬勒被刺殺，但病人們卻叛變了，要戲劇繼續下去。這究竟是馬勒的勝利還是薩爾的勝利？我們要注意一點，就是這劇中劇是薩爾編劇和導演的，馬勒這角色說的是薩爾所寫的台詞，薩爾最後望着暴動的觀眾勝利地笑着，這結局是證實了薩爾的「盲目的群眾易受人煽動」的觀點，抑或是戲劇的論點戰勝了劇作家的論點而使群眾受了馬勒的感召，而薩爾尚懵然不知呢？這只是一個戲劇的結局而不是一個戲劇的結論，在薩爾和馬勒這兩個方向間如何取捨，實在是每個觀眾的大問題。

　　從一七九三到一八〇八到目前，事情經過很多變化了，但是我們是否就可以像精神病院院長那樣說「我們是活在很不同的時代中」呢？是否今日就沒有戰爭、貧窮、人為的欺詐、壓迫歧視和種種不公平的現象？懷斯的劇本之能在今日引起廣大的共鳴，便是因為他觸及了當前這些主要的課題。怎樣用人力改善不公平的社會？馬勒認為革命是唯一的方

法，薩爾則認為必須從個人的自覺開始，否則盲從別人領導參加革命亦即是徒勞而已。懷斯後來說馬勒才是他的英雄，但他在寫這劇本時沒有下一個結論，就全劇來看兩方面的論點都同樣相當，這是可以使觀眾思想而下自己的結論的。

（完）

《香港時報》「文藝斷想」，1968 年 12 月 23 至 26 日。

歷史背景

以前讀過一篇訪問記，說薩爾侯爵的後人曾經控告法國演出《馬勒——薩爾》一劇的沙勒貝哈特劇院，理由是這劇以薩爾的名字作招徠，他們又說薩爾與馬勒從未在查靈頓精神病院相遇過，而且一八〇八年的時候馬勒早已死去，因此這劇是與歷史不符的。

判案的結果如何不知道，不過我看這控告大概多半無效，劇中對薩爾並沒有甚麼不敬之處，以薩爾和馬勒為對立的主角，在劇名上用他們的名字也很自然，至於說歷史背景云云，卻是如果仔細看過劇名也不會這樣弄錯的，是薩爾導演和由查靈頓的病人演出馬勒瀕死時的光景，在劇中的馬勒是由一位病人飾演的，何來有說薩爾跟馬勒在那裏相遇過呢？

不過如果一個戲劇真的跟歷史背景有不符合的地方那又有相干嗎？戲劇並不是歷史，戲劇可以使用歷史的題材，但主要是看作者怎樣處理，決不是鈔幾本歷史書便可以的。如果你要看歷史，好的，你回家看歷史書，但千萬不要到劇院中考據年份、服飾、人物是否與書上寫的一模一樣。不單是戲劇，小說、電影應該也是這樣，作者有權利更改他所依據的材料來表達自我的意念，在這樣的情形下我們當然不能要求臨摹的寫實，而否定創造性的寫實。

《香港時報》「文藝斷想」，1968 年 12 月 30 日。

也斯的
六〇年代

《千羽鶴》中譯本

川端康成獲得諾貝爾文學獎後，大家都拿他來作話題，介紹評論一番，隨着，他作品的中譯也紛紛面世了，就我所見，有刊於中副的〈伊豆的舞娘〉和〈水月〉（朱佩蘭譯）、立志出版社的《千羽鶴》（張秀英譯）及安慶出版社的《雪鄉》（司嵐譯），此外還有一本預告中的《古都》。拜諾貝爾這名堂所賜，我們才有機會讀到這麼大量的翻譯作品，真是幸運得很。無禮地說，介紹評論的，或許有湊熱鬧的心理在內；出版商人，或許有投機的心理在內；但這樣的結果卻是有益無害的，可以讓我們多讀幾本好書。至少，翻譯和出版川端康成，是比翻譯和出版源氏雞太勝一籌了。

況且，如果沒有看過作品，任人說得如何天花亂墜也屬徒然。但是目前來說，除了幾個名字熟悉的，稍為生疏一點的外國作家中譯，不見得就有出版社願意出版。因此廣泛的介紹和評論固然必須，因為這可以起一種帶頭作用，而另一方面，譯者和出版者也應該把眼光放遠一點，不要儘在狹窄的範圍內兜圈子了。

但評論至少也要看過作品才行，如果有人還未看過川端康成的作品便對他獲諾貝爾獎作不屑狀，這種態度就很費解。以為凡獲諾貝爾獎就是佳作，這樣的態度當然只是盲從，但如果因為沙特說過諾貝爾獎沒有甚麼了不起，便也跟着說諾貝爾獎沒有甚麼了不起，這樣的態度亦是盲從而已。

不管沙特不沙特，各種形態的盲從都只是盲從。

　　大概為了趕在人們對諾貝爾獎記憶猶新的時候把書推出，所以《千羽鶴》一書的翻譯，「因為在時間上所限，難免還有不能盡如人意之處」。

　　《千羽鶴》的譯者張秀英，對川端康成似乎認識也不大深，比如謂「他的寫作技巧，並未受到西方文學潮流的影響」，顯然就是不恰當的。

　　又比如下面這段文字：「菊治縱然不能立時打消從前和他母親對太田夫人所持的敵意，但至少已經鬆懈了很多，甚至覺得，不小心還會以為自己是曾經被這個女人愛過的，他的父親呢，因為，很容易就和這個女人很要好了——這個錯覺所誘惑。」（廿六頁）末後幾句譯得就很費解。

　　廿四頁：「他們又進了只羨鴛鴦不羨仙的境界。」這樣陳俗的句子，恐怕不是原文如此的吧？

　　這兩處當然祇是小疵，整本來看，譯筆是很通順的。

　　《千羽鶴》中，對「物」的描寫，栩栩如生：千羽鶴的包巾、黑綠色的茶碗、白裏透紅的志野茶罐子、陶磁上印着口紅般的茶碗、筒形唐津茶碗、甚至雪子胸部的痣疤都是。

　　所有的茶具，在書中佔着非常重要的位置。不止一次地提及，這些茶具自誕生以來就不知流傳過幾多人手——人輕易地打碎了自己的生命，但這些優雅的茶具卻一直存在。它們才是永恆的。

　　甚至人的面貌，在懷想中模糊了，但物質的印象卻記憶

鮮明：野治記得雪子的白色千羽鶴包巾、菖蒲花腰帶，卻覺得她的模樣不易捉摸，他記憶裏近子身上的痣疤像蛤蟆那樣具體，但面容卻是抽象的。

在這些「物質」恆久不變的背景中，活生生的人尤其顯得生命短暫，恍如煙雲。人的壽命，只有世傳茶碗壽命幾分之一，《千羽鶴》中的物質，除了作為背景，作為人物與人間的媒介，亦可作為人物的象徵。

比如文子打碎了她的茶碗，她的生命也彷彿結束了。

最成功還是五十一頁處的一部分：野治回到家裏，看見雪子坐在客廳中，地板上盤裏插着菖蒲花，雪子身上紮的也是菖蒲花樣的帶子——接着野治感覺盤裏的花是近子剛剛「插」的，而我們曉得，雪子也是給近子「安排」來那裏與野治談婚事（在中文裏不是也有用「無心『插』柳」等來指安排婚事嗎？），把雪子與菖蒲花平行的以物喻人的寫法，非常成功。

《香港時報》「文藝斷想」，1969 年 1 月 6 日。

封閉的世界

美國麥哲根大學的學生，拍過一部名為《滑稽劇》的電影，說一個啞劇伶人，有一天離開了他狹窄的生活圈子——他活動的舞台的範圍——而出去接觸外面的世界。他在公園裏跟一個小女孩子遊玩，但是，他不久就發覺，社會認為他這種行為是不自然的，所以到頭來他祇好回去，回到自己過去狹小的世界中，在舞台的範圍內，在那裏他才感覺安全。

在近來看過的電影中，《意馬心猿》和《富貴浮雲》的主角倒跟這伶人角色有幾分相似，同樣是處在一個狹小的生活圈子中，同樣不能打破藩籬（不管是自設的或是來自他人的壓力）走到外面的世界去。

《意馬心猿》裏狄保加第的生活鮮有「意外」，一切依循常規，日常生活是在學校家庭這些老地方躭着。一旦他離開這裏，進入外邊的世界（比如到電視台去）便顯得手足無措，再沒有安穩的感覺了。

《富貴浮雲》中，伊利沙白泰萊活在一個豎起禁止闖入的牌子的島嶼上，這種隔絕的感覺更為明顯。但是她不理會外面的世界，外面的世界卻闖進來找她了。片中波頓帶來一件亞歷山大・可達式的動態作品（Mobile，指會動的雕刻作品，字幕譯為汽車），他的動態的世界跟泰萊的靜止世界恰好相反，陽光、風、行旅與海浪澎湃的世界與按鈕、藥物、疾病和死去的丈夫底記憶的世界成一對照。片中泰萊的世界是

封閉的，即使是在她自己的島嶼上，也不願意走到不熟悉的地點去，否則就會驚惶失措，祇在她熟悉的狹小世界中，她才感覺安全。

《香港時報》「文藝斷想」，1969 年 1 月 7 日。

介紹《文學季刊》

台灣一位作家曾經說過，在目前以文學為終生職業，是不可能的，但假使作者們有一份足以維生的職業，而以業餘的時間從事寫作，那麼也願意以極虔誠的態度去幹，高水準無稿費的文學刊物不絕如縷，便正是一個例子。

證諸《文學季刊》，這例子是正確的。《文學季刊》一共出版了七期（最近這一期是七、八期合刊），出版時間或有延遲不定，內容卻一直都非常充實。

前四五期的《文季》，特色在它的小說創作，七等生、雷驤、黃春明、王禎和、劉大任等名字，香港讀者或許會覺得有點陌生，因為在香港，報章介紹的，雜誌討論的，不是於梨華就是余光中，到頭來或許以為台灣作家除了於梨華便只有余光中。比如雷驤，他似乎還是在《文學季刊》才開始露臉的，但作品饒有奇氣，使人刮目相看。我最喜歡的是七等生的作品，但這不是三言兩語可以說盡的，以後有機會再在這裏詳細談談他的作品。

最近幾期的特色則是它的範圍廣泛，增多了許多其他性質的作品，比如對談、書評、電影、世界文學、文學新潮等。第五期一篇對談《大地之歌》，談拜雅絲、戴倫、西嘉等的民歌。第六期則有一篇討論導演李行作品的座談紀錄，充分表現出他們對電影的熱忱，不僅是空談外國導演如何如何，而是對自己的國產電影滿懷關切。遺憾的是預告中關於

丹麥電影大師德瑞葉的文章不見在第七期刊出，幾篇其他性質的文章亦然。《文季》的影評一向很精彩，一篇評《龍門客棧》的〈能砍殺出甚麼來呢？〉就曾被此地的兩份刊物轉載，大抵他們不祇有觀點，而且文字也棒，不僅是尊西蒙怎樣說，伊安甘馬倫怎樣說那一流的水準而已。這期一篇談《金龜婿》和《月黑風高殺人夜》（台譯《誰來晚餐》及《惡夜追緝令》）的文章是我所見談這二部電影的文章中最有個人觀點的。

一路說來，對《文學季刊》都是稱讚的多，原因說穿了很簡單：目前夠水準的文學刊物少之又少，有一份像樣的，自然就值得寄以厚望了，而且，這些稱讚對《文季》也適合，並不是空泛之言。如果有人問：目前香港有沒有這種高水準無稿費的文學刊物？答案是：無稿費的倒還有，高水準的就一本也沒有了。

看到葉泥譯的西蒙，想起《文藝新潮》，〈西蒙，河在唱着淳樸的歌〉那幾首，十多年前最先在那裏刊過。另外一篇散文，則好像是《詩、散文、木刻》那份刊物的，兩份刊物，都先後停辦了，文學刊物的難辦，又有一個具體的例子。

其中以《文藝新潮》的停刊尤其使人惋惜，因為它的成就也最大，羅繆、馬朗、李維陵幾位的作品，今天重讀起來依然使人生出無限敬意。

除了《文藝新潮》，還有一本台灣的《筆匯》，不過現在也「垮」了，曾經編過《筆匯》的尉天聰，就是現在《文學

季刊》的主編。這一期的主要內容,有佛克納中篇〈熊〉、德
國小說選、古爾蒙詩、姚一葦、葉嘉瑩的論文和其他創作等
(無可否認是比上一期遜色了點),過去的優秀文學刊物大都
不再存在了,我們還是寄望於現在的吧。

《香港時報》「文藝斷想」,1969 年 1 月 8 日。

蓋芝和他的新音樂

　　據說有一次約翰・蓋芝（John Cage）參加一個派對時，有人在唱機上播着勃拉姆斯的音樂，大家靜心傾聽，播至半途時外邊傳來電話鈴聲和一道門砰然關上的聲音，新音樂家蓋芝向旁邊的朋友說：「那些聲音不是很悅耳嗎？」

　　蓋芝最著名的說話是「讓聲音保持原狀」，他認為不僅是整闋的樂曲才是音樂，普通的聲音也是音樂，他覺得音樂和聲音並沒有分別。「我們所作的一切都是音樂。不管我們在那裏，我們多半聽見聲音。當我們漠視它，它使我們覺得騷擾。當我們傾聽它，我們會覺得它吸引的。」

　　不要以為他說說就算，他的所作所為與言論同等激進。早年有一首作品名為《聲音的組合》的，演奏的「樂器」包括哨子、牧鈴、機關槍、鐵笛和其他複雜的電子機器，裏面還有其他各種奇奇怪怪的聲音：瓶子掉到地板上、水流進管子中、鬧鐘的聲量、氣球爆裂的聲音、拍響垃圾桶蓋的聲音、用石頭擊碎琴凳的聲音，以及蓋芝自己用吸管啜水的聲音。

　　所有這些聲音，他讓這些聲音保持原狀。但人們漠視它們。他們覺得被騷擾了。觀眾和樂評家們開始說他是一個前衛音樂家了。

　　蓋芝並不是用聲音來表達自己，他祇是讓「聲音保持原狀」，這可從他處理的方式上看出來，他注重演奏時的偶然性，作曲家並不是一切的主宰，他並不要操縱一切。藝術家

祇是一個中間人，馬素・杜潘式的觀點。

所謂「偶然性」，我們在別的藝術領域中亦嘗見過同樣的嘗試，舞蹈家徹斯・根寧咸，往往擲毫來決定舞蹈姿勢和變化；女雕塑家像尼姬・地・□・法魯用槍射擊盛着顏料的袋子，任濺下的顏料隨意為她作品塗上色澤；地下作家威廉・布洛士從別人或自己的作品中剪下一段，與自己的作品合併剪接組成新的作品，稱作「剪接」技巧；但蓋芝作得更徹底，有些他作品中聲音的頻率、音量和長短全由擲骰、擲毫或摸牌決定。他所作的《幻想的風景第四首》，演奏時用十二副無線電收音機同時播放，每一副由兩人打理，一人管聲響大小，一人管收聽那個電台，演奏時聽眾所聽見的聲音，便完全視這群人怎樣扭掣和當時的電台正在播放甚麼而定，作曲家反而對自己的作品沒有甚麼操縱。

蓋芝對這也有解釋，而且是一個很好的解釋——「藝術是要模仿大自然的運作，而自然變化是充滿偶然性的。頭腦簡單的人死抱着一種認為這是個有秩序、有目的底宇宙的觀念，因為這種觀念給予他們一種安全的感覺。」

而往往就是這種要求安全的感覺，使人們停留在一個固定的地點上，裹足不前，既不再走一步，也不再接受任何新出現的東西。為了保持這種安全感，他們排斥外界的東西、新奇的東西、自己狹小的圈子以外的東西，因為外面那個陌生的世界威脅着他們的安穩。

正因為這樣，冒險者是需要的。關於蓋芝的父親有這麼

也斯的
六〇年代

一段小故事：他在某一個十三號星期五中與十三個人一起乘着他自己設計的潛水艇中在水面下過了十三天和十三小時〔原刊如此〕，建立了世界的紀錄。蓋芝在音樂領域上打破禁忌的作法，莫非是來自他父親的牛脾氣？在音樂界，蓋芝不亦是一個冒險者嗎？

這位像別人在海灘撿拾貝殼那麼地在鋼琴中選擇聲音的音樂家，聽眾還是以年青人為多。他曾經為新銳的徹斯‧根寧咸舞蹈團作過曲，又認為只有突發性演出才是唯一有成就的戲劇，大概他是在這些新的藝術形式中看到與自己的追求相若的地方吧。

在他的講義和寫作的輯集《沉默》中，他不斷地自問寫作音樂是為甚麼？他曾寫下說它是一種無目的的遊戲，「然而，這種遊戲卻是對生命的一種肯定——不是要給混亂帶來秩序也不是要幫助造物的改進，而祇是呈向我們所活着的生命，如果我們摒除了自己意志和慾望的偏執而順隨生命的變化而活，我們會覺得這是美妙的。」

《香港時報》「文藝斷想」，1969 年 1 月 9 日。

枯槁的雕像

前些時在一本攝影雜誌上看到一張加維基米度的照片，攝影者的名字已忘卻，照片中的加維基米度正在橫過馬路，大衣蒙在頭上，瑟瑟縮縮的，使人想起他所作的雕像的神態來。

在《男歡女愛》中謂有一位雕刻家說過，如果有一場大火發生，他是寧願救一頭貓而不救一張畫的，所指那位雕刻家便是瑞士籍的阿拔圖・加維基米度了。他的作風非常獨特，一般雕刻作品，都是圓潤豐碩居多，他的卻是出奇的枯槁，不成人形。豐滿的人像，自然可以為這世界的安穩和秩序作一見證，加維基米度的瘦削枯萎的人像，卻使人對這些所謂安穩和秩序發生懷疑——因為它們使我們想到集中營、恐懼、饑饉、火災和悲劇，這樣的世界，既不安穩，也乏秩序，卻是與我們息息相關的世界。

加維基米度一直在求取一種「觀看的方法」，作品毀滅了也不相干，如果作得出一件，那麼一千件也是不成問題的。他說過，最大的冒險是從同一張臉孔中每天看出一些未知的東西來，他認為這比環遊世界的旅程還偉大。

沙特曾經寫過一篇文章談加維基米度，認為他塑出他人眼中的人，他的意思，大概就是說這些枯槁、細小的人像，彷彿是感到他人的存在的威脅，在他人注視的眼光中變得忐忑不安，瑟縮着而又戰慄着。

《香港時報》「文藝斷想」，1969 年 1 月 14 日。

動態作品

馬素·杜潘曾經嘗試在畫中表達動作，未來派的畫家也曾經嘗試在畫中表達動作，但第一個把動作與雕刻結合起來的卻是亞歷山大·可達　　在他的一些作品中，鋼線的末端垂着圓形或三角形的金屬片，隨風轉動個不停。

杜潘第一個把它們構作「動態作品」，可達之前的雕刻，不管如何主動，卻總是靜止的。可達帶來了動態，到了今天，便有了尚·丁巨力等的活動的機器作品，我們在電影《四面楚歌》中見過丁巨力式的作品，一具自行毀滅的機器（丁巨力一些作品亦是會自行毀滅的），在電影中因誤會失火而給救火車淋個濕透。

可達的動態作品沙特寫過的，記得他寫怎樣在可達的畫室中目睹一個模型在一陣突然而來的激動止歇後，長長的尾巴忽然舉起來掠過他的鼻子。沙特謂可達的作品是介乎物質與生命之間，大概便是因為它們既是一些機械的作品，而又具有生物的激動、停歇和猶豫。

翻翻可達的集子，作品的題目：「貓」、「鯨」、「年輕人肖像」、「黑寡婦」、「巨大的食蟻者」、「賣藝者」。它們不已經是生物了？（可達的作品並非全是動態作品，他的靜態作品也非常有名，它們看來就像一些靜態中的生物。）

不少可達的作品就放置在自然的環境中，在花園裏或者在草地上，隨着自然的變化而變動，這樣看來，它們就彷彿成為了自然的一部分了。

《香港時報》「文藝斷想」，1969 年 1 月 15 日。

羅布格利葉談藝術

許多人都知道羅布格利葉是法國著名的小說家，他的創作和理論引起不少爭辯；又或者曉得他近來從事拍攝電影，自己當起導演來，電影作品的評價同樣是毀譽參半；但至於他亦曾從事繪畫、雕塑，恐就很少有人聽說過了。去年一份繪畫雜誌，就特別為這訪問他，請他對當代的繪畫和雕刻發表一點意見。

羅布格利葉一開始就聲明，他並不是從文字的角度對藝術感興趣的，儘管他對文學和對藝術的觀點有互相平行的地方。他曾經畫過很長時期的畫，油畫和近於音樂藝術或「物體雕塑」等作品也有。目前呢，他則沒有作甚麼，只是一個觀眾罷了。

隨着羅布格利葉便談到現代藝術中觀者的角色：在現代藝術中，觀眾的參與亦是創作的一種。看一張普普繪畫和一張林布朗的繪畫是不同的——林布朗的繪畫是已經完成了，封閉了，觀者再也沒有位置參與。但在現代繪畫中，作品卻彷彿需要觀眾的參與才能存在。杜潘說是觀者作出傑作來，而就是這位激進的觀點支配了現代的藝術。

在現代藝術中，他比較讚賞來‧黎茲頓史丹（Roy Lichtenstein）的嘗試，但卻不同意他的理論。黎茲頓史丹喜歡在畫中表現日常生活中的物體、器具或常見的漫畫等。法國有份周報訪問黎茲頓史丹時問他：你為甚麼喜愛以漫畫

入畫？他說是為了反對抒情的描象主義那些所謂畫的背後另有深邃感情的謊言，畫家應該在表面探索，而不該假抽象之名製造一些虛假的深度。而這的確跟羅布格利葉在文學上的嘗試很相像。但當人們問黎茲頓史丹為甚麼要這樣做時，當人們問他這些作品有甚麼涵義，有甚麼社會的意義時，他回答說：有的——然後他開始談及戰爭，人們怎樣把遠方戰死的屍體當作是連續圖中的一回事，絲毫沒有深邃的感覺⋯⋯

羅布格利葉不同意黎茲頓史丹的地方就在這裏。就羅布格利葉看來，黎氏繪畫的「表面化」只是一種「表面化」的批評（即是說，畫的表面化是批評一般人對事對物的感覺不夠深刻）。如果到了將來，這個社會進步了，畫家指斥出來的缺點已經改正了，那麼到時畫家們是否要改變作風，可以重新像林布朗那麼繪畫着了？

羅布格利葉跟着下來又批評高達。人家問高達他電影裏怎麼有這麼多血，他說：那不是血，那是紅色漆油。好了，人家跟着問他：這有甚麼涵義？他立即就像黎茲頓史丹那麼的回答說是要向人們顯示他們的處境如何如何。這也是羅布格利葉所不能同意的。

要明瞭羅布格利葉這種觀點，必須從他的作品談起：這位被稱為「新小說」祭司長的作家，作品中最顯著的特色是喜歡化費極多的篇幅作細膩微瑣的描寫，而這些描寫又多以物質作為對象，因此往往遭遇到被稱為「拜物教」、「非人化」之類的攻擊。其實他的意圖倒是很簡單的：他認為小說中的

描寫並不僅是用來烘托內容那麼簡單，文體的節奏、轉折與內容情節同樣重要（甚至更重要），如果剔除了以為描寫只是陪襯這樣的觀念，自然也不會覺得它冗長了。他小說中的物質，往往也不是甚麼象徵，只是一個表相的存在。

不知是不是受了羅布格利葉的影響（也許是同樣的感到這種需要），現代藝術家亦有同樣的反象徵的一派存在。別的不說，比如最著名的安地·華荷，他便自稱自己作品的「背後」是甚麼也沒有的，一切祇是表面的存在。他作的金寶湯便只是金寶湯，並不象徵現代社會的工業文明如何使人痛苦等等。

與這對立的則是黎茲頓史丹這樣的態度，他們的作品是確有所指的，除了表面的存在還有另一個背後的涵義。籠統地說，這兩種態度代表了目前藝術界最大的衝突，形成了對立的兩派，有人則把前者稱為「高乘藝術」，後者稱為「低乘藝術」。他們的成就和影響則是同樣相當的。

《香港時報》「文藝斷想」，1969 年 1 月 17 日。

兩種對立的藝術

藝術評論家菲立‧里達在談及今日的藝術動向時，提出了「高乘藝術」和「低乘藝術」兩個名詞，他認為這就是目前藝術上最大的潮流。至於中間藝術，那些一般人公認為藝術的東西——那些學院派的抽象畫、風景畫、人像畫，現在在藝壇上是不再佔一席位了。繪畫和雕刻，就像別的藝術一樣，不斷求新求變，不住用新的媒介來表現自己。

所謂「高乘藝術」和「低乘藝術」，並不是一種價值的判分。從字面上看，很容易就以為前者價值較高，後者價值較低，其實卻不然，真正的含義應該是指前者是比較正統的，後者則是非正統的。

簡單地說：「高乘藝術」是注重形式的、是抽象的（不是指那種抒情的抽象畫），比較非人化和沒有甚麼幽默感；「低乘藝術」卻不那麼注重形式、千變萬化、富有個人精神和幽默感。

現在且來看看具有這兩種精神的畫家和雕刻家：

法蘭克‧史提拉、拉里‧貝爾、堅尼夫‧諾倫、莫萊斯‧路易士等都可算是「高乘藝術」家。

法蘭克‧史提拉畫的組織極富邏輯。最初他的名為《黑色紋理》的四張大畫在紐約博物館展出時，引起不少注意。畫面上整整齊齊地印着別針的花紋，除了這甚麼也沒有。許多人都認為他是走進死巷中，但史提拉卻一直向這方向畫下

去，近來他轉向色彩的探索，近作中的色彩和組織同等重要。

拉里・貝爾是美國西岸那群喜歡運用新材料的藝術家之一。他的作品從傳統的材料進化到現代工業的材料，它們用玻璃和鉻鑄造而成，他具有一個玻璃技師般的手藝。

堅尼夫・諾倫的作品以色彩取勝。如果問他作品是表達甚麼？我們可以說它們主要不是要表達那些所畫的題材——比如靶子、臂章，和巨幅編織物般的圖案——而是表達顏色，一陣燦爛的顏色突然給你帶來的感覺。

「低乘藝術」的代表人物，除了上次說過的黎茲頓史丹以外，愛德華・堅賀斯和基斯・奧登堡等都可算在內。

堅賀斯利用了「集合」的技巧，把各種既成物體匯成一整體，說他的作品是雕刻也可以，但他作的卻全是雕刻所不能做到的。「高乘藝術」反對所謂「主題」，堅賀斯他卻偏要「說故事」，他的作品《隱秘地點・三十八》中，是一輛汽車（真正的舊汽車）中，一男一女（雕像）在充滿啤酒瓶的後座做愛（展覽時不得不關上車門），這樣，堅賀斯一件作品的道德論題，似乎比成千道德家的演說更有力。

另外一個則是專作柔軟雕塑的那位基斯・奧登堡，他的作品作出日常生活的用具，但卻是柔弱、萎縮、無能的，他的作品有很大的性慾涵義，自稱從生命的線條中取得作品的形式，而這與「高乘藝術」的態度當然又不同。

總的來說，「高乘藝術」專注從事藝術技巧的探索，「低乘藝術」則以反映現實生活為主。

《香港時報》「文藝斷想」，1969 年 1 月 18 日。

也斯的
六〇年代

羅布格利葉的兩面

　　就像安地・華荷說自己的畫紙祇是一個表面的存在，畫面的背後並沒有另含深意那樣，羅布格利葉也自稱自己的小說沒有絲毫象徵的成分，除了表面呈現出來的以外也沒有更深一層的意義在內。

　　他談卡夫卡的時候說：許多研究卡夫卡的人們只會苦苦思考他的象徵，反而忘卻了卡夫卡寫實的一面。許多人探究卡夫卡筆下的廊道和梯階通往何處，卻反而不理會他怎樣呈現出這些廊道和梯階來。這些廊道，這些梯階，就是卡夫卡作品中的「表面」，而羅布格利葉就是提議從表面去看卡夫卡，從他的文體風格和文字組織去欣賞他。

　　這種觀點，主要是反對以前那種甚麼作品也要硬安一個象徵的態度。因為那種批評的態度，是把作品劃分為兩個世界：一個是表面的世界，一個是背後的世界；而又認為，祇有背後的世界才是主要的，才是作者的訊息所在，表面的世界只不過是一道橋梁，引領我們前往探尋深意罷了。羅布格利葉則認為表面的世界就是唯一的世界，作品純賴文字風格就可以獨立存在，不必憑藉文字背後的象徵。

　　羅布格利葉的觀點就是這樣。但是他也倒楣了。因為，這些年來，批評家逐漸在他的作品中找到另一面的羅布格利葉：他們指出，他作品中描寫的物質，實在並不僅是表面的存在那麼簡單。作品中仔細描寫的那塊膠皮擦，那個百足，

也提供了深一層的意義，提供了一個作品背後的世界。

　　而這也像安地·華荷一樣，他說自己的作品只是表面化的，沒有任何含義。好了，到頭來，人們一樣在他作品中指出各種各樣的含義。

　　羅布格利葉的遭遇也是如此。不過對他來說這也未嘗沒有好處：批評家所指出來的第二面的羅布格利葉，儘管削減了他作品中的激進之處，倒也使他更容易讓一般讀者接受了。

　　　　　　《香港時報》「文藝斷想」，1969 年 1 月 20 日。

也斯的
六〇年代

禁書和禁片

美國地下作家小舒拜·煦拔那本《往布魯克林的最後通路》終於通過在英國出版，它去年初版時遭了禁，出版社可達與貝亞不服，官司打了下來，結果是獲得通過了。

可是這麼一來，可達與貝亞出版社卻化了近萬多鎊的辯護費用，單是這筆數目，已經夠規模小一點的出版社望而卻步。因為這個緣故，英國有「文藝保障協會」的設立，專門在類似的情形下為出版社籌款。去年向可達與貝亞出版社購書時，便曾收到該會的附信，說明成立的宗旨。

《往布魯克林的最後通路》雖然在英國被禁，叢林社的美國版卻是早已出版了，通行到連香港市面上也可以買到這樣的地步。叢林出版社代理的瑞典片《我好奇》的兩個拷貝（該片有黃色和藍色兩個拷貝，黃與藍是瑞典旗的顏色），藍色拷貝獲得通過，黃色拷貝卻被禁。結果又是打官司，叢林社請來諾曼·美勒等作家作證，該拷貝結果在六八年底也獲得通過了，代理的正接洽電影院準備在全國首映。

在過去，《查泰萊夫人的情人》和《北回歸線》最先能在美國出版，也同樣是叢林出版社的功勞，是它最先打贏官司才獲准出版的，現在這兩本書的文學地位已經肯定了。

實在審查的標準也應該像文學批評的標準那樣隨時代而變更，而且不斷的變更，不然儘管口口聲聲說審查是為了每個人的好處，卻也很容易壓抑了文學藝術的進步。

《香港時報》「文藝斷想」，1969 年 1 月 22 日。

布洛士和《赤裸午餐》

　　自從一九五九年《赤裸午餐》出版以來，威廉‧布洛士（William S. Burroughs）已經成為當代最重要的美國作家之一。諾曼‧美勒稱他為「現存美國小說作家中唯一可說是賦有天才的一人」，積克‧加洛克則說他是「約那分‧史活夫特以來最偉大的諷刺家。」　　　　　．

　　在美國一群地下作家裏頭，布洛士的學識最是淵博，他的生活也極多姿多采。大抵這群地下作家，多認為生活與作品不可分：有豐富的生活經驗，才有精彩的作品；也有覺得豐富的生活才是首要的，而作品不過是一項生活的紀錄，是一種副產品罷了。

　　威廉‧布洛士，本來生於美國大工業企業家的家庭，在哈佛讀書的時候充分表露出他的天分，苦讀詩和人種學，練習瑜伽，獲得人類學的學位。

　　他從大學裏出來才開始轉變，對家庭失去信心，戀愛的不順遂，戰事的影響，使他離開了優悠的學院世界，投入現實生活中，他當過種種奇怪的職業：賣酒人、私家偵探、殺蟲者。

　　後來他曾染上毒癖，吸毒的經驗對布洛士一生影響最大，他現在把當時的經歷稱為「一次疾病」，在他的作品中，他描寫自己的經驗。

在四十五歲的年紀中我從那次疾病中醒轉過來，平靜而清醒，健覽〔原刊如此〕挺好的，只是肝臟衰弱，肌膚的容顏看來不屬於我自己，這實在是每個從那場疾病中延活下來的人們共有的特色……大多數的逃生者記不清楚災難的詳情。我卻為這疾病和災難記下詳細的筆記。我記不準是怎樣寫下的了，它們現在就用「赤裸午餐」的書名出版。書名是加洛克提議的。我過去不明白書名的含義，最近才發現了。它就是跟它字面上的意義一模一樣：「赤裸」午餐——在一個凝止的時刻中每個人看清楚每一把叉子下面的是甚麼。

．

　　而他寫的便是十五年吸毒期間的所見所為。比如說，人們一般多數以為所有的吸毒者都是一樣的，但是其實吸毒者與吸毒者之間仍然有剝削存在。就像一座金字塔那樣，上一層的人「吃」着下一層的人，又在所有這些毒品中，彼此的性質都不同，有些是致命的，有些則比較輕微。布洛士甚至認為應該設立學院來研究各種麻醉藥，驗明那些是有害的，那些是有用的，而不應該對它們一概而論。布洛士對藥物的認識，非常廣博，筆下寫及吸毒者時也比較了解，並不像一般處理這類問題的作家那樣，不是閉上眼睛當他們根本不存在，就是把他們安入邪惡的模型中，無的放矢地攻擊一番。

　　布洛士於戰後在哥倫比亞大學附近認識了亞倫‧堅斯堡和積克‧加洛克這群比尼克作家，他很快便成為了他們中的

哲學家，成為了他們的領袖人物。他的第一本作品《吸毒者》便是在堅斯堡鼓勵下寫成的。奧林比亞出版社的基路底斯後來在回憶着：有一天早晨堅斯堡拿着一份原稿跑來跟他說：「你當一生出版商也再找不到這樣的作品了。」那份原稿便是布洛士的《吸毒者》，最先就是用筆名由奧林比亞出版的，後來第二本作品《赤裸午餐》也由奧林比亞社出版。

因為《赤裸午餐》是寫布洛士本人「疾病」的經驗，寫來當然就不怎樣溫和了，許多地方是很驚人的。布洛士這樣回答別人的批評：「既然《赤裸午餐》處理這類健康上的難題，它當然必須是粗暴、猥褻和可厭的。疾病往往是使人憎惡的詳情，它不是為屖弱的臟腑而設的。」

最後，我想引用布洛士給亞倫·雅辛一封信內的文字，它恰當地表達了布洛士的寫作態度：「除非寫作具有鬥牛一般的險惡和危急，否則它對我來說是不可想像的……我厭倦了坐在後方靠着蹩腳的收聽器接收不準確的新聞……我一定要到達前方。」

《香港時報》「文藝斷想」，1969 年 1 月 23 日。

也斯的
六〇年代

談「對摺法」

布洛士的「對摺法」並不是甚麼新發明，就像他說的那樣，這是受了基辛的「剪接法」影響，其實早在三十年代的時候，查拉等超現實主義者已經嘗試過把一大堆寫着不同字彙的紙條放進帽子中，隨意逐一抽將出來合併成一首詩了。

這樣的技巧，最先使人想到的是創造性的問題。這樣拿兩段文字對摺合併起來，豈不是輕易得很？作者不用動甚麼腦筋，豈不是沒有甚麼創造性了？但是我們也不能不注意一下，平時日常生活中也是有隨時想到某一位作家對某件事說了諸如此類的話，看見一頭海鷗的時候也許又忍不住把契訶夫和羅布格利葉的兩種寫法作一對照。回憶別人的說話儘管不是一種創作，卻是常有的事。回想的時候，除非想歪了，否則當然是沒有甚麼創造性的。

但是一旦用文字表達出來，作者對題材的選擇，作者把它們合併起來的手法，已經是一種創作了。

比如作者拿那些作品來作對摺的對象，便顯明的表露了作者的選擇力，不僅是隨意從帽子裏拿紙條出來那麼簡單，有時把不同的作家的不同的作品並列在一起，又可以產生一種由對照而產生諷刺或者由混淆而產生幽默的現象，這當然是經過加工排列的結果。

《香港時報》「文藝斷想」，1969 年 1 月 25 日。

對摺法和繪畫技巧

布洛士說過可以在繪畫的範圍內找到足以借鏡的技巧，而他的「對摺法」其實也跟繪畫的技巧很相近。

在繪畫上有所謂拼貼的技巧，即把許多不同的東西貼到畫面上合併成一幅完整的畫。畫家可以把破布、紙張、海報、石膏或者各種材料的各種作品應用到自己的畫面上，他可以把一幅漫畫和一位大人物的照片並列，也可以把甲骨文排在一段夜報新聞的旁邊。這樣的結果就可以作出大拼盤一般的作品，單就技巧方面去看，它藉不同材料的組合而衍生出新的趣味，如果要探究意義，它的複雜繁蔓的內容也比較容易反映我們今日生活中的多樣多變的社會。在電影方面，高達和黎斯特的技巧比較接近這方面，在小說方面則是布洛士了。

現代藝壇上，馬素・杜潘的「既成藝術」和現在藝術家所作的「物體藝術」都以普通的用品來作為藝術品展出，他們的作為顯然否定了甚麼是藝術品甚麼不是藝術品的劃分：既然最陳俗的器具也可以當作品展出，還有人能一口咬定祇有端放在學院的講台上或者懸掛在博物館當中的才是藝術嗎？布洛士有時利用雜誌、報紙來作對摺的作品，他的題材也是沒有界限的。

最後要指出的是，布洛士祇在一部分小說中使用「對摺法」的技巧，並不是全部作品都這樣。即是他自己，他說過

這種技巧並不是適合每個作家，如果不感到同樣的需要而盲目摹仿他，那實在不智。不過為甚麼要創一種新的技巧，又該創一種怎樣的新技巧的問題，卻值得每個寫作的人想想。

《香港時報》「文藝斷想」，1969 年 1 月 27 日。

翻譯的一個問題

最近讀布洛士的作品,想到翻譯的問題。布洛士可算是比較難譯的,他的文句不是普通規矩的文法書裏常見的那種句子,有時長長的一大串連逗點也不來一個——這我們在喬哀思、貝克特的作品中也領教過了——碰上用對摺法的時候又跳來跳去捉摸不定。本來這也不算太難,最主要的一個問題實在是他作品跟我們目前和過去的中文作品沒有相似的地方,因此譯出來以後恐難為讀者接受。

常聽見人發表翻譯的理論,獨立來看多半是言之成理的,問題是能否實踐罷了。曾經聽見人稱讚一篇譯文說:真是好。好了,怎樣好法?「不像是翻譯的。」原來不像翻譯的翻譯就算是好的翻譯?外文跟中文的寫法根本就不一樣,如果硬安上幾句方言,拿一些陳俗的成語代替了本來極有新意的句子,看來像是像中文了,其實卻是偷懶的翻譯。

不曉得是誰開始以像不像中文來衡量翻譯,反而對能否捕捉原作的神髓不顧,這實在奇怪,人們往往因為某一句譯得像中文而拍案叫絕,這樣下去,將來如果有人把馬加烈·杜拉譯成於梨華、把撒母耳·貝克特譯成余光中作品的樣子,豈不糟糕?本來從翻譯可以吸收外國作品,從而豐富我們的創作,但是如果一味只顧譯得「看來像中文」,把一些創新的作品用中文裏頭已有的詞彙和技巧代替了,這樣豈不是無可吸收?這樣的翻譯豈不是得不償失?

《香港時報》「文藝斷想」,1969 年 1 月 28 日。

簡單的和複雜的題材

《美麗的毒藥》彷彿是許多部電影加在一起,開頭的男女關係使人想起《風流笨伯小嬌娃》,謀殺的場面像《觸目驚心》,男主角的逃避有點《四面楚歌》的味道,結局的時候則是《蝴蝶春夢》式的循環了。倒不是說它的創造性不夠而盡是摹仿別人,只是由此可見它的野心是很大的——也許太大了。它的題材這麼複雜,上下兩代的衝突、個人與大制度的對立,社會對青年罪犯的態度、幻想與現實世界的不協調,以及其他諸如戀愛、謀殺、心理變態的問題都牽涉到了,看來似乎每一點都可以發揮起來獨立拍一部電影,現在全都混在一起,但也只是每樣都輕輕帶過便算。

手頭上有這麼多豐富的題材,反而不能好好利用,怎樣也覺得有點浪費。像《烏龍舞會》那樣又不同,是極簡單的題材,卻能夠充分發揮——整部電影由頭至尾大都是說一場舞會,沒有甚麼曲折的情節,一派打諢胡鬧的樣子,倒也自成風格。

不過《烏龍舞會》的一些笑料,也着實太陳舊,整部電影的支架顯得脆弱,看下來越發有單調的感覺。本來如果能夠把一個簡單的題材充分發揮,是更勝於題材複雜而不能把握的,但《烏龍舞會》卻是過猶不及了。

《香港時報》「文藝斷想」,1969 年 1 月 31 日。

幾個畫家的短片

看到銀幕上波納（Bonnard）的照片，年青卻長滿鬍子的臉上有一雙孩子氣的眼睛，想起奧山長春回憶亞倫‧羅布格利葉的文字來，讓他那麼強調着有「一雙絲毫不識知性的暈濁和疲倦的稚兒般無邪的眼睛」的傢伙，確實是從一般評論中認識不到的另一面的羅布格利葉。

波納在一九四七年已經死去，他屬於一個更單純也更有秩序的古老繪畫潮流，但是即使在極端現代的爵士音樂和電子音樂的配音下，在銀幕上出現在汽車屍骸的廢墟和作為現代生活特色的刻板的車和人的行列中間那個當代法國畫家亞普（Appel），卻是同樣有着這樣無邪的眼瞳的。他樣子肥胖、笨拙，像羅布格利葉一般留着八字鬍（波納的也是八字鬍嗎？記不清楚了），配上這樣的眼瞳，看來可笑也可親。他費勁在畫布上塗上顏色，鏡頭從畫布的位置正對着他，我們只見他塗繪的手勢而不見塗繪的結果，益發顯得他的徒勞。

這樣毫無目的地任意在畫布上塗上顏色，的確像透了一種孩子的遊戲。遊戲當然是不需要甚麼解釋的，但是如果要替他設想一下，也不妨說，這種塗鴉式的亂畫，不正是反叛了一些模式化規律化得使眼瞳也失了光采的成人畫的世界嗎？

波納臨死前尚且要說從頭畫起，便是他的明晰的眼色，執拗地要看透逐漸圍攏過來的陰霾的雲霾——那些「知性的

暈濁和疲倦」吧？他說要從頭畫起，就是像一個初生嬰兒那樣的階段開始？

看着波納的畫室、波納的住宅、他生前活在那裏的環境——通常，喜歡某個畫家的作品，連帶也就會注意到他的現實生活：梵谷和高庚的故事跟他們的畫一起讓人談個不了，羅力特克與女子們的關係、莫地格里安尼怎樣酗酒，這些他們生活上的特色，都為他們的作品塗上一層傳奇的色彩。

也有人跑到梵谷與塞尚的故地去看他們當年住過的地方、畫過的景物；到那裏去摹繪他們當年繪過的題材。但是，事實上，這些畫家偉大也並不僅是因為他們故鄉的風景美麗。再說波納，在銀幕上看到波納的畫作，再下一個鏡頭映出真實的風景，立刻就覺得現實的風景是比經過畫家處理的畫遜色得多了。

那部關於現代畫家亞普的短片也映出他的生活，生活環境一切灰黯、刻板，是他的畫才多姿多采，才是充滿趣味的。

在波納的短片中，銀幕上出現一頭狗，鏡頭拉開來原來是一個人叱喝一雙打架的狗；一個站着的女子，原來是躺在浴缸中的裸女。

以前看過一部電影《阻障》，一開始那幕就是近鏡中一個個反手綁着的學生跪着輪流倒下去，看來好像是處刑的場面。後來鏡頭拉開來，才曉得原來不過是一場遊戲。

這樣的技巧大概是電影獨有的，比方說舞台上就很難表現出同樣的效果來，最近看《馬拉——沙爾》的電影，覺得

它比劇本加進許多電影的技巧，佔了不少便宜。在戲劇中，沙爾坐在一邊，瘋人院院長坐在另一邊，演員在當中，觀眾們一眼看盡整個演出；但在電影中卻可以應用近鏡頭的。

在關於繪畫的電影中，這類手法帶來不少懸疑和趣味。一些模糊的花紋，讓我們猜想着它是甚麼：是一面牆紙的花飾，抑或是一株盛開的杏仁樹？

《香港時報》「文藝斷想」，1969 年 2 月 1 日。

也斯的
六〇年代

訪問記

　　精彩的訪問記，往往比評論文字更有趣。喜歡一個作者的作品，由此想認識他的為人，也往往可以得到滿足。昨天奧比的訪問只是談自己的劇作，讀到羅拔‧克瑞利的一篇訪問，卻是談生活居多了。連他早年與畫家積信‧普洛從打架而認識的經過，也不隱瞞。

　　單看克瑞利的作品，覺得他的風格細膩，是決計想不到他酗酒打架甚麼都來的。看了訪問記才曉得，其中有趣的事跡多的是，比如他常常酗酒，弄得賣酒人不許他進門，後來見他耽在門前張張望望，才又姑且放他進去，但只准喝薑水。他又常常把玩一把小刀，結果又給賣酒人沒收了好幾個星期。

　　懂得怎樣訪問的人，不會祇問一些空泛普遍的問題，懂得回答的人，也不會只是死板板的問一句答一句便算。文字上的訪問與新聞上的訪問不同，後者比較一絲不苟，前者卻可以多點枝節，但同樣都不只是一問一答那麼簡單。碰上訪問與被訪問的配合得好，趣味更大。以前看過幾個年青詩人如布里根等訪問加洛克，加洛克當場作詩，氣氛是弄得很輕鬆了。

　　又曾經看過另一篇訪問記，訪問者劈頭第一句就問：你以為一次成功的訪問該是怎樣的？這實在是很聰明也很別緻的一個問法。

《香港時報》「文藝斷想」，1969 年 2 月 4 日。

諷刺性的文字

　　作品裏的文字如果顯得貧乏，那麼儘管有無窮的東西要表達，也還是表達不出來的。目前一般的情形大概就是這樣，要表達的東西不是沒有，卻找不到一種適合的文字來表達了。大眾傳播發展，也有它的壞處：它逐漸創造出一種大眾通用的文字，這樣的結果，便是使文字變得劃一而沒有創意，陳舊的文字便也取代了活潑生動的文字的位置。打開報紙，儘可以看見「艷屍」、「新潮男女」、「新潮派」、「迷你女郎」一類通用的字眼，用得恰當不恰當倒似乎是無需理會的，總之要表達類似的東西，便有例可援地拿一個已通行的詞彙充數。這樣的結果，文字是既沒有創造性又沒有幻想力，祇不過是一個一個陳舊的模型罷了。又既然是使用着同樣有限的文字，同樣有限的句法，那麼一個人和另一個人寫出來的東西是差不多的。文字表達了思想（心理學上有一個說法是這樣：如果某個地方語文中沒有類似「自由」的詞彙，那麼那地方也沒有明確的「自由」的觀念），文字的劃一，也引起了思想的劃一。

　　面對這種傾向，不少敏感的作者都感到了革新文字的需要，有些自鑄新詞，增加句法的變化，而把陳舊的文字扔過一旁，另外有些作者卻故意用陳舊的文字，但卻加以諷刺性的運用，好做成一種諷刺性的文字。

　　把陳言濫調加以諷刺性的運用時，不獨是以這種文字諷

刺某一事物，而且還諷刺了這種文字本身。這類作家，自然是以初期的伊安尼斯高為最著名，他初期的劇作，比如《禿頭女高音》裏，兩對夫婦彼此說着無聊的話，他要諷刺的，倒不是英國中產階級生活這樣一個狹小的範圍，而實在是語言本身。

威廉・布洛士在《赤裸午餐》裏，有一處摹仿別的作家怎樣誇張地描寫吸毒者的神態，怎樣寫一個女吸毒者把一根混和着血和鏽的針插進自己腿中，針斷了也不理會（他在後面寫謂事實根本完全不是這樣子的）。運用陳舊文字描寫成公式化，是讓布洛士借用來作成嘲弄性的遊戲文章了。

王禎和的小說裏也有這種遊戲文章的寫法，不過他的作風卻很特別，與上面說的兩個作家都不同。王禎和的文字非常獨特，我就沒看過那一個作家是與他相近的，比如張愛玲，諷刺的本領夠高了吧，但還是顧到文字之美的，王禎和的卻是徹頭徹尾的諷刺性文字，無所顧忌的樣子。他藉摹仿來諷刺的遊戲文章寫得非常高明，只要看他評水晶小說而寫的那篇〈有臉的人〉就曉得了。他最拿手是在句子中加入陳舊的文字而製造突兀而滑稽的效果。

拿他最近刊在《文學季刊》的〈三春記〉來看，便可以發覺很多這類的句子：「大家統將阿源的英年早逝歸罪他底一副破相」、「一個月後吧！阿嬌便和區先生永結同心了」、「和高瘦子也眉來眼去了四、五個月，兩人一起和鳴」、「雖說于歸底經驗比人豐富」、「這個阿嬌也允承了，很懂得新生

活運動地」、「雨嘩嘩地下起來，任重道遠地下了兩個鐘頭有餘」、「他媳婦寶珍底嘴舌，便有此等化腐朽為神奇的本事」、「阿嬌……流麗述來，因事不關己，不便生氣」、「而腿肚上青蛇盤纏樣底靜脈瘤腫，現在是推心置腹地給區先生一覽無遺了」、「阿嬌本還要說：看娘的榜樣，嫁了一輩子，總是嫁到一穿西裝的紳士，要彩娥見賢思齊焉」。這些句子，的確不是那種大眾公認為「通順」的文字（他的散文、影評倒是非常「通順」的）。嚴謹一點的人也許不免要提出抗議：不宴客擺酒怎能說是懂得新生活運動？下雨怎能形容為任重道遠？說是非，怎說是化腐朽為神奇？

　　說閒話，怎竟是流麗述來？瘤腫坦露出來怎能說是推心置腹？看娘的榜樣再嫁怎能是見賢思齊？可是正是這種怪誕突兀的用法，使他的文字成為滑稽的諷刺性文字，正因為這緣故，他把破相阿源的死稱為「英年早逝」，不用「結婚」而用陳俗極了的「永結同心」、「和鳴」、「于歸」等，把這些陳舊的文字幾乎是生硬地插進句子中，而能夠作出新穎獨特的效果，確乎是有點「化腐朽為神奇的本事」。

《香港時報》「文藝斷想」，1969 年 2 月 6 日。

也斯的
六〇年代

雜談王禎和的近作

在貝克特的一個短劇裏，一個人站在台上，有人從上邊用繩吊下一些東西來，他跑過去拿，繩子卻一下子收回去，如是者經過許多許多次，到了最後，他甚麼也不作，乾坐着，繩子垂到他面前也不敢伸手去拿了。

王禎和筆下的人物不致於如此徹底，他們大都還在掙扎——讓步——掙扎——讓步的漩渦中打轉。在他近期刊在《文學季刊》的幾篇作品裏，〈來春姨悲秋〉中來春姨的媳婦罔市迫使來春姨的男伴離開，〈嫁粧一牛車〉中姓簡底用牛車換了萬發的妻子，〈五月十三節〉中羅老板夫婦被東洋玩具店姓郭的搶盡了生意，〈三春記〉裏區先生因為無能而受盡阿嬌的氣。在這幾篇中，我們的主角都有一個需要對抗的、受盡它威脅的勢力。來春姨要對抗的是媳婦罔市、萬發對抗的是姓簡底、羅老板對抗的是姓郭的、區先生對抗的是阿嬌——而那個「惡勢力」，又總是張牙舞爪，節節勝利，我們的主角掙扎了又讓步，讓步了又掙扎，自然不免像區先生那樣，「帶着傷的樣子」。到頭來，來春姨與萬發讓了步，羅老板與區先生卻宣稱要掙扎下去，二比二，剛好拉個平手。雖然如此，讓了步的也不無一些小小的補償，掙扎下去的也不見得就有甚麼希望，總之就是沒有徹底的勝利，也沒有徹底的失敗。

這些人物沒有甚麼轟轟烈烈的行動，不會自殺、不會殺人，甚至也不會打架——唯一的武器就是言語：用粗話罵人、

說是非等等。戰敗了的時候便不言不語。也因為這緣故,這些人物都常常沉默:來春姨對罔市的種種忤逆「都能保持絕然的靜默,有如染着諱疾不敢聲張的樣子」,後來篇末時「嘴巴張開又闔上,來春姨發不出聲,像她已把各樣各式的講話的方法全遺忘乾淨」;萬發借着耳聰的便當,與人說話一向都支支吾吾,後來對別人嘲笑他讓妻的事更是「臉赭都不赭一會底,對這些人的狃笑,很受之無愧的模樣」;羅老板回憶過去在議會大廳中的演說,但後來連在飯桌上的演說孩子們也不愛聽,只剩下妻子一個聽眾,最後則連妻子也不大感興趣了;區先生吃了補藥變啞,甚麼話也說不出,後來回了聲,給妻子攙下床時,卻反而希望能再次瘖啞了,到了後來,他便一直「悶悶地不言語起來」。

說話是為了表達自己,與人溝通。倘若連話也不說,那便連表達自己、連與人溝通也不願意了。也不爭取甚麼,也不反抗甚麼,豈不是絕望已極而安於絕望的樣子?在〈三春記〉的末尾,區先生又說起話來了,連阿嬌聽了也怔了怔,不管怎樣徒勞,這些角色卻還未放棄了掙扎。

王禎和處理這些題材,用的便是他獨有的詼諧諷刺的文字。曾經看過他一篇談《義大利式離婚》的影評,說這電影從一個中年男子的眼光來描繪,沒有青年人世界的憤怒,也沒有老年人世界的嘆悔,而能夠把人生本目諷刺得淋漓盡致,看看王禎和自己的作品,的確也是這樣。「他很世故很洞悉人事,樣樣事一經他歷練底眼,外殼立時脫除,糖衣邊爾

溶化；他所引我們看的是事物的內象——尷尬、醜態畢露的內象。而這些髒裏子卻堂而皇之地高掛客廳，看起來非常好笑，像是小孩子的惡作劇，我們不會怪以刻薄。」（王禎和：〈義大利式離婚〉，刊《劇場》第一期）這也可算是他夫子自道的說法。

《香港時報》「文藝斷想」，1969 年 2 月 8 日。

中年人觀點

在《意大利式離婚》裏，主角馬斯杜安尼一副聰明、狡獪而又帶點無可奈何的模樣，王禎和作品給人的印象正是如此。說是中年人的觀點，便正是那種沒有青年人的熱情，也沒有老年人的深思，甚麼事都看得很輕鬆，能夠諷刺得恰到好處，而又留有餘地的樣子。

嘲諷性的作品是難寫的，王禎和最成功的地方是他的獨創性的文字，沒有那樣的文字，也許沒有那樣強烈的效果。常常看到一些作家想幽默而幽默不來，那就顯得硬滑稽了。

另一位善用文字來產生喜劇效果的作者是詩人瘂弦，他有一首〈庭園〉，寫一個中年人的世界，他寫他再無大志，整日聽妻子喋喋不休，既無意「領兵攻打匈牙利」，亦無意「趕一個夜晚寫一疊紅皮小冊子」（大意如此），妻子談着那年與她表兄的事，而他唯一的方法就祇有倒頭大睡。讀起來，《意大利式離婚》中馬斯杜安尼的形象彷彿躍然紙上，睡眼惺忪的向我們裂唇一笑了。

不過王禎和卻是寫老年人居多，說他的是中年人的觀點，只是指那種諷刺的態度。這樣的作品，讀者讀來覺得那些人物非常滑稽，作者卻可能在一旁楞着讀者乾笑。不過我覺得這種諷刺的文字就像是刺激的藥物，說不定讀者會逐漸習慣而上了癮，再不生甚麼作用，到時他們就會只滿足於表面的諷刺就算了。《意大利式離婚》主角那種狡猾聰慧的形象

無疑是吸引人的，可是如果一味祇曉得冷嘲熱諷，那就等於變相的安於現狀，不求改進了。

《香港時報》「文藝斷想」，1969 年 2 月 10 日。

賊中賊

心裏抱着看《馬麗亞萬歲》那樣的滑稽片的想法看《賊中賊》，不曉得卻原來是個極嚴肅的電影。嚴肅，但比較一般美國式的「問題電影」卻有深度得多。

拍盜賊的電影，隨便那麼擬一則行劫的情節，製造一些懸疑的效果，弄一個得而復失的結局，自自然然能夠滿足一部分的觀眾，那樣的電影也的確拍濫了。《賊中賊》卻真正是一部不落俗套的電影，從一個完全不同的角度去看一個老問題。

首先，主角的盜竊，不為名，也不為利，卻出於一種深惡痛絕的復仇心理──對出身的那個奢侈僵化的有閒階級深深憎厭，從而採取一種對立的立場。年老的盜賊說整個社會腐朽了，要從根底毀滅它，年青的盜賊不同意，大抵便是因為他仍相信改革的行動，先有行動才歸納出一套理論，而不是先提出一套理論作為藉口。

片子末尾提出一個有趣的問題：一個如此的盜賊富有了準備退休，豈不是也等於放棄了那種對立的立場，而皈依一向反對的僵化奢侈的有閒階級，成為自己本來深惡痛絕的對象？這樣放棄行動的冒險，而委身於安穩的停滯，也是一種普遍的現象，我們只要看看一些文學或藝術的工作者如何隨着年紀的增長而變得保守頑固，甚至變為自己年青時所反對的對象──就可知了。電影從盜賊的形象涉及了極有共通性

的大問題，而導演的觀點又是何等尖銳呵。

　　以前看過這位導演的四部電影，《戀人》、《地下鐵路的莎西》、《燐火》和《馬麗亞萬歲》，使人驚異的是他的風格沒有一個定型，也因此對他有一種額外的好感，因為一向都不喜歡那種從一個導演每部電影中都能抽出一套固定風格的理論，一個導演能夠作多方面的探索，不正是表示他能夠不陷於一個固定安穩的模式中嗎？

《香港時報》「文藝斷想」，1969 年 2 月 12 日。

聲音

讀了舊書裏的幾篇日本小說。

佩服〈河童〉、〈藪中〉，卻是〈齒輪〉使我感到──親切。這樣乾而且冷的作品，蒙上一層死色的，尚且說它親切，必然是不能使你同意的吧。那麼就說真摯……

眼睛疼痛。

一列齒輪蒙着眼睛。

這麼粗糙純摯的句子和感情，消受得了嗎？這是一篇遺作！

疼痛的眼睛注視除了黑甚麼也不是的夜的街道，卻看到你讓齒輪蒙住的一隻眼睛。

既然蒙住又怎能看到？

「某傻瓜之一生」……

門外也有鳥類拍翼的聲音嗎？

讀了〈河童〉以後，洗臉時常常看看有沒有人從洗臉盆的水掣裏跑出來。

甚麼聲音也沒有的夜晚必然是冒牌的夜晚。

不想談及自己是沒有用的
你有時不能不高聲呼喊

怎會連一點聲音也沒有呢？比如說，一輛汽車失事的訇

然巨響，難道你連這也聽不見？難道，像巴斯·山聚亞另外
兩句詩那麼說：

你會說那是一架飛機墮落。
那是我。

那是你，那真是你嗎？把芥川龍之介和山聚亞扯在一
起——多奇怪的念頭！讀着他的，然後是他的，作品。簡單
地說，就是，他們的。一個念頭浮現出來，然後，消失了，
再也捉摸不到，你說：我剛才想甚麼來着？

完美得使你不想分析的作品。合上書，試着說些無關痛
癢的話。就像在閒扯，甚麼也談，除了「自己」。

為甚麼要說出來呢，那一句話，某一句話。於是便咽回
去。沒有讓誰吃了驚，沒有擾亂了他們的秩序，一切都像往
常那樣。他們回家後說：你看，我猜的沒錯吧？

一宿無話。

《香港時報》「文藝斷想」，1969 年 2 月 15 日。

關於〈衣裳〉

昨日譯的短篇〈衣裳〉，選自羅拔‧克瑞利的短篇集《掘金者》。

那些短句，那些節奏，那些歧義，都是克瑞利作品中常見的。不過，比較起來，這還是個比較曖昧的作品。

克瑞利的題材一向都簡簡單單，幾句話就可以說盡，比如這篇，表面看來，大略的情節不過是說兩個婦人選擇緄條來作衣裳。人物是彼得、瑪利、路意絲三人。

仔細看看卻可以發覺並不這麼簡單。首先是彼得所說的那個地板下的洞窟，在字裏行間，我們會發覺，那洞窟並不是一個真實的存在。洞窟，就像洞窟裏的物質，是隨彼得的意而想起來與及（或者）創造出來的。洞窟是彼得的幻想中的天地。在電影《說謊者比利》裏比利幻想自己怎樣用機槍殺死仇人，在《八又二分一》裏佳度幻想吊死編劇，同樣，在〈衣裳〉裏，彼得在現實生活中很難跟路意絲說話，在他幻想的世界中卻能夠「擺脫了那種感覺」。

洞窟與衣裳的題材又怎樣相連起來呢？彼得希望那襲衣裳能夠使妻子的身體顯露，而不是隱蔽着她（他與妻子間的隔膜開始時已表露出來）。事實上我們曉得那是剛好相反，而不是如他所想那樣。衣服隱蔽了身體，在這裏成了溝通的隔膜，而他想到達的，便是隔膜那邊的世界，衣裳裏面的世界，洞窟的世界。（當他想着衣服下的身體時，他想着地板下

的洞窟。）問題是，洞窟只是史前人的居所，他的幻想在今日無從實現。衣裳做好，隔膜也越深了。

寫人與人間的關係，克瑞利的觀察是敏了的〔原刊如此〕，不過這篇〈衣裳〉也許有人會嫌它晦澀銳點。

《香港時報》「文藝斷想」，1969 年 2 月 20 日。

被摒棄的人物

　　以前讀蕾杜（V. Leduc）作的《泰麗莎和伊莎貝》，覺得處理同性戀題材的小說，文字之美，還是算它作第一本。一般同樣題材的小說，多數是採着批判態度的局外人觀點，《泰麗莎和伊莎貝》卻完全是局內人的惡夢——也不完全是惡夢，無寧說是快樂，和慾望不能滿足時的焦慮和迷惑吧。比如她寫這兩個女學生藉故離校，進公寓去，在公寓裏卻感到鄰房他人的存在而不能做愛，這使我們感到，是這個所謂「正常者」世界的存在，才使那個所謂「不正常」的世界受到威脅罷了。但是，有許多人卻覺得，祇有這個正常人的世界才是唯一的世界，連帶超越這範圍的作品也視為異端邪說，口誅筆伐不遺餘力，一派社會棟樑的樣子。也許正因為這緣故，許多極有才華的作家都被低估了，比如蕾杜就是，雖然波芙加、加繆、沙特等都推許她，但是認識她作品的人仍然很少。

　　這使我想到紀涅。紀涅現在的名氣大許多，但同樣的，他筆下的小偷、流氓、同性戀者、女僕和黑人都有一點相似，就是他們都是為一般人所公認的正常社會所摒棄的人物。紀涅在獄中寫成第一本小說，根本就是他筆下那些被摒棄的人物中一員，而他也只寫着他們的世界。對外面那個所謂正常的世界，他不置一詞，然而，在他的沉默裏，不也正流露着他對它的鄙視和對抗嗎？

《香港時報》「文藝斷想」，1969 年 2 月 24 日。

價值觀的轉變

究竟為甚麼不少現代作家都喜歡以「被摒棄的人物」來作為他們書中的主角呢，除了蕾杜、紀涅以外，法國另一位作家山聚亞也是如此。美國的一群地下作家，比如加洛克、布洛士、舒拜、山打士，他們筆下的人物，是瘋子、酗酒者、吸毒者、流氓，看加洛克的作品，你會發覺他的英雄是一個貨車司機，而決不是一個大學教授。

以前寫實主義的作家強調暴露社會黑暗的一面，並且認為描寫貧窮比描寫富裕更「寫實」，這種理論當然不能成立，因為歸根到底，富與貧的存在倒是同樣真實的。但現在這些現代作家的目的卻不一樣，他們強調這些為這個正規正矩的社會所摒棄的人物，卻不是為了寫實；他們這樣寫來，表示了他們對一般人心目中所謂正規正矩社會的抗拒。

比如加洛克、布洛士這些作家，他們都是大學畢業的，謀一份普通人覺得「可敬」的職業，相信並不困難；但他們卻寧願當採葡萄的、賣酒人、殺蟲者。在學校裏一般人以學業成績來衡量一個人；在社會裏，一般人以金錢和地位來衡量一個人，但人豈僅是以這些東西來衡量的了？這些作者越美化那些舊觀念中認為毫無價值的人物，越顯得他們對這種舊價值觀的鄙棄。在他們的作品中，否定了那些用陳舊的標準來衡量一個人的態度。

《香港時報》「文藝斷想」，1969 年 2 月 26 日。

借來的思想與感情

讀一些思想性的文章，往往覺得很失望，因為作者說的不是他自己所感所想，而是別人對這類問題的理論。他說生存，他說痛苦，他說積極——其實他說的是羅素、是沙特、是加繆等人對這些問題的觀念，而並不是他個人從生活中得來的經驗和感觸。

誰能說自己不受人影響呢？看到一篇吻合自己心意的文字，在寫作時忍不住引用一下，就像在閒談中推薦朋友看看那樣，也是很自然的事。但是在文章裏斷章取義地引一二句沙特加繆，以這為基礎作一些純觀念的討論，卻又怎能表達自己的感想？不管怎樣淵博的哲學體系，怎樣深奧的哲學觀念，如果不是自己感到，與自己何干？可是現在似乎許多人都忙於「論」甚麼甚麼，沒有空去「感」甚麼了。

如果虛無只是一種理論上的虛無，積極也只是一種理論上的積極，那麼其中一切感情，豈不都是借回來的東西？看看時下一般所謂「哲學性」的散文，它們似乎都離生活太遠了，或者可以說，它們只充滿了抽象的理論和觀念，借用哈姆萊特在莎士比亞的劇中說的，它們都是「字、字、字」。（卞之琳好像譯作「廢話、廢話、廢話」，在這裏引用是更貼切了。）

隨便舉一個例子，比如有人說：「笛卡兒說：我思，故我在。我說，我行動，故我在。」這樣的結論，下得非常悲壯似

地。但除了文字的對稱，如果我們要明瞭作者為何要下這結論的徹底原因，卻是不能滿意的。但事實這「為何」卻最重要，否則誰不可以輕率下一個結論呢。有許多人寫文章寫到最後一段時，總是特別樂觀積極似的，也不管有沒有足夠使他樂觀和積極的東西。

看一些「作偉大狀」的哲學文章，不禁猜想那些作者在日常生活裏是怎樣過的，那樣純粹對名詞和引經據典有莫大的興趣的理論者，他的哲學是否與生活息息相關的（這裏說的生活，並不是驚險萬分的冒險生涯，只是指普通日常生活），如果不是，那很可能寫的是一套，做的又是一套了。筆下非常虛無孤獨，現實生活裏卻處世手段圓滑逐名逐利不遺餘力；或者筆下非常樂觀積極，現實生活裏卻畏葸苟且也說不定。

奇怪的是為甚麼這麼多人樂於借用別人的思想，連帶也追隨別人那麼感覺事物，終於寫出來的只是成了模型的理論和觀念，說來，這種態度本身其實就不怎樣「積極」了吧。

．《香港時報》「文藝斷想」，1969 年 2 月 28 日。

朗誦會側記

上星期五（廿八日）余光中在崇基朗誦他的詩，兼談現代詩的問題。我們到的時候，剛好遇上崇基同學持着「歡迎中國的繆司余光中」的小旗，迎接剛下火車的詩人。我的第一個印象是這樣：跟陪伴他左右的幾位「香港文人」比較起來，余光中的外貌是更謙虛，也更有學者的風度了。

說起來也許有點不敬，以前對余光中的認識，僅限於幾本不很喜歡的散文集和幾本很不喜歡的詩集。他的詩，我只比較喜歡〈敲打樂〉以後的尚未結集的近作。不過這次聽他唸詩和談詩，印象多少有點改變，比如〈炊煙〉一詩，經過他的解釋和朗誦，就帶來一種新的感覺。聽他在會上幽默而無傷大雅的談吐，鋒利而不令人難堪的答問，倒覺得他是一位比他的作品更吸引的人物。

當晚到聽的人以青年學生為多，反應也很熱烈，除了演說會中那種常有的無聊的問題外，也有一二個聽眾提出些比較有意義的問題；會後更有人請他簽名、請他題字、贈他繪像。作為一個現代的中國詩人，能夠受到這樣的歡迎，我還是第一次看到！尤其在香港，一方面許多人對現代詩諷刺謾罵尤恐不及，一方面是一小撮人「雄據」他們的所謂詩壇，能夠產生這樣受到尊重（更不用說歡迎）的詩人，恐怕是很難的。這種朗誦和談詩的會議，對於溝通詩作者和讀者，實在是有莫大的幫助。

余光中當晚朗誦了〈等你，在雨中〉、〈蓮的聯想〉、〈大度山〉、〈炊煙〉、〈野礖〉、〈死亡，它不是一切〉、〈七層下〉、〈如果遠方有戰爭〉、〈越洋電話〉、〈或者所謂春天〉和〈在冷戰的年代〉等共十一首，在每首朗誦之前，他都略作解說，說出寫作時的背景，或者這詩是想寫些甚麼的。他很能夠把握觀眾的反應，比如他從較抒情的〈等你，在雨中〉和〈蓮的聯想〉開始，前一首開始前，他先說：「你們曉得啦，女孩子總是遲到的。」聽眾忍不住笑起來，朗誦者和聽者的隔膜是減少了。

在先前談詩問題時，他曾批評過很多詩人一味寫自我的缺乏共通性的問題，而他嘗試從相反的方向走，比如〈在冷戰的年代〉就是第三身的寫法，寫一個男子走下新生南路，想起抗戰的時代、想起亡妻、想起離去了的女兒。其實不單是這首，在談到其他的詩時，他也往往說「詩中的男主角」怎樣想，而不說「我」怎樣想；甚至〈或者所謂春天〉中的廈門街正是他所住的街，他也說那不一定是指他自己。這種作法，大概便是避免讓每首詩不過成為一幅狹隘的自畫像吧。到了〈越洋電話〉是一位男子與一位女子通話的說話，作者「不無一種諷刺的意味」，裏面的「我」，當然更不可能是作者自己了。這樣，避免了狹隘的自怨自艾的詩風，而向諷刺詩、敘事詩等領域探索，這是值得注意的。不過，這種作法，並不是余光中最先發明的，到目前為止，也不是以他作得最成功。

少發議論，還是記記當晚的情形吧。在談到〈炊煙〉一

詩時，余光中說是看一場舞蹈後寫的，在舞蹈中女孩子們高舉雙手，像炊煙一般隨風搖擺，古箏伴奏着，而他這詩便是忖想古箏所說的話——他這種說法，為這詩提供了一個美麗的背景。

朗誦〈七層下〉前，他談及詩中美國蓋提斯堡的古戰場，他說：「有些美國同學問我：中國有沒有這樣的古戰場？我說：沒有這麼古老的。」他頓一頓，再說：「只有更古老的。」聽眾大笑了。後來他又說，在某一意義來說，整個中國都是一個古老的戰場呢！這倒不是說笑的吧。

朗誦後有人問他〈蓮的聯想〉的形式問題，他提出《歐洲雜誌》刊的江萌所寫的文章來回答，江萌稱他在該詩集中那種句法是「三連句」，余光中說：「他談來是很有道理的，可是我作的時候卻沒有想到！」

依當晚看來，余光中的幽默，表現在談話中，比在詩中是更生動也更成功了，比如〈越洋電話〉之惹笑，也許因為「托福考試」、「迷你裙」、「留美」等比較是香港學生特別敏感的題材罷了，說到文字和句法的變化，還是比不上瘂弦的早期作品。我比較喜歡的是〈或者所謂春天〉，我覺得，余光中近期作品跟以前不同的地方，主要是其中的幽默感、明朗化，和戲劇性，而這是比較更適宜於朗誦，也更能直接引起聽眾反應的。

《香港時報》「文藝斷想」，1969 年 3 月 3 日。

談瘂弦的《深淵》

　　瘂弦最近出版了一本詩總集《深淵》，收了六十首詩。據葉珊謂瘂弦自己這樣說：「此集選詩六十首，對過去作一總結，選入的都是我認為可傳的，沒選入的都是我認為可恥的。」

　　朋友中不乏瘂弦迷，過去大家在陳舊的詩刊、在發黃的剪報堆中找他的詩來看，找到一首就像找到一個寶藏——能夠這樣吸引讀者的詩人，恐怕只有早期的瘂弦吧。最近這些年來，瘂弦作品發表得很少，有一段很長的時間簡直沒有發表過詩作。這些年來，許多詩人出了詩集，但瘂弦也沒有；我有他早期在香港出版的《苦苓林的一夜》，現在紙頁也發黃了，大概出版了已有十年左右，一直卻沒有更新的詩集面世。

　　《深淵》收了六十首詩，其實可收的詩何止此數！要說沒收入的詩都是可恥的，那也不公平。許多沒收入的詩，借用他自己的詩句來說，「也並非就不甜蜜」，記得有一首刊在許久以前的學生周報「詩之頁」上的，開首二句是：「Ｓ先生是詩人，城裏城外都知道」，就是一首非常純淨有趣的諷刺詩。以前瘂弦在「詩之頁」寫過不少詩，不過學生周報現在連「詩之頁」也取消了，只有一些中英對照的「翻譯詩」了。

　　葉珊說瘂弦詩中的音樂成分濃於繪畫成分，我卻覺得，成為瘂弦詩中的特色，吸引住我們的，到底還是那種繪畫的成分呢。瘂弦高強的地方是在他怎樣把許多東西放在一起

而使我們覺得和諧，他極懂得營造氣氛，比如〈一般之歌〉
裏的：

五時三刻一列貨車駛過
河在橋墩下打了個美麗的結又去遠了
當草與草從此地出發去佔領遠處的那座墳場
死人們從不東張西望

〈一般之歌〉、〈復活節〉、〈非策劃性的夜〉等都是素描的
成分居多，甚至我們可以說，整個「卷之七：從感覺出發」那
部分的詩，它們的優點都是在意象組合的得體，和氣氛營造
的成功。

甚至音樂性濃厚如〈如歌的行板〉：

溫柔之必要
肯定之必要
一點點酒和木樨花之必要
正正經經看一名女子走過之必要
君非海明威此一起碼認識之必要
歐戰、雨、加農砲、天氣與紅十字會之必要

在其中我們也不能不佩服他「歐戰、雨、加農砲、天氣
與紅十字會」等簡單的字彙恰當地捕捉了海明威作品中風雨

欲來的氣氛。

反過來說,他早期一些純粹注重節奏、重複等以音樂性取勝的作品,現在讀起來就不無單調之感了。

上面說過瘂弦高強的地方是在他怎樣把許多東西放在一起而使我們覺得和諧,這亦表現在他之善於接受別人的影響而能自己融化這一點上。讀過《文藝新潮》的讀者,再來看看瘂弦的《深淵》,一定可以發現到它所受的影響,在〈深淵〉一詩中,可以看見拉丁美洲詩人帕斯〈在廢墟中的頌讚〉的影子,在紀念「T.H.」、給「R.G.」等詩中,也可以找到《文藝新潮》所譯的法國詩的影子,但瘂弦卻能夠吸收他們作為自己作品的一部分,豐富了作品的句法和結構,離開了歌謠風的早期風格而作更新的嘗試。

談到瘂弦的詩又怎能不談他的幽默呢?但是,幽默像詩一樣,分析起來就大煞風景了。總之,只要懂得怎樣笑的人都可以在瘂弦的詩中找到一些足以發笑的東西,不必板起面孔分析一番才曉得何以幽默的。

《香港時報》「文藝斷想」,1969 年 3 月 20 日。

回顧？等待？

　　前二個星期在聯合書院看到他們演出奧斯本的《憤怒的回顧》。約翰‧奧斯本就是英國當年那群號稱為「憤怒青年人」的作家之一，不過那已是十多年前的事了，奧斯本今日名成利就，在 Royal Court 做事，去年底才由該處替他重演了他的好幾本舊劇，以致劇評家馬路維茲要諷刺他說：奧斯本是在把他的剪貼簿公開給全世界看了！而當一個人這樣作的時候，別人自然會忍不住要比較比較，自然更會忍不住問：它們經得起時間的考驗嗎？《憤怒的回顧》是一九五六年的作品，它經得起時間的考驗嗎？

　　我相信這劇當年在英國演出的時候，一定是能夠相當激擾人心的；對宗教、政治和社會諸般現象的諷刺，也一定有它鞭韃入裏的地方；但是這種針對某一環境某一時間的劇作，卻輕易失去它的普遍性和時間性。或者說，難道我們此時此地的社會裏就沒有使人憤怒的現象？不是的。正因為有，我們才會覺得奧斯本的觀點是格外的偏狹，難以引起共鳴，甚至有許多觀眾不明白男主角為何要「如此憤怒」了。

　　一個劇作多多少少會反映出它的時代，問題是它僅是寫出該時代的面相，抑或是能夠尋出各個時代共通的問題呢？這大概就是作品劣優之分了。馬路維茲說得好：「《憤怒的回顧》和《三姊妹》（契訶夫劇作）都是具有時代性的，它們的分別在這裏：《憤怒的回顧》依賴它的時代背景，《三姊妹》

卻能夠超越它的。」

　　要演這樣的一部劇，演員和導演當然分外吃力。聯合書院當晚的演出來看，演員是比較成功的，男女主角和另一位葉大衛同學都能夠做到自然的投入而不是職業性的演出；導演就比較失職了。我有一次在一個集會中看一部美國三十年代的警匪片，因為放映機出了毛病，所以有畫面就沒有對白，有對白就沒有畫面；這次看《憤怒的回顧》感受相仿。因為劇中男主角不斷破口大罵，所以對白特多，而在舞台上，單唸對白而沒有適當動作（當然不是指手勢）配合，演員和觀眾都是不好受的。這次演出幾乎沒有甚麼「動作設計」——只有男配角替女主角療手傷一場是例外——大部分時間都是一個人站好說了一大堆話才記得要走動走動，兩位女角對話的場面尤其是這樣——而這責任不在導演還在誰呢？

　　聽說這次演出的導演是一位英國人，其實，如果一定要選英國劇作的話，也可以選品特、閃遜等，更新一點還有湯姆·司圖拔，何必一定要選奧斯本這個作品，「回顧」一番呢？

　　劇本的好壞對整個劇的成敗真是影響最大的，手頭又有另一個例子——我最近才看到浸會書院得戲劇節冠軍的那部《等待》，跟《憤怒的回顧》相反，他們導演得很好，演員也稱職，女主角特別好，燈光和配樂造成的氣氛也優美，但是，像《憤怒的回顧》一樣，他們也失敗在劇本上。

　　據說有一對戀人，男的忽然曉得自己身懷絕症，於是乃

「慧劍斷情絲」,「為了她的快樂」而疏遠她,而女的居然也一下子便嫁了人(不用說是嫁了一個「富有、體貼的丈夫」,好像這世界上充滿了「富有、體貼的丈夫」,專為娶懷了絕症的男子底女友而設的),婚後也當然不快樂,男女在公園相會,泣訴一番,女子離去(跟「富有、體貼的丈夫」回去,她丈夫答應給她「在海邊買一所屋子」,而且送了她一條皮領,因為這麼巧,明天是她的生日),身懷絕症的男子留在公園裏,先向妓女、後向公園園丁訓誨一番,謂此乃真愛云云,然後就點題了,借用「音樂戲劇慶祝會節目表」上的說明:「人生就像一連串的等待,每一個人都在等,甚至每一分鐘、每一秒鐘都在等,等待着不同的事物,可能是快樂,也可能是悲哀。」

　　這劇本極造作,可說是「為悲哀而悲哀」的東西。如果因為自己身懷絕症,而要愛人嫁她不愛的人,終生不快樂,還要說是為了使她快樂,說是為了「真愛」,真是滑稽,而整個戲的悲劇和題旨,又竟全是建築在這樣荒唐、傷感而單薄的情節上的,所以儘管導演、演員、燈光、舞台設計和音樂無一不佳,也等於是替一具死屍塗脂抹粉,並不能使它起死回生。

　　對一個第一次從事創作劇本的來說,上面的批評或許苛刻了點,但問題不在技巧熟練與否,而在創作的態度,在今日還來寫一些老掉牙的傷感大悲劇,合時宜嗎?目前在香港的戲劇界,最敢嘗試也最有生氣的,恐怕就是專上學生的戲

劇了，優秀的演員和導演都不是沒有，而我們「每一個人都在等，甚至每一分鐘、每一秒鐘都在等」的，恐怕就是一個優秀的劇本了！不過乾是等待想來還不是辦法罷！

《香港時報》「文藝斷想」，1969 年 3 月 26 日。

一個突發劇　麵包大會

現代戲劇真是多采多姿，比如有一種名為「突發性演出」（Happening）的，演出的地點不一定是在舞台上，演出的人物不一定是演員（可能完全由觀眾自己「演出」的），演出的內容也不一定是個有情節可尋的故事，實在是大大的背叛了傳統的戲劇觀念，比如下面所介紹的，就是一個這麼奇怪的演出。

這次演出的名字叫作《吃我──愛我──愛我的麵包》，演出的策劃人名約翰・費雪埃（John Fischer）。劇名裏提到麵包，這位費雪埃，他倒似乎是對麵包頗有研究的。費雪埃在比利時長大，一九四一年間在法國，而據說就是在那時候，他「真正懂得了麵包的意義」。他作過麵包雕塑，又在現代藝術博物館展出過麵包珠寶展。又有一次，他獲得芝加哥基貝勒麵包公司的津貼，製造一堵用三千塊基貝勒餅乾做成的二十呎寬的牆壁。在德薩斯的漢米斯節會，他烘了一塊世界最大的麵包──有八十呎高──當場分給觀眾吃，這頗使人想起耶穌的五餅二魚的故事。費雪埃如是說：「在宗教的傳統中，麵包就像我們的肉身，它支持生命，尤其在困苦的環境更是這樣。現在人們接到麵包的時候覺得它是鬆鬆軟軟地包在紙包裏頭的，人們已經忘記了它是怎樣子的了。在這個突發性演出中，人們跟麵包的本質直接接觸。麵包在爐中經過一段成形的階段，這就像造型的黏土一般，麵包師傅使它

成形，然後它從爐裏出來——一個六千年那麼古老的生命的象徵。」

曉得了費雪埃的歷史，那這對他用麵包來作這個「突發性演出」的主要材料，別人也不會覺得意外的了。

這次演出在紐約大學的一個演講室裏舉行，在入門處，有人請觀眾們脫去鞋子，赤足走過一張用潮濕未烤過的英國鬆餅做成的地氈。有人派着「麵包比死亡好」的鈕扣，四壁貼滿「你不必要是猶太人才會喜歡利惠麵包」的海報，還有「你是你所吃的」、「啜麵包」等標語。

當日到會的有三百多人，大部分都在室中央展開「麵包之戰」，那裏堆着一大堆麵包，比較大膽一點的觀眾們就撕開麵包，互相擲着「麵包的炸彈」。戰事越來越激烈，到了下午時，到處都佈滿麵包屑，有人喊道：「愛麵包，不要打麵包的仗。」他自己卻剛好讓一大磅猶太麵包砸個半死。

戰爭逐漸變得危險，有幾位無辜的旁觀者也給麵包打傷，有人用播音筒叫人不要擲大塊的麵包。約翰·費雪埃麵包四部合唱開始演奏起「樂與怒」、「爵士」和不管甚麼全胡混在一起的音樂，燈光逐漸暗下去，一隊麵包師戴着麵包面具走出來，把麵包派給飢餓的群眾。費雪埃自己穿着一襲介乎麵包師裝束和太空人裝束之間的東西，麵包電影映在牆上，呆呆板板的。

那些不用麵包打仗的人可以到大堂那邊去，費雪埃的麵包雕塑在角落展覽着。一張桌上放着玩具模型，人們可以用

它來作麵包玩具或者麵包人麵包車組成的麵包城市。

　　一個年輕的黑人坐在這桌上，用一個走音的結他奏着一闋一九五〇年的民歌，着起兩隻半塊意大利白麵包做成的鞋子。有些人平時在餐桌上總是說刀子太鈍切不來麵包的，這一下子可好了，因為有一張桌上放着七把不同形狀的鋸子——是謂「破壞麵包之桌」。有些樂手在演奏莫札特，一邊受到麵包橫飛的騷擾。又有麵包設計比賽，每個人都可以參加，獎品呢？當然是一塊麵包了。

　　比亞法拉的餓民如果當日在場看見是會覺得驚奇的罷？不過，「麵包總比死亡好」卻是至少沒有人會不同意的。

　　　　　　　　《香港時報》「文藝斷想」，1969 年 3 月 26 日。

Axolotl

這是一種墨西哥蠑螈類幼蟲的名字。

看葛蒂沙的小說集，第一篇便看到這個名字。小說裏說他每天到植物公園的水族箱前邊看着牠們，最後他感覺自己也變了一尾 axolotl。

當然不僅是這麼簡單。應該抓住牠的尾巴來二三千字的，據說從前寫影評的只要把電影的情節覆述一次便成，如果他們在第四段裏提到導演的名字，那已經算很難得了。

能夠把情節覆述一遍也還罷了，糟糕的是，他們往往會碰上《去年在馬倫伯》、《砂之上之植物群》這樣的電影。

也不單是寫影評的才是這樣，有人談文學作品也用這種方法，本來覆述情節也沒有甚麼不好，要命的是他一邊覆述情節一邊評頭品足，說（比方說）男主角不務正業，女主角生性淫蕩等等，跟作品的原意相去甚遠。文學批評變了占卦算命，對作品的表達方法反而絕口不提。

還是看看我們的墨西哥蠑螈類的幼蟲。

用動物來作小說中的主角有一樣好處，就是別人很難批評牠「不務正業」、「生性淫蕩」等等。

起初看葛蒂沙這篇小說時，是這個題目首先吸引了我。這種名為 axolotl 的東西，是牠的名字吸引了我。

後來我才曉得，牠是一種兩棲類的動物，形狀像蜥蜴，有鰓的，尾巴像魚一般，眼睛是金黃色；我甚至曉得，牠的

肉可以吃，牠的油是有用的。

　　如果牠只不過是一種蜥蜴，我就會當牠是蜥蜴來看待，像其他許多許多別的蜥蜴一樣。說：「只不過是一種蜥蜴！」我會把牠的名字翻譯成「蜥蜴」，毫無與眾蜥蜴不同的地方。幸而牠不是蜥蜴。

　　因此我可以在這裏引用牠的原名。據說有許多人非常反對在文章裏引用外國文字，不管是否特別名詞或者專有名詞也一律反對。可是如果說「墨西哥一種蠑螈類的幼蟲」，不但所指不詳，而且累贅。

　　我感到吸引的，是牠這個新鮮的名字，是牠這種不能歸類到任何熟悉事物底範圍內的新鮮的東西。牠不是我屋後老崗子上的甚麼。牠不是魚。牠不是蛙。

　　小說末尾的一小節：「但是在他和我之間的橋梁已經倒塌下來了，他從前覺得迷惑的東西現在只不過是一尾 axolotl，跟他的人類生命是陌生生的兩回事。我想在開頭的時候我還可以……喚起他要了解我們多一點的慾望。」

　　在這裏，不能交感的原因倒不是由於誤解，而是由於習慣，在開始的時候，人覺得 axolotl 是新鮮的、迷惑的，他每天到水族箱前邊看着牠，他翻字典查牠的歷史，他需要去了解牠。結果他逐漸習慣了牠的存在，當他需要了解牠的時候，他也許會說：「牠是一尾 axolotl，牠就是這樣子的。」

　　曉得牠的肉可以吃、牠的油可以用又有甚麼用呢？這樣不過是把牠歸類到我所熟悉的事物的範圍中去罷了，不過

是習慣了牠的存在好忽視牠而已。將來遇見一種新的東西，也不是魚，也不是蛙的，也許有人就會說：「牠不過是一尾 axolotl！」

硬說某篇小說教訓人不要不務正業云云，也很可能是把一篇自有生命的作品塞進俗套的公式中去。

葛蒂沙想表現些甚麼？如果我們只懂得說：「葛蒂沙像貝克特一般，試圖探討人與人之間是如何的難以溝通。」那麼我們也只不過把他歸入我們所熟悉的範圍中，而不願意去了解他作品中獨有的那些新鮮的、迷惑的質素了。

《香港時報》「文藝斷想」，1969 年 4 月 3 日。

羅密歐與穆克修

　　電影《殉情記》裏，除了羅密歐和朱麗葉以外，其他角色，儘管在原劇裏有較冗長的獨白，到了電影中也大都略去了，變成彷彿純粹是為陪襯而設的，微不足道的人物；唯獨羅密歐的那位朋友，在廣場中被刺身亡而終至於引起悲劇的穆克修，卻是一個例外。看過這電影，我們大都還記得他在黑夜中擎着火把談夢，又或者後來瀕死時苦味的譏諷。別的角色跟羅密歐和朱麗葉比較起來是黯然失色的，唯獨穆克修這人物卻依然自有他的光采。羅密歐的夢是美夢，穆克修的夢卻尖酸得多了。經他口中一說，一切都顯得不過是虛像：精靈的接生婆「駛過法官的手指，他們立即就夢到訴訟費……有時她駛過朝臣的鼻尖，他立即就夢到來了一件好差使；她有時候拿一個向教會繳納的豬尾巴，在熟睡的牧師鼻孔裏輕輕挑撥，於是這牧師就夢見又來了一筆收入」（引自曹譯，下同）。能夠看透一切事物糖衣裏的底子，無可奈何地嘲笑着眾生的面相，這大概就是穆克修的形象了；而這與羅密歐的滿腦袋理想恰好成了尖銳的對照。

　　以前有人說過，莎士比亞能夠在羅與朱露台相會之外，安排了穆克修在花園外的冷嘲熱諷，正好表示了莎氏能夠廣闊地處理人生經驗的全體。其實除此之外，羅穆兩人的比照，亦產生了一種微妙的效果。穆克修這角色，作為一個有人生經驗比較豐富，對世事想得更多也洞悉得透徹的人物，

對戀愛奚落一番，認為到頭來不過是這麼一回事罷了；可是一方面亦正因為這種惡嘲的態度，反而倒過來使人覺得羅密歐盲目癡戀的童真才更難能可貴，也是很可能的。

因為越是看透事物的虛像，越是無可信仰。懷疑一切的人會覺得甚麼都沒有意義，而能夠真正有一種如齊克果所謂「可以為之生為之死的理念」的人是更稀罕了。也有人說過，現在這樣犬儒風氣盛行的時代，更需要有一種理想主義來跟它頡頏——不過，問題是，如果對事物沒有深切的認識，一味樂觀的理想主義也等於是一種自欺。

穆克修對事物的認識顯然就比羅密歐深切，穆臨死時說：「你們兩家真該咒⋯⋯他們算是把我變成餵蛆的臭肉了⋯⋯」而當羅密歐刺死泰飽特後則說：「唉，我真是個被命運玩弄的傻瓜！」穆克修看得出這是兩家仇恨間接造成了悲劇，羅密歐卻只能歸咎於命運了。

不曉得這算不算附會，我覺羅密歐和穆克修很像今日世界上青年人的兩種類型：主張非暴力、以愛為口號的花童，與及對現存制度發生懷疑的反抗者。羅密歐在電影中出場時，手裏不是拿着一束花嗎？（「花之力量」？）當泰飽特罵他時他不是說：「我比你想像的更愛你」嗎？（「愛你的敵人」？）勞倫斯神父不是也以為他們的一段戀情可以化解兩族的兵戈嗎？（「做愛，不要打仗」？）至於穆克修對一切的冷嘲熱諷，上面已舉過例了，他的主張大概就是認為非暴力主義無疑是投降主義，他批評羅密歐說：「呵，這鎮靜、不顧榮譽的可惡

的低聲下氣！用幾個回合來消遣消遣吧！」隨至於向泰飽特
拔刀了。穆克修的反抗是漫無對象的，也因此極易流於意氣
用事，今日的無數穆克修中，也有同樣的現象，比如有些青
年運動提出「要先推毀一切然後能重新建立」，就給人這樣的
感覺。至於說愛與和平的羅密歐，到頭來也沉不住氣要動手
復仇，這正顯出他的信仰的根基是何等不牢固。青年人往往
會有不滿現狀、懷疑一切而至信仰動搖的情緒，其情形正如
民歌手卜‧狄倫所唱的——

雖然大師們立下了
規律
讓智者和愚人去遵守
可是，媽媽，我卻沒有
甚麼可以依循來生活的東西

《香港時報》「文藝斷想」，1969 年 4 月 26 日。

也斯的
六〇年代

蟑螂的妹妹

在卡夫卡的《蛻變》裏，年輕的售貨員一朝醒來發覺自己變成一隻蟑螂，使家裏的人驚詫不已。他自此失去了工作，整日耽在室內，家人也不理會他，只有他妹妹照顧他的起居飲食，向他們報告他的近況。

如果把作家比為蟑螂，聽來難免有點不敬，但是往往讓人以冷漠或拒斥的態度對待的，不亦正是許多作家的命運嗎？（卡夫卡自己正是如此。）而作為作家與群眾間的橋梁，向讀者傳遞作者訊息的，則是批評者。

就拿卡夫卡來作例子，他的三本巨著在生前一直沒有出版，甚至到了臨終時還要求別人把它們焚毀，當時一般讀者對作為作家的卡夫卡底存在幾乎毫無所知；等到他死後朋友替他把作品出版了，可是他作品的晦澀，卻又不是每個讀者所能輕易接受的，所以這就要靠批評了。批評的文字，可以向讀者介紹一個素未謀面的作家，也可以提供欣賞他作品的一些方式。

創作的工作是表達一些東西，批評的工作是討論怎樣表達這些東西，這樣劃分大致上是不錯的。創作和批評的工作不同，也很難說此優彼劣。許多作者，既創作也批評。比如在卡夫卡的例子中，赫胥黎、紀德、海斯等作家都曾為文稱讚卡夫卡。在這樣的情形下，他們本身既是蟑螂，亦是蟑螂的妹妹。就我所讀的作家來說，許多是由於一位作者的稱讚

而讀上另一位作家的，比如初讀法國作家巴斯・山聚亞是由於亨利・米勒熱情洋溢的論文，讀意達魯・史維浮則是由於他老師詹姆士・喬哀斯的譽揚。

上面說，創作和批評同樣重要，不過到底是先有創作，後有批評，而且不管怎樣，批評也不能代替創作的位置，卻是無可置疑的吧。許多人只讀了關於卡夫卡的論文，反而不讀卡夫卡的原著，便大大地扯談起卡夫卡來，這畢竟是不自然的現象。又如喬哀斯、普魯斯特便也都遭遇到這種「談得最多、讀得最少」的命運。

也許有人會說，談談總比不談的好，談一位作家，那怕是用借回來的觀點談也好，至少是表示有人注意那位作家，總比忽視了他，當他不存在的好。其實，就作家的立場看，兩種遭遇恐怕都差不多，如果每個人只從某一個固定的着眼點看卡夫卡的小說，都當它們不過是關於人神的衝突，那麼對認識卡夫卡的作品來說，損失的是比收穫的多許多了。作家之被誤解與被忽視比較起來，後者會比較好受一點也說不定。

批評應該避免人云亦云。讀着每個人所讀的作家，談着每個人所談的作品，這樣在所謂文化圈子的聚會中大概是頗能應對如流的，批評卻需要更多獨到的選擇和個人的口味。據說在美國最近有一種「文化」的電話服務，你只要撥一個號碼，它就會把最近的「文化動態」報告給你聽；如果一個批評者沒有個人的見地，他跟這種電話服務又有甚麼分別呢？

也斯的
六〇年代

說創作是在表達一些東西，批評是在檢討怎樣表達這些東西，並不是說：批評就是解釋、就是解謎。如果要使批評不是放在創作的從屬地位，那麼它必須有它的創造性，能夠自給自足，而不是依着創作品逐句解釋，說這一句是象徵人類的困境，那一句是象徵人類的超越等等。一部偉大作品可以在多方面引起我們共鳴，它的內涵也不一定是幾個象徵就可以代表了的；一個作品的成功，不單是在它表達了某些概念，還在它怎樣表達了那些概念，不然論文不是可以代替了創作嗎？

　　瑣碎的分析不夠全面，另一方面，空泛的批評也是等於沒說，比如有一位名為彼斯‧鍾斯的批評家說納波可夫「他的感情跟沒有一個人相同」。結果納波可夫在訪問中說：「如果一位批評家這樣說，那當然是說他至少在三個國家中，尋索過上百萬人的感情，才下這樣的一個結論。若然，我真是個奇人。但如果他只拿他家庭或俱樂部中的人來比較，那麼我對他的論點就不能認真看待了。」

　　你看，鍾斯式的批評不是自討苦吃嗎？

一九六九年四月

未找到原載，收錄於《灰鴿早晨的話》。

《游擊怪傑》和契．格瓦拉的真相

契．格瓦拉（Che Guevara）生前是拉丁美洲的游擊怪傑，死後卻是今日學生運動中奉為偶像的人物。今天的學生示威，往往會捧起契的畫像，喊起契的口號來；即使在日常生活中，印有契像的胸章、海報和衣服也非常流行，契式的帽子和鬍髭更成為風尚。契式的著作，包括回憶錄、論文集和日記，都成了暢銷書；他的言論，不斷被人反覆引用着。

這樣的一個熱門人物，生意眼的電影公司當然不會放過了，爭相拍攝契的傳記，至少就有六七間電影公司。意大利早已有一部由 Francisco Rabal 主演的，此外法蘭蘇．羅斯和東尼．理察信都有這個意思，前者更會邀請亞倫．狄龍來主演，卻給拒絕了。當然，還有現在香港上演這部二十世紀霍士公司的《游擊怪傑》。

本片由《波士頓殺人王》的李察．費雪埃（Richard Fleischer）來導演。使我奇怪的是，導演談到這部電影時，都是三番四次強調它的「客觀性」、「在政治的路向上不偏不倚」、「我嘗試對一個非常複雜的人物作一個客觀的性格研究」云云。這樣的結果，也許便是在典型拉丁美洲風景的 Puerto Rico 實地拍攝啦，讓一個德國化粧師積．皮連斯造一個新鼻子啦，每日消耗一百元美金的雪茄費啦之類小花樣的所以然了。這樣看來，導演大概以為，相像的風景、相像的鼻子、相像的雪茄煙，加起來便等於相像的真實。費雪埃還自稱用

手提攝影機和遠鏡頭，使全片充溢着一種紀錄片的感覺，他大概以為，這種紀錄片的感覺，便是一種客觀的感覺了。

先不說電影作品怎樣無法達成純粹客觀、寫實的任務，單是它要表達的契・格瓦拉這人物，就已經是複雜得夠你看的人。談起契的人也很難會沒有這種或那種的偏見。關於契，尤其是關於契的死亡，一直是一個爭持不下的問題，官方的報導說契死於一九六七年十月八日（比如《新聞週刊》就是這樣說）。法國《新聞觀察》的編者 Michel Bosquet 寫了一篇〈瀕死的契・格瓦拉〉歸納了玻利維亞當地活捉契的將領、兵士和後來驗屍官員的口供，卻斷定契乃是死於十月九日，即被逮捕以後。契是在八日下午被捕的，而在九日下午五時驗屍時屍體仍然溫暖，斷定死了不超過五個鐘頭，而致命的傷口是左胸所中的一槍，可以使人在五分鐘內送命的，由此可知契其實是被玻利維亞的軍隊將領殺害的，但至於契究竟在正確的甚麼時候被殺，被那一人所殺，在甚麼地方被殺，死後是火葬，抑秘密埋葬，卻始終是一個謎。

因為政治的緣故，因為其他的緣故，真相是隱藏起來了，真象是歪曲了。人們談起這樣一件事，他們在言談中加油添醋，他們在思想中添枝插葉，那是同樣的一件事嗎？

處理這樣一個題材，這電影可以表露它的真相嗎？當然，導演的強調「客觀性」並不是說說就算的，我們也的確看到他的努力，比如讓一個人詆毀契後，立即就讓另一個人替他說好話，好像是非常公平的了。

又比如，本片對美國中央情報局（CIA）之參與訓練圍剿契軍隊一事，也直認不諱，美國電影能夠這樣坦白，豈不是很難得嗎？但是，關於美國資助三百萬美元玻利維亞以作捕捉契‧格瓦拉之用，以及玻利維亞當時的內政部長 Antonio Arguedas 乃是為 CIA 工作的（這人後來因把契的日記給了加斯特羅而被 CIA 發現不得不逃往別處）等等，反而絕口不提。

隱瞞一些大事，揭發一些小事，算不算得客觀呢？

把加斯特羅的形象醜化了，把他說成依賴性強，毫無主見的人物；把契‧格瓦拉先說成是一個糊裏糊塗立功的一生，再是一個陰沉深思的傲慢人物，然後是一個氣喘喘的頑固老者，這是他們二人的真相嗎？這是客觀嗎？這是政治上的不偏不倚嗎？

對契已經是客氣點，這大概是因為契已經死了。

到了片子後半，把契說成一個打家劫舍，眾叛親離的強徒，奇怪的是卻沒有半吋膠片說及同年六月廿四日玻利維亞礦工們因以收音機幫助契而遭軍隊以亂槍屠殺的事。

末段那牽羊老人的一番話，所謂不同意接受契他們暴力革命的手段，也不同意官僚的腐化和剝削，代表了一般人民但求生活下去的慾望，這是一個很可以接受的結論。導演這個安排是很聰明的，可是在本片裏，但見革命者的暴力手段，而不見反映官僚的腐化和剝削，卻只能夠引起人們一面倒的推論吧了。

這也算是不偏不倚嗎？

既然導演的觀點是這樣，那麼他為甚麼要選擇一個反美的英雄來作主角呢？

我看有兩個原因，一是這種人物能夠吸引現在這一代的觀眾，奧馬沙里夫曾經說過：「整個年青的一代都是反對美國的。不是反對美國而是反對大制度下的美國，而契·格瓦拉是極端反對大制度的人物。全世界的人們都認為採取這立場是合理的。」一份雜誌對他這段話的按語是：美國新電影的市場也可以向這方面發展了。正是這樣，有關希僻的電影賣座便在電影中無端端加插一二個花童，反美的電影賣座那麼自然最好拍一部契的傳記了。

另一個原因可能是要站在美國的立場扭曲契在人們心中的形象，我們知道，CIA 當年也曾經想趕先在美國出版契的日記的。為了甚麼？並不是他們崇拜契，而是他們想人們接受他們所「整理」過的契，他們向出版社聲明，出版時一定要在序中指出契的失敗和稱讚玻利維亞的社會成就。如果讀者無條件接受了這種說法，那麼，他們的宣傳便成功了，這部電影也是這樣。

這樣一個非常複雜的人物，這電影確乎作出了一個客觀的性格研究麼？

我們聽着別人談論別的人物，因為這個或那個原因，說許者的偏見蒙蔽了我們〔原刊如此〕。要了解的人物變得不能了解，真相與虛像混淆起來，真有所謂真相的嗎？

「契是那種你一下子就會喜歡上他的單純、他的性格,他的自然自在,他的同志態度,他的個性、他的獨特,即使一個人還未曉得他的其他特色和特殊的德性就會喜歡他了⋯⋯」加斯特羅這樣說。

「如果拉丁美洲的殖民者和他們的美國謀士今天相信,像《時代雜誌》幾星期前所寫的那樣,契的消失這一事實奪去了它的神秘性和浪漫性所具有的顛覆力,那他們無疑是犯錯了;就像羅馬在一千九百三十多年前,把一個猶太的煽動者跟二個小偷一起處死,而他的思想卻終於戰勝了歷史上最大的帝國。」Michel Bosquet 這樣說。

「我們所要處理的是我們這時代的一個現象。在這個時刻他是這世界上所有年輕人的一個偉大的象徵。但我卻不大肯定距今五年後會有人還記得他,因為這人不會留下甚麼殘渣,也沒有甚麼實質的。當你分析一下,你會發覺,契是一個失敗。」李察・費雪埃這樣說。

這麼多人談着契,你該相信誰呢?

到底契・格瓦拉的真相是甚麼?

《香港青年周報》第 133 期,1969 年 7 月 23 日。

也斯的
六〇年代

一九六九年詩三首：〈雨痂〉、〈夜行〉、〈建築〉

雨痂

雨漬結痂在行人身上

為寒氣封閉了進口

淅瀝的絮語蒙住空洞的靜

雨澆下來，灰色粉末沉澱成

一面蜘蛛色的牆

誰會用磚織一道網？

所有纏繞的東西也不是用石造的

有人在細雨中守候零瑣的蚊蠅

黏膩的網眼的世界無寒意

偶有微風拂動屋角的塵埃

然而陳年的繩痕已褪與皮膚同色

寒着臉的天

唾了這些街道一面孔

它們在屈辱中任時間自乾了

夜行

黑夜蓋上空虛的被褥

藍色燈光睡着了

天色也圍攏過來
你在淋漓的街道上
找不到一個終站
寒冷的氣流
汩汩潛來
只由群鳥把它們啄盡
你想事情到頭來就是這樣
幾個人蹲在車站的灰牆下
春天的葉子在夢中焚化
牆上標貼畫的嗡嗡聲永不停止
然後又來一夜雨霧
淹沒記憶中人面的楊柳

建築

在一握中感覺
果實的寒冷
高樓的臉面
都化為流泉

蟻孜孜營巢
在下趟水淹到的地方
蜜蜂歌唱

看不見頑童的石片

沉默了裏面
那一種節奏
仍有人在陽光中
砌造他們的居所

推開門看見
青山的建築
它們是經過了
怎樣的侵蝕呢

《中國學生周報》，1973 年 4 月 20 日。

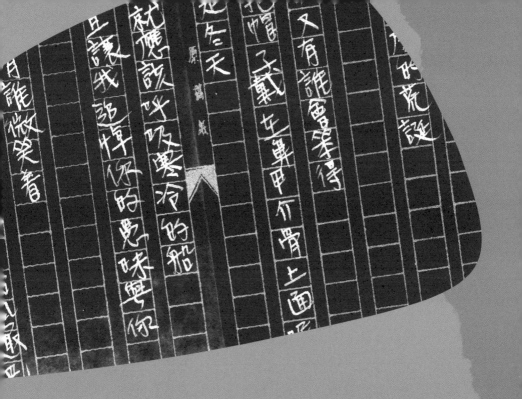

附錄：回望
六〇年代

十三歲那年

　　我在十三歲那年，或者在那前後吧，開始寫第一首詩。這興趣，一直維持至今天。如果我沒有開始寫詩，肯定我會成為一個不同的人，不管好壞，無論如何不是現在的我。

　　最先的詩，是一些朦朧的感情，零星的意象，在現實生活中未找到表達的感受，通過文字，逐漸把它們整理出來。

　　最先是在一本本的記事簿上寫，寫了許多本，也沒有想到要發表。就像隱密的日記，用一些曲折的言語，不是不讓人理解，而是從私人出發，覺得公式的公眾語言說不了自己心中的話。在寫作中摸索出來的過程才是最重要的。

　　寫作的興趣當然是隨着閱讀的興趣生出來的。從小學到中學，在上學和下課回家的路上，在公共汽車上、渡輪上，讀着片段片段的翻譯小說，希望從遙遠的書本中尋找自己日常生活中無法解答的答案。閱讀的人從書本認識人情世故，年輕人去理解成人的世界，男性去理解女性的想法，這個文化裏的人去認識另一個文化裏的人。書本好似是不現實的東西，好似是不能即時實用的東西，但通過閱讀書中人的悲歡離合，我們理解了人在不同處境中的抉擇，對於比自己不幸者的同情、對美好事物的欣賞。文學是一種感情的教育。

　　學習寫作也是學習表達自己，學習與人溝通。詩是一種濃縮的言語，是一種跳躍和敏感的語言。因為寫詩，也更能欣賞別人的詩，更能欣賞別人怎樣塑造文字，令文字活

轉過來。由於喜歡詩，也去閱讀古詩，也通過翻譯或英文去讀種種外國詩。當年海運大廈有一所外文書店，每每在那裏尋找，企鵝版的歐洲詩人叢書、「城市之光」的詩叢、小出版社的罕見版本。由於讀詩，我也知道了許多不同的文化的歷史，我也接觸了許多不同的人生態度：法國詩人普雷維爾（Jacques Prévert）的幽默與同情，智利詩人聶魯達（Pablo Neruda）的瑰麗奇想，意大利詩人蒙德萊（Eugenio Montale）沉鬱的外觀與內省。詩人的詩不光是文字，那裏面有累積而來的對人生的態度，在詩中毫不吝嗇與我們分享。

我對學習語文一向沒有很大興趣。但由於喜歡詩，我嘗試去學習法文、西班牙文、德文，我甚至去訂閱波蘭的雜誌。我想去無名的城市旅行，不為甚麼，只因詩人在那兒住過，寫過他的詩。到頭來，我也許沒有學好語文，我也沒有成為旅行家，但讀的詩，令我的生活豐富了。

我曾經在柏林，尋找里爾克（Rilke）早年住過的房子，在成都我大清早起床，去遊杜甫草堂，在巴黎和三藩市，我看見以詩人命名的街道，禁不住發出會心微笑，只緣這些詩人的詩，曾經感動過我，曾經在生命的某一點啟發過我。由於讀詩，我好像參與了一個比社會、比國家更大的大家庭。不管在哪兒，我都可以與他們神交，在心中與他們對話。

在我們開始寫詩的年代，香港這社會不大能容納詩，在一個商業社會中，大家都覺得詩是不能賺錢，因此也是沒出

息的一回事。

許多人看詩，看到浪漫的一面，以為詩人都是一頭長髮，瀟灑不羈，不斷在談戀愛。其實詩有許多種，就像人也有許多類一樣。讀詩沒能讀到深沉的一面，多少是種可惜。詩也可以是生活的文字，是對抗野蠻的溫柔，是緩和殘酷的力量。

在我開始寫詩的六〇年代，社會動盪不安，中國正值文革高潮，歐美的學生運動，也好像要把一切舊有的砸碎。在種種價值觀變得混淆不清的年代，通過詩，我好像看到種種二元對立的價值觀以外，還有其他的價值觀，其他的人生態度。

詩除了內省，也是一種對外的觀察。在開始學寫詩的年代，見到沒有甚麼人寫香港，也會想在詩裏寫香港，希望從另一個角度去為城市塑一個像，在旅遊宣傳的城市形象以外去尋找城市的文化身份。

堆了滿屋書，有人會覺得是負累的包袱，有人覺得是寶藏。詩不能令人得到權勢或財富，但卻給予人情感的教育，面對危機的餘裕。閱讀詩，令我們更好地感受生活的細節，留意另一個人的憂傷，欣賞一枚桃子的美味。

2004 年，應《黃巴士》之邀而寫。

小說的危機與生機——《當代法國短篇小說選》後記

　　常常聽見人說：現代小說要壽終正寢了。

　　說這樣的話的人，總是好像滿有理由的。他們會說：小說在內容上和技巧上已經不能推陳出新了；他們會說，小說快要被電視和電影取代了。他們侃侃而談，他們像一些粗心大意的醫生，還未把脈便給一個健康的人簽了死亡證。

　　他們的話本來倒沒有全錯，如果現代小說只是一味墨守成規，它們自然無法超越前代的成就；如果它們只求臨摹現實，讀者們會寧願看電視的新聞報導；如果它們只是在故事和人物上下工夫，電影也許又可以做得同樣好；這樣下去，它們的前途當然是堪虞的。但我們不能忽視的是，正因為覺察出這種危機，許多小說家都不願意坐以待斃，他們開始設法解救了。

　　這種情況，在當代法國小說家的身上表現得最明顯。他們對於保持小說獨特生命的努力極顯著。這話毫不誇大，因為十多年前在法國興起的新小說，已經公認影響了此後小說的面貌，也改變了人們對小說的看法。

　　當然新小說的出現並不是一朝一夕的事，我們可以追尋到它的脈胳。法國小說從福樓拜到普魯斯特到沙特以來，小說中「人物」和「情節」的重要性是一直在逐漸遞減的。法國小說在戰後開始作若干重大的轉變，接受了海明威等美國小說家的影響，一部分作家開始調整作品中情節敘述與人物

刻劃的方法，比如不再由作者分析書中人物性格而讓讀者自己去體會，又比如所寫人物的性格也模糊得多，不再是截然分明的。但這種作法本身多半具有一種哲學性的基礎，比如認為沒有安穩的社會觀念和固定的道德標準，自然也沒有面目清晰的人物和合情合理的情節等。這階段的小說催生了新小說，但兩者的觀點卻不相同。

新小說不贊成用小說來演繹哲學，一個新小說的作家會說：如果寫小說是為了宣揚哲學，那麼一旦把哲學思想抽了出來，作品裏豈不是甚麼也沒有了？小說如果單純依賴哲學意念而存在，那麼豈不是可以用哲學論文代替，而本身反而是沒有生命的？新小說的最主要目標，就是讓小說作它自己的主人，不供哲學、心理學或社會學奴役。當然，一個讀者可以在小說中找到哲學或心理學的含義，但是一篇小說必須首先是一篇自給自足的小說，不可以用別種媒介取代的。就像一所屋子必須首先是一所堅固的屋子，然後才可以決定它是用來供人住宿還是供人耍樂之用，如果只是一些斷瓦殘垣，那就自然甚麼也談不上了。

小說的特色是甚麼？是它的客觀？是它的寫實？恐怕不是吧。小說跟電影等比較起來，無疑是個人性濃厚許多，這是因為小說不需要像電影那樣依賴許多技術人員合作；而且小說家宣之於筆，無論如何是比經過攝影機直接得多。這當然不足以判定小說與電影孰優孰劣，這裏也無意討論這問題，不過既然這是小說的特色，為甚麼不可以大大發揮呢？

羅布格利葉的作品裏充滿了對物體的詳細描寫，有人解釋說：這是表示他客觀、表示他寫實。可是他自己卻不只一次地表示，他的描寫是主觀、幻想的。為甚麼？

　　平常我們看一個咖啡壺，我們看到的是整個咖啡壺的形象。可是我們看小說中的描寫——比如說，看羅布格利葉的描寫，我們看他寫它的球體的壺身、圓柱形的濾器和罩狀的蓋子，我們的觀察立即有了先後的次序，而這當然是作者主觀的次序，他以他的手在我們心中把一片一片瓷黏成一個咖啡壺，這不是我們家中那個，也不是鄰人或朋友家中的那個，這是作者創造出來的咖啡壺。既然文字的選擇和排列的次序顯示了作者的觀察，文字組織佔了作品中重要的位置，徹底的客觀和寫實自然是不可能的。如果只要小說臨摹現實，那麼一篇小說成功的程度，便只能視它臨摹得如何相似的程度而定了。那些要求小說臨摹現實的人可以從電視和報章獲得更大的滿足，小說這種主觀的創作卻可以向幻想的方向探索。

　　小說究竟會不會被別的東西取代？我們應該怎樣辦？這實在是每個小說家關心的問題，而每個人的答案也都是不同的。新小說的另一位作家米修·畢陀寫過一篇名為〈書的研究〉的論文，他在文中指出說儘管小說在過去怎樣重要，在將來會不會被別的東西代替卻是說不定的，以印刷為基礎的文化很可能讓位給錄音機為基礎的文化，所以每個誠實的作家都會面臨書本的困境。

畢陀的結論是認為書本存在於空間中，唱片等卻是存在於時間中，而時間是不能重複的，這是書本的優點。畢陀一些實驗性較重的作品，就盡量強調書本的獨特處，比如他的作品《遊歷，美國的抽樣研究》，是關於美國各州的遊記，用了多種不同的字體和格式印刷，又因為各州之間沒有甚麼一定的連繫，所以讀者可以從該書任何一頁開始，自作旅行，——因為畢陀認為書本能夠從任何一頁開始也是它獨特的優點。更具野心的一部作品是《聖·馬克大教堂的描寫》，書中有關該項威尼斯古跡的印象派風味的描寫與觀光遊客的對話交相混雜，同樣是畢陀的實驗之作。

畢陀另一個嘗試是《解說》（本書中的〈對談〉即原收於該書），此書各篇都是對一些照片、畫作和素描的解說或觀感（〈對談〉一文的副題即為「Alessandro Magnasco 的畫作觀後」），畢陀似乎是在嘗試用文字來表現視覺經驗的可能性。畢陀的全部作品，從《米蘭小徑》而至以尼亞加拉瀑布為題材的近作《每秒鐘水量六百八十一萬公升》，雖然在主題上是一貫或多或少地表現了某一個特定地域對個人的影響，在技巧上卻實在是不斷更新的。

上面說畢陀曾經一度在作品中試驗強調書本的印刷效果和書本可以從任何一頁翻開的特性，可以想到的是，那未必是非常有效的嘗試。因為書本之為書本，印刷與編排無疑是它的特性，對它是有影響的；但卻不是最主要的特性，也不能產生致命的影響。書本的生命是在它的文字，把握住文字，

才能把握住作品的神髓。繪畫用線條來表達，電影用映像來表達，同樣的，文學作品則用文字來表達，只有好好的把握這種媒介，文學作品才能保持它獨特的生命。

在這方面最有成就的首推貝克特，在他的小說中，文字組織與內容是一個不可分割的整體，不管書中是一個老人寫下他的往事，抑或一個無名的敘述者在談一些瑣事，這些呢呢喃喃構成了他的作品。貝克特小說中的文字比情節、人物等等都來得重要，他本人在論普魯斯特時曾謂言語的質素比任何倫理或美學系統重要，他自己的作品就是一個明證。這種文字錘鍊的效果正是別種媒介無法取代的。如果還有人要說小說要死亡了，任何小說都可以用電影來代替了，那麼最好的方法就是送他幾捲膠片，看他有甚麼方法把貝克特的《它是怎樣》拍成一部可以取代原著的電影。

除了電視和電影的威脅，小說家還會面臨另一個難題：小說本身的存在價值的問題。前面的算是外患，這裏的就是內憂了。我們都曉得，所謂永垂不朽的小說，尤其在現代，幾乎是不可能的事；因為沒有一個固定的價值標準，許多風雲一時的小說，過了不久便被冷落一旁。納塔里·沙侯蒂的小說《金果》，寫的正是這種疑慮，書中一群讀書界人士對一本名為《金果》的小說反應，起初是拒斥，然後是稱讚，後來則把它冷落一旁，沒有人過問。不錯，批評的標準是會轉變的，作品的評價是會轉變的，有一點不變的是：每一個時代的作者都希望能比前一代做得更好；難怪有人說，每一趟

革命都是針對前一趟革命了。可是文學的改革至少用不着砍別人的頭，前一代的缺點，可以使後一代知所警惕；前一代未完的嘗試，也理應可由後來的人完成，沙侯蒂和杜赫在描寫內心情緒的時候，至少不會再用吳爾芙的技巧了。新小說的興起也有了十多年，它們也為小說走出一條新路。如果將來新一代的作家對這些探索不滿意，那麼他們就該去闖他們自己的路，只要勇於探索、勇於創造的精神不滅，小說是不會死亡的。

收錄於《當代法國短篇小說選》，台北：晨鐘出版社，1970 年。

也斯的
六〇年代

《美國地下文學選》序

　　在一九五幾年間，美國出現了「搜索的一代」（beat generation）的文學，以傑克・加洛克（Jack Kerouac）、亞倫・金斯堡（Allen Ginsberg）、及格哥利・可索（Gregory Corso）等人為首，匯合了早期的黑山派和三藩市復興派，造成與正規文壇互相對峙的形勢，使美國文學界展開一個新的局面。這一群新銳的作家，他們反對當時一般文學作品的齊一化和學院派的束縛（羅拔・克瑞利〔Robert Creeley〕就曾經嘲笑過說：那些詩作簡直是像汽車一般依相似的款式製造出來的），反而推崇前一輩的龐德和威廉斯，甚至更遠一點的惠特曼。反對文學作品的齊一化、反對學院派的束縛，使他們在作品中傾向更自由、更個人的表現。

　　這一群作家不僅是從事一樁文學的改革運動，他們也代表了一種生活態度的轉變：他們反對這個以鈔票為標籤的商業社會；他們認為既成制度是最大的敵人；他們覺得一切隨此而生的偽善、畏葸、因襲、腐化的力量足以把人性壓抑得不能動彈，使每個人都成為一個沒有臉孔的社會人，就像亨利・米勒（Henry Miller）在《空氣調節的夢魘》中所描寫的那樣：

　　　　他總是整整齊齊地穿着一套廉價的成衣，鞋子擦得發亮，胸袋裏插着一枝自來水筆和鉛筆，腋下夾着一

個手提箱──還有他當然是戴眼鏡的,模式隨着轉變的潮流而轉變。他看來就好像是由成衣店許多分店中的一爿協助一所大學把他製造出來。這一個跟那一個沒有甚麼分別,就像汽車、收音機和電話一般彼此相像。這是二十五歲至四十歲間的類型。

每個人穿着一模一樣的衣服,做着一模一樣的事情,抱着一模一樣的志向,到頭來所謂「自我」豈不是喪失殆盡?難怪在這樣的社會中文學作品也有劃一的傾向,像同一個款式的汽車那樣了。反對上面這種生活態度的人因此往往走到對面去,成為極端的個人主義者、放任自我唯恐不及的「狂人」:

> 對我來說,唯一的人們就是那些瘋狂的人們,那麼瘋狂地活着,瘋狂地談着,瘋狂地要被救贖,同時期望着每一件事情,他們永不打呵欠或者說一句庸俗的話,只是燃燒,燃燒……(加洛克:《在路上》)

這種人與米勒的夢魘中(也就是充斥在美國社會的現實生活中)的人物是截然不同的:一種是強調自塑的個人,一種是大制度下的模式產物。然而在一個大社會中,前者無論如何只能是屬於「少數人」的一撮吧了。這種少數人的觀念很流行於此輩作家的作品中,不單是黑人、猶太人、流浪漢、

問題青年這些社會上的少數人成了他們作品中最愛描寫的角色，甚至這些作家本身不少也是這樣的人呢。諾曼・美勒（Norman Mailer）提出的「白種黑人」，就是以白種人的身份反對白種人自我優越的文化和制度，認同於持相反態度的作為「少數人」的黑人。然而這種「少數人」的處境，使人們不承認他們為正統的作家，他們的作品也只好稱為「地下文學」了。

然而堅尼夫・歷斯來夫（Kenneth Rexroth）在〈不介入：搜索一代的藝術〉一文裏說得好：「當一個小說家說：『我以作一個離群者為榮』而他的作品卻可以銷上幾十萬本，那是蘊含着極大的社會學的意義在內的呵。」（見 *A Casebook on the Beat*, Crowell, P.188）歷斯來夫一點也沒有誇張，加洛克、金斯堡、費靈格蒂、可素、布洛士等人的作品都是成了暢銷書。加洛克在一九五一年寫成了《在路上》（原名就是《搜索的一代》），可是沒有人願意出版，他的出版商對他說：「傑克，這作品就像杜斯妥也夫斯基的一般了不起，可是在目前這時候我能作甚麼呢？」到了後來《搜索的一代》和加洛克的名字引起了報章雜誌的注意，他這本小說才在一九五七年出版，當時就立即轟動起來，被譽為「搜索一代的聖經」，加洛克到處被人訪問，「搜索的一代」成為了熱門的話題，甚至產生了不少盲目效尤的模仿者。除加洛克外，其他的作家也獲得同樣的成功，他們的朗誦會吸引了不少聽眾，他們的作品暢銷，比如費靈格蒂的詩集《心靈的干尼島》

就銷了五十多萬冊。這大概是因為他們自由的作風，引起若干程度的共鳴；他們揭示的商業化和束縛虛偽的生活，根本是美國社會普遍的病態；而他們的批評，又正道出了一般人心中的隱衷吧。這些地下作家，不少都自覺或不自覺地批評了社會，因為，就像約翰・色士基（John P. Sisk）所說的那樣：不管這些作家怎樣跟社會割離，他們都成了這社會中採取批判態度的一分子。

地下文學表面上是一種低額的文化，因為反對學院派的賣弄學問，所以有時更裝出一派絕聖棄智的樣子。他們不贊成炫誇學識，主張直接抒寫胸臆，這只是他們不願意俯首貼耳地服從文學權威和教條的表現。事實上他們中不少都是真有學問的人。費靈格蒂的詩儘管受歡迎，其中的徵引和含義，也決不是老嫗都解的。他們的作品除了師承前面所說的惠特曼、威康斯、龐德諸人外，也有人在其中看出法國作家如紀涅、西靈、亞爾多和貝克特的影響來，再加上東方文學和哲學的感染，各種影響一齊揉雜起來，無怪乎成為這樣複雜的一種文學了。然而他們都反對把作品作機械化的分析和研究，到目前為止也很少人對他們的作品作有系統的分析和研究。

儘管人們把他們一古腦兒稱為「地下作家」，我們還是正視這是一些獨立的個人底努力這一事實吧，正因為他們勇於創新、敢於保持獨特的面貌，所以他們每個人之間相異的地方都比相同的地方多。加洛克的流浪人的世界、布洛士的

吸毒者的世界、金斯堡的冥想者的世界、伊士歷（William Eastlake）的那華素印第安人的世界、鍾斯（LeRoi Jones）的受害的黑人的世界，或者是蕭比（Hubert Selby Jr.）的地獄一般的布魯克林，它們都是如此不同的。他們中有人採用自發性的寫法、有人採用剪接的技巧、有些是詼諧諷刺、有些是滿胸憤怒、有人採用自然主義式的刻劃、有人又或許充滿超現實的風味。既然他們不滿意文學的劃一化，他們當然也不會掉進唯模式是尚的陷阱去了。唯一把他們相連起來的，也許就是他們那種要求創新的態度與及作為他們作品的共同背景的那個紛紜複雜的美國吧。

到了一九六幾年間的希僻的一代（hippie generation），他們的人生態度依然是跟「搜索的一代」一脈相承的，他們可算是地下文化的第二股浪潮。他們的人數較多了，他們只繼承了那種生活態度的**轉變**，本身卻算不上是一個文學的新潮流。這一代在電影、戲劇、繪畫和音樂上的收穫都比文學上的收穫大。到了今天，談到地下，人們會說生活劇場、開放劇場、朱里・費法埃（Jules Feiffer）、提摩太・拉里（Timothy Leary）、亞比・荷夫曼（Abbie Hoffman）、謝利・雷賓（Jerry Rubin）、亞倫・金斯堡、連奈・鍾斯、威廉・布洛士、安地・華荷（Andy Warhol）和卜・狄倫（Bob Dylan）等人；上面那一大串名字中，前三個是戲劇方面的，拉里則是 L. S. D. 專家，荷夫曼和雷賓是青年運動的領袖人物，華荷和狄倫比較例外，他們一是地下畫家和導演，一是民歌手，但

都有文學方面的創作，前者寫小說，後者寫詩。說到作家，還是以「搜索的一代」時崛起的金斯堡等人為最著名。

雖然如此，新一代還是出了幾個作家，比如坎·凱斯（Ken Kersy）、約瑟··考勒（Joseph Heller）和艾·山打士（Ed Sanders）等。坎·凱斯寫過《飛過布穀的巢》和《一時大志》兩本小說，也是希僻群中的領袖人物。考勒寫過《訓令二十二》，是以第二次大戰期間太平洋一小島上的美國空軍為主角的滑稽小說。山打士是詩人，辦過一份地下雜誌，是一隊地下樂隊的一員，也是一所地下書店的老闆。此外上面提到的狄倫雖以歌唱著名，也被目為一重要詩人。前一輩的作家仍然繼續創作，今年內加洛克、金斯堡、費靈格蒂都出版了新書。

今年四月，一份地下雜誌的編輯發表了一篇文章，名為〈地下運動告終〉，大意是說地下文化獲得不少基金會的支持，一舉一動皆為報章電視爭相報導而引起了不少人的興趣，簡直是逐漸獲得大眾的承認，因此就認為地下運動已然告終了。可是如果我們仔細想想，也許就會覺得這未必是於地下文學有損的吧。搜索的一代和希僻的一代都有過不少盲目效尤者，對地下作家來說，成為潮流反而使他們背上更大的負擔，比如加洛克到頭來就是決定脫離潮流而靜心寫作的。到底，一個作家的成就是在他作品的價值，與別人把他歸屬到其中去的某個流派的興衰沒有多大相干。至於說地下文學會不會因為受到普遍的接受而變得鈍化俗化，那就端看

也斯的
六〇年代

每個作者的持續力如何了。庸俗與沉滯是文學的最大敵人，
這些作家能否堅持不屈呢？

　　我們且拭目以視吧。

收錄於《美國地下文學選》，台北：晨鐘出版社，1971 年。

六〇年代的香港文化與香港小說

一

　　六〇年代是一個複雜的年代，香港本身經歷了由難民心態為主導的五〇年代，來到這個階段，戰後在本地出生的一代開始逐漸成長。在六〇年代的民生中，傳統的價值觀念仍佔主導的地位，但西方的影響也逐漸加強，帶來了顯著的衝擊。外緣的政治變化對香港帶來了影響，中國在六〇年代中展開了文化大革命，六〇年代的歐美爆發了學生運動和人權運動，非洲國家經歷了獨立和解放運動，連香港本身亦因種種民生問題與累積的不滿情緒而在六七年爆發了動亂。處在六〇年代的香港，既放眼世界的新變化，亦關懷國家民族的命運，這種種態度彼此既相輔又矛盾。而在原來偏向保守與嚴肅的文化體制內也開始更分明地感到了青年文化的形成、商品文化的衝擊。這種種政經、社會和文化現象形成了六〇年代的文化生態，也當然影響及改變了文學的創作、流傳、接收與評價。

　　如果說五〇年代政治和文化方面的對立結構比較明顯，六〇年代由於種種矛盾勢力的彼此滲透與調和，已經再難用二元對立的思考模式去作出恰當的分析。過去有論者以左右兩種政治體制對立的「冷戰模式」來解釋港、台五〇年代至七〇年代的文化特色，但五〇與六〇年代的文化其實有許多

顯著的不同。如果我們細看六〇年代的香港文化，我們會發覺種種變化與發展，已不是簡單的「冷戰模式」可以解釋得來了。美蘇兩大集團本身發生根本的質變。五〇年代末期東歐發生的匈牙利事件，在香港有《文藝新潮》和崑南長詩〈喪鐘〉的回應；美國亦由冷戰年代經歷了比尼克等地下文化運動發展出更大規模的另類文化潮流。在香港，從傳媒中接觸到的美國文化也甚至包括了抗議歌謠、反越戰、民權運動的非主流文化了。

　　過去在香港五〇年代由美元支持的出版社和雜誌逐漸萎縮。新的小說不再是發表在《今日世界》或《小說報》，而是在年輕一代自己創辦的前衛刊物如《新思潮》、《好望角》上面。友聯出版社的刊物如《中國學生周報》和《大學生活》都越出了創辦的宗旨，不得不回應文化的新思潮，而越是接近六〇年代後期，離創辦時原來的規範就越遠。另一方面，繼承五〇年代樸素寫實風格的作者筆力遒勁，如「鑪峰」作者群及六〇年代初的選集《市聲·淚影·微笑》。在六〇年代也出現有左派背景但路線比較開放的雜誌如《海光文藝》（1966—1967），有選擇地向非左派作者約稿，同時介紹西方當代作品。

　　六〇年代還有各種不同背景和風格的文藝雜誌，較傳統較穩健的有夏果主編的《文藝世紀》，從 57 年維持至 1969 年；《文壇》50 年前後從國內移至香港，在盧森主編之下維持至 1974 年底。丁平主編的《華僑文藝》（後改名《文藝》）在

1962 年創刊，包括港台及海外作者；李雨生的《水星》在 64 年創刊，以散文較有特色；《小說文藝》在 65 年創刊，《文藝伴侶》在 66 年創刊。其中影響較廣泛較長遠的有 1967 年創辦的《純文學》，由台灣的林海音主編、香港的王敬羲為督印人，是港台兩地合辦的文學創作和評論雜誌。除了文學刊物，六〇年代另一個特色是有不少以政治、社會問題為主亦兼介思潮的雜誌如《明報月刊》、《七十年代》、《知識分子》、《盤古》等創辦。六〇年代同時有更多綜合娛樂雜誌，刊布電影訊息、家居生活、消閒小品等文章。青年刊物不光是有《中國學生周報》和《青年樂園》，也有了 67 年創辦的包括流行音樂和星座的《香港青年周報》。五〇年代創辦的文藝刊物，不管是《人人文學》或《文藝世紀》，都有讓青年作者投稿的專頁，到了六〇年代，年輕人自組文社的風氣大盛，除了投稿《星島日報·青年園地》或《時報》、《華僑日報》、《工商日報》等園地外，亦紛紛自費印刷文化刊物，進一步自辦雜誌。從上述的發表園地看來，我們見到香港多元的雜誌文化的逐步形成，以及變得超乎狹隘政治立場，代之以資訊思潮、政社分析，也帶着雅俗交涉、面向逐步年輕化讀者群的特色。

二

　　若說以左右派二元對立的政治思潮，未能說明六〇年代的生活文化。那麼另外一套「西方對中國」的二元對立模

式，也需要更詳細的析辨。香港固然並未如官方所言是東方與西方結合融和無間的地方，但東西方亦不僅是一種簡單的對立關係。六〇年代在電影、流行音樂和時裝等各方面，西方的影響都很明顯。生活方式的西化，加上當時在香港耳聞目睹逃亡潮與文革等政治運動，也令大部分香港人無法認同當時的中國政治。香港六〇年代經歷天災人禍、貧富不均、貪污嚴重，尤其面對戰後人口急劇增加、年輕一代的成長，亦在居屋、教育、福利、青少年問題等方面缺乏對策，66年的反天星加價、67年新蒲崗工人罷工，終於爆發出67年的動亂。儘管大部分人對政府不滿，但亦不完全認同暴力放置炸彈的做法。政治上不認同當年左派的激進行動卻不等於文化上抗拒廣義的中國文化。曾有論者如田邁修（Mathew Turner）指出，67動亂之後，香港政府除了對教育、福利、青年等問題作出調整，亦推動香港節、時裝節、香港小姐選舉等活動，在宣傳上強調對香港的歸屬，好似為香港人設計出一種異於中國人的文化身份。這種觀點，在時裝、工業或平面設計方面可能比較顯著，但若在文學或電影等較複雜的媒體中，卻可見更複雜的思考，並不是一下子接受了一個西化的身份的。

　　繼承五〇年代緬懷故土的作品仍然不少，如蕭銅的〈有一年的除夕〉，以一個孩子的角度描畫故國除夕的風俗畫，溫暖動人；即使在新派作者之中，我們也可以舉出兩篇小說為例來看其中的中國想像。第一篇是崑南的〈攝風的姑娘〉

（1963），〈攜風的姑娘〉以濃冽的意象、詩意的文字、紛杳的節奏寫出一則寓言性的小說。這短篇不以鋪排情節為主，沒有具體所指的地域實景，而是集中於烘托氣氛、抒寫感情、建構寓言。小說中鐵匠李原欲遵從父親遺言離開工作的異鄉，不再受「白鬼欺凌」，打算接受船長的邀請明早下船，回「中國」去，但卻在深夜應心中暗慕的異鄉女子達蘭妮之邀伴她上山。李面對海之召喚與心之危崖，把持不定，難以自拔，「他從未有過接觸女性肌膚的經驗，他是個辛勤的鐵匠，……他把一切理想建築在中國的泥土上，他工作，他積蓄，他等待機會回到自己血肉的中國。」小說中的主角對中國有一種嚮往，但它遙遠如一個象徵，在情慾和現實的掙扎中變成一個遙不可及的遼遠符號。這理想得面對個人慾望的考驗。他在兩者之間掙扎，結果是兩者都失落了。小說最後的結尾如是說：「再沒有氣概。再沒有毒。再沒有中國。」

另一篇作品是綠騎士的〈禮物〉（1968），作者用細緻平實的筆觸，從另一個角度寫這個問題。三個女孩子在商店裏買紀念品給一位移民他去的朋友。她們想買點「中國式」的東西。但甚麼是中國呢？天鵝絨上金鑄的「福」、「壽」就是中國嗎？龍吐珠的銀色胸針就是中國嗎？小說比較貼近其中一個女子若瑩的角度，從她的心理去寫，但她心中念念不忘的，似乎是一位為了「理想」回去大陸的軒遠。例如看見書店中的英文中國畫書她就這樣想：

外國博物館藏大量中國藝術品，自己仍在拚命搗毀僅餘的……而另一方面是瓜皮小帽長馬褂的打恭作揖，咕嚕肉和高叉旗袍的洋洋自得。那次送要去日本唸中文的，軒遠那失神的眼光混着憤怒與困惑。……實在一向也不知他對那大地及那民族愛得那麼深。……軒遠去得一般寂寞，但有甚麼機會可尋獲得甚麼呢？

發表在帶有濃厚民族主義色彩的年代的刊物上，作者在這小說中塑造的主角若瑩心裏似乎也偏幫着軒遠，把他塑造成一個理想的角色。隨之而來的是，若瑩似乎並不怎樣認同她的兩個女伴。她們穿着淡紫和翠綠的衣裳，被比喻為「初放的洋紫荊」。但如果若瑩不認同這兩位「普通的香港女學生」，我們不久就發覺，她其實也無法認同軒遠，她覺得是「澎湃的感情巨浪般捲了他去，但能真正解決了甚麼嗎？」。到了小說最後，她坐火車去到末站，只是發覺了自己的「無根」。在小說裏若瑩這角色的悲哀似乎是不能認同任何一種人：去國的、回鄉的、留在香港的……小說以細緻的意象烘托和婉轉的語氣，在強調民族關懷的刊物上，說了一個「無根」的故事。

由這些小說可見中國不僅出現於上一代難民心態的回憶中，也延展出現在戰後一代的社會想像裏。六〇年代也許並未如我們今日回想那麼西化，而其實是種種不同思潮輪番角力的場所。傳統文化和民族主義的思潮其實仍有很大的影響

力。六○年代是一個轉變中的過渡階段，傳統的倫理關係和價值觀念仍佔主導的地位，也在不少上一代的作家筆下流露出來。

過去在國內成名的作者如李輝英和徐訏，來港後也有試寫本地生活的題材，他們與侶倫、黃思騁、秦西寧（舒巷城）、蕭銅、海辛這些作家的小說裏仍然流露出傳統的人情、樸素的親友關係、家庭的倫理。黃思騁〈人情〉裏的房東遇到一位青年來租房子，覺得租太貴了負擔不起，說起來才知原來是房東年輕時在馬來西亞認識的故人之子，於是連忙要對方來住在自己家裏，願意照顧他的生活。徐訏的〈來高陞路的一個女人〉寫幾個街頭小人物相濡以沫的交情。海辛的〈跳橡筋繩的女孩〉寫一群人力車夫同處逆境，由誤會而至相助的戲劇，都充滿了樸素善良的意願、對舊日人情的信心。

蕭銅符撐起一個小家庭的溫暖。李輝英〈一個年青女孩的遭遇〉從一種良好意願的傳統道德對社會現象作出批判。《窮巷》的作者侶倫在〈狹窄的都市〉中卻轉以比較幽默及平實舒緩的筆法去探討都市生活帶來的疏離與誤會。秦西寧在〈第一次〉中顯示了他作為一位優秀小說家的潛質，既寫社會問題，也適量吸收了心理描寫的手法，以體會人物心理，對都市中的「異己」引發了同情。甘莎的〈笑聲〉也開始寫人物的心理世界。我們可以見到六○年代的作者，身處都市文化發展的過程中，自然也對傳統的認識和判斷事物的方法帶來了疑問。面對種種畸人異事，小說家也得尋覓種種理解和

書寫的方法了。

　　六〇年代是人口轉型期，戰後一代開始成長，認同現代生活帶來的新觀念，這也產生了兩代之間的鴻溝。上一代嘗試從他們的角度去理解新成長而比較西化的一代，下一代也開始爭取為自己發言，而在當時的許多篇小說裏，也逐漸見到雙方的關注以及參差分歧的角度。史得（三蘇）的〈中年心事〉由父親角度寫女兒，父親原先身處新舊女友之間作為中心人物，到發現女兒有自己的朋友和選擇，自己反而沒有能力勸她，開始覺得懊惱，細膩地寫出了作為一個開明父親的憂慮和反省。李輝英小說中阿姨對紫薇的批判其實同時流露敘事者作為長輩與教育工作者的局限。而亦舒、綠騎士、愚露（陳韻文）等新一代的作者則差不多是從女兒角度去寫。年輕一代的亦舒〈回家〉寫女兒出外工作搬離家庭獨立生活，通過回家吃一頓飯的細節，寫出與家人千絲萬縷的關係，以及若即若離的感受。愚露的〈我們跳舞去〉從現代都市男女真情假意的愛情環境中，微微滲進幾分對社交應酬的文明規矩與男性中心心理的輕諷。六〇年代不少男作者的小說以新出現的年輕一代女性為主題為象喻。而在戰後一代逐漸成長及開始工作謀生的六〇年代（到了七〇年代的作品中表現得更成熟），年輕一代女性成長起來，也準備好了去說「她們」的故事了。

　　而通過六〇年代的小說，我們的確又見到：西方的思潮、西方的價值觀念、西方的生活方式，開始成為一種當時生活

和思想的參照。像余之雲（戴天）的〈化石〉，寫一個留學在外的女子面對情慾的抉擇時，提出的是一個存在主義式的結論：「我為甚麼要在乎？我要生活，像蔡說的那樣，做一塊風化的石，佇立在那裏，永不退縮，卻隨環境而變形，被人創造同時也創造自己。我的確是不在乎，於是我推門進去。」西西獲《中國學生周報》徵文小說獎的〈瑪利亞〉以一種「世界性」和平主義立場寫一個法國修女在非洲戰爭的遭遇。愚露的〈我們跳舞去〉除了寫空中小姐、西化的酒店和消費場所、男女調情，也帶了一種入乎其中不以批判先行的藝術處理。受西方思潮影響是六〇年代明顯的現象，亦是香港在尋找身份、擴闊眼界的過程中一個重要的環節，我們在回顧及整理六〇年代資料的時候，實在不必對此故意遮掩或加以刪節。

三

　　小說與文化的關係，不僅是一個題材的問題。不僅是小說表現了某種文化主題，而是文化的衝突和磋商，也表現於文學的形式、表現在如何表述或再現某些事件的敘述方法與視野中。跟五〇年代的小說比較起來，我們明顯地見到六〇年代的小說嘗試更多不同的形式，作了更多實驗，其中有因應現代生活越趨複雜、種種倫理與道德觀念的駁雜無序，而引發了作者內在的需要去尋找新的方法書寫；也有由此而對於

西方文藝的新嘗試有所共鳴，如現代主義文藝由全知觀點到敘事角度的強調、由外在寫實逐漸往內在心理描寫、由順序的因果敘述到片段的時間空間化處理、從集體權威的價值觀到個人的感受與通過實踐檢驗、對定見和傳統的重新思考、對都市文化的體驗與反省等等。這在六〇年代的小說中也見到回應。

現代主義的文藝觀，經 1957 年創辦的《文藝新潮》、59 年崑南、王無邪、葉維廉創辦的《新思潮》、60 至 61 年劉以鬯主編的《香港時報・淺水灣》、63 年崑南、李英豪、金炳興主編的《好望角》等，對現代文學的介紹，開始在六〇年代有了更廣泛的影響和成熟的成果。對現代小說的討論，由早年純粹引介西方作品到有了更成熟對中文作品的引申與專論，也是在六〇年代開始的，如李英豪的《批評的視覺》（1966）及葉維廉的《現象・經驗・表現》（1969）。稍後還有胡菊人對小說技巧和敘事角度的討論。六〇年代崑南、盧因、金炳興等長期從事影評寫作、王無邪從事藝術評論，都比五〇年代對現代文藝的討論成熟多了。香港在六〇年代也開始出現了《地的門》（1961）和《酒徒》（1963）這兩本融匯現代技巧以寫作香港生活的小說。本書選入的一篇較早的嘗試，作者是《新思潮》創辦人之一，亦曾在刊物上譯介艾略特、普魯斯特、田納西・威廉斯的葉維廉，他從香港赴台大就讀時發表在《現代文學》的〈攸里賽斯在台北〉（1960），明顯地宣示了與當時香港所熱衷譯介的西方現代小

說的關係。

這小說題目中的「攸里賽斯」（或譯「優力西斯」）不難令人想到來自喬哀思的同名小說。喬哀思該書借荷馬史詩中神話人物奧德賽在托洛城戰爭後歸家的傳奇經歷，平行對比來寫布羅姆先生在都柏林城一天的平凡浪遊。葉維廉戲謔地借來寫一位台大老教授瑣碎拖拉的一天生活：穿衣、洗臉、閱報、看女生、在課堂上發發嘮叨，在巴士上睡覺、收信、看武俠小說、想想女人。這人物平平凡凡、拖施拉拉，帶幾分老態，他卻不是英雄，也不是壞人。這裏意識流和內心獨白的技巧，容許作者發展一種微微自嘲的語氣，去體會一位老教授的心理，達到一種混合着同情與輕諷的喜劇效果。這種內心描寫，來自當時作者及其同代人逐漸發展出來的對人物心理的興趣，以及不甘只寫外貌的決心。

這種對人物心理的興趣，也以較溫和的方式出現在更早就在《文學雜誌》上發表小說的王敬羲的作品（如五〇年代的〈熱浪〉，如本書收入的名作〈康同的歸來〉），也見於在《好望角》也在《文壇》發表作品的梓人。這種心理描寫可能以更實驗性的方式出現在盧因在《新思潮》發表的作品〈佩槍的基督〉，但是也出現在過去多以抒情寫實手法寫小人物日常生活的秦西寧的〈第一次〉裏，這種對人物心理的探索與理解，並非僅出現於好似比較西化、知識分子的小說中，其實也出現在較傳統題材的作品，用於理解低下階層的人物，如甘莎的〈笑聲〉。通過對六〇年代這些多元作品的發掘與並

讀，大家可以明白現代小說中的心理描寫有其內在需要，亦有出現的時代意義，「現代」並不是一種西化影響的狹小流派，而是一種視野與精神。比方齊桓的〈大仙〉在技巧上沒有甚麼炫人眼目的實驗性，但在處理港人賭馬題材的荒謬化處理上，卻強調了個人主體性選擇的現代感。蓬草〈失落的遊戲〉中幻想與現實的結合，陳炳藻〈膿〉對香港教育問題的憂慮與批判藉護士女友另一條線的烘托得以深化及開展，都是足以證實「現代性」不僅是裝飾性的技巧，而是一種對現實深化思考的視野。

上述這種從個人主體出發、探討內心複雜心理世界的寫法，固然未必限於西化題材，也不見得一定要與傳統文學對立。轉化自傳統小說，並特別滲入現代心理描寫以體會人物內心世界的，可以劉紹銘改編自馮夢龍所編的三言短篇小說〈陳多壽生死夫妻〉（《醒世恆言》第九卷）的〈烈女〉為例。這短篇一方面改編自傳統小說，一方面卻對傳統道德的烈女故事及其訓誨重新思考。在〈陳多壽生死夫妻〉裏的女子朱多福堅持守約嫁給得了癩疾的陳多壽，儘管男方自慚形穢，提出退親，多福堅決不允，甚至企圖自縊以示貞節，迫使婚禮終於舉行。原作寫多壽後來自覺其病不生不死，購備砒霜，和酒自盡，多福發現後也飲毒酒與夫婿同生死，結果是命不該絕，混在酒中的砒霜反中和多壽多年瘋毒，「比及將息平安，瘡痂脫盡，依舊頭光面滑，肌細膚榮」。劉紹銘的改編是對原著所強調的傳統節義作了反省與批評，而且以悲劇

結局取代了原著大團圓的樂觀結局。作為一篇現代小說,〈烈女〉從一個現代人的角度重讀傳統,更多地體會這對夫妻婚後節義與情慾的矛盾。不僅引入現代小說的心理描寫和內心獨白,去寫多福在本能反應與道義操守之間的矛盾,也寫多壽的自卑與苦痛。小說最後多壽仿如奧尼爾《賣冰人來了》的主角赫其利殺妻那樣把多福殺死,正是對傳統的簡單節義觀提出一種現代的尖銳質疑。

出入於傳統與現代之間,用新手法創作小說而承先啟後者,我們必須提到六〇年代的劉以鬯先生,他一方面改寫傳統小說《西廂記》成〈寺內〉,狀寫曹雪芹逝世前夕的感懷而有〈除夕〉,另一方面又用意識流手法寫香港當時現況如〈酒徒〉。劉以鬯在六〇年代開始轉化西方新技巧來寫香港現實而漸趨成熟。我們還得特別提到他 68 年發表在新創刊的《知識分子》上的〈動亂〉。這小說寫於香港 67 年動亂之後,但寫法卻不落俗套。難得的是它借用了法國新小說的寫法,以一種陌生化技巧轉化來寫香港的現實事件。

法國新小說作家如阿倫・羅布─格利葉、馬嘉烈特・杜赫斯等的作品,在 68 年前後的《中國學生周報》、《香港時報》及《星島日報・大學文藝》陸續翻譯過來,新小說反對觀念先行的哲學小說,強調小說本身文字的詩意描寫與塑造能力,甚至不惜花費長篇篇幅作幾何圖形的刻劃。這種寫法似乎啟發了劉以鬯六〇年代後期的短篇如〈動亂〉和〈爭吵〉,也啟發了《星島日報・大學文藝》六〇年代後期幾篇

實驗小說，以及西西 75 年在《快報》連載的《我城》中搬家、葬禮描寫的「零度」寫作方法。但這些作品各有不同的借用和轉化。其中劉以鬯未必強調新小說的文學革命觀念，而是嘗試以圓熟的寫法轉化來寫香港現實。〈動亂〉包括十四段落，每段由一樣物質作為敘事者，如吃角子老虎、石頭、汽水瓶、垃圾箱、計程車等，每件物件敘述有關動亂的某一面……最後的敘事者是一具屍體。作者通過死物的限制和固定，去寫人的動亂世界的混亂無序，提出這樣一個問題：這個世界將來會不會被沒有生命的東西所佔領？劉以鬯吸收新小說對物的描寫，但卻並沒有拒絕意義，他藉物的特性以對比生命的混亂與消失，他寫的不是嚴格意義的「新小說」，卻是藉新小說的技巧提供了一種書寫及想像香港的角度。

四

　　劉以鬯先生可說是六〇年代在創作的質和量上皆有代表性的作家，我們還可以他為例檢驗另一組理論模式，即人們常說的雅俗對立的問題。這種說法往往認為至少有兩種文學，一種是易懂的、通俗的、傳統的，另一種是難懂的、象牙塔內的、現代或西化的。而事實上，香港的情況並不是如此。

　　劉以鬯五、六〇年代開始在香港賣文為生，曾經每日寫達十三段連載之多。這些作品中有娛人的商品，也有自娛的

藝術。劉以鬯的《酒徒》（1963）日後被譽為中國第一本意識流小說，但亦是在 1962 年在《星島晚報》上連載的，發表時就混雜在種種言情小說與政論之間。這就跟五〇年代以來金庸發表他的武俠小說，或三蘇發表他的《經紀拉日記》的園地沒有分別。

　　香港城市的發展，引發了多元的都市文化。報刊與電台講播是五、六〇年代主要的媒介。政府未有明確的文化政策以推動文學，市場策略也就成為大眾生存競爭的保障。從五、六〇年代開始極受歡迎的梁羽生、金庸的新派武俠小說，一方面繼承了傳統武俠小說的文類和題材，以流暢文字傳揚傳統文化，亦以戲劇性情愛與打鬥情節吸引讀者。金庸以他個人的文采和想像，從傳統武俠小說變化出來走得最遠，亦正是由於加入了人物的心理描寫、政治諷寓、反英雄角色的塑造。不過若說金庸的小說比六〇年代的意識流小說顯得傳統，那其實也比傳統的武俠小說顯得現代而西化；若說比起實驗小說容易看得懂，也比更流行的漫畫及愛情小說難懂。三蘇的經紀拉小說看似通俗，好寫市井題材，但也充滿人情世故的體會，用第一身敘述亦有人物心理的描寫與忖測。若果我們能從整體看六〇年代的文化與文學，一定可以避免隨便貶抑或高捧某類小說，而能看到整體的趨勢（如都市文化的形成、傳統與現代的衝擊、對人物複雜心理的探討），在不同的作者筆下或深或淺地流露出來。

　　而在接收方面，六、七〇年代本身沒有甚麼偏見，既無

學院派執着一種理論否定他人，亦無人打着流行的旗號否定嚴肅作品。以《純文學》為名的雜誌，也在六〇年代末期訪問了寫怪論和經紀拉日記的三蘇、寫武俠小說的金庸。

《酒徒》被譽為中國的第一本意識流小說，三十多年來在香港產生不少影響，評論不絕。除了本身文學藝術的豐富多姿、人物心理的複雜深刻，亦由於它本身對香港文化的反省提出了不少先見。小說通過時醒時醉的酒徒，宣揚作者的文學理想，亦針砭當時的文藝風氣，甚至文化處境。作品發表在流行報刊上，卻對商品文化提出批評。現代派的技巧與報刊的現實互相調整，轉化出創新而又有所關懷的新篇。以這作品為例可見香港現代文學的淑世性質，始終與商俗世界有所商量。報刊的商品世界，有時亦未嘗不可淡化了意識形態對峙的疆界，打開新的空間。許多位六〇年代的先行者，作為創新的作者與承先啟後的編者，亦為日後七〇年代多元的都市文化以及本土一代的都市文學鋪路。

《香港文學》總第 117 期，1998 年 7 月。

　　我中學快畢業的時候開始寫詩和看法國電影，也許對電影比對詩還有更大的熱情。那是六十年代，我每星期買《中國學生周報》來看，它的電影版正在介紹英瑪褒曼（Ingmar Bergman）、法國新浪潮和意大利新寫實主義，詩頁卻還盡是紅葉和夕陽，要不就是老氣橫秋地把文句扭來扭去。於是我又翻回去看電影版，心裏想詩應該寫得像電影那麼好看才對。

　　當時香港有電影會，通過它們可看到歐洲的電影。其中最有規模的要數電影協會（Studio One），法國文化協會（Alliance Française）每年慷慨借出新的法國電影招待會員。我被這吸引，也就用稿費繳會費，滿懷興奮地看起法國新浪潮電影來。

　　我後來在感情上最喜歡路易馬盧（Louis Malle），但當時在美學上給我最大衝擊的是阿倫雷奈（Alain Resnais）的電影：《廣島之戀》（Hiroshima Mon Amour, 1959）令我感到震撼。當時已經讀了不少傳統和現代小說，第一次從銀幕上感覺到視覺空間發揮不順應時序的敘事力量。第一次看《去年在馬倫巴》（Last year at Marienbad, 1961）沒有中文也沒有英文字幕，完全不知道它在說甚麼，但卻被它冷冽的詩意和優美視像吸引過去，自己去發揮想像力！又因為不明白，更想去弄清楚。雷奈電影的文學性很強，跟當代文學

的關係很深，後來的《慕里愛》（*Muriel*, 1963）和《戰爭告終》（*The War Is Over*, 1966）也令我認識不同的作家，但最主要還是頭兩齣電影令我認識瑪格列杜拉斯（Marguerite Duras）和阿倫羅布格利葉（Alain Robbe-Grillet）兩位作者，進一步去搜尋他們的小說。

我當時在大學裏開始學法文，但老是學不好。兼教法文的社會系教授，來自湖南，她的普通話和粵語都帶湖南腔，法文也不例外。但我學不好也不能怪老師，是自己的問題。我學法文是想看文學和電影，不願意循序漸進學交際會話，又看見文法變化就頭痛，考試更覺要命！言語學來學去學不好。對文學的興趣卻越來越濃，翻字典嘗試去讀詩，找英譯或英法對照的文本來讀。就這樣讀了羅布格利葉的《窺伺狂》、《妒忌》、《在迷宮中》、短篇集《快照》，杜拉斯的《廣場》、《如歌的中板》、《夏夜十點半》、《泰昆尼亞的小馬》，兼及布陀（Michel Butor）、貝克特（Samuel Beckett）和沙侯蒂（Nathalie Sarraute）的作品。

當時自己正在學習寫作，對文壇主流都不滿意，既不喜歡批判寫實作品那樣主題先行、文筆乾澀；也不想只鑽進內心破碎的黑洞，張揚象徵、扭曲文字，看法國新小說的作品，倒覺十分清新。我喜歡杜拉斯作品淡化情節、細緻捕捉若有若無的感情。欣賞之餘，也通過英法對照或以英譯轉譯作為練習，初學寫作的人，大概以翻譯為最好的細讀，可以嘗試體會不同文風和表達方法。杜拉斯不大著名的《泰昆尼亞的

小馬》我拿來試譯了其中片段，後來又譯了她一篇寫中學在殖民地寄宿學校背景的短篇〈蟒蛇〉。我感到羅布格利葉的細緻描寫和敘事音樂般重複又變調的魅力，也借了他談新小說的理論來看。當時厭倦了常見主觀定型描述世界的大話，頗覺得他的小說和理論是一服清涼劑，也就試譯他《快照》中的短篇，如〈海灘〉、〈縫衣匠的人像〉等，想去體會他描寫的細緻和節奏，我覺得他描寫咖啡壺也寫得這麼認真，好像是素描，我也就像學畫畫那樣去學素描。

最初看書和試翻一兩個片段是私人興趣，後來編者約稿，也就在六十年代末的《中國學生周報》上辦過杜拉斯和羅布格利葉的小輯，譯介一些他們的作品，也在《星島日報》的「大學文藝」版譯介過杜拉斯和基諾等人的小說，還嘗試以不成熟的新小說手法去描寫我大學所在九龍塘區的大街小巷。

不過當時寫作興趣主要還在詩方面，對跟電影和繪畫有關的詩人特別感興趣：如高克多（Jean Cocteau）、阿波里奈爾（G. Apollinaire）、韓尼舍納·（René Cher），尤其是為《天堂的孩子》編劇的積葵普雷維爾（Jacques Prévert）。普雷維爾詩作鮮活明快，又有人文關懷的精神，難得的是有幽默感。我讀了就手癢想翻譯，很想介紹給我們沒有甚麼幽默感的詩壇。

我在香港談法國詩文的譯介，引起台灣朋友的興趣，結果經鄭臻安排，發表在《文學季刊》上。後來我與鄭臻合編

成《當代法國短篇小說選》，在 1970 年由晨鐘出版社出版。後來有些作者告訴我他們當年也看過這選本。

我當時開始寫詩，因為喜歡看電影，在抒情詩裏也吸收了一些電影蒙太奇手法。在寫香港都市，一方面受葉維廉談中國古典詩具體呈現而不解說的說法啟發，也受了新小說抒情描寫的影響，去寫現代都市影像，被批評家貶為攝影詩！另一方面則嘗試口語民歌的節奏，這除了聽卜戴倫的民歌聽得多，也是因為看了普雷維爾的詩作吧！

讀羅布格利葉的小說，直至他的新作《歡晤之屋》（La Maison de Rendez-vous）出來，我這熱心為新小說分辯的人，至此也不免感到有點尷尬。

雖說小說場景並不等於真實，但讀這以香港為場景的小說，雖有文筆和技巧，總覺有點不是味道。這也令我想到更多小說與文化之間的種種關係。

七○年代試寫小說，我也嘗試了〈斷耳的兔子〉等一系列以描寫刻劃去烘托意義的短篇。但有時也會感到綁手綁腳。我其實也喜歡一些不同的小說，比方雷蒙基諾的《莎西在地下鐵》（Zazie dans le métro），這其實也是我看了路易馬盧改編電影而認識的。馬盧的改編大玩電影語言，連動畫手法也用上了！我看了小說才明白：原來導演是要用鏡頭向這位文壇大師致意。基諾的小說又新鮮又有創意，簡直是天馬行空，比較起來羅布格利葉的文字就太潔癖了！

我找到基諾一個英法對照的短篇〈托洛城的馬〉來看，

他寫來自歷史的托洛城（Troy）的馬（木馬屠城的故事我們不都是耳熟能詳了？）在現代的酒吧裏無聊地跟人搭訕，寫法新鮮。我愛讀就嘗試把它在《星島日報》上翻譯出來。稍後讀到拉丁美洲的小說，更佩服那種既可寫個人又可寫歷史，既寫實況又寫想像不囿於框框的寫法，更好像為我打開更多窗子，令我思考其實有更多方法去寫香港的生活與歷史，有助我寫出〈養龍人師門〉和《剪紙》。

　　但我總不能忘懷最早接觸的法國電影和文學，其實在背後最吸引我的，往往不是技巧的實驗，而是那種對人情的理解與體味。我喜歡的路易馬盧、伊力盧馬，都是寫情動人。我有許多朋友是杜魯福（François Truffaut）迷，她們喜歡他電影中的深情，甚至籌錢集資好讓他的電影在香港公演；但我更心愛的其實是通過杜魯福認識的一位不出名的作家：昂利比埃荷齊（Henri Pierre Roché），他的兩本小說《祖與占》和《兩個英國女孩與歐陸》都曾由杜魯福拍成電影，也因此而為人所知。荷齊本人一生著作不多，喜歡藝術與旅行，與不少現代畫家為友，在文壇相當低調。荷齊的小說與文學實驗的小說剛好相反，並不刻意求新，更像隨身筆記、情人信札，無意在文壇揚名立命，但作品中寫情精純、筆法鮮活，有對生活和深情的體會，這也是我喜歡的法國電影和文學中的重要素質。

《西部》第 436 期，2007 年 11 月號，頁 27—29。

也斯的
六〇年代

附表一：也斯六〇年代生平及創作大事記

1 9 6 0 年

- 7 月，端正小學畢業。
- 9 月，入讀巴富街官立中學（現何文田官立中學）。
- 中學以後開始看大量文學作品，從大會堂圖書館借閱中、台、俄、英、美、歐洲詩集及小說。
- 開始接觸《創世紀》、《現代文學》、《華僑文藝》等文藝雜誌，以及劉以鬯主編的《香港時報》副刊「淺水灣」。

1 9 6 3 年

- 開始以筆名也斯在《中國學生周報》發表作品。
- 10 月，發表第一篇詩作：〈致自慰的落第者〉。
- 陸續在舊書地攤及書店找到《詩朵》、《文藝新潮》、《好望角》、《人人文學》及後來於 1966 年創辦的《文學季刊》等刊物。
- 加入「文秀文社」。
- 加入「第一映室」，看大量法國和歐洲電影（那時 Studio One 入會年齡是十六歲，也斯不足齡，但沒有被拒絕入會）。

1 9 6 4 年

- 始從 Swindon Books、Hong Kong Book Centre 及其他外文書店購買及訂閱歐美地下文學書刊及拉丁美洲文學作品。

1 9 6 6 年

- 入讀浸會學院英文系。

1 9 6 7 年

- 開始在《星島日報》撰寫專欄「大學文藝」。
- 5 月，開始在《中國學生周報》譯介法國新小說。

1 9 6 8 年

- 夏天，開始在《香港時報》撰寫專欄「文藝斷想」。

1 9 7 0 年

- 浸會學院英文系畢業。
- 畢業後第一份工作是到離島一間中學當代課老師，教中一至中五歷史。

附表二：也斯六〇年代創作篇目總表（包括翻譯篇目）

篇名	文類	出處	結集	附註
致自慰的落第者	詩	《中國學生周報》第 587 期，第 12 版，1963 年 10 月 18 日。		
詩二首：〈去年在馬倫伯〉、〈八又二分一〉	詩	《中國學生周報》第 594 期，第 12 版，1963 年 12 月 6 日。	〈去年在馬倫伯〉已結集，見《梁秉鈞五十年詩選（下冊）》。	
回來吧，非洲	詩	《中國學生周報》第 602 期，第 7 版，1964 年 1 月 31 日。		
樹之槍枝	詩	《中國學生周報》第 606 期，第 7 版，1964 年 2 月 28 日。	見《梁秉鈞五十年詩選（上冊）》	
那一個冬天	詩	《中國學生周報》第 610 期，第 7 版，1964 年 3 月 27 日。		署名馬倫伯
借來的一夜	詩	《中國學生周報》第 619 期，第 7 版，1964 年 5 月 29 日。		署名馬倫
小小的樹	譯詩	《中國學生周報》第 631 期，第 7 版，1964 年 8 月 21 日。		署名馬倫
也斯的詩：〈假期〉、〈星期六晚與星期日早晨〉、〈昨天　今天　明天〉、〈夏之日曜日〉、〈星期一或星期二〉	詩	《中國學生周報》第 637 期，第 7 版，1964 年 10 月 2 日。		
哎畢加索	詩	《中國學生周報》第 642 期，第 7 版，1964 年 11 月 6 日。		
無題	形象詩	私人信件	見《梁秉鈞五十年詩選（上冊）》	
風像	詩	《中國學生周報》第 659 期，第 7 版，1965 年 3 月 5 日。		

也斯的
六〇年代

篇名	文類	出處	結集	附註
第七天	詩	《中國學生周報》第 676 期，第 7 版，1965 年 7 月 2 日。		
雨中書	詩	《中國學生周報》第 689 期，第 7 版，1965 年 10 月 1 日。		
夏日與煙	詩	《星島日報》「青年園地」，1965 年 10 月 15 日。	修訂結集，見《雷聲與蟬鳴》。	署名梁喆
渡輪上	詩	《中國學生周報》第 694 期，第 7 版，1965 年 11 月 5 日。		
殺死鋼琴師	詩	手稿，1964 年。		疑為〈那年冬天寫的 ──給堯天〉原稿
那年冬天寫的 ──給堯天	詩	《中國學生周報》第 703 期，第 7 版，1966 年 1 月 7 日。		
廢郵存底	詩	《中國學生周報》第 715 期，第 7 版，1966 年 4 月 1 日。	修訂結集，見《雷聲與蟬鳴》，《梁秉鈞五十年詩選（上冊）》。	
夜與歌	詩	1966 年，未找到原載。	《雷聲與蟬鳴》，《梁秉鈞五十年詩選（上冊）》。	
裸街	詩	《中國學生周報》第 762 期，第 7 版，1967 年 2 月 24 日。	修訂結集，見《雷聲與蟬鳴》，《梁秉鈞五十年詩選（上冊）》。	
Prevert 的詩和畫	譯詩	《中國學生周報》第 768 期，第 6 版，1967 年 4 月 7 日。		
電影漫談	影評	《星島日報》「大學文藝」，1967 年 7 月 25 日。	收入《也斯影評集》	
略談當前文藝	評論	《星島日報》「大學文藝」，1967 年 7 月 25 日。		署名浪吾
寒山及其他	詩	《星島日報》「大學文藝」，1967 年 8 月 2 日。	修訂結集，見《梁秉鈞五十年詩選（下冊）》。	

篇名	文類	出處	結集	附註
雨之屋	詩	《星島日報》「大學文藝」，1967年8月15日。	已結集，見《雷聲與蟬鳴》，《梁秉鈞五十年詩選（上冊）》。	
誰是荷蘭人	散文	《星島日報》「大學文藝」，1967年8月15日。		
加維基米度如是説	譯介	《星島日報》「大學文藝」，1967年8月24日。		署名pk
從王文興的〈命運的跡線〉想起	評論	《星島日報》「大學文藝」，1967年8月29日。		
可達的動態作品	譯介 .	《星島日報》「大學文藝」，1967年9月5日。		
片斷	散文	《星島日報》「大學文藝」，1967年9月12日。	部分段落已結集，見《灰鴿早晨的話》，更名為〈秋與牙痛〉。	
道與路	散文	《星島日報》「大學文藝」，1967年9月19日。		
（法國作品選譯）伊安尼斯高日記鈔（一）、（二）	譯介	《星島日報》「大學文藝」，1967年10月3日、10日。		
基庫倫舊物場（附短文〈關於《基庫倫舊物場》〉）	譯介	《中國學生周報》第794期，第6版，1967年10月6日。	收入《美國地下文學選》	
空白	散文	《星島日報》「大學文藝」，1967年10月10日。		署名馬倫
托洛城的馬	譯介	《星島日報》「大學文藝」，1967年10月17日、24日。	收入《當代法國短篇小説選》	另刊於《文學季刊》第9期，1969年7月10日。
缺席	詩	《星島日報》「大學文藝」，1967年10月24日。	修訂結集，見《雷聲與蟬鳴》。	署名梁安翔
青果	詩	《星島日報》「大學文藝」，1967年10月24日。	見《雷聲與蟬鳴》，《梁秉鈞五十年詩選（上冊）》。	署名梁安翔
文藝斷想	散文	《星島日報》「大學文藝」，1967年11月7日。		

篇名	文類	出處	結集	附註
蟒蛇	譯介	《星島日報》「大學文藝」，1967 年 11 月 14 日。	收入《當代法國短篇小說選》，另刊於《文學季刊》第 9 期，1969 年 7 月 10 日。	署名思喆
蛇蟒	譯介	《星島日報》「大學文藝」，1967 年 11 月 21 日。	收入《當代法國短篇小說選》》，另刊於《文學季刊》第 9 期，1969 年 7 月 10 日。	署名思喆
介紹幾份中文刊物	評論	《星島日報》「大學文藝」，1967 年 12 月 5 日。		署名馬倫
非文藝斷想	散文	《星島日報》「大學文藝」，1967 年 12 月 5 日。	見《灰鴿早晨的話》，更名為〈斷夢與斷想〉。	另刊於 1969 年 11 月《大學雜誌》，名為〈兩章〉其一之〈斷想〉。後收入結集《憤怒的與孤寂的》。
繼續	詩	《星島日報》「大學文藝」，1967 年 12 月 5 日。	見《雷聲與蟬鳴》	
我看羅布格利葉的電影《不朽者》	影評	《星島日報》「大學文藝」，1967 年 12 月 26 日。	收入《也斯影評集》	
Diane Di Prima 作品選：訪客	譯介	《星島日報》「大學文藝」，1968 年 1 月 9 日。	收入《美國地下文學選》	
未昇	詩	《星島日報》「大學文藝」，1968 年 1 月 9 日。	見《雷聲與蟬鳴》，《梁秉鈞五十年詩選（上冊）》。	
費朗格蒂詩鈔（收入《美國地下文學選》）	譯詩	《星島日報》「大學文藝」，1968 年 1 月 16 日、23 日。		
羅布格利葉的方向	評論	《星島日報》「大學文藝」，1968 年 2 月 6 日。		
在我五歲的時候我看見一個瀕死的印第安人	譯介	《星島日報》「大學文藝」，1968 年 2 月 13 日。	收入《美國地下文學選》	
急先鋒奪命槍	影評	《星島日報》「大學文藝」，1968 年 2 月 20 日。	收入《也斯影評集》	

篇名	文類	出處	結集	附註
現代詩的一些問題	評論	《星島日報》「大學文藝」，1968 年 3 月 5 日。	部分收入《灰鴿早晨的話》，改題為〈詩的生長〉。	
兩首詩：〈午路〉、〈夜讀〉	詩	《星島日報》「大學文藝」，1968 年 3 月 5 日。	〈午路〉見《雷聲與蟬鳴》，《梁秉鈞五十年詩選（上冊）》。〈夜讀〉見《雷聲與蟬鳴》。	
介紹亞倫・加普羅和他的突發性演出	評論	《星島日報》「大學文藝」，1968 年 3 月 26 日。		署名思喆
U	散文	《星島日報》「大學文藝」，1968 年 4 月 2 日。		
巴黎風雲	譯作	《星島日報》「大學文藝」，1968 年 4 月 9 日。		署名思喆
突發性演出	詩	《星島日報》「大學文藝」，1968 年 4 月 17 日。	見《雷聲與蟬鳴》，《梁秉鈞五十年詩選（下冊）》。	
讀《奧林比亞讀本》及一些隨想	評論・	《星島日報》「大學文藝」，1968 年 4 月 23 日。		署名思喆
羅布格利葉專輯之一：談羅布格利葉的作品特色 —— 兼介「新小說」（附亞倫・羅布格利葉簡介）	評論	《中國學生周報》第 826 期，第 4 版，1968 年 5 月 17 日。		
羅布格利葉專輯之二：海灘	譯作	《中國學生周報》第 826 期，第 8 版，1968 年 5 月 17 日。	收入《當代法國短篇小說選》	另刊於《文學季刊》第 9 期，1969 年 7 月 10 日。
縫衣匠的人像	譯作	《中國學生周報》第 826 期，第 8 版，1968 年 5 月 17 日。	收入《當代法國短篇小說選》	另刊於《文學季刊》第 9 期，1969 年 7 月 10 日。
詩兩首：〈猶豫〉、〈浪與書〉	詩	《星島日報》「大學文藝」，1968 年 6 月 25 日。	〈猶豫〉修訂結集，見《雷聲與蟬鳴》，《梁秉鈞五十年詩選（上冊）》。〈浪與書〉見《雷聲與蟬鳴》，《梁秉鈞五十年詩選（上冊）》。	

也斯的
六〇年代

篇名	文類	出處	結集	附註
彼得・布祿的新片《告訴我謊話》	影評	《星島日報》「大學文藝」，1968 年 7 月 10 日。		
小說家與電影	譯介	《星島日報》「大學文藝」，1968 年 7 月 16 日。		
〈阿奈叔叔〉與西貝兒	評論	《香港時報》「文藝斷想」，1968 年 7 月 24 至 25 日。	收入《灰鴿早晨的話》	
馬加麗・杜拉專輯：泰昆尼亞的小馬（附馬加麗・杜拉簡介）	譯介	《中國學生周報》第 836 期，第 10 版，1968 年 7 月 26 日。		另刊於《文學季刊》第 9 期，1969 年 7 月 10 日。
聽費靈格蒂唸詩	評論	《香港時報》「文藝斷想」，1968 年 7 月 26 至 27 日。	收入《灰鴿早晨的話》）	
一盒盒的雜誌（上、下）	評論	《香港時報》「文藝斷想」，1968 年 7 月 29 至 30 日。		
龐特與堅斯堡的晤談	譯介	《星島日報》「大學文藝」，1968 年 7 月 30 日。		
柔軟的雕塑	評論	《香港時報》「文藝斷想」，1968 年 7 月 31 日。		
《金龜婿》與《荷蘭人》	評論	《香港時報》「文藝斷想」，1968 年 8 月 2 日。		
詩和民歌	散文	《香港時報》「文藝斷想」，1968 年 8 月 3 日。	修訂後收入《城市筆記》	
不落俗套	影評	《香港時報》「文藝斷想」，1968 年 8 月 5 日。		
語文問題	評論	《香港時報》「文藝斷想」，1968 年 8 月 6 日。		
口味問題	評論	《香港時報》「文藝斷想」，1968 年 8 月 7 日。		
灰色的線	評論	《香港時報》「文藝斷想」，1968 年 8 月 8 日。	收入《灰鴿早晨的話》	
設計和書本（上、下）	評論	《香港時報》「文藝斷想」，1968 年 8 月 9 至 10 日。		

篇名	文類	出處	結集	附註
畫家設計的鈔票	評論	《香港時報》「文藝斷想」，1968 年 8 月 12 日。		
《薩爾夫人》（一、二、三）	評論	《香港時報》「文藝斷想」，1968 年 8 月 13 至 15 日。	收入《灰鴿早晨的話》，改題為〈三島由紀夫筆下的沙德〉、〈讀英譯三島由紀夫劇作《沙德夫人》〉。	
禁書《甘蒂》的歷史（上、下）	評論	《香港時報》「文藝斷想」，1968 年 8 月 17 日、19 日。		
工作中的作家	散文	《香港時報》「文藝斷想」，1968 年 8 月 20 日。		
這邊和那邊	評論	《香港時報》「文藝斷想」，1968 年 8 月 21 日。	收入《灰鴿早晨的話》	
波蘭作家 占・覺特作品二篇：蘆薈、死亡（附作者簡史）	譯介	《中國學生周報》第 840 期，第 8 版，1968 年 8 月 23 日。		
品特的《黑與白》	評論	《香港時報》「文藝斷想」，1968 年 8 月 23 日。		
不同的觀點 —— 續談《黑與白》	評論	《香港時報》「文藝斷想」，1968 年 8 月 24 日。		
新的形象	影評	《香港時報》「文藝斷想」，1968 年 8 月 27 日。	收入《灰鴿早晨的話》	
品特的對話	評論	《香港時報》「文藝斷想」，1968 年 8 月 28 日。		
伊安尼斯高的《空中飛行》（上、中、下）	評論	《香港時報》「文藝斷想」，1968 年 8 月 29 至 31 日。		
廟宇和交響樂	評論	《香港時報》「文藝斷想」，1968 年 9 月 2 日。	收入《灰鴿早晨的話》	
地下作家談寫作（一、二、三）	譯介	《星島日報》「大學文藝」，1968 年 9 月 3 日、11 日、24 日。		
言語的悲劇？	評論	《香港時報》「文藝斷想」，1968 年 9 月 4 日。		

也斯的
六〇年代

篇名	文類	出處	結集	附註
《路撒根兹和基頓史丹已死》（上、下）	評論	《香港時報》「文藝斷想」，1968 年 9 月 5 至 6 日。		
不要亂罵現代詩	評論	《香港時報》「文藝斷想」，1968 年 9 月 9 日。		
談談別人談的《畢業生》	評論	《香港時報》「文藝斷想」，1968 年 9 月 10 日。		
矛盾	評論	《香港時報》「文藝斷想」，1968 年 9 月 12 日。		
作家 · 藝術 · 自我割離	評論	《香港時報》「文藝斷想」，1968 年 9 月 13 日。		
電影《偷情聖手》的題外話	評論	《香港時報》「文藝斷想」，1968 年 9 月 16 日。	收入《灰鴿早晨的話》，改題為〈砍碎辦工桌的人〉。	
鏡頭前邊的編劇和導演	影評	《香港時報》「文藝斷想」，1968 年 9 月 17 日。		
加洛克的新書及其他	評論	《香港時報》「文藝斷想」，1968 年 9 月 18 日。	併入〈善說故事的加洛克〉，收入《灰鴿早晨的話》。	
善說故事的加洛克	評論	《香港時報》「文藝斷想」，1968 年 9 月 19 日。	經修訂，收入《灰鴿早晨的話》。	
波蘭作家莫洛傑短篇三章：大象（附譯者的話）	譯介	《中國學生周報》第 844 期，第 8 版，1968 年 9 月 20 日。		
雜談《意馬心猿》	影評	《香港時報》「文藝斷想」，1968 年 9 月 20 日。		
新戲劇的諸貌	評論	《盤古》第 17 期，1968 年 9 月 20 日。		
介紹《設計家》第八期	評論	《香港時報》「文藝斷想」，1968 年 9 月 23 日。		
西皮嘻皮和別的甚麼	評論	《香港時報》「文藝斷想」，1968 年 9 月 24 日。		
鍾 · 拜雅絲的自傳《破曉》	評論	《香港時報》「文藝斷想」，1968 年 9 月 26 日。	收入《灰鴿早晨的話》，改題為〈夏天的書〉。	

篇名	文類	出處	結集	附註
從《巴巴麗娜》的原著說起	評論	《香港時報》「文藝斷想」，1968 年 9 月 27 日。		
波蘭作家莫洛傑短篇三章：藝術、孩子們	譯作	《中國學生周報》第 845 期，第 8 版，1968 年 9 月 27 日。		
舊雜誌·新思潮	評論	《香港時報》「文藝斷想」，1968 年 9 月 30 日。		
〈美國的背叛的詩人〉?	評論	《香港時報》「文藝斷想」，1968 年 10 月 1 日。		
「新小説」的回顧	評論	《香港時報》「文藝斷想」，1968 年 10 月 2 日。		
沙勞和《狐疑的年代》	評論	《香港時報》「文藝斷想」，1968 年 10 月 4 日。		
主題的大小	評論	《香港時報》「文藝斷想」，1968 年 10 月 5 日。		
價值的變異 ——談沙勞的《金果》	評論	《香港時報》「文藝斷想」，1968 年 10 月 7 日。		
《向性》試譯	譯介	《香港時報》「文藝斷想」，1968 年 10 月 10 日。	收入《當代法國短篇小説選》	另刊於《文學季刊》第 9 期，1969 年 7 月 10 日。
羅布格利葉的《在迷宮中》(一、二、三)	評論	《香港時報》「文藝斷想」，1968 年 10 月 12 日、14 日、15 日。		
現代藝術的傳奇人物馬素杜灛、杜灛和《裸女下樓》、反威權的杜灛、談杜灛的「既成作品」	評論	《香港時報》「文藝斷想」，1968 年 10 月 17 日、19 日、21 日、23 日。	收入《灰鴿早晨的話》，改題為〈現代藝壇的傳奇人物:馬索·杜灛〉。	
放逐歸來的「生活劇場」	評論	《香港時報》「文藝斷想」，1968 年 10 月 24 日。		
介紹羅拔·克瑞利及其作品	評論	《中國學生周報》第 849 期，第 4 版，1968 年 10 月 25 日。		
書本	譯作	《中國學生周報》第 849 期，第 8 版，1968 年 10 月 25 日。	收入《美國地下文學選》	

篇名	文類	出處	結集	附註
戲劇的革命	評論	《香港時報》「文藝斷想」，1968 年 10 月 26 日。		
電影中的突發劇	評論	《香港時報》「文藝斷想」，1968 年 10 月 29 日。		
「地下文學」	評論	《香港時報》「文藝斷想」，1968 年 11 月 1 日。		
從「失落的一代」到「希僻的一代」?	評論	《香港時報》「文藝斷想」，1968 年 11 月 2 日。		
漫談雜誌	評論	《香港時報》「文藝斷想」，1968 年 11 月 4 日。		
不穿象徵的衣裳 ——談亞倫・堅斯堡	評論	《香港時報》「文藝斷想」，1968 年 11 月 6 日。		
亞倫・堅斯堡詩二首	譯詩	《香港時報》「文藝斷想」，1968 年 11 月 7 日。	收入《美國地下文學選》	
一條船那麼的幼稚園	評論	《香港時報》「文藝斷想」，1968 年 11 月 9 日。		
夜半	散文	《香港時報》「文藝斷想」，1968 年 11 月 11 日。		
用冒煙的彩色畫太陽，以新生的眼光擁抱世界：讀陳錦芳的《迴廊》	評論	《香港時報》「文藝斷想」，1968 年 11 月 13 日。		
談張愛玲	評論	《香港時報》「文藝斷想」，1968 年 11 月 14 日。		
誠意	散文	《香港時報》「文藝斷想」，1968 年 11 月 16 日。		
主角的形象	評論	《香港時報》「文藝斷想」，1968 年 11 月 19 日。		
兩位黑人作家的觀點	評論	《香港時報》「文藝斷想」，1968 年 11 月 20 日。	收入《灰鴿早晨的話》，改題為〈鴨跟哨子不同〉。	
「臟腑劇場」	評論	《香港時報》「文藝斷想」，1968 年 11 月 22 日。		

篇名	文類	出處	結集	附註
街頭的戲劇	評論	《香港時報》「文藝斷想」，1968 年 11 月 23 日。		
正名	散文	《香港時報》「文藝斷想」，1968 年 11 月 26 日。		
從英譯看大江健三郎（上、下）	評論	《香港時報》「文藝斷想」，1968 年 11 月 27 至 28 日。	收入《灰鴿早晨的話》，改題為〈以死亡為題材的幾個短篇〉。	
漫談日本作品中譯	評論	《香港時報》「文藝斷想」，1968 年 11 月 29 日。		
通俗作家及其他	評論	《香港時報》「文藝斷想」，1968 年 12 月 3 日。		
讀杜拉的《英國戀人》	評論	《香港時報》「文藝斷想」，1968 年 12 月 4 日。	收入《灰鴿早晨的話》	
歹角	評論	《香港時報》「文藝斷想」，1968 年 12 月 5 日。		
鬼怪之夜與老爺車風雲	評論	《香港時報》「文藝斷想」，1968 年 12 月 7 日。		
《人神相忘》（上、下）	評論	《香港時報》「文藝斷想」，1968 年 12 月 11 至 12 日。		
今年看馬倫伯	評論	《香港時報》「文藝斷想」，1968 年 12 月 14 日。		
陳腔濫調	評論	《香港時報》「文藝斷想」，1968 年 12 月 17 日。		
《人神相忘》試譯	譯介	《香港時報》「文藝斷想」，1968 年 12 月 18 日。		
新與舊	評論	《香港時報》「文藝斷想」，1968 年 12 月 20 日。		
抹除藝術的界線	評論	《香港時報》「文藝斷想」，1968 年 12 月 21 日。		
瘋人院病人演的戲 —— 矛盾的對立須觀眾下結論（一、二、三、四）	評論	《香港時報》「文藝斷想」，1968 年 12 月 23 至 26 日。		

篇名	文類	出處	結集	附註
歷史背景	評論	《香港時報》「文藝斷想」，1968 年 12 月 30 日。		
戀愛中的獵人	譯介	《香港時報》「文藝斷想」，1969 年 1 月 4 日。		
《千羽鶴》譯本	評論	《香港時報》「文藝斷想」，1969 年 1 月 6 日。		
封閉的世界	影評	《香港時報》「文藝斷想」，1969 年 1 月 7 日。		
介紹文學季刊	評論	《香港時報》「文藝斷想」，1969 年 1 月 8 日。		
蓋芝和他的新音樂	評論	《香港時報》「文藝斷想」，1969 年 1 月 9 日。		
枯槁的雕像	評論	《香港時報》「文藝斷想」，1969 年 1 月 14 日。		
動態作品	評論	《香港時報》「文藝斷想」，1969 年 1 月 15 日。		
羅布格利葉談藝術	評論	《香港時報》「文藝斷想」，1969 年 1 月 17 日。		
兩種對立的藝術	評論	《香港時報》「文藝斷想」，1969 年 1 月 18 日。		
羅布格利葉的兩面	評論	《香港時報》「文藝斷想」，1969 年 1 月 20 日。		
禁書和禁片	評論	《香港時報》「文藝斷想」，1969 年 1 月 22 日。		
布洛士和《赤裸午餐》	評論	《香港時報》「文藝斷想」，1969 年 1 月 23 日。		
布洛士談小説技巧	譯介	《香港時報》「文藝斷想」，1969 年 1 月 24 日。		
談「對摺法」	評論	《香港時報》「文藝斷想」，1969 年 1 月 25 日。		
對摺法和繪畫技巧	評論	《香港時報》「文藝斷想」，1969 年 1 月 27 日。		

篇名	文類	出處	結集	附註
翻譯的一個問題	評論	《香港時報》「文藝斷想」，1969 年 1 月 28 日。		
殺蟲者	譯介	《香港時報》「文藝斷想」，1969 年 1 月 29 日。	收入《美國地下文學選》	
簡單的和複雜的題材	評論	《香港時報》「文藝斷想」，1969 年 1 月 31 日。		
幾個畫家的短片	評論	《香港時報》「文藝斷想」，1969 年 2 月 1 日。	收入《灰鴿早晨的話》，改題為〈關於兩個畫家的短片〉。	
奧比談他的戲劇	譯介	《香港時報》「文藝斷想」，1969 年 2 月 3 日。		
訪問記	評論	《香港時報》「文藝斷想」，1969 年 2 月 4 日。		
諷刺性的文字	評論	《香港時報》「文藝斷想」，1969 年 2 月 6 日。		
雜談王禎和的近作	評論	《香港時報》「文藝斷想」，1969 年 2 月 8 日。		
中年人觀點	評論	《香港時報》「文藝斷想」，1969 年 2 月 10 日。		
賊中賊	影評	《香港時報》「文藝斷想」，1969 年 2 月 12 日。		
聲音	評論	《香港時報》「文藝斷想」，1969 年 2 月 15 日。	收入《灰鴿早晨的話》	另刊於 1969 年 11 月《大學雜誌》，名為〈兩章〉其中一篇，後收入結集《憤怒的與孤寂的》。
克瑞利的短篇〈衣裳〉試譯	譯作	《香港時報》「文藝斷想」，1969 年 2 月 19 日。		
關於〈衣裳〉	評論	《香港時報》「文藝斷想」，1969 年 2 月 20 日。		
被摒棄的人物	評論	《香港時報》「文藝斷想」，1969 年 2 月 24 日。		
價值觀的轉變	評論	《香港時報》「文藝斷想」，1969 年 2 月 26 日。		

也斯的
六〇年代

篇名	文類	出處	結集	附註
借來的思想與感情	評論	《香港時報》「文藝斷想」，1969 年 2 月 28 日。		
朗誦會側記	評論	《香港時報》「文藝斷想」，1969 年 3 月 3 日。		
談瘂弦的《深淵》	評論	《香港時報》「文藝斷想」，1969 年 3 月 20 日。		
回顧？等待？	評論	《香港時報》「文藝斷想」，1969 年 3 月 26 日。		
一個突發劇 麵包大會	評論	《香港時報》「文藝斷想」，1969 年 3 月 26 日。		署名秉鈞
Axolotl	評論	《香港時報》「文藝斷想」，1969 年 4 月 3 日。	收入《灰鴿早晨的話》	
河之第三岸	譯介	《中國學生周報》第 872 期，第 5 版，1969 年 4 月 4 日。	收入《當代拉丁美洲小說選》	署名臨沂
羅密歐‧穆克修	影評	《香港時報》「文藝斷想」，1969 年 4 月 26 日。	收入《灰鴿早晨的話》、《也斯影評集》。	
蟑螂的妹妹	散文	1969 年 4 月，未找到原載。	收入《灰鴿早晨的話》	
黏土	譯作	《純文學》第 26 期，1969 年 5 月。		
斐外詩選（〈Alicante〉、〈秋天〉、〈美麗的季節〉、〈我看見他們〉、〈花和花環〉、〈在花店裏〉、〈加盧疏廣場〉）	譯詩	《文學季刊》第 9 期，1969 年 7 月 10 日。		
《游擊怪傑》和契‧格瓦拉的真相	影評	《香港青年周報》第 133 期，1969 年 7 月 23 日。		
一九六九年詩三首：〈雨痂〉、〈夜行〉、〈建築〉	詩	《中國學生周報》第 1083 期，第 4 版，1973 年 4 月 20 日。	見《雷聲與蟬鳴》	

編後記

2016 年夏秋，很榮幸參與協助「1960 年代香港文學與文化」這一研究計劃，擔任黃淑嫻教授的研究助理期間，協助校對劉以鬯先生的《故事新編》，同時開始蒐集也斯老師 1960 年代發表的作品。慚愧雖曾受教於也斯老師，最初對其 1960 年代的創作所知並不多。感謝瑪莉老師的信賴，讓我有機會利用自己的一點編輯經驗，更深入地參與本書的編務。每找到多一篇文稿，就好像認識了也斯老師多一點，對少年也斯老師所經歷的那個六十年代，也認識更多一點。

以二十八張剪報為線索的資料考掘

本書的雛形，端賴於吳煦斌女士精心留存的二十八張剪報，更難能可貴的是，其中還包含一篇 1964 年的珍貴手稿〈殺死鋼琴師〉。以這些剪報提供的時間點為坐標，開始搜尋香港各大圖書館所藏的微縮膠捲，由是慢慢擴展，整理拼貼出也斯 1960 年代的發表版圖。文稿涉及大量西方文學、電影、戲劇、雕塑，引用夾雜法文和英文，對於編輯校對的工作是一大考驗。校對的工程浩繁，舊時「執字粒」的排版方

式難免有倒錯之處，不同報刊的用字亦有所差異，已無從逐一向也斯老師請教。有關校對的準則已在本書凡例中交代，此處不贅。

這些自 1960 年代留存下來的剪報亦為也斯的早期筆名提供了極為重要的線索。最早發現的是剪報中有一篇散文〈空白〉，署名為「馬倫」。由是才得知「馬倫」是也斯老師早期的筆名，於是在搜尋微縮膠捲時分外留神，才又找到多篇作品。

除了橫向的版圖拓展，縱向的溯源也是一種資料蒐集的嘗試——從已結集的書中整理出 1960 年代發表的作品，再尋找原刊處。透過這個方法，不經意發現了也斯老師更多的筆名。例如曾收入《當代法國短篇小說選》的譯作〈蟒蛇〉，最初發表於《星島日報》時，署名是「思喆」；收入《當代拉丁美洲小說選》的譯作〈河之第三岸〉，最初發表於《中國學生周報》時，署名是「臨沂」；曾收入《雷聲與蟬鳴》的詩作〈夏日與煙〉，最初發表的署名則是「梁喆」。吳煦斌女士多次叮嚀必須小心求證，文稿可以稍缺，但千萬不能錯。有些筆名是有意義的，有些署名則可能並非作者原意。例如詩作

〈青果〉與〈缺席〉,《星島日報》初刊時署名是「梁安翔」,同日同版還有署名「梁秉鈞」的譯作〈托洛城的馬〉,推測是報紙排版編輯覺得一版出現三個「梁秉鈞」太多,才隨意改成「梁安翔」。

為審慎起見,每一篇並非以「也斯」或「梁秉鈞」署名的文稿,都提交給吳煦斌女士審閱確認過,方才安心收錄。惟有些筆名是在編選彙整的後期才發現的,例如「浪吾」,資料疏漏在所難免,誠懇期待方家指正補充。

還原 1960 年代也斯的創作全貌

整理的過程難以免俗地依據傳統文類,將文稿分為散文、翻譯、詩等幾個類別。經過與黃淑嫻教授反覆討論,我們確定了全書的編輯原則與體例。基於版權考慮,翻譯作品只能以存目的方式列於附錄。除譯作外,不論曾否結集,均以年份排序,全數收錄,以求最大限度呈現 1960 年代也斯的創作。令人驚喜的是,經過比對統計,不難發現全書中從未結集的作品篇目,相較已結集的作品多出許多,附錄更特別收錄了也斯後期論及 1960 年代的散文及評論,透過回望的角度以茲對讀。

鳴謝

萬分感激吳煦斌女士借出珍貴剪報、照片及對也斯早期筆名篇章的逐一確認。

本書最初由蔡明俊先生整理了香港文學資料庫的篇目。從實體報紙到掃描，從微縮膠捲的搜索到文字的校對，全靠嶺南大學中文系師弟妹的協力，感謝王嘉儀小姐細心校對，楊展桃先生及鄧以楷先生對微縮膠捲的反覆核對。

感謝王家琪博士對本書資料的賜教和補足，其《也斯的香港故事：文學史論述研究》一書中詳盡的篇目表為本書提供了極其重要的參考。本書個別刊於《香港時報》的篇目，於香港大學館藏的微縮膠捲出現缺字的情況，幸得須文蔚教授鼎力襄助，從台灣方面找到清晰的版本，方令文稿趨於完整，在此向諸位致上衷心謝忱。

這本書的編成出版經年，感謝中華書局（香港）有限公司副總編輯黎耀強先生的耐心與包容，勞心安排文字錄入及統籌出版工作，最後感謝責任編輯張佩兒小姐為本書最終付梓付出心力。

劉汝沁

研究助理　蔡明俊　王嘉儀　楊展桃　鄧以楷

責任編輯　張佩兒　　　**排　　版**　陳美連
裝幀設計　簡雋盈　　　**印　　務**　林佳年

出版
中華書局（香港）有限公司
香港北角英皇道 499 號北角工業大廈 1 樓 B
電話：（852）2137 2338
傳真：（852）2713 8202
電子郵件：info@chunghwabook.com.hk
網址：http://www.chunghwabook.com.hk

發行
香港聯合書刊物流有限公司
香港新界荃灣德士古道 220 - 248 號
荃灣工業中心 16 樓
電話：（852）2150 2100
傳真：（852）2407 3062
電子郵件：info@suplogistics.com.hk

印刷
美雅印刷製本有限公司
香港觀塘榮業街 6 號海濱工業大廈 4 樓 A 室

版次
2022 年 7 月初版
©2022 中華書局（香港）有限公司

規格
大 32 開（210mm x 153mm）

ISBN
978-988-8807-84-0

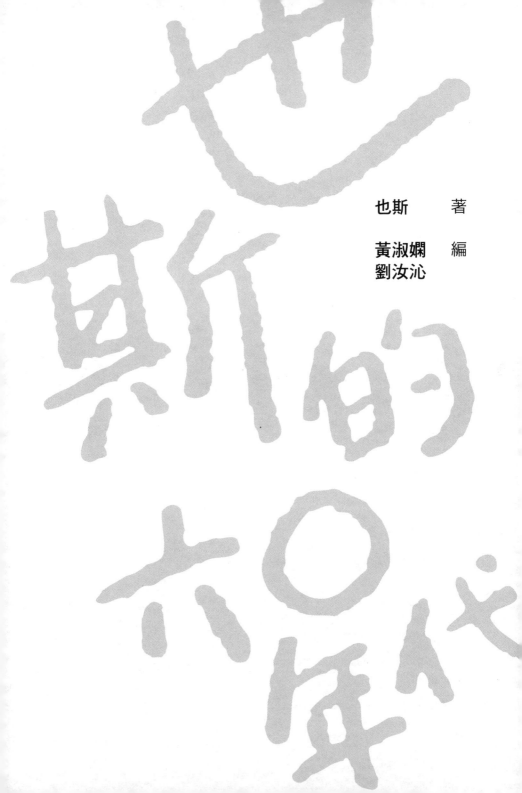

也斯　　著

黃淑嫻　編
劉汝沁

兩章　兩章　兩章　兩章　兩章　兩章

也斯　也斯　也斯　也斯　也斯

那些哎
說起那些日子裏
冰涼的綠色
對於歌唱的爐子
和我們
是多麼的荒誕
又有誰會來得
把帽子戴在介骨上面
是冬天
就應該呼吸裏冷
且讓我哀悼我的愚昧唱你
還有誰微笑著
搖黑色的髮並不給我悲哀是偉大的
而且邏輯不在這裏
（邏輯在那裏呢）
這個
猶如一切
的謎
著的他們所以著

按：唯